Géométrie d'un rêve

DU MÊME AUTEUR

CHEZ LE MÊME ÉDITEUR

L'Âme de Buridan, récit.

La Belle Rémoise, nouvelles.

Le Bleu du temps, roman.

La Cène, roman.

La Condition magique, roman.
(Grand Prix du roman de la SGDL)

Du visage et autres abîmes, essai.

Julien Gracq, la forme d'une vie, essai.

Meurtre sur l'île des marins fidèles, roman.

Le Nouveau Magasin d'écriture, essai.

Le Nouveau Nouveau Magasin d'écriture, essai.

Oholiba des songes, roman.

Palestine, roman.
(Prix des cinq continents de la Francophonie 2008)

Petits sortilèges des amants, poèmes.

L'Univers, roman.

Un rêve de glace, roman.

Le Ventriloque amoureux, roman.

HUBERT HADDAD

GÉOMÉTRIE D'UN RÊVE

Roman

« À LA MÉMOIRE DE ZULMA
VIERGE-FOLLE HORS BARRIÈRE
ET D'UN LOUIS »
TRISTAN CORBIÈRE

ZULMA
122, boulevard Haussmann
Paris VIIIe

ISBN :
978-2-84304-485-4

N° d'édition : 485
Dépôt légal : août 2009

Diffusion : Seuil — Distribution : Volumen
zulma@zulma.fr

Si vous désirez en savoir davantage sur Zulma
et être régulièrement informé de nos parutions,
n'hésitez pas à nous écrire
ou à consulter notre site.
www.zulma.fr

Z

Pour Laure

Une femme chaque nuit
Voyage en grand secret

PAUL ELUARD

Personne n'a aimé comme j'ai aimé. Pourtant il y eut d'autres femmes. J'ai vécu d'autres matins après la nuit de Londres. C'est avec une sombre joie que je brûlerai mes manuscrits pour vivre à nouveau un pareil amour, pour trahir Fedora dans la folle pensée d'elle. Et pour tout recommencer sans mémoire. Mais l'océan qui gronde n'est pas le Léthé.

Ici, à Ker-Lann, le vent parle on dirait. Il me rappelle d'une voix connue la longue histoire de mes errements. J'ai tout perdu avec Fedora. Ma solitude est telle que je dois prendre garde à bien clore portes et fenêtres. Le soir, une peur d'enfant me vient avec la pression des rêves. C'est une sorte d'infirmité que l'impossibilité de distinguer les vivants des morts dès que les paupières se ferment. À mon âge, l'accumulation des cendres ne laisse plus guère luire les braises que dans le profond sommeil. Mais je pressens un incendie à chaque éveil brusque. L'insomnie n'éclaire pas la nuit de flammes : dix fois, je me relève d'un suaire pour observer le croisement des phares sur la pointe d'Ar-Grill et le gouffre du large, si proche de l'oubli, au-delà des récifs et des îles de la Fée.

Quand un écrivain n'a plus d'autre issue, c'est assez naturellement que lui vient l'idée du journal. Je n'en avais jamais écrit une page, même adolescent. L'exercice m'a toujours semblé apocryphe, faux comme l'album de photos familial. « Les plus détestables mensonges sont ceux qui se rapprochent le plus de la vérité », disait Gide en expert de la chose. Mais je n'ai d'autre alternative aujourd'hui que le mutisme ou la confession. Et me taire serait une sorte de noyade. Glissant en aval du temps qui me reste, je commence avec ces pages un exercice inédit et quelque peu saugrenu : tenter de garder la tête hors des eaux mortes du quotidien, bien autrement que par la fiction.

Nous sommes un lundi d'octobre. Le ciel gronde par-dessus les pins et les frênes du parc et s'engouffre comme un haut fleuve torrentueux dans l'Océan visible, blanche écharpe agitée entre les épaules rocheuses de la pointe d'Ar-Grill.

Ces propos entendus tout à l'heure à la pharmacie du bourg : « Si vous aviez un remède pour coller le bec des pies borgnes ! » Le vieux Braz, bien connu pour braconner à la torche dans les criques, posait la question sans rire. Existe-t-il un bon remède que tous les bavards et délateurs impénitents se verraient prescrire par mesure de protection du voisinage ? En attendant je reviens de l'officine avec une boîte de sédatifs. La nuit de Ker-Lann sera sourde et sans mystères.

Quand le ciel se dégage au bon moment, le point du jour dans l'anse d'Ar-Grill ouvre sur la mer un éventail de diamants, de paillettes d'or et de pétales de rose. C'est d'un luxe solennel dont on ne se remet guère une fois le couvercle de brouée crachotante rabattu jusqu'au soir. Mais la nuit fut obtuse à souhait, sans spectres ni feux follets. La lande au-delà du parc a la teinte fauve d'une échine de renard et la mer luit encore, miroir vacant en bas des hautes roches.

« Ceux qui savent se taire deviennent enfants des dieux » (Søren Kierkegaard).

Je ne me suis donné d'autre programme que d'approcher au plus près *ma vérité*, quitte des erreurs et approximations propres au genre. C'est pour moi une question de survivance sinon de sauvegarde. Le temps en réserve ne vaudra jamais aucun des matins de ma vie avec Fedora. Il faudra bien que je m'explique, que je raconte l'essentiel de ces années vécues dans sa lumière, son obscure illumination. Sans omettre les orages et la folie. Ainsi, n'aurai-je pu aimer plus entièrement d'autre femme sur cette terre, malgré combien de révoltes et de molles évasions. Malgré nos relations tronquées de comédiens vrais ou faux qui n'eurent, ensemble, qu'une *scène de jour* à jouer. En mante religieuse ou en araignée suceuse d'encéphale, Fedora aura délibérément réduit notre liaison à une lutte à mort, une pariade d'insectes dans un rayon de lune. Je ne doute pas qu'elle m'aimait à sa manière forcenée et distraite. Sa jalousie d'ailleurs n'égalait que la mienne et nous en jouions en funambules au-dessus d'un gouffre.

Sujet de nouvelle : un homme projette de se suicider mais ce qui le retient, c'est de ne pouvoir assister à ses propres funérailles. Jusqu'au jour où il apprend par la bande le décès d'un parfait homonyme. Il s'empresse alors d'adresser un faire-part circonstancié à ses proches et assistera sous un déguisement à la cérémonie, bien décidé à en finir une fois celle-ci accomplie. Morose délectation de voir l'effet (ou l'absence d'effet) de sa disparition sur les seuls capteurs d'identité que sont les visages, les visages des proches. Une telle épreuve pourrait très bien pousser notre suicidaire dessillé à prendre le large. On ne se tue pas pour si peu…

Né d'une morte, j'aurai baigné dans un torrent de fantaisies. Ma grand-mère maternelle, pourtant affectée d'un deuil incurable, fut la plus cocasse et inventive des nourrices. Ces premières années de formation expliquent sans peine que je sois devenu romancier et conteur. Par exigence vitale. La fiction des origines, sans cela, m'eût probablement rendu fou à lier. Elzaïde n'avait guère plus de cinquante ans lorsqu'elle hérita de sa fille morte en couches. C'était encore une belle femme au visage solide et à l'ample poitrine. Une fièvre puerpérale l'avait rendue stérile et sujette aux extravagances. Elzaïde me prit naturellement en charge avec l'accord muet du veuf en attendant une décision du conseil de famille ou des autorités sanitaires, laquelle ne se concrétisa que tardivement. Placé dans une institution de la fonction publique à l'âge d'être scolarisé, je restais néanmoins sous sa tutelle et vivais avec elle les fins de semaine et les mois d'été. Bien avant, dès que je fus en mesure de comprendre un mot, Elzaïde entreprit sans vraie méthode mon instruction onirique. Ma grand-mère était une encyclopédie : nul phénomène, pas un événement n'échappait à ses gloses d'illettrée. Elle possédait une imagination redoutable, quoique archaïque, riche d'une infinité d'exemples plus ou moins controuvés. Elle m'expliquait le monde par le menu et à tout moment, sans grand souci des contradictions qui agrémentaient de nouveaux mystères ses élucubrations. Elzaïde dut me combler à l'âge des pourquoi : mes questions infinies, doigt pointé sur la lune, bénéficièrent avec elle d'une exaltation soutenue. Plus tard, je me souviendrais d'avoir vécu avec une Shéhérazade vieillie qui aurait bien voulu enrayer par ses histoires le mouvement fatal de la réalité.

Comment ai-je pu jeter l'ancre dans ce trou du *Penn-ar-Bed,* toutes aventures interrompues, voilà un autre prodige : rien ne m'attache ici que la sapidité des embruns au goût de départ et d'exil. C'est comme si j'avais loué un tombeau d'Égypte pour profiter d'une nuit du désert à l'abri des tempêtes.

L'esprit ou le désir de fiction m'est passé le jour où j'ai compris que je me trouvais moi-même prisonnier d'une histoire aberrante à laquelle j'ai cru pouvoir échapper en me réfugiant sur cette côte sauvage. La douleur en soi n'interdit pas ordinairement de poursuivre une œuvre – sauf quand l'excès d'invraisemblance envahit votre espace mental. Dans l'irrésolution qui est la mienne, au sens littéral, je ne saurai jamais plus accorder au divertissement ce qu'il faut de folie pour aboutir à une œuvre romanesque.

L'exception est l'ange. Chacun est prisonnier dans son sexe, qu'il soit avoué, ravalé ou perdu. Et ce que nous vivons de l'autre, c'est cette déchirure plus ou moins bien masquée. La fin d'un amour ne peut être que funeste, comme une grâce rejetée.

Tout débuta pourtant dans l'allégresse. La joie entre en vous à l'improviste, c'est une énergie surnaturelle, une sorte de révélation. Le hasard commanda nos deux premières rencontres. On croise quelquefois, *par seconde chance,* la personne connue la veille ou l'avant-veille, avant que le fatal anonymat des grandes villes ne l'engloutisse sans retour.

La première fois, pour moi décisive, je l'avais approchée dans de curieuses circonstances. C'était le 9 novembre 1989, jour de la chute du mur de Berlin. Il pleuvait des cordes d'or ce soir-là. Installé à l'arrière d'un taxi, je revenais passablement ivre d'un cocktail de rentrée donné par mon principal éditeur. Le Paris boulevardier versait dans l'agitation désordonnée de l'automne : foules, klaxons et lumières. À l'occasion d'un feu rouge, soudainement, la portière arrière s'ouvrit et une vague de soie ou de satin craquante et parfumée me submergea. Un sourire immense, précieux comme le plus fin collier de perles, des yeux taillés à même l'âme et, sur ma joue, un souffle plus troublant qu'un baiser volé : Fedora s'était jetée à mes côtés, sa hanche contre la mienne, et m'implorait gaiement :

— Conduisez-moi vite au palais Garnier, je chante *Tosca* dans deux heures, à peine le temps de me maquiller !

Désinvolte, elle jeta un billet de cent francs sur le siège avant. Le chauffeur amusé m'interrogea de l'œil.

J'allais bien sûr à l'opposé mais n'eus pas un instant l'idée de céder la voiture pour en quérir une autre.

— Soit pour le détour ! Mais, de grâce, reprenez votre argent.

— Pas question ! Que faites-vous dans la vie ? Artiste sûrement ! *Vissi d'arte, vissi d'amore*... C'est quoi, votre nom ? Vous avez des enfants ?

Ce brusque interrogatoire fusa en trilles dans cette bouche de soprano colorature. Le trac et la peur du retard motivaient son agitation. Galant d'occasion, je lui déclarai ma qualité d'auteur et lui épelai un nom alors piètrement notoire.

— Je n'ai rien lu de vous avant bientôt ! s'exclama-t-elle. C'est vrai que je n'aime que la poésie. Connaissez-vous ces vers :

je bois dans ta déchirure
j'étale tes jambes nues
je les ouvre comme un livre
où je lis ce qui me tue

Le taxi remontait l'avenue de l'Opéra. Fedora allait m'échapper dans quelques minutes. Coi d'émotion, je cherchai avec un sentiment de panique la parole salvatrice. Mais déjà, elle nous saluait, moi et le chauffeur – au même titre, il me sembla. Déjà, le taxi obliquait et allait se ranger, après un décrochement, devant l'entrée des artistes.

— Venez me voir ! lança-t-elle avec une gravité enjouée. Tosca meurt tous les soirs...

Nous la vîmes glisser jusqu'à la porte et disparaître sur un pas de danse. Toujours captif de son parfum et de sa voix tandis que la voiture rebroussait chemin vers la rive gauche, je savais déjà que, anéanti par sa vénusté autant que par le prestige qui l'enveloppait, je ne tenterais rien pour la revoir. « Je n'existe pas, j'ai cessé d'exister pour être à toi », écrit Johannes, le Don Juan de Kierkegaard, à sa *giovin principante.* Mais véritablement, quand on se sent détruit, annihilé par la foudre d'une rencontre, le désir de séduction disparaît vite dans la débâcle des sentiments ; et ne reste plus qu'une mortification, un fond navré de déconvenue que le temps finira bien par éponger, en serpillière universelle.

Je pourrais écrire ainsi son histoire, si j'en avais le cœur : dans ses voyages, *en grand secret,* elle change, il lui semble rajeunir, devenir une autre vraiment, des souvenirs lui viennent qu'elle n'a pas vécus ou qu'elle a oubliés, comme si une autre existence lui était donnée, comme si elle entrait dans le corps et les pensées d'une autre femme, plus jeune chaque nuit, plus jeune et plus libre, et si différente, comme si vraiment, chaque nuit, elle devenait une autre.

La seconde rencontre avec Fedora ne fut pas moins imprévisible. Fatalité et providence remplacent dans nos esprits le joug invisible des causes. Avec ses variables aléatoires quand on le nomme hasard. Selon *l'espérance mathématique,* il n'y avait qu'une probabilité insignifiante que je croise à nouveau Fedora moins d'une semaine après l'épisode du taxi. Mais le don du hasard est la chance : qui la laisse passer n'est pas même digne de choisir ses cravates. Ce qui me serait immanquablement arrivé si le Kaïros cher aux Hellènes – le génie de l'incident propice agitant un instant sa houppe à la Tintin pour que vous la saisissiez, comme un pompon de manège – ne s'était trouvé à disposition, un instant de plus, un instant salutaire.

Opportunitas ! Assis près de la fenêtre, je patientais dans la salle d'attente d'un médecin de la rue de la Convention, quand, jetant un coup d'œil à l'extérieur, je la vis ou crus la voir juste en face, silhouette observant la chaussée, une cigarette aux lèvres, depuis le balcon d'un deuxième étage que soutenaient deux cariatides aux seins massifs. L'idée d'ouvrir la fenêtre et d'appeler à tue-tête par-dessus le vacarme des moteurs fut aussitôt contrariée par le public de matrones et de vieillards qui m'entourait. « On peut bien être ridicule quand on aime », disait un poète. Je n'en eus pas le loisir : à l'étage, la silhouette disparut dans un reflet de vitres. Un taxi venait de se ranger au pied de l'immeuble.

Aiguillonné par l'intuition, je quittai les lieux sans temporiser et dévalai l'escalier. Contournant le véhicule en double file, je n'hésitai pas à m'y engouffrer, malgré les protestations du chauffeur.

— Voyez pas que je suis en course !

— C'est moi qui vous ai appelé, prétendis-je. On attend… mon amie.

Le scénario aurait pu certes mal tourner. J'avais à peine entrevu une vague figure ressemblante que l'obsession dont j'étais taraudé, depuis la rencontre de l'avenue de l'Opéra, faisait resurgir un peu partout.

De plus, la jeune femme espérée pouvait fort bien être en compagnie.

Mais Fedora – c'était elle assurément – ouvrit seule la portière et s'installa presque sur mes genoux.

— Que faites-vous là ! dit-elle sans autre surprise.

Je m'aperçus qu'elle avait pleuré. Une mèche de son ample chevelure collait encore à sa joue.

— Je vous conduis au palais Garnier ?

— Non, chez moi, rue d'Odessa. Qui êtes-vous ? J'ai comme une impression de déjà-vu…

Elle me laissa la raccompagner sans tout à fait me reconnaître. Fedora semblait manifestement en état de choc, peut-être sous le coup d'une rupture, ce qui pouvait expliquer son apathie. Ou d'un deuil soudain ? Les lèvres entrouvertes, elle haletait. Ses grands yeux fixes, d'une encre secrète, luisaient dans la pénombre entre deux clignements prolongés. J'eus alors le geste le plus audacieux de ma vie, en tout cas le plus déraisonnable. Fedora tressaillit à peine, comme une chatte dérangée. Son parfum avait altéré en moi toute espèce de retenue. Je balbutiai des mots d'amour qui n'eurent pour autre effet que faire naître une fossette au coin de ses lèvres.

En repensant à cette péripétie vingt ans plus tard, je comprends mieux en quoi le sens du ridicule est parfaitement contraire à l'instinct vital.

Réveil difficile. Comme s'il fallait m'extraire de tous les ensevelissements de la nuit, au fond du lit, des songes et des entrailles. Une nouvelle attaque de paralysie du sommeil, faux éveil qui se manifeste par une sensation épouvantable de catalepsie, m'a laissé longtemps hagard une fois délivré. Ce trouble se manifeste toujours au détour d'un rêve. Soudain, sans pouvoir remuer une phalange, je me retrouve exactement à la place que j'occupe, terrorisé, et il me semble voir les lueurs qui m'entourent, les murs, les rideaux aux fenêtres. Le rêve et la conscience sont alors en parfaite coïncidence, avec ce poids de mille succubes sur la poitrine et la panique de l'enterré vivant. Mais un détail trahit toujours cette espèce d'hallucination vigile : un tableau que j'entrevois au mur, une miniature flamande d'une précision impossible. Aucune toile n'est accrochée à cet endroit. Il y a surtout cette impression de présence invisible, quelqu'un m'observe depuis la porte. Ce ne peut être Agnès, ni ma rare Emily. Et qui d'autre ? Je vis en déshérence dans cette baraque de granite et de vent.

La merveilleuse Amaya, un matin, m'expliqua cette narcolepsie somme toute bénigne (qu'elle appelait *kanashibari*) par l'intervention d'un spectre triste : ainsi, je n'aurais pas fait mon deuil d'une personne chère, laquelle hanterait mes nuits jusqu'à se coucher sur moi de tout son poids de ténèbres. Une somnolence me gagne à l'évocation d'Amaya et, de fil en aiguille, la nostalgie acidulée de mes années de relégation volontaire à Kyoto, il y a si longtemps.

Mémoire intempérante ! Je me sens parfois plus imbibé de souvenirs et de songes qu'un ivrogne d'alcool. Un célèbre haïku de Bashô illustre assez bien cette impression :

Au fond de la jarre
sous la lune d'été,
une pieuvre rêve

Comme Crébillon père dans son grenier, misanthrope en déliquescence parmi ses chats et ses corbeaux, j'imagine des sujets à l'infini sans aucun désir de me mettre à l'œuvre. Simplement pour m'endormir, pour apprivoiser Morphée ou son frère jumeau. Écrire tue, c'est vrai. Rien de plus fastidieux que toutes ces déambulations dans le temps et l'espace, ces portes qu'il faut sans cesse ouvrir et fermer, ces bavardages qu'on ne souffrirait pas d'un confident, ces descriptions imposées de peintre pompier... Réduits à la matière efficace qui les porte, il ne resterait de la plupart des romans que des dépêches de faits divers. Ou des incitations somnolentes à lâcher prise.

Les Mille et Une Nuits de l'insomniaque qui repousserait la tentation du suicide en se racontant des histoires à lui-même, soir après soir : la Mort est son sultan.

Promenade dans le parc après une journée fuligineuse que l'averse aura sabrée inflexiblement. L'embellie du soir, miracle local dont on ne se lasse pas, est une manière d'aube avant la nuit, qu'aucun crépuscule n'égale pour sa splendeur noyée. Soudain, les nébulosités tenaces qui roulaient sur les calvaires et les nids de corbeaux se délacent – aspirées par le large ou réduites en flocons par des mâchoires de pierre – et ouvrent d'un coup aux vitraux du couchant qui transfigurent toute chose d'un embrasement, riche de l'éventail infini des mauves et des roses, de tous les ors, des bleus les plus intenses. Par le petit bois en partie inclus dans le domaine, je me suis rendu d'un pas lourd d'égoutier sur l'agréable terrasse balayée d'embruns qui surplombe la corniche. Avec ses balustres rongés par le sel et son dallage articulé en labyrinthe et qu'orne une rose des vents du même marbre, cette plate-forme architecturée, vrai pont de pierre, semble avoir été conçue par quelque navigateur démâté : de forme ogivale, proue face au large, elle domine toute la côte entre terre et ciel et commande un panorama sans angle mort qui voit circuler en pleine lumière, de part et d'autre de la pointe d'Ar-Grill, les récifs de Kerbonn, la colline du Hueldu avec son phare blanc et rouge, le troupeau épars des îles de la Fée, puis les falaises mouchetées et les criques sombres où braconne le vieux Braz, et, enfin, boulevards des embruns, les échappées verdoyantes au-dessus des grèves, quand la campagne se resserre en goulets et s'abaisse jusqu'à joindre la mer d'une lèvre limoneuse. Au large, parfois, un navire de gros tonnage en partance de Brest ou de Concarneau occupe l'horizon entre de fortes dentures d'écueils qui brouillent la perspective, à marée montante, sous les crachements de poudrins et les geysers du ressac. Sur l'un des îlots rocheux, le plus lointain à main droite, un autre phare, dit de l'Ankou, impose sa souveraineté erratique sur les précipices de la nuit.

Rentrant après le coucher du soleil, dans une pénombre déjà froissée de chauve-souris, j'aperçus vite la façade du *coz maner*, un peu bancale entre les ormes et le grand cèdre, avec sa tour massive pentagonale évoquant les clochers gascons, ses cheminées démesurées comme les murs d'étai d'un étage en construction et ses toits d'ardoise tout bosselés. J'étais parti avec le jour une heure plus tôt et la bâtisse, lugubre dans l'enlacement brumeux du soir, semblait exsuder ses ténèbres. Seule une lumière filtrait des volets clos au dernier étage. Acquise il y a une décennie avec les droits d'auteur de *Tallboy*, roman qui m'aura valu un vrai succès de librairie, le seul en l'occurrence, cette demeure vieille de trois siècles garde dans la contrée une réputation calamiteuse : on y aurait assassiné de temps à autre, on s'y serait pendu. Septembriseurs et Waffen-SS l'auraient cruellement investie – je l'appris une fois installé d'un bon voisin horticulteur engagé pour entretenir le parc.

Cependant quelques dizaines de générations y auront vécu et la proportion de drames cachés ou avoués devrait à peu près équivaloir celle qui a communément cours dans les maisons de maître. Ce ne sont d'ailleurs pas les bâtiments, lugubres et délabrés, qui m'auront séduit à l'acquisition, plutôt une qualité de solitude liée au parc et à la mer. Aussi, et c'est absurde à dire, je me suis entiché d'une déesse qui habite les pelouses à l'ombre du petit bois : la statue de Perséphone, non la reine des morts, mais Coré contemplant, debout, une fleur de narcisse tenue d'une main ouverte.

J'ai rêvé d'un fou qui chuchote aux oreilles des belles inconnues des choses intimes comme s'il avait affaire à ses proches. Autre rêve : un homme couvert de fleurs et qui me ressemble. Il ne bouge plus. Son œil me regarde. Quel est le sens du mot larmes ?

Ce matin, j'ai croisé le vieux Braz devant l'église. J'ignore s'il sortait de la messe mais il s'est approché pour me proposer ses poissons du lendemain, soles et araignées. Le bonhomme vend sa pêche au porte à porte afin d'échapper à l'amende, ou il la négocie en hâbleur circonspect sur la place du village comme le chasseur d'ours de la fable. Retenu quelques minutes sur le parvis, juste en face de l'unique débit de boissons, j'ai pu voir défiler ce dimanche d'automne tout ce que le bourg de Meurtouldu compte d'intempérants et de fétichistes. Quelques jeunes femmes se pressèrent à la suite d'un contingent de bigots, sous l'œil goguenard d'une ligue d'ivrognes. Parmi elles, l'épouse de l'horticulteur, sa plus belle fleur assurément, avec ses joues fraîches, son regard de sainte éprouvée et ses jambes qu'on devine admirables grâce aux espiègleries du noroît. La belle Agnès a perdu son bébé l'an passé, et la tête sans doute. Elle ne manque jamais d'aller fleurir une minuscule tombe argentée ; avec le temps, contrainte à déborder, elle entretient tout autour un jardin qui occupe maintenant un carré du petit cimetière. Son mari, désemparé, la laisse faire. Probablement lui suffirait-il pour la sauver de se remette à l'ouvrage, qu'on remarque un prochain dimanche le ventre arrondi d'Agnès sur le parvis venteux.

J'ai connu des jours heureux *avant Fedora*, toute une vie à laquelle elle ne participait d'aucune façon. Qu'elle eût pu exister quelque part et n'être alors rien pour moi semble presque impossible tant l'amour bouleverse le temps et le réinvente. Mais avant d'entrevoir une grâce quelconque dans ce monde, il aura fallu traverser les désastres étourdis de l'enfance et les affres sophistiquées de l'adolescence. Jusqu'à sa mort, avec le plus archaïque des acharnements, le veuf m'aura livré une sorte de combat singulier. Ce duel sans merci engagé par un pantin rancunier, gendarme de son état, explique à l'envi une misanthropie instinctive dirigée contre la gent masculine dans son ensemble, vieillards et enfants exclus, *a fortiori* contre tout ce qui porte uniforme. La mort en couches de ma mère, laquelle souffrait sans le savoir d'une malformation cardiaque, fut à l'origine de cette animosité. Dès qu'il sentit sur lui mon regard – dès que je quittai l'enveloppe bénigne de la petite enfance – je pris brutalement les caractères de cette altérité pour lui homicide : une fois affranchi de sa femme disparue, du corps putréfié de ma mère, j'en devins à ses yeux le meurtrier. J'étais une sorte de matricide par anticipation fœtale. Le gendarme longtemps inconsolable aurait dû normalement se débarrasser de quelque façon de moi. Bien des enfants tués dans un accident ne le sont que par distraction têtue des parents. Cependant Elzaïde, ma grand-mère nourricière, me sauva avec le sourire de l'asphyxie, de la noyade, de l'électrocution, de la défenestration – que sais-je ! Et même d'une culbute dans l'un des deux cratères du Vésuve, à l'occasion de villégiatures à Sorrente. Le veuf ne voulait certes pas me tuer sciemment ; même s'il me terrorisait avec ses crises d'autorité. Jamais il n'aura fait usage de son arme de fonction, serait-ce pour m'impressionner. Il ne m'a d'ailleurs jamais battu. Mais l'acte manqué était son principal mode d'agression, véritable arsenal de situations funestes. La preuve qu'aucune lueur de conscience n'entrait dans cette stratégie infanticide, c'est qu'il n'arriva jamais qu'un coup parte de son pistolet si souvent nettoyé en ma présence.

Le coq-à-l'âne apparent de la rêverie répond à une algèbre diabolique qui pourrait dévoiler à chaque tournant de phrase la combinaison du coffre-fort au creux duquel somnolent génies et phénix, bien étalés sur l'amas de nos monstrueux trésors. Il suffirait d'aligner les chiffres. Je pense au deuil parfumé de la belle Agnès aperçue ce matin, au vieux pistolet de fabrication allemande retrouvé dans les caves du manoir et dont je rêve chaque nuit avec frayeur, à la randonnée sur les pentes du Vésuve vieille d'un demi-siècle. À mon idolâtrie puérile pour Empédocle d'Agrigente dont j'ai traduit autrefois le poème :

« Et j'ai d'autres secrets en réserve. Il n'est ni début ni fin pour le périssable. Seulement un mariage et une séparation. Naissance n'est qu'un nom humain donné à cette conjoncture... »

À part celle d'une mère inconnue, je ne conserve aucune photographie des vivants et des morts, pour ne pas figer leur image. On finit par oublier irréparablement un visage dont on lorgne en coin l'effigie aux heures chagrines. Le même effet, plus subtilement, se produit avec les films : tout se rétrécit dans les mimiques et la pauvreté gestuelle ; sauf, peut-être, pour les acteurs, lesquels inscrivent à jamais le fond de leur être dans le jeu scénique. Pour les autres mortels, fussent-ils exceptionnels, ne demeure qu'une mécanique vide, un spectre de photons dansant sur l'écran. C'est la raison qui me retient d'aller chercher dans les archives des retransmissions télévisuelles d'opéras ou de concerts. Je veux garder vivante l'image de Fedora. Même ses lettres, les quelques objets que je tiens d'elle, je ne veux pas les voir. Quand je dis ma volonté de garder ardente sa mémoire, ce n'est pas un vain mot.

La tour pentagonale du domaine de Ker-Lann investi par l'ennemi avait servi de sémaphore durant la dernière guerre. J'en occupe *la chambre de veille*. Quand l'insomnie m'offre le spectacle nocturne des gouffres marins, toutes fenêtres ouvertes au dernier étage de cet édifice dont j'ai fait ma tanière, l'impression me prend d'être gardien de phare, métier perdu qui eût pu m'enchanter en un autre temps, si l'alternative avec la prison m'avait été laissée. Les lanternes tournantes de l'Ankou et du Hueldu se croisent indéfiniment. À force de fixer l'attention sur le large, les ogives de lumière s'inscrivent et se démultiplient par rémanence, projetant dans la nuit un même mirage palatial. Les souvenirs palpitent en moi comme cette fuyante géométrie. C'est un mystère que notre croyance aux choses passées. Avec le recul d'une vie, tout flotte dans l'irrésolu et l'hypothétique, même les événements qui saignent toujours en nous. Les cruelles miniatures de l'enfance, sur les bords de Marne, dans la maison du gendarme, s'éclairent différemment selon l'orientation de la mémoire. Mon palanquin de jade à Kyoto n'était-il rien d'autre qu'une chaise à bras ? À cette minute où j'écris, la statue de Coré paraît presque danser sous la crosse oscillante de la lune, nue dans un rayon, comme pour rappeler le glissement de l'oubli. L'âge a jeté des cendres jusque sur les désirs. Comme à Kyoto, je partage au moins la jeunesse de l'instant.

Jamais tarie, jamais tarie
Elle coule de source
L'eau de jouvence

Quelques mots encore avant de fermer les volets et d'en finir avec cette veille : en perdant Fedora, le temps m'aura égaré, littéralement. Sauverai-je le plus ténu frémissement de réalité alors que pèse sur moi la carapace au fond protectrice des regrets ? Je suis comme une tortue qui disserte sur l'éclair.

« La faute disparaît dans sa constance même », chafouine Sainte-Beuve, lequel appréciait son confort jusque dans la trahison.

Réveil dans le fracas du noroît qui bat mes fenêtres comme une voilure en haute mer. J'ai rêvé une fois de plus des chantages d'Élisa, ma sœur apocryphe, d'un malheur fortuit dans la maison du gendarme, des conséquences regrettables qui assombrirent ces années pour moi cruciales. Mené par une triste étoile, c'est avant qu'il ne s'accomplisse, infatigablement, qu'on vient buter sur les lieux du crime.

Rue d'Odessa, le premier jour – puisque les nuits avec elle me furent interdites –, Fedora ne s'embarrassa d'aucun préalable. Elle s'enroula contre moi pour m'avaler dans les sucs de la plus violente séduction. Je repris le dessus au fond d'une ottomane drapée de satin à motifs géométriques. Les seins de la cantatrice, splendides fuseaux oscillants comme des têtes de cobra, furent ma première découverte. Une gorge dénudée peut changer un visage : le masque de Fedora tomba sur cette morphologie éclatante de sphinge peinte par Franz von Stuck. Outre les épaules et la roseur poivrée des aisselles, je ne vis rien d'autre de son corps, trop aveuglément perdu en elle ce jour-là, trop effrayé par mon propre désir. Ses doigts avaient délacé tous les linges et mis crûment en jonction chairs et organes. Elle haletait et râlait, la tête renversée, les mamelons tendus sous mes lèvres. À ce moment de douceur paroxystique, j'aurais sans doute pu la tuer si elle me l'avait demandé dans une langue intelligible. Cambrée à se rompre, battant ma face de sa chevelure, elle gémissait des paroles sans suite, elle les criait. Ses yeux fixaient le plafond, égarés, puis revenaient à moi dans un éclair d'imploration ou de fureur. Fedora perdait prise au point de ne plus m'identifier. Il n'y avait plus de distance pour elle entre possession et douleur, folie et sommeil. Jamais n'aurais-je imaginé que l'amour physique puisse être une pareille culbute dans le néant.

« Oublier, c'est presque toujours se souvenir », a dit quelque part Honoré de Balzac. Assertion combien vérifiable dans ce journal : les lacunes éclairent le passé bien plus que ses colmatages. D'un gouffre sort toujours l'écho qui va bientôt se répercuter en une voix articulée. Et c'est Amaya qui chante comme la pluie nocturne ou Fedora dictant ses préceptes dans le jour obligatoire…

Visite d'Agnès, la femme de l'horticulteur, lequel devait rafraîchir le parc une dernière fois avant le prochain printemps. Elle est venue s'excuser pour lui, un gros bouquet d'hélianthes dans les bras.

— Il a dû se rendre à l'hôpital, a-t-elle raconté. Sa mère est très vieille…

Je sentais bien qu'elle avait autre chose à me dire. Ses yeux couleur de bruyère luisaient tristement au-dessus des soleils. Ses beaux bras nus se tendirent soudain et elle bafouilla :

— C'est pour votre femme ! Vous avez bien une femme ? Je suis sûre qu'elle adore les fleurs d'automne…

La pensée me vint que la pauvre Agnès aurait pu avoir l'intuition d'une présence.

Réveillé par la chouette hulotte des ruines du château de Fortbrune venue chasser la musaraigne sous mes fenêtres ouvertes, j'ai imaginé toute une pièce de théâtre au milieu de la nuit, ses deux personnages, le détail des répliques et jusqu'aux didascalies. Puis je me suis rendormi, démantelant cette construction au gré des rêves. Il m'en reste quelques vestiges. La pièce se déroule dans un appartement parisien en 1960. David et Deborah sont frère et sœur. Elle a vingt ans, lui vingt-sept. Le père est mort en déportation ; la mère dans sa chambre qu'elle n'a d'ailleurs pas quittée : un cadavre momifié est couché sur le lit. Cachée pendant les années d'Occupation, Deborah n'a jamais connu que les murs de cet appartement. L'adolescente à demi folle vit sous la dépendance de son frère qui seul communique avec l'extérieur. Il lui raconte ce qu'est le monde, machination contre leur réalité, vaste mise en scène qui a pour fin de les anéantir. Leur salut est dans l'appartement : il lui interdit toute sortie, fût-ce sur le palier, et s'emploie sans fin à la convaincre de la dangereuse facticité de tout ce qui se rapporte à l'autre côté. Leur dialogue porte sur cette construction imaginaire, ce monde hostile à jamais. Deborah questionne inlassablement son frère, lequel doit bâtir son système au jour le jour, en affabulateur intempérant. L'infortunée se défend comme elle peut du délire paranoïaque de David, dévore des yeux la rue par les fentes des persiennes, ruse de cent façons pour s'évader. Son frère menace de l'attacher à la suite d'une tentative. Pour la consoler, il encourage sa passion du modelage. L'appartement est encombré de sculptures de terre non cuites. Deborah, butée dans son désespoir, refait la statuaire des musées d'après une vieille édition du *Grand Larousse illustré*. C'est ainsi qu'elle découvre l'histoire, la vie dont on la prive, la sensualité. Chaque semaine, David lui ramène des pains d'argile.

Les dialogues résonnaient à merveille dans l'acuité de l'insomnie. Je les ai laissés s'évanouir comme une clameur de songe. Preuve de ma lucidité, le titre qui m'en reste et que je ne saurais plus adapter à rien : *Groupe statuaire à trois personnages dont un étranglé par un monstre.*

En déjeunant de légumes bouillis et de pain bis, je me suis mis à rire en me remémorant un mot idiot d'Alphonse Allais : « Les pommes de terre cuites sont tellement plus faciles à digérer que les pommes en terre cuite. » Les associations par analogies flottantes motivent assurément la plupart de nos réflexions et bavardages. Et peut-être même de nos actes. Le circuit d'un somnambule est assez proche de la vie ordinaire dans ses déplacements les plus élaborés.

Le château de Fortbrune perdu dans la lande, à moins d'un kilomètre du domaine de Ker-Lann, avait été racheté par un vieil original surnommé on ne sait trop pourquoi le Maître de Lassis, artiste peintre de grand talent, d'impénétrable génie même, qui vivait dans une retraite volontaire avec sa fille Aurore et une jeune gouvernante. Ses tableaux, que de rares visiteurs eurent la chance de voir, s'accumulaient, dit-on, au fil des années. Le maître n'exposait jamais et se refusait à toute promotion. Une seule œuvre, d'apparence figurative mais d'une facture quasi abstraite et poussant le trompe-l'œil à ses limites techniques, aura été reproduite de son vivant dans une revue d'avant-garde, sans qu'on sache comment ni par qui elle a bien pu être photographiée. Cette peinture (intitulée bizarrement *le Chasseur continental)* présente six polyèdres bleus entrecroisés qui défendent la vision préalable d'un arrière-plan miniaturiste, lequel surgit par flashes avant d'imposer son évidence quasi photographique : scènes hallucinatoires à la manière de Richard Dadd, le parricide anglais, mais d'un réalisme insoutenable tant l'espèce de conjonction des détails les plus fugaces et du tournoiement fatal de l'ensemble paraît chargé d'augures. Qu'il figurât la guerre n'eût guère surpris, après les Goya et les Munch, si la plus terrifiante ne se fût bientôt déclarée, rasant les villes et décimant les peuples, des confins de l'Asie à la pointe de la Bretagne. C'est ainsi que furent anéantis les chefs-d'œuvre du château de Fortbrune brûlé par les nazis avec ses habitants. Le parallèle avec le mage de Camaret, ce donateur d'avenir qui s'offrit *le magnifique plaisir de se faire oublier*, saute bien sûr à l'esprit. Mais Saint-Pol Roux, lui, mourut de détresse après des dévastations inaugurales (c'était en 1940) : incendie de son naïf château de fée, assassinat de sa servante, viol de sa fille et autres sévices. Et on peut lire et relire maintes pages sauvées : « Je l'ai dit, nous ne sommes pas faits pour repriser le linceul de nos ancêtres, mais pour tisser le bandeau royal de la postérité (...) Tenez, celui qui passe là dehors dans un cercueil, trop tard, il a voulu se rendre à Montparnasse-Solitude... »

Un témoin demeure des chefs-d'œuvre de Fortbrune, le seul assez disert et qui les *regarda* vraiment. Ce n'est pas la chouette hulotte des ruines mais un prêtre aujourd'hui à la retraite. L'abbé Adamar officia longtemps sous les cloches de Meurtouldu. À vingt ans, organiste et maître de chant à la cathédrale de Strasbourg avant d'être muté pour d'obscures raisons dans cette paroisse du Finistère, cet Alsacien d'origine anima avec une passion communicative la chorale du département. On l'entend jouer encore à l'église, parfois, quand ses rhumatismes lui permettent de grimper l'étroit colimaçon menant au grand orgue. Octogénaire, le père Adamar qui vit en ermite dans une ancienne bergerie me rend volontiers visite pour un petit verre, à petits pas, connaissant ma cave et mon sens diablement sélectif de l'hospitalité. À chaque fois qu'il quitte ma table ou le fauteuil cramoisi au coin du feu, je le regarde aller comme un reliquaire bientôt scellé. Mais ne l'est-il pas déjà, et pour l'éternité, malgré ses descriptions effarées des merveilles ? Les images que le vieil homme a pu voir à Fortbrune, et que recèle le bain argentique de sa mémoire, ne filtreront jamais que par des mots opaques.

Moi aussi, si j'en trouvais les moyens, *j'enverrais des caravanes au monde inconnu.* Et je suis prêt, au bord de l'âge, à monnayer tout ce que je possède pour retrouver le chemin évanescent. C'est par un hasard plus aimanté que la magnétite qu'il m'arriva, encore enfant, de franchir la porte dérobée dont nul ne détient la clef. Les brumes ni la neige n'ont de serrure.

C'était un jour de brume et de neige en effet, peu avant Noël, sur les bords de Marne. Après une violente dispute avec mon gendarme de père, je m'étais mis en quête de Jean, le seul compagnon disponible à toute heure, bien qu'il demeurât de l'autre côté, sur l'île des Loups. Il me suffisait de sonner deux fois sous la boîte aux lettres du ponton et il courait à sa barque. Malgré les frimas, il vint me rejoindre sans hésiter ce jour-là. Jeannot ramait hardiment depuis la rive de l'île. Je venais de claquer la porte du pavillon, les lèvres mordues, jurant de me venger du méchant homme un jour. Il ne m'avait même pas effleuré pourtant, mais avec une telle violence que j'en étais tout ébaubi. C'était le 13 décembre de l'an 1961. Le gendarme était revenu d'Algérie à quelques semaines de la déclaration d'indépendance, après cinq années d'une guerre dite de pacification. Excellemment noté, élevé au grade de lieutenant, il avait été muté en métropole, dans un service hautement stratégique qui s'appellera plus tard le Groupement spécial de sécurité, puis la Gendarmerie de la sécurité nucléaire. À ce titre, il fut de ceux qui assurèrent la surveillance du premier essai atomique à Reggane, dans le Sahara algérien, le 13 février 1960. De retour en région parisienne, remarié discrètement avec une jeune Allemande rencontrée dans un bal du ministère, il échappera au casernement de Nanterre grâce à ses états de service. À mon grand dam, j'allais être arraché à l'internat et aux dimanches chez ma grand-mère Elzaïde qui, le cœur malade depuis des lustres, décédera dans les mois qui suivirent. Entre huit et douze ans, je fus placé dans un établissement d'une autre trempe, sorte de bagne pour gosses où s'aguerrissaient au sens propre les fils de militaires de carrière. Le motif qui permit la levée d'écrou demeurera longtemps inexpliqué. Le fait est que je recouvrai la vie civile, ou plutôt l'espèce de réclusion en pointillé des familles en pleine crise d'identité hormonale.

Le pavillon de briques et de ciment où nous logions, mon ennemi et moi, avait l'aspect d'une maison forte. Par chance, après des débuts capricieux, je pris l'Allemande en sympathie. Else n'avait certes rien d'une marâtre ; fraîche et jolie, les yeux pervenche, elle riait de tout et opposait à la dispute des mâles un savoir-vivre à toute épreuve.

C'était donc une journée embrumée et neigeuse. Infirmière anesthésiste, Else avait été convoquée par le service des urgences de l'hôpital de Créteil où son mari dut l'accompagner précipitamment. De retour, il fit appel à moi d'un coup de klaxon pour ouvrir le garage. Les portes coulissantes une fois closes, je me mis à vaciller, pris d'une toux violente. Un vrombissement d'hélice se superposa au bruit du moteur. Le gendarme, pressé par une envie d'uriner, avait simplement négligé d'éteindre le contact avant de refermer derrière lui la porte de l'escalier. L'asphyxie est une expérience précieuse, quand la conscience reste accrochée. Je me souviens d'un tourbillon lent d'images qui s'organisèrent vite en un froissement infini d'arabesques, losanges et rinceaux, damiers cristallins, guirlandes et entrelacs, sorte de film en accéléré de toutes les formes géométriques imaginables. Déporté soudain, arraché à mes repères de temps et d'espace, je vis l'œil du cyclone s'ouvrir sur une brisante nostalgie, ciel ou tombeau couleur d'évasion. Un vacarme rompit le sortilège et je fus ramené sans ménagement à l'air libre : le gendarme m'éventait avec son képi en me traitant de petit con. Je revenais incognito des sombres bords. À cause d'une étourderie funeste, j'avais affronté inopinément les alpages du vertige et découvert par la brèche le chemin de chèvre de l'au-delà et ses prairies de diamant. À moins de treize ans, j'appris d'un coup tout ce que visionnaires et mystagogues nous suggèrent dans la poussière retombée des siècles. Et j'en devins bègue comme Moïse dégringolé du Sinaï. Ce prodige ne saurait d'ailleurs être attribué qu'à une particularité physiologique : je ne peux m'évanouir, ou plutôt, quelque chose de la conscience perdure chez moi jusque dans l'apparent sommeil et les états dits comateux. Aujourd'hui encore, quand il s'agit d'éclairer l'expérience, les mots se démantibulent sur mes lèvres. Il m'est pourtant arrivé plus d'une fois de reprendre ce chemin de traverse que la foudre éclaire d'un jour magnétique.

Remis sur pied dans l'après-midi, je courus jusqu'à la berge héler l'ami Jean. Les draperies pliées et dépliées de la neige s'effaçaient dans la houle de l'affluent qui s'évasait comme un estuaire aux environs de l'archipel. Comment oublier cette odeur de noyade au milieu des froissements d'aile ? Face aux îles, les yeux perdus dans le remous mêlé de la rivière et de la neige, je pensais éperdument à ma mère inconnue, ma mère victime de ma naissance et qui m'appelait doucement dans mes rêves.

Le montreur de marionnettes qui joue sa vie derrière le castelet. Si un seul fil venait à se briser, le cœur s'arrêterait et le pantin de bois et de chiffon, une gêne dans l'épaule, poursuivrait seul le spectacle.

Cette nuit de pleine lune, comme appelé, j'ai trébuché à moitié endormi jusqu'à la fenêtre pour contempler les seins d'albâtre de Coré. Un chat ou un renardeau a jailli de l'ombre pour sautiller autour de la statue, dans la lumière perlée, avant de filer derechef du côté du petit bois. L'aile de la chouette hulotte s'est alors abattue sur quelque créature rampante. J'ai pensé à elle soudain, à l'habitante des combles et son chat Fuchsia, à la chère amie qui devait veiller comme moi la vie expirante des souriceaux et des phalènes.

Il m'a semblé entendre chanter peu avant l'aube, avec le sentiment d'une foule à l'écoute, présence attentive, comme si j'arpentais les coursives feutrées du palais Garnier au milieu d'un opéra flamboyant. Sans doute est-ce dû au vent dans les interstices ou aux halètements du ressac. Surtout à l'intrusion bouleversante de Fedora dans cette solitude. J'évitais d'aller la voir chanter au début. Notre relation excluait toute forme de sublimation. Elle n'attendait de moi que l'aphasie des peaux soudées. On se voyait chez elle, rue d'Odessa, parfois dans un petit hôtel plus louche que borgne où j'habitais alors, place du Retour, entre la Seine et le canal. Un après-midi après l'amour – c'était en plein été et nous étions accoudés à la fenêtre où Fedora aimait fumer en regardant les arbres –, je m'étonnai avec une fausse candeur de son indisponibilité la nuit, toutes les nuits.

— C'est très simple, répondit-elle, j'ai besoin d'être

seule après mon travail.

— Mais tu ne chantes pas tous les soirs…

— Presque, et c'est une habitude acquise. Tu ne peux pas comprendre, chanter Puccini, Mozart ou Strauss, ça ébranle mon être et mes entrailles à en mourir ! Il faut que je sois seule après, que je me reprenne. C'est comme une folie. La scène est un bûcher. Tous les soirs je brûle, je me consume. Il ne reste rien de moi que cette douleur. Alors il faut que je parte…

— Que tu partes ?

— Enfin que je m'isole d'une manière ou d'une autre.

Il faisait une chaleur tropicale. Sans vis-à-vis, la fenêtre de l'hôtel donnait sur un jardin public et les toits d'une école avec, en perspective, entre les branches de marronniers, les contours variés de Paris, des Hauts de Belleville à la butte Montmartre. Face au grand soleil de juillet, dans une pénombre bleutée qu'ornaient les volutes du garde-fou, le corps de la cantatrice recevait la touffeur de l'air qu'une brise agitait mollement. Des filets de sueur brillaient entre ses seins et sur ses flancs, avec de petits scintillements entre les poils pubiens.

Elle qui s'efforçait de ne fumer que trois ou quatre cigarettes par jour aspirait la fumée avec délectation.

— Et, sais-tu, j'ai en horreur la niaiserie bavarde de la plupart des livrets d'opéra. S'il s'agissait de théâtre, ça n'aurait jamais passé la rampe. Paradoxe que de voir le public le plus cultivé acclamer ces farces ! Bien sûr, il y a la musique…

Fedora prétendit alors me confier un secret : elle se soustrayait sur scène à toute compréhension d'ordre verbal. Les paroles passaient par sa gorge sans prendre d'autre sens que l'intensité dramatique induite par la partition.

— Quand je chante l'aria « Casta diva », en ouverture de *Norma*, n'existent que les notes articulées d'une mélodie exprimant la tragédie d'une femme sacrifiée dans son amour, j'ignore le texte, les décors et les costumes. Seul le génie de Bellini se manifeste …

Son rire résonne encore en moi. Fedora se moquait d'elle-même aussi aisément que de quiconque. J'avais glissé ma main droite sur ses reins. Par un mystère de transmission, un grain de beauté minuscule entre les fossettes d'amour déclencha chez moi une vive érection qui la fit s'agenouiller. La soprano m'attisa avec art ; ses longs seins élastiques battaient mes cuisses en mesure. Elle m'attira enfin tout contre elle, dans sa chaleur trempée, entre l'épaisseur soyeuse de ses cuisses. Baiser une cantatrice n'ajoute rien à la musique, mais la caresse de cette bouche divine qui se contracte et s'amollit sur votre peau et qui bruit de toutes les voyelles montées d'abysses charnels a quelque chose d'affolant pour l'imagination toujours aux loges d'un opéra. Mon désir pour Fedora usait sans complexe des fantasmes les plus torrides. Ainsi peut-on être fétichiste d'un organe – cette bouche de sirène qui semblait n'atteindre à la jouissance qu'au crescendo d'une aria, comme une vulve distribuant ses orgasmes à la cantonade. J'étais fou de jalousie partielle ou parcellaire.

Cet état m'inspira d'ailleurs une des nouvelles de *la Verseuse du matin*, mon unique recueil. L'amant d'apparence fidèle d'une jeune concertiste très accorte mais un peu prude trompe celle-ci secrètement. On le devine à ses apartés et chuchotis mystérieux. Elle-même finit par avoir des soupçons. Jusqu'à l'instant où elle découvre l'objet exclusif de ses faveurs : son propre pied droit chaussant petit et si joliment cambré qu'il couvre de sperme et de promesses pendant son sommeil et couve de l'œil à toute heure.

Le peintre du château de Fortbrune a-t-il vu s'embraser ses œuvres avant de brûler lui-même ? Cette question évidemment insoluble m'a tourmenté une partie de la nuit. J'en ai compris l'origine avant l'aube : cette veillée au coin de la cheminée où brasillait un grand feu de bois sec nourri par bévue d'une vieille travée de chemin de fer tout imprégnée de goudron. La vivacité des flammes et l'âcre fumée m'effrayèrent un moment. Les conduits noirs de suie accrochaient des escarbilles et des flammèches où s'imprimait une succession de figures évoquant Bosch ou Grünewald. Cependant la travée fondit sans autre dégât et j'allai me coucher dans mon sémaphore, les habits et les cheveux pénétrés d'une odeur d'incendie.

Le Maître de Lassis eut-il même une pensée pour ses tableaux ? Sa fille Aurore et sa servante vouées comme lui-même à l'holocauste durent assez ajouter à l'épouvantement de son martyre. Quand on voit mourir ses amours, les objets, même les plus irremplaçables, même ceux qui semblent retenir une âme, n'ont pas plus de réalité que les songes qui les firent éclore. J'imaginais l'embrasement des images et la fuite éperdues des jeunes femmes autour de lui – lui qui, titubant sous une cascade de flammes, discernait pour la première et dernière fois l'inanité tragique des formes et, comme un soleil noir, l'absolue coïncidence d'être à néant.

Dans une préface, H. G. Wells suggère à l'auteur d'histoires fantastiques d'aider le lecteur, subrepticement et de toutes les manières imaginables, « à domestiquer l'hypothèse impossible », afin que ce dernier puisse entrer sans trop rechigner dans son jeu. Mais comment lui faire admettre, au lecteur, cette conjecture *dans la réalité même* ? J'ai écrit bien des contes à dormir debout et vécu des aventures plus invraisemblables encore. Affranchi des envoûtements de la fiction, mon journal ne veut relater que la vérité d'une conscience aux prises avec *l'hypothèse impossible* qui la désagrège. On a coutume de décrire le genre fantastique par cette fissure du mystère au sein du quotidien le plus bétonné. Mais comment désignerai-je, sain d'esprit à en perdre tout humour, une immixtion de l'irrationnel dans l'indiscutable réalité ?

Marche digestive dans les chemins creux tapissés de

feuilles de l'arrière-pays. J'ai craint deux ou trois fois de voir mon chapeau voler sous la grenaille de chasseurs embusqués. L'air farouche dans leurs treillis de commandos, ces gens-là jouent à la guerre avec des bestioles pacifiques, ce qui les exempte d'exterminer la part honnie de leur voisinage. Un soleil d'une pâleur lunaire apposait une lumière de cathédrale sur les frondaisons éclaircies des trembles. Les sols détrempés exhalaient un parfum rare composé d'un subtil enfleurage de débris végétaux, de cryptogames et d'excréments de bêtes sauvages. Il y avait dans l'air une qualité de ressouvenir qui m'émut aux larmes. Qu'en saurait rapporter avec assez de précision le romancier repenti ? Un expert en descriptions automnales tel que Barbey d'Aurevilly s'y applique à ma place : « On était en octobre, cette saison mûre qui tombe dans la corbeille du temps comme une grappe d'or meurtrie par sa chute... »

Au lit avec un tour de reins, je reprends mon journal après deux jours d'infidélité. Le moral dans le mercure, je me sens tout à fait comme le jeune homme triste des *Mille et Une Nuits* dans son palais de marbre noir et dont le bas du corps devint de pierre : « Il n'était homme que du nombril aux cheveux. » Un âge arrive où l'on reste jeune par le haut. En escapade à Brest pour me procurer des livres et des conserves, j'ai dû passer une nuit à l'hôtel à cause d'un ennui de carburateur. Ma vieille Alfa Romeo 33, achetée d'occasion à une amie romancière avec les droits d'auteur de *la Verseuse du matin*, aura connu (et provoqué sur le tard) pas mal de déboires. Mais elle tient toujours la route et ne fait pas trop mentir sa devise :

Cuore sportivo

La vita è troppo corta per non guidare italiano

Dans une chambre glacée donnant sur la rade portuaire, sans recours à ces minuscules habitudes qui vous soumettent insensiblement au rabâchage du quotidien, j'ai pu malgré tout méditer sur l'effarante condition de l'amant dépossédé ; l'absence toutefois est ce qui me reste de plus précieux et de plus vivant aujourd'hui, de plus neuf. Je ne vis que par elle et tout ce qui m'arrive ne prend effet qu'en écho du passé, serait-ce les messages et les signaux que m'envoie chaque criaillerie de mouettes, chaque inflexion du vent ou friselis de nuages.

Ar-Grill, Keraudren, Kerloch, Penfrat, Ty ar Guen…, les appellations des lieux-dits locaux imitent, par une correspondance toute baudelairienne, la brutalité minérale des sites. J'aime ce paysage pourtant hostile, moi qui n'ai rien d'un marin ou d'un planteur d'artichauts. L'adversité élémentaire ne résiste pas à un bon feu de bois, même par temps de tempête : ça souffle si fort ce soir que les flammes rugissent. L'océan dans mon oreille n'est pas un acouphène. À mes pieds, une bouteille de whisky écossais presque vide. Déplié sur mes genoux, et traduit pour le plaisir ce matin d'après une feuille manuscrite, un poème de Frère Emily (comme elle aime s'appeler) :

Morte étais-je pour la Beauté – et tout juste
M'avait-on descendue au sépulcre
Qu'un Autre – mort pour la Vérité
En la plus proche Chambre était inhumé –

Je pourrais aussi bien inverser les rôles, puisque tout ce qui advient ici est d'ordre spéculaire. Mais soyons simple : la solitude rend fou et Paris m'a tué. Les victimes retournent-elles sur les lieux de leur meurtre ? Ah ! Frère Emily, sauve-moi de la Vérité plus que de la Beauté !

À la suite de l'imprévisible succès de *Tallboy*, mon troisième roman paru voilà pile une décennie, mes ennemis auront instruit contre moi un procès d'intention abject, m'accusant de complaisance pour l'Allemagne du IIIe Reich et de je ne sais quel engouement envers la culture réactionnaire d'avant-guerre. Il y a un mot de Leonardo Sciascia (dans *Noir sur noir*), qui dit leur fait à ces inquisiteurs irréfléchis : « Le plus typique exemple de fasciste aujourd'hui (les experts prendront soin de sa description et de sa classification) est le prétendu antifasciste qui se dévoue à accuser de fascisme ceux qui, au grand jamais, ne le furent. »

Ce qui singularise Ludwig, le jeune héros de mon

Tallboy, c'est justement sa totale indépendance vis-à-vis du régime et des valeurs nazis. Né en 1927 à Qingdao, dans la baie de Jiazhen, ancien protectorat allemand rendu à la Chine après le traité de Versailles, sa chance fut de n'avoir pas été contaminé par l'espèce d'hystérie collective induite par une clique de magnétiseurs sans scrupules. Ce fils de financiers d'origine alsacienne (lesquels servirent de médiateurs entre les autorités nippones puis chinoises et la Société des Nations) sera finalement rapatrié fin 1943, à l'âge de seize ans, sans rien comprendre aux enjeux du conflit. Isolé à Qingdao au milieu d'autochtones dont il avait partagé la culture, Ludwig revient au pays avec un bagage littéraire impressionnant : toute la bibliothèque classique de langue germanique léguée par son grand-père maternel. De l'Allemagne, il ne connaît que les Schiller, Goethe, Hölderlin, Jean Paul, Novalis, Eichendorff, Brentano, Heine, Hoffmann, Von Kleist…, ainsi que les grands compositeurs, la philosophie des Lumières introduite par le *Was ist Aufklärung ?* d'Emmanuel Kant qui déclarait en rousseauiste : « L'état de tutelle est l'incapacité de se servir de son entendement sans la conduite d'un autre. » Dans cette disposition d'esprit, tout empreint d'Orient et d'idéal romantique, le jeune conscrit envoyé illico sur le front atlantique croira défendre les valeurs d'un autre siècle. Nous sommes en juin 1944, à la veille du débarquement. Vite isolé dans son bunker qu'une bombe fouisseuse Tallboy disloquera bientôt, Ludwig poursuit son rêve au bord du désastre, Schubert et Rilke au cœur. Je crois avoir écrit avec ce roman un hymne à l'Europe et à l'humanisme coupé de toute nostalgie. Mon héros est un adolescent de l'avenir, certes manœuvré par ses chefs, mais sans haine ni ressentiment et comme enflammé par ce prodige des civilisations qu'est le chant libre des lointains.

Sans bornes toutefois aura été l'ignominie jalouse de mes détracteurs. Ce cher Robert Calamistre, critique au *Magazine des Deux-Rives*, lui-même romancier, alla fouiller dans mon passé et, sur la foi de je ne sais quel misérable vecteur, osa évoquer la « mort suspecte » de mon père et mes années de prison. Je n'ai qu'un conseil à donner : si vous écrivez un jour un chef-d'œuvre, disparaissez ou prenez vite un avocat.

Déontologie : c'est un mot qu'emploient volontiers les contrefacteurs et les corrompus pour faire la différence entre eux.

Même dans une perspective d'aveu et d'intime réconciliation, on se retient longtemps d'aborder les questions les plus brûlantes : ai-je seulement avancé le nom d'Élisabeth encore ? Else accouchera d'une fille deux ans après notre emménagement sur les quais de la Marne. J'évoquerai un jour les complications de notre vie de famille. La vitalité joyeuse de l'Allemande contrebalançait pour moi la sombre hostilité du gendarme : Else finit par me réconcilier avec la gent procréatrice. L'absence initiale de mère, de cette lumière penchée qui vous sauve de l'ordinaire indifférence des choses, aurait pu m'écarter de l'espèce humaine, faire de moi une sorte de monstre, si deux ou trois substituts femelles n'avaient parié sur la félicité de l'orphelin.

Pris d'une fringale de voyages, j'étais parti feuilleter le livre du monde dont je ne connaissais encore qu'une ou deux pages. C'était à la fin des années soixante. Les saturnales de Mai 68 avaient été pour moi l'occasion de brader martyrs et prédicateurs de l'ancienne école. Je voulais goûter aux ailleurs comme au sang d'un premier baiser. L'avenir aurait pu commencer, enfin. *Je savais bien ce que je fuyais, mais non pas ce que je cherchais.*

Au fond, plus que l'écriture de fiction qu'encouragent les désastres et autres fiascos de l'apprentissage et que l'insuffisance de la réception publique désespère, c'est la lecture des poètes et leur traduction désintéressée, sûrement fautive, qui m'aura donné le plus de satisfactions intellectuelles. Ainsi ai-je effrontément disséqué les poèmes d'Edgar Allan Poe (après Baudelaire et Mallarmé !), tout l'œuvre publié ou inédit d'Emily Dickinson, les *Élégies de Duino*, la *Vita Nuova*, Bashô et l'infortuné Issa (malgré une pratique assez basique du japonais), le premier livre de *l'Odyssée*. Et même, en son intégralité, la *Genèse,* où l'on apprend que la Création est la chute :

À l'origine, Dieu était vide et vague.
Les ténèbres et l'abîme ensemble devinrent eau et le vent parla :
Il dit et la parole fut lumière distincte des ténèbres
Le jour ainsi nomma la nuit. Mais au bout du mot vint le soir.
Mais après le mot fut le matin –
Initiale parole !
Il dit : que la séparation des eaux reflète les mondes.
Et le ciel désigna la nuit entre les eaux du haut et celles du bas (...)

Ce matin, au réveil, l'idée saugrenue m'est venue d'aller fleurir la pierre tombale du Maître de Lassis, dans les pas endeuillés de la belle Agnès. Je ne contrarie jamais ces impulsions subliminales, sachant qu'elles procèdent d'un rêve de la nuit. J'ai appris depuis longtemps à marier les vies parallèles : nulle porte de corne et d'ivoire ne sépare pour moi la veille du songe. Et il peut très bien se faire que je me trompe d'état, dormant alors que je crois veiller, ou inversement – comme l'artisan de Pascal. À la cuisine, vaste salle commune où gronde une de ces imposantes cuisinières de cuivre et de fonte à parements de faïence qui remplacent à elles seules une coalition de rôtisseurs et de cordons-bleus, j'ai longtemps bâillé aux goélands dans la contemplation de la bouilloire, tel Denis Papin méditant avec la modestie d'un génie pragmatique sur « la manière d'amollir les os & de faire cuire toutes sortes de viandes en fort peu de temps & à peu de frais ».

Nuit mitraillée de rêves. Qui dira que le sommeil est juste ? À la manière d'un monarque de Norvège, je courais sur le plat des avirons d'une galère activée d'un rythme égal par deux cents rameurs, certain de la noyade au moindre faux pas. Ma course était semblable à celle de l'eau vive toujours identique sur les pales d'un moulin. D'un clignement d'œil, j'échappai enfin à ce plancher mouvant, mais pour un supplice accru : me voilà cette fois attaché aux ailes d'une éolienne, des dizaines d'autres sifflant un chant de sirène autour de moi, chant étrange de Molpé, cris acérés de Ligée ou voix sublime d'Aglaophone, les femmes-oiseaux de la baie de Naples. Mes liens se dénouèrent d'un coup et je vis avec effroi mes propres intestins choir, nœud de serpents au milieu d'une hémorragie de fourmis rouges, puis les organes empilés jusqu'à la calotte crânienne suivirent, me vidant même du cœur, de la cervelle et des gonades. De moi, face au vent, il ne restait attaché au squelette que la peau et des yeux de gemme. Bon à rempailler, j'invoquai Osiris, l'Éternellement Beau qui gouverne les morts :

Je cherche ma voie, âme immobile, je sors à l'heure de vivre des entrailles du singe...

L'éternité est certes plus jeune que la mort. Il m'a semblé pour finir naviguer sur une mer odysséenne. Dans les ténèbres, j'enfilai une à une les îles mystérieuses au fil du sillage, comme les vertèbres de marbre d'Apollon.

Trop mal en point pour me suffire d'une canne, j'ai sorti dans l'après-midi la vieille Alfa Romeo de l'écurie, avec une pensée pour mon amie romancière et César, son compagnon, afin de me rendre aux ruines de Fortbrune, sur la colline qui domine le plateau où fument deux ou trois chaumières isolées. Je ne saurais expliquer ces tropismes soudains, dans le calme d'une fin de vie sédentaire. La voiture garée en bas du mont venteux sur lequel s'érigeait autrefois le château, j'ai cheminé vers ses vestiges qu'un grand chêne veille, en banal excursionniste, avec un fond d'appréhension sommaire, presque insouciant. Entre ces pans de murs noircis, des êtres de paix avaient été massacrés par une soldatesque ivre. Rien du drame ne filtrait alentour : le chêne bruissait comme au temps des druides et les colchiques croissaient à l'identique parmi les gravats. De ces hauteurs, – déployé en un cercle plus entier que les mandibules entrouvertes des îles et des falaises de granite visibles depuis la terrasse du promontoire – le panorama inclut la lande hirsute, les pâtures couturées de haies vives et les labours plus sombres où s'entrecroisent en damiers aléatoires les vols de mouettes et de corneilles. Des nuages anthracite roulaient sur la courbe de l'Océan où, sur les lignes d'affleurement du ressac, blanchissent une multitude de brisants et d'îlots que semblent relier les sillages des morutiers de Concarneau ou des sardiniers de Douarnenez. Au-delà, fondu en une même cambrure à l'éclat varié, le fin liseré d'émeraude des terres et des mers. À demi dissimulés par les bosquets de pins et de chênes, le domaine de Ker-Lann et les toits pointus du bourg de Meurtouldu se repèrent par la tour octogonale et le clocher, lesquels, en perspective tronquée, forment un trapèze avec le phare de l'Ankou et celui du Hueldu dressé sur la colline, en surplomb des îles de la Fée.

L'esprit quelque peu égaré dans ces vastitudes, je ne vis pas aussitôt la vieille Olett qui cueillait je ne sais quoi, pissenlits ou champignons, entre les pans de muraille. Cassée sur sa besogne, elle me guignait de son œil de pythonisse. Bien connue pour sa dévotion au saint breton Houarmiaule qui guérit de la peur, la vieille Olett aboyait ses exécrations ou miaulait ses faveurs, au gré des lunaisons. D'elle, j'avais déjà appris de quelle exécrable réputation mitonnée dans les masures je devais me prévaloir. Même gâtée par la superstition, sa franchise était un aval de crédibilité.

Nos chemins se croisèrent au milieu des ruines. Elle redressa la nuque et je vis peu à peu remonter de l'ombre une lourde nasse de rides où frétillait tout un banc de grimaces.

— Bonne cueillette ? lui demandai-je par civilité.

— Chaque année la même à cette heure ! grommela-t-elle en m'exhibant un panier de bolets jaunes qu'elle baptisa « nonettes voilées ». Monsieur le Maître les aimait plus que tout, en fricassée, c'est bien normal de les voir pousser sur ses cendres…

Cette énergique spéculation m'apprit au moins que la bonne femme avait connu les habitants, ce qui ne manqua pas d'éveiller ma curiosité.

— J'ai travaillé là comme domestique avant-guerre, opina-t-elle. Un peu remueuse, un peu rôtisseuse, esclave sûrement ! Et puis ma jeune sœur m'a remplacée pour son malheur. C'est moi qu'aurais dû être brûlée, ou le chat de la Saint-Jean !

— Vous avez donc pu voir les œuvres du maître, je veux dire : les peintures…

— Comme je vous vois ! Rien de perdu, là-dedans : on était dans de malins barbouillages, par saint Houarmiaule ! Et je dirais même que ces imaginations-là ont attiré la foudre…

À peine eut-elle invoqué l'orage qu'un sinistre craquement parcourut la campagne. La vieille Olett considéra les nuages invasifs à proximité des côtes et fit un signe de croix. Sans attendre le premier éclair, sur la foi d'une goutte de pluie, elle fila de guingois, comme un lièvre perclus sous un feu nourri.

À l'abri de mon Alfa 33, je me disais qu'en aucun cas une telle caricature ambulante n'aurait pu entrer dans un de mes romans, serait-ce pour jouer son propre rôle de sorcière attardée. La vraisemblance en art est une notion évolutive qui doit prendre en compte l'artifice des mœurs, même si saint Houarmiaule guérit toujours la peur…

Je ne suis pas de ceux qui n'auront jamais vécu que leur autobiographie, catégorie dans laquelle ce bon Vauganet fait belle figure. Il m'écrit régulièrement depuis ses pénates du Léon et me raconte en long et en large les aventures de sa vacuité. Le seul événement notable qui ne cesse d'allaiter sa prose est d'avoir aimé sa mère. Il m'a téléphoné hier pour me convier dans sa forteresse marine. J'irai sûrement, histoire de revoir son impressionnante collection de figures de proue.

Ce soir, attardé sur la terrasse jonchée de la monnaie d'or d'un frêne qu'un coup de vent aura pillé, dans un contre-jour qui encrait la mer d'une frayeur de pieuvre géante, j'ai cru voir louvoyer le funeste *bag noz* entre les récifs et les îles, la barque nocturne en chasse d'âmes. La magie des éléments est si prégnante sur ces côtes, entre Léon et Cornouaille, que je m'abandonnerais presque à la fantasmagorie, à l'écoute de Viviane ou de Marie-Morgane, les ensorceleuses, ou d'une plainte de trépassés, certaine nuit, dans la lande. Calfeutré là-haut, dans la chambre de veille de la tour pentagonale, je suis aux aguets, tous les sens tournés vers mes propres failles qu'un monde ténébreux illustre démesurément.

Je suis un *meurtrier accessoire* – saurais-je assez duper ma conscience pour l'oublier ? Mes rêves et mes livres, l'Océan juge et vengeur, mon cœur affaibli, tout me le rappelle. Et comment vivre aux portes de l'enfer, seul *avec elle* et sans cesse nargué par les korrigans et autres poulpiquets ?

À moins d'être mourant, on ne peut regretter une époque idéale, puisqu'elle éclaire ce qui peut l'être de la mémoire. Seules les vies avortées nous taraudent, ce qui n'a pu être accompli. La nostalgie est affaire de remords. À Kyoto, j'aurai vécu vingt mois d'étrangeté parfaite dont je garde encore le sourire, malgré les larmes d'Amaya. Une bourse d'études aura ainsi financé la période la plus inculte de ma vie. Étudiant en Sorbonne, j'étais l'élève d'un ami et disciple de Serge Elisseeff, le fameux orientaliste qui sauva probablement la ville impériale de la destruction atomique. Celui-là appuya ma candidature avec une certaine désinvolture. Miracle ou concussion, j'héritai d'un visa pour le bout du monde. Établi plusieurs semaines avant que n'ouvrent les instituts sur un campus à l'américaine au milieu des collines, je m'immergeai naïvement dans un précieux exotisme encore épargné par les effets de la mondialisation. Dans Heiankyo, ancienne capitale et centre historique de Kyoto, j'errais comme un bienheureux entre une sieste prolongée dans quelque jardin de temple et un spectacle de sarugaku ou de kabuki. Censé étudier la fonction religieuse du masque dans le théâtre nô, j'avais tout loisir d'assister aux répétitions, et, par faveur spéciale, à la formation des acteurs. Une traduction anglaise du *Fushi Kaden* sous le bras (ou *Transmission de la fleur et du style*, illustre traité du grand maître Zeami), dont j'usais volontiers comme coussinet sur les bancs des parcs ou les parvis ombragés des pagodes, mon séjour de résident s'écoulait, paisible, au bord du fleuve Kamo. J'étais en passe d'assimiler cette notion idéale de *yugen*, ou d'*élégance tranquille,* au cœur de l'enseignement du nô, quand, à la fin d'un été faussement studieux, je rencontrai Amaya. C'était par un soir de pluie sur les marches palières d'un théâtre du quartier des geishas. Jeune fille vêtue en collégienne, avec robe plissée, chemisette et béret noir, elle riait aux éclats sous le toit instable d'un vaste parapluie qui laissait diversement jouer sur son visage la lumière crue des réverbères ou le miroitement des flaques. La foule déambulait en tous sens à cette heure oisive. Sans souci des passants, Amaya devisait avec une corpulente fille à nattes qui ne pouvait dire deux mots sans proférer son nom d'une voix perçante. Je m'étais figé, troublé autant par sa joliesse un peu féline que par une curieuse impression de familiarité.

— Et, tu sais, Amaya ? Les Occidentaux prétendent que nous manquons d'humour.

— C'est qu'ils prennent nos geishas et nos acteurs

grimés pour des clowns de cirque...

Les deux jeunes filles parlaient en français ! Par ce retard fréquent à l'étranger, petite distraction de Babel, je m'en rendis compte quelques secondes après qu'elles se furent mêlées à la forêt de Birnam des parapluies.

À leur poursuite, jouant des coudes sous la pluie, j'eus la surprise de retrouver Amaya à cent mètres de là, au beau milieu de la chaussée. À cheval sur une grosse cylindrée, juste au moment d'actionner du pied droit la pédale de démarrage, son espèce de kilt relevé sur des genoux d'écolière, elle considéra ma présence – je le crus, à voir son sourire mouillé et ses paupières battantes. Elle coiffa un casque et partit en douceur, sans ces démonstrations pétaradantes qu'affectionne l'autre sexe. La fille aux nattes détentrice du parapluie était revenue sur ses pas. Désolée de voir s'éloigner l'engin, elle manifesta son dépit en tapant du pied sur le macadam. Je l'interrogeai sans hésiter mais le cœur battant. Curieusement, elle se prêta avec une certaine complaisance à ma sollicitation. Étudiante en grammaire française tout comme elle, Amaya travaillait aux caisses du Théâtre impérial sur les marches duquel nous venions de nous croiser. Prisonnière plusieurs heures par semaine d'un guichet de verre où j'avais quelquefois retiré un billet à tarif réduit, Amaya ne pouvait pas m'échapper. La fille aux nattes m'avait salué d'un air sagace. Je marchais longtemps sous la pluie nocturne, l'esprit habité de monstres d'acier et de nymphes pâles avec, à l'oreille, des échos prolongés de tambours et de flûte.

D'une fausse Japonaise, geisha du temps perdu, je me récite aujourd'hui les vers écrus :

Cours à ton rendez-vous de Gloire
Sans frayeur sinon pour nous –
Qui passons à gué le Secret
Que d'un seul bond tu franchiras

Quelques instants de plus, et je serais mort d'asphyxie dans le garage du gendarme. Un éminent kabbaliste prétendait que nous avons tous dix vies liées aux dix sephirot et que nous mourons effectivement certaines fois pour nous retrouver sans solution de continuité dans une autre vie où nous nous imaginons à peu près tout connaître, sur la foi d'une mémoire qui s'autogénérerait. J'ai gardé en tout cas de l'expérience du garage le sentiment d'une proximité foudroyante avec le mystère qui nous ensorcelle. Il suffit *d'un rien*, à peine un déplacement de molécules, pour qu'apparaisse dans ses infinis linéaments et son absolue évidence un secret si bouleversant que la mort semble un détail, vétille d'une microseconde dont tout l'univers résulterait... Mais cette porte entrebâillée par un gamin de treize ans s'est refermée dans un vacarme funèbre.

Longtemps, en plein esseulement ou avec quiconque daignait m'apporter ses lumières, j'aurai traqué cette brisante révélation qui rend la plupart des occupations humaines plus dérisoires qu'un remuement de larves dans le champ de bataille de l'Histoire. En même temps, certains jours, la peur m'étourdissait. Et je courais à toutes jambes, en songe comme dans les chemins capricieux de mes veilles, pour fuir l'ombre puante de la mort.

Assez tôt ce matin, sachant bien comme je m'escrime d'ordinaire aux premières lueurs du jour avec la grande cheminée de la cuisine, le vieux Braz est passé me voir, passablement ahuri, un lot surprenant de sa pêche de la nuit dans sa carriole à bras : espèce de monstre translucide d'au moins vingt livres d'apparence mi-ovine mi-androïde – un agneau marin aux airs de jeune fille.

— C'est à cause de la centrale, déclara le pêcheur.

— Il n'y en pas sur cette côte, lui expliquai-je pour la forme. La plus proche se trouvait à Brennilis, dans les monts d'Arrée. Son démantèlement a coûté une fortune...

— N'empêche, c'est à cause de leurs réacteurs ! Vous voulez pas de la bête ? En soupe, c'est tout poisson...

Il admit d'assez mauvaise grâce que c'était trop pour un ou deux estomacs, mais accepta le bol de café poussé d'un petit verre de schnaps. Dans son bleu de chauffe, la casquette bien vissée, Braz était taillé comme un pied de vigne, la face pareillement sèche et tortueuse, l'œil percé à la chignole, avec des oreilles de chèvre. Il lorgnait le feu méchamment, en bûche sauve.

— On raconte par là que vous cachez quelqu'un...

Interloqué, je ravalai ma salive et lui demandai des éclaircissements.

— On le raconte chez les vieilles de Meurtouldu qui se remuent même pas le cul de leur hublot…

Braz repartit avec son monstre marin, un sac de pain rassis pour ses lapins et la recommandation de ne rien conjecturer des potins de commères et autres marraines d'aspic.

Journée inquiète sous un ciel agité de présages. Au comble de l'angoisse sur le coup des cinq heures, je suis descendu jusqu'à la crique par le sentier des douaniers de la pointe d'Ar-Grill. Le ressac tonnait en rafales sur l'arc des brisants et je me suis plu à contempler la nébuleuse spirale du maelström lové entre les roches hautes, tandis que déclinait le jour. Les enroulements d'étincelles des eaux ou du ciel nocturne me tranquillisent pareillement. En remontant vers le domaine, je n'espérais plus qu'un de ces sommeils sans rêves qui sont comme un couvre-feu de l'âme.

Lu à mes dépens cette phrase hier soir – dans *Arcane 17*, juste avant d'éteindre ma lampe : « Où va si tard le voiturier, peut-être ivre, qui n'a même pas l'air d'avoir de lanterne ? » – en me souvenant que la dix-septième lame du tarot, l'Étoile, renvoie au messager des dieux sous l'empire de la Conscience en Huit. Un rêve alors ramena chez moi le vieux Braz enivré et poussant sa carriole. Il chantait un air à boire bien connu :

Ô fille de Camaret, où est ton pucelage ?

S'en est allé sur l'eau dans les bras d'un matelot !

C'est alors que j'entrevis sa pêche miraculeuse : une sirène à la mode médiévale, femme-poisson dont la queue d'argent frétillait par-dessus la roue. Blonde en tout, les yeux pervenche, une peau satinée jusqu'au pubis et des seins en gorge de tourterelle, elle était scandaleusement alléchante.

— C'est pour la garbure ! hoquetait le pêcheur. Salaud de ma salope ! Je vous la cède au prix de l'Europe, je veux dire de l'euro.

Il disparut en riant dans la nuit des braconniers. La sirène ruisselait devant les flammes. Sa splendeur fluctuante, l'ondoiement balancé des mamelles et des hanches, l'indécision sensuelle entre épiderme et squame, tout en elle relevait d'un art suprême de la séduction. Une brûlure au ventre, j'ai pensé soudain à Else Grauthausen, ma belle-mère allemande au temps de sa jeunesse, et aux berges noyées de la Marne. À l'instant de m'éveiller, un vers de Coleridge flottait littéralement sur mes lèvres :

L'eau comme une huile de sorcière, jetait des reflets de lazurite, d'émeraude et d'opaline...

Comment naît un roman, comment l'idée de *Tallboy* m'est-elle venue ? C'est une question sans réponse avérée : le chaos précède forcément la Genèse. Mais je n'ai pas oublié mes déambulations sur les plages du débarquement. *Sans Fedora.* Pendant ces heures amères où je me torturais l'esprit à chercher une solution. J'avais connu sur cette terre l'abandon, l'exil et la dépossession, la détention, le deuil imparable de soi, tout ce qui marque un homme de cette blessure interne, empreinte en creux d'un néant universel. Ne vivant plus alors que d'expédients, droits d'auteur inclus, sans famille ni liens matériels hormis l'Alfa Romeo qui me servait à l'occasion de refuge nocturne, je rêvais d'écrire un grand roman, une histoire vraiment humaine et forte qui rassemblât les illuminations et les convulsions du siècle dans un destin bref, sorte d'équipée solitaire à travers la pire adversité : la figure de Ludwig s'incarna en moi de manière subite, je devrais presque dire *en dehors de moi*, lorsque je découvris un blockhaus de la dune de Criqueboeuf, entre mer et marécage. De Ouistreham aux premières falaises, en limite du pays de Caux, j'avais exploré une portion somme toute minime de l'*Atlantikwall*, qui s'échelonne depuis la frontière espagnole jusqu'à la Norvège : bunkers à étages avec tourelles d'artillerie pour canons de marine à longue portée, casemates de réserve, blockhaus enlisés dans les sables ou fichés dans la rocaille comme des tanks de béton. Cette interminable forteresse en pointillé, tout hérissée de mitrailleuses et d'artillerie lourde, aurait pu être tenue par des invalides ou des enfants (les troupes défensives du mur de l'Atlantique étaient constituées en majorité de soldats de deuxième ordre, trop vieux ou trop jeunes, exemptés de campagne). Parmi les bunkers fracassés de la côte normande, un *tobrouk* conçu pour un seul embusqué me servit de refuge quand, au détour d'une rayonnante journée de septembre, s'abattit une trombe fuligineuse. La grêle déchiquetait les chardons des dunes et mitraillait la façade penchée du blockhaus qui glissait sur la grève et qui un jour roulerait comme un dé au pied de l'escarpement. Face aux vagues, dans mon abri, je me vis en place du défenseur solitaire : il avait dix-sept ans et s'appelait Ludwig. J'avais à ce moment le sentiment physique de sa présence. Tout de lui m'était transmis d'un coup – les souvenirs de son enfance asiate, les bonheurs de sa bibliothèque, sa détresse face à l'ouragan ennemi. Ludwig se mit à vivre singulièrement en moi et, pour la première fois, sans que je me sente le droit de rejeter dans une altérité maudite un uniforme de la Wehrmacht. Il n'empêche que ce spectre de mon invention mit à mal ma résistance nerveuse. Je dus m'endormir, bercé par le tourment des éléments. Et la guerre du débarquement fit bientôt rage. Posté dans ses franges, je défendais sans espoir ma position, en murmurant quelque chose de Rainer Maria Rilke dans le fracas de la mitrailleuse :

et les ombres des morts
me traversent, comme si les nuages pensaient
d'éternelles pensées à ma place

—Ah vous voilà ! lança-t-elle sans vraiment rire. Et où sont mes héliotropes ?

Sa petite taille raidie sur des talonnettes, elle était vêtue d'une robe droite toute simple et d'un châle, les cheveux en bandeaux, la bouche charnue et pincée en coin, quelque chose de poupin dans le visage malgré ses efforts dramatiques pour être belle. Je sentais bien qu'elle redoutait mes paroles, qu'elle en tremblait secrètement.

— Croyez-vous que je devienne absurde ? lui ai-je demandé d'une voix combien lasse.

— Ce n'est pas grave, puisque je vous réponds, murmura-t-elle, deux larmes pleines de paillettes au bord des cils.

— Ne pleurez pas, chère Emily, vous savez bien que je ne le supporte pas !

Elle trébucha vers ses fenêtres, le dos d'une main sur le front, comme pour fuir les ondes néfastes de mes paroles.

— La mer est cousue de voiles noires, de blanches mains les ont cousues. Oh ! seulement dans les yeux de Tristan qui se meurt de douleur. Il n'aurait pas dû se déguiser en fou…

Elle s'éloigna des doubles rideaux qui oscillèrent. La flamme d'une bougie, au coin du vieux piano, mimait ses déplacements. Elle était à peine plus réelle qu'un *flocon de neige en voyage.* Je dus m'enfuir une fois de plus, avec en tête une mélodie.

Peut-on à force de volonté créer sa famille élue, la récréer à jamais avec les disparus qui vous guettent, les doux morts des tentures et des corridors, peut-on espérer briser cette solitude enfin, au bout d'un millier de rêves plus concentrés qu'une coulée de fonte ?

Autre sujet. Sur la suggestion cynique d'un agent immobilier, une jeune fille décide en désespoir de cause d'exploiter la filière bien connue des croque-morts pour trouver un appartement. Contre une promesse distraite de rendez-vous, un entrepreneur de pompes funèbres fort entreprenant lui donne en effet quelques adresses de « clients » récents. Les concierges et voisins la renvoient vers des notaires ou des syndics. À l'une des adresses, la porte s'ouvre, des gens vêtus de sombre sont rassemblés pour une veillée. Prise pour une parente, la jeune fille est poussée jusqu'à la chambre mortuaire. Le défunt a les yeux très légèrement entrouverts, un nez en lame de couteau. C'est la première fois qu'elle approche un mort.

— Vous êtes venue trop tard, lui dit une vieille femme sur un ton de reproche. Il aurait tant aimé vous pardonner…

Ma mère est morte d'un arrêt cardiaque quelques minutes après ma naissance : elle m'a donc vu et pris dans ses bras. Cette pensée me console et m'afflige à la fois, comme si cette brève rencontre à l'air libre entérinait la séparation en même temps qu'elle plaçait notre relation dans la durée, hors du sommeil placentaire. Né d'une absence, je n'aurais pas été hanté par ces minutes de grâce venues adouber la vie donnée. Dans les tragédies et les mythes, on laisse ceux qui s'aiment, mais que la fatalité foudroie, se dire adieu, une dernière fois, avant que le poison ou la dague scelle les destinées. Même chose, à rebours, pour une mère endurant une fausse couche ou qui verrait mourir son nourrisson. La femme de l'horticulteur irait-elle ainsi fleurir vingt mètres carrés de cimetière si elle n'avait pas vu exister quelques minutes son enfant ?

Reçu le courrier en mains propres aujourd'hui, le facteur ayant un paquet à me remettre. Deux plis administratifs et, miracle, une authentique lettre manuscrite et timbrée. J'ai ouvert les factures et le colis qui contenait le dernier opus de Vauganet (son invitation à déjeuner s'explique...), avant de me pencher sur l'écriture inconnue. C'est avec une légère et assez exquise appréhension que le couteau glisse dans l'enveloppe à double épaisseur. Une lettre peut changer la vie ; il suffit de prendre au sérieux votre correspondant. Il s'agit d'une lectrice cette fois, et provinciale. Mademoiselle Blandine F. de G. a curieusement adressé sa missive, depuis un bureau de poste de Saint-Brieuc, aux bons soins de mon premier éditeur. Un écrivain qui tient à son confort ne doit jamais répondre à cette catégorie d'individus. La lectrice – celle qui prend sa plus belle plume pour complimenter l'auteur ou lui suggérer, lui révéler, quelque connivence avec un de ses personnages ou avec lui-même – est par essence cruelle et cannibale. Des vieillards laurés et intraitables avec leurs pairs se laissent prendre en novices au jeu de la séduction. La littérature est un éternel bal des débutants ! Trop de désirs, d'ambitions et d'inassouvissements habitent ses parages. J'ai néanmoins déchiffré l'écriture petite et pressée de Blandine F. de G. avec une curiosité distante. Elle aurait lu tous mes livres et prétend s'atteler à un mémoire universitaire sur mon œuvre. Elle écrit des nouvelles, « par ailleurs », et mitonne bien sûr toutes espèces de questions « si ma bonne grâce allait jusqu'à lui accorder un peu de mon temps ». Le souvenir a resurgi d'une autre lectrice qui, dix ans plus tôt, avait investi ma vie au point de la disloquer. Sainte Blandine a signé son nom d'une jolie volute ascendante. J'ai replié la lettre et soigneusement refermé l'enveloppe avant de la déposer sur les bûches : une langue de feu l'a gobée avec une promptitude léonine.

Ni Bach ni Schubert ne surent composer *pour une échelle* comme le firent les anges dans un songe de Jacob. Ils y montent et descendent comme les doigts sur une harpe. Là-haut est la maison des ailes. J'y grimpe moi-même chaque nuit dans un vacarme de fête foraine. L'échelle d'or flotte sous les nuages. C'est une vieille attraction qui ne plaît qu'aux enfants et aux simples d'esprit. Et j'appartiens aux uns ou aux autres indifféremment, avec une aspiration toute musicale pour l'au-delà. En songe, il n'y a que des enfants, des idiots et des mythes. Les symboles, eux, ne participent que de l'état de veille (il faut bien se raccorder comme on peut à l'ineffable).

Blandine ! C'est amusant comme la chimère libertine qui s'agite en chacun de nous peut s'emparer d'un simple nom pour satisfaire une part burlesque des doléances de la libido. Dans un moment de sieste, l'étudiante m'est apparue en dompteuse de cirque, fesses et seins nus dans sa cuirasse de skaï. Deux lions mâles et trois tigres du Bengale rampaient sous la lanière de son fouet, tandis que tous ses muscles huilés vibraient sensuellement. Un sourire éclairait son beau visage de sainte revisitée : c'était assurément mes propres ouvrages mués en fauves qu'elle dressait pour la forme, son unique ambition étant de me convertir à sa foi luxurieuse.

Un journal intime pourrait servir à comparer ce que nous avons imaginé de nous-mêmes avec la version incommensurable du Créateur, ce virtuose archiviste. C'est Bossuet qui nous y exhorte : « Dieu fait un journal de notre vie ; une main divine écrit ce que nous avons fait et ce que nous avons manqué de faire, écrit notre histoire, qui nous sera un jour représentée et sera représentée à tout l'univers. » On imagine les frères Goncourt ou Amiel mettre leur journal intime en balance avec celui, exclusif, de Dieu.

La nuit de mica scintille dans le crâne et les cieux. Je me suis levé à tâtons, après une heure de lutte aveugle avec les succubes de l'insomnie. La fenêtre ouverte sur la mer, il m'a semblé passer au-delà du sommeil, délivré du corset de l'ego, dans l'immensité rêveuse. Étoiles aux extrémités de la Voie lactée, le phare du large et celui de la colline battaient au rythme d'un cœur assez vaste pour contenir l'univers. Le vent vif dans les feuilles et sur mon visage était une bénédiction : c'est l'Océan qui baignait mes cheveux. On l'entendait bruire dans la crique. La lune se leva dans une échappée du parc, et Coré, la déesse aux narcisses, se découpa, splendide, en lisière du petit bois. Ombre portée de la mémoire, la Vénus manchote de l'île d'Amour m'a fait signe à travers les peluches du temps.

J'avais quitté le pensionnat pour un collège à Nogent. Après des années de vie en captivité sous la houlette d'un encadrement de caporaux, je découvrais la diversité des chemins buissonniers. D'un an mon aîné, Jean s'était entiché de moi et venait assez souvent me réclamer à la grille du pavillon avant que l'habitude me vînt d'aller l'attendre sur le ponton. Plutôt bon élève mais solitaire, il dédaignait sa classe d'âge autant que ses maîtres et était toujours le premier à fuir le collège. Sa barque chaque jour transitait entre l'île des Loups et la rive du Perreux. Aucun pont ne relie au « continent » les neuf îles de l'archipel essaimées entre Saint-Maur et Chennevières. Un matin de brume, au printemps, Jean parvenu à quai ne descendit pas de sa barque.

— Saute ! dit-il. Je t'emmène voir quelque chose…

— Mais on a classe, protestai-je.

— Allez, monte donc ! On se fait la bleue !

C'était peu après l'indépendance de l'Algérie, le gendarme venait de se remarier. Tenu en respect par la plus sourde prémonition, j'étais un étranger dans sa maison et cherchais dehors une dispersion salutaire.

Jean ramait un peu à l'aveuglette. Le brouillard pénétré de soleil entrouvrait ses grottes chatoyantes à notre passage. De loin en loin, sirènes et cornes de brume annonçaient un train de péniches. Le bruit cadencé de la nage et cette lumière filtrée me firent oublier mes frayeurs : rien n'arrive de réel à qui s'abandonne. Nos cartables à fond de cale, engagés entre deux îles, nous nous taisions pour écouter un bruissement continu sous les cajoleries de spectre des saules et des yeuses – poules d'eau, colverts ou ragondins. Deux cormorans mimaient le Crucifié sur la branche basse d'un frêne.

— On arrive ! dit Jean contracté sur ses rames.

Engagé dans un bras de rivière qui se resserra vite en un goulet torrentueux, la barque tangua dangereusement mais le pilote se joua avec adresse du péril. Il fit glisser l'embarcation vers une anse étroite qu'une estacade de fortune protégeait du courant. Une dalle de ciment tenait lieu d'appontement. Jean m'invita à le suivre, l'air complice à l'approche du mystère.

— On l'appelle l'île d'Amour, à cause de la guinguette où venaient danser les amoureux. Les maraîchers de Saint-Maur y emmenaient leurs belles…

Le soleil avait dissous les dragons de brumes dont persistaient quelques fumerolles errantes. On apercevait les grandes villas de style balnéaire sur l'île proche des Vignerons et de l'autre côté de la Marne. Jean m'entraîna dans les hautes herbes, parmi les baliveaux et les gravats de ciment.

— N'aie pas peur, souffla-t-il, autant à mon adresse que pour reprendre courage. L'île est abandonnée, à part le Pirate qui vient quelquefois s'y cacher…

— Un pirate de rivière ? m'étonnai-je.

— On l'appelle comme ça. C'est un clochard qui dort ici et là, dans les coins sauvages. On raconte que c'est un déserteur de la guerre qui serait devenu fou. La police le recherche, à ce qu'il paraît. Des fois, on le repère par ses feux d'Indien.

C'est sur la pointe des pieds que nous pénétrâmes dans les ruines de la guinguette. Une partie du toit s'était effondrée, entraînant les plafonds de l'étage. Mais on pouvait encore explorer les cuisines, une salle à véranda au sol carrelé et, par un escalier branlant, une chambre presque intacte où traînait un matelas au milieu d'ustensiles divers, jerricanes et bouteilles vides, manches de pioches et tuyaux de plomb. Jean ramassa une nasse déchirée par endroits et la rejeta aussitôt sur les souriceaux qui s'en échappaient.

— Drôle de pêche ! dit-il en m'entraînant vers l'escalier.

Fort étroite et menue, ses rivages grignotés par l'ample affluent, l'île d'Amour avait une configuration de navire avec sa proue d'enrochements et son roof avarié. Quelques arbres malmenés, ormes et bouleaux tendus de lianes, en constituaient la mâture de naufrage. Des vestiges de tonnelles et de pergolas figuraient un peu ce qui reste d'œuvres vives sur un pont sinistré après la tempête. Par un sentier encore stable dans cette jungle spongieuse, Jean me conduisit vers un recoin secret où, sous un dôme de lierre et de liserons, vivait la statue. C'était une interprétation sur pied et *grandeur nature* de la figure centrale du chef-d'œuvre de Botticelli, *la Naissance de Vénus*, face cachée en sus. Probable commande d'un cabaretier épaté par sa visite au musée du Louvre à quelque sculpteur de cimetière en goguette, habile à figurer les pleureuses, la statue délaissée semblait avoir acquis une sorte d'existence végétative à demi aquatique, en Vénus anadyomène. Un tégument de mousses et de lichen, comme une peau d'anoure, luisait entre les brindilles. Elle en était gainée des seins aux chevilles. Jean fit glisser ses paumes le long des cuisses, palpa le ventre et le galbe pubien, qu'un bras gauche amputé dévoilait, et s'attarda à pleines mains sur les hanches.

— Te prive pas ! dit-il d'une voix enrouée. Y a pas plus doux. C'est comme de la soie…

Le trouble ressenti devant cette femme de pierre tenait autant à son étrange mutation organique qu'à l'investissement libidinal du collégien qui, cette fois débraguetté, haletait comme un chiot derrière la statue. Trois pétales oblongs de lis ou de glaïeul jaillirent sur les fesses de la déesse. À voir mon air ébahi, Jean éclata de rire.

— Ah, les femmes ! dit-il en se rajustant. Y en a même qui ouvrent les cuisses.

Un artiste doit briser en lui la mécanique du pouvoir s'il espère toucher un jour à l'être sans figure, à cet absolu qui dépossède et qu'on baptise absurdement des noms les plus exécrables d'idoles ou de fétiches. Emily Dickinson en est l'exemple même, recluse en son inaptitude à vivre ou à exprimer autre chose, jamais, que l'éternité ou la folle insignifiance. Emily Brontë peut-être aussi, morte si jeune. Mais cette enfance blessée ne peut mourir : sa plaie la régénère. Pour s'en délivrer sans retour, Rimbaud a vendu son âme au moins offrant, jusqu'à en perdre *l'affection et le bruit neufs*.

La mémoire la plus ancienne me taraude par périodes. On dirait que le passé m'ausculte avec ses pattes d'oiseau.

Imaginez une mère cherchant sans trêve son enfant à travers les mondes révolus et qui, dans un lieu impénétrable de l'intuition, demeurerait vivante pour lui seul.

Grand-mère : gardienne des épices sacrées. La mienne a parfumé l'éden. C'est elle, côté maternel, qui m'a élevé aux premières années, avant le déchirement du pensionnat. Elzaïde s'est emparée de moi comme d'une deuxième vie accordée à sa fille défunte. Je me suis éveillé en silence, au gré d'une collecte délectable d'effluves,

Baumes, kanele, encens et mente

dont je me sens encore tout enduit du dedans. Ces enseignes mal effacées du temps vous mènent par le bout du nez jusqu'à la tombe. Nés d'un parfum de fleur d'oranger, de rose ou de peau d'Espagne, nous nous évaporons sans lui trouver de nom, comme une larme d'opium sur la joue froide d'un dieu. Davantage que de la tête bien charpentée de ma grand-mère, je me souviens des arômes et des saveurs qui l'entouraient. Les extrêmes ne s'effraient pas l'un de l'autre : rides et fossettes se complètent à merveille. Elle s'appelait Elzaïde et partageait son affection entre ses chats et moi. Mon père qui avait pris ses quartiers à la caserne de Nanterre nous visitait parfois en fin de semaine. Son animosité à mon égard, à l'opposite de la clémence de la vieille femme, avait une même origine : si j'étais homicide à ses yeux, Elzaïde, elle, me voyait en victime rescapée.

Histoire de doubles : *l'Un et l'Autre* seraient *le même* en tout, mais auraient connu des destins différents. Rencontre tardive de ce *même* dissocié et rendu intrinsèquement dissemblable à travers les avaries singulières de l'expérience. L'Un d'ailleurs ne se reconnaît pas lui-même en l'Autre, et inversement. Ils sont vraiment des étrangers l'un pour l'autre et apprennent tant bien que mal à s'éprouver, ou à se distinguer… Ça pourrait faire un dialogue amusant, tout en altiers paradoxes.

Sur le même thème, j'avais écrit une nouvelle un peu similaire, *l'Exigence féerique*, il y a une vingtaine d'années : au lieu de se battre en duel avec son double, comme William Wilson, mon personnage invite celui-là à une partie d'échecs en miroir, condition dite féerique (selon les explorateurs hétérodoxes de ce jeu).

Face à son double, chacun invente son échiquier et ses figures d'attaque mais la partie est perdue d'avance : même débonnaire, cet autre-là se présente toujours pour notre perte.

Visite du père Adamar à l'heure du thé (ou du premier bourbon). Maigre et osseux, vêtu de gris éteint, ses cheveux blancs en broussaille, il arborait un beau sourire de missionnaire. L'homme d'église retraité vient de temps à autre m'emprunter un livre. Il trouve chez moi ce qu'il ne cherche pas, à savoir tout ce dont il rêve. Je le laisse vaguer dans la tour pentagonale : la bibliothèque s'étend en spirale montante d'une mezzanine du rez-de-chaussée – simple entresol boisé où trône la réplique d'un globe peint hollandais signé d'un élève cartographe de Tycho Brahe – jusqu'au seuil de ma chambre de veille : des étagères alourdies de livres, les murs des escaliers et des pièces en sont tout échafaudés. Cette fois, il a ramené du colimaçon un roman de Walter Scott, un autre de Dumas, ainsi que *le Voyage en Laponie*, besogne alimentaire de Remy de Gourmont. Ce qui s'appelle une retraite spirituelle.

— Impossible de lire rien d'autre avec mon asthme, dit le père Adamar comme s'il m'avait entendu penser.

Assis aux deux extrémités de la longue table d'auberge de la cuisine, nous bûmes notre thé en silence, mais au moment de se lever, le prêtre me demanda si la vieille Olett m'avait fait des révélations, l'autre jour, avant l'orage, sur la montagne de Fortbrune. Je m'étonnai bien sûr qu'il eût été averti de cette rencontre.

— Les gens de par ici ont autant d'yeux que d'oreilles, et pas moins de langue…

En disant ces mots, le père Adamar parut traversé d'une intense frayeur, mais il sourit aussitôt de son malaise, une main sur le cœur. Je le priai de se rasseoir et remplis sa tasse d'un fond de thé noir.

— Et qu'aurait-elle bien pu me révéler de plus, la

vieille Olett ? demandai-je.

—Au sujet d'Aurore, la fille du Maître de Lassis...

—Tout le monde sait qu'elle est morte brûlée avec son père et la servante. La vieille Olett raconte que celle-ci était sa jeune sœur et qu'elle-même travaillait au château avant guerre...

—C'est exact. La pauvre a vu beaucoup de choses. Elle en a perdu la tête...

—Que vouliez-vous dire à propos d'Aurore ?

—Rien, rien de plus..., murmura le prêtre avec une certaine gêne.

Travaillé par sa mémoire, il ne pouvait cependant se taire tout à fait. Les rides du front formaient le double arc d'un as de cœur que les sillons des joues et la fossette du menton en pointe complétaient.

—Le Maître de Lassis m'invitait de temps à autre, je vous l'ai déjà raconté. J'étais l'un des rares à franchir sa porte. Sûrement l'un des seuls, pendant cette guerre. La Kommandantur s'était contingentée ici même, vous le saviez ? Dans votre domaine de Ker-Lann. Pour le point de vue et la tranquillité, j'imagine...

Un appel téléphonique m'obligea à l'interrompre. Quelqu'un d'apparemment furieux me criait que j'allais payer cher le mauvais tour que je lui avais joué. Il était question d'une certaine Léonie, son épouse, qui forniquerait avec moi et que c'était son droit mais qu'en revanche j'avais tout intérêt à lui payer illico une somme rondelette en échange de certaines photos compromettantes prise par un détective à sa solde. Mon interlocuteur mit un temps considérable à admettre qu'il s'était trompé de numéro et que sa friponnerie risquait d'être mise au jour. Le père Adamar n'attendit pas le dénouement et me salua, l'air amusé par mes réponses qui s'abouchaient en un soliloque absurde ponctué de dénégations indignées.

Après son départ et une fois le combiné raccroché, c'est en sirotant un fort whisky que je me suis souvenu de ma *prisonnière espagnole*, type classé d'escroquerie avec promesses mirifiques à réveiller du tombeau Don Quichotte en personne. C'était à quelques semaines de mon élargissement, en avril ou mai 1980. Un codétenu m'avait travaillé au corps pour que je fasse délivrer sa jeune sœur, iniquement séquestrée dans une clinique psychiatrique, afin qu'elle puisse aller récupérer un magot considérable dans le puits du jardin d'un complice emprisonné à Marseille. Les photos de la jeune femme en déshabillé auraient dû suffire à me convaincre. Quant à la caution pour sortir la frangine, elle devait m'être remboursée au centuple, ses plus ardentes faveurs en prime. Il suffisait que j'apporte une enveloppe bien garnie à Raymond, dit la Déprime, le patron du Petit Curieux, un bar à filles entre la rue des Martyrs et la place des Abbesses.

Je n'ignore pas quelle fonction compensatoire ont pour moi ces pages. Pouvoir écrire cent fois le nom de Fedora est une manière de l'invoquer, comme le derviche qui se remplit des cent appellations d'une divinité absente. En moi sont inscrites et foliotées toutes nos rencontres, seule lecture d'inestimable valeur dans une existence livrière. Pourtant notre relation se détache de la pleine mémoire et dérive entre des banquises d'oubli, sur fond d'énigme. Fedora se comportait avec moi sans cohérence. Aux gestes de la passion pouvait succéder le parfait détachement d'une inconnue. Elle surgissait et disparaissait avec désinvolture, sans la moindre considération pour ma vie privée. Avec et sans elle, j'aurai vécu ces années sur le qui-vive, dans un état de réceptivité paroxystique. Il m'arrivera même de la fuir tout un mois, par peur de la perdre. La seule explication qui eût pu enfin m'apaiser, mais pour m'anéantir, est un défaut d'amour. On se croit volontiers un lien secret avec l'amante qui vous repousse. On s'imagine aimé même d'une morte. Fedora était la plus vive et sensorielle des créatures. Jamais n'aurai-je éprouvé autant de folie possessive chez une femme. Un jour de giboulées, dans un bistrot fréquenté par les plus pathétiques épaves du vieux quartier des Halles, L'As de pique, derrière l'église Saint-Eustache, elle tint à me donner quelque chose de vraiment intime. Une fièvre l'avait prise sous les yeux écarquillés d'une ivrognesse au visage de charbon et de son compagnon unijambiste suspendu à ses basques. Elle hoquetait, cherchant un objet dans son sac à main retourné sur la table ou les poches de son imper. C'est sans égard pour le public d'éclopés du zinc qu'elle ôta d'un mouvement de reins un fin slip de soie ajouré de dentelles et me le fourra dans une poche intérieure de mon veston avant de rassembler ses affaires et de s'enfuir sous l'averse de grêle. Une autre fois, place du Retour, dans ma chambre d'hôtel, elle avait réagi à un reproche amer en se jetant, nue, contre les vitres de la fenêtre, au risque de basculer dans le vide. Je lavai les coupures de ses avant-bras dans un affolement d'adoration. Fedora avait l'intégrité irréfléchie d'une flamme à la merci du moindre courant d'air : elle brûlait dans l'instant, pur oxygène de l'âme ou du désir.

Je n'avais d'ailleurs qu'un reproche à lui faire, insurmontable. Une femme qui vous refuse ses nuits jurera en vain qu'elle n'a jamais vécu de plus beaux jours. Au même titre qu'une maîtresse qui s'offrirait tout entière, son sexe excepté. Les nuits de Fedora devinrent vite pour moi une espèce interdite de complicité. Le jour où elle se blessa aux vitres, je tentai de la convaincre de rester. Nous étions ensemble depuis plusieurs années. La dernière de *la Flûte enchantée* avait été donnée la veille et Fedora devait être parfaitement libre quelques jours avant la reprise à l'Opéra de Prague.

— C'est impossible, trancha-t-elle d'une voix soudain glaciale. N'insiste pas ou je pars tout de suite.

— Pourrais-tu seulement m'expliquer ?

— T'expliquer, mais quoi ? Je ne peux rien dire de la nuit. Toi-même, m'as-tu jamais avoué ton secret ?

— Tu sais tout de moi, bredouillais-je en récapitulant à la vitesse de l'éclair maintes cachotteries, arrière-pensées, voies dérobées constituant la trame même du quant-à-soi.

— Pendant la sieste, un jour, tu as supplié une

femme, une certaine Amaya, de cacher son tatouage… N'est-ce pas un secret ?

— Non, répliquai-je. C'est la vie inconnue des rêves.

— Eh bien considère que je m'absente comme toi dans cette vie inconnue…

— Mais loin de moi toutes les nuits ! Ton corps tout près du mien, peau contre peau, tu pourrais rêver à qui tu veux sans m'affliger une seconde.

— Et si j'étais double ! Si, par exemple, j'avais une sœur qui me ressemblerait à mourir et qui tapinerait à Soho ? Si tu ne connaissais de moi qu'une pauvre somnambule qui baise et qui chante…

Accoudée sur le lit, la tête dans une main, elle rit faiblement. Sa chevelure roula sur sa gorge striée de coupures, par chance superficielles. Songeuse, elle enroula une mèche autour de son index, découvrant un bout dressé de mamelon.

— Est-ce que je ne suis pas ton amante. Un couple a-t-il besoin de partager l'horrible solitude du sommeil ?

— Je ne te comprends pas, dis-je, en glissant ma paume entre ses cuisses serrées, dans l'endroit le plus moite. Ou tu me caches une vie parallèle, avec, je ne sais pas, moi ! des gosses, une belle-famille. Ou alors tu es folle, folle…

J'avais répété ce mot trois fois, avec tendresse. Deux larmes coulèrent sur le drap, l'une après l'autre, la seconde après avoir roulé un instant entre le nez et le coin intérieur de l'œil.

— Une nuit entière, je serai à toi, murmura-t-elle sans un regard. Une seule nuit, quand tu auras approché de trop près mon secret. Mais il se pourrait bien que tu le regrettes...

Fedora eut un petit rire faussement espiègle. D'un léger coup de tête, elle laissa déferler sa chevelure sur son épaule et ses seins. Comment donner l'image d'un amour, comment représenter la puissance opaque du délire, sa force d'abîme cernée de flammes ? Le battement d'un cœur sur la joue, ce doux halètement de lèvres à lèvres, le blanc des yeux qui se renversent et cette bouche dévorante ne disent que le deuil de chaque étreinte. Il y a une fatalité des corps liés par la jouissance aussi définitive que celle qui mêle le cadavre à la terre. Fedora, *folle et belle aux nuits qui l'emprisonnent !* Je l'ai aimée éperdument, plus que toute joie, sans espoir d'être sauvé. À cette seconde, j'ai toujours sur les doigts son odeur, et la saveur exacte de son sang sur les lèvres.

Il me semble que je n'ai jamais fait la part de la culpabilité, ni avec Else ni avec Élisabeth. La mère et la fille forment un monde tellement éloigné de mon tyran de tuteur, du moins pour le souvenir, pour cette reconstitution tardive du souvenir qui remodèle les perspectives de la mémoire, sa configuration, confortant ainsi le moi dans ses aveuglements. La mauvaise foi est l'autre nom de la bonne conscience, et si je me prive de l'une comme de l'autre, c'est en connaissance de cause.

Mon gendarme de père, désormais officier et médaillé, manquait foncièrement d'humour et de souplesse d'esprit. C'était sans doute un atout dans sa carrière. La seule entorse au programme fut sa liaison puis son mariage avec une Allemande, en un temps de guerre froide et de blessures patriotiques. Mais une enquête conjointe des services secrets et de la surveillance du territoire fut vite expédiée et le veuf put convoler en grand uniforme, entre deux missions à Reggane ou dans les usines de Marcoule et de Pierrelatte. J'avais treize ans et ne comprenais fichtrement rien à ce qui pouvait rapprocher ces deux-là.

« Dieu te pardonne » sonne comme : *l'univers t'oublie.*

Nouveau coup de fil du maître chanteur qui cherche à monnayer les fredaines de sa Léonie (mon numéro doit varier d'un chiffre avec celui de sa victime). Je l'ai menacé de porter plainte et il a ricané méchamment. Le pire n'est pas le crime, mais l'abjection. En raccrochant, je me suis souvenu des confidences interrompues du père Adamar au sujet d'Aurore, la fille du Maître de Lassis. Je m'en suis voulu de ne pas l'avoir retenu. Surtout, avant d'en savoir plus sur le destin atroce des habitants du château, j'aurais aimé *voir ce qu'il a vu*, du moins l'entendre à ce sujet. À Ker-Lann, deux obsessions me retiennent : l'Océan dans la crique et les chefs-d'œuvre de Fortbrune disparus en fumée. De l'une à l'autre de ces hantises, s'ancre une sorte de relation abyssale, comment dire, de pacte sacrificiel au mépris des désastres humains. Il me plaît à penser que les cendres de Fortbrune ont dérivé sur la mer, neige noire dans la nuit stérile des temps. Pour devenir une légende, comme Zeuxis ou Apollodore, peintres des ombres qui n'existent que dans les commentaires des Anciens, il aura manqué au Maître de Lassis d'ouvrir ses portes à quelque auteur assez disert et inspiré. Mais il est trop tard. Comment celui-ci extrairait-il, un demi-siècle plus tard, le musée caché dans les circuits synaptiques d'une cervelle de prêtre ?

En me dirigeant tout à l'heure vers le promontoire, un sujet (que je n'écrirai pas) m'est venu dans la pénombre du petit bois. Ça pourrait s'intituler *l'Aveugle et le Portrait.* Avec en épigraphe le vers de Baudelaire :

J'ai plus de souvenirs que si j'avais mille ans.

Un homme tombe amoureux d'un portrait anonyme de la Renaissance ombrienne dans quelque musée de province, en Bourgogne ou en Savoie. Des années plus tard, un accident ou une blessure de guerre lui fait perdre la vue. Il se souvient alors avec une étrange intensité du portrait et décide de se rendre dans cette ville de province. Le portrait n'a pas bougé de place. L'aveugle s'occupe à lui rendre visite deux ou trois fois par semaine en compagnie d'un guide payé pour lui raconter sa vision et ses connaissances touchant tout particulièrement à cette œuvre. Bien sûr, le guide ne peut avoir qu'un discernement limité d'une telle perfection, c'est la raison qui engage l'aveugle à en changer chaque semaine : à chaque visite, il pourra entendre une parole nouvelle, appréhender une perception autre. Comme il finit par épuiser les ressources de la profession, notre aveugle fait appel à de simples amateurs contre rétribution : étudiants, femmes au foyer, retraités, enfants même. Et le sentiment l'habite, à force d'écouter les multiples points de vue, fût-ce les plus naïfs, en présence du portrait invisible, que ce dernier reprend figure en lui, renaît par-delà ses yeux morts et le vernis couvrant la toile. Par-delà les âges, à force de persévérance amoureuse, l'aveugle établit un lien quelque peu surnaturel avec le modèle : cette femme, il l'a aimée voilà des siècles. Et toute son existence n'aura été qu'alarme des signes de ce passé de cendres jusqu'à la vision du tableau, pur chef-d'œuvre pour lui seul. Mais il aura fallu qu'il perde la vue et invente l'artifice des guides conteurs pour recouvrer cette vie antérieure, et pour lui rendre vie.

Si je ne veux pas déroger aux lois de l'imaginaire, ces retrouvailles ne peuvent se solder que par la mort du protagoniste.

Du chef-d'œuvre, on n'imite avec constance que les défauts comme pour faire mentir son secret.

Quel besoin d'air, de vent, d'embruns et d'oiseaux fous m'a jeté sur ces rivages ? Un deuil bien sûr, c'est l'unique logique de l'exil. Ici, je suis ailleurs, face au lointain qui me ressemble. Mon seul ancrage est la spirale aux livres de la tour, si j'oublie un instant l'habitante des combles. La bibliothèque rassemble par strates successives mes vies passées. S'y ajoutent legs et envois d'auteurs ; également les caisses de bouquins de littérature maritime, romans et récits de voyage, trouvées sur place lors de mon emménagement. Tous ces livres ont un effet sainement dissuasif, dès qu'une velléité d'écrire me prend. Et s'y promener, lire ou relire une page ici, une autre là, rien qu'une phrase parfois, ou tout un volume lu d'une traite à l'envers, équivaut aujourd'hui pour moi à une façon d'invention romanesque des plus gratuites. Je suis l'auteur d'un usage fantasque des milliers de titres du colimaçon. Un peu comme si l'histoire qui me tenait à cœur, pure équation, s'échappait par bribes d'une infinité de pages. Et quel rare plaisir que de voir disparaître au même moment qu'elles surgissent mes constructions, pointillés de romans, fictions en l'air, palimpsestes de songe !

Canne à pointe ferrée en main et chapeau feutre sur les oreilles, j'arpente la lande d'un pas assuré, après les chemins de haies bourbeux jalonnés de calvaires et de cornes de bœuf. Dans le repli d'un vallon, au milieu de son jardin potager planté d'arbres à fruits, une petite chaumière typique, avec murs de schiste aux embrasures de granite et pignons latéraux, laisse présumer un bonheur entier. Mais une porte grince et, tandis qu'un gros chien m'invective dans son patois de propriétaire, une figure de damné brûlée par l'alcool et la bile titube sur le palier. Un haussement d'épaule répond à mon salut. J'apprends plus loin par une jeune cycliste occupée à regonfler ses pneus qu'il s'agit d'un ancien gardien de phare en retraite anticipée, pour cause d'automatisation. Je pense aussitôt au phare de l'Ankou, nom breton de la camarde. La jeune femme penchée sur sa roue arrière relève la tête et me lance un regard océanique d'une belle profondeur.

— Oui, je crois bien, dit-elle. Il s'est fichu à l'eau quand on l'a licencié. Un chalutier de Douarnenez l'a repêché. C'est vous l'écrivain de Ker-Lann ?

La question est posée sans préalable, avec une curiosité relative. Elle enchaîne, le visage penché sur ses roues :

— Je m'occupe à mi-temps de la bibliothèque de prêt de Meurtouldu. Il y a un de vos livres, d'ailleurs…

— *Tallboy*, je suppose.

— Non, un titre avec le mot matin…, ah oui, je me souviens : *La Verseuse du matin*. Une des histoires m'a beaucoup touchée : une adolescente qui voudrait sauver son père et qui provoque sa perte…

Surpris et même troublé, je remercie d'un sourire la jeune cycliste qui vient de raccrocher sa pompe au cadre.

Déjà en selle, le pied sur la pédale, elle redresse un peu le buste et se cambre, les cheveux au vent. Je lui demande son nom au vol, pour fixer l'instant.

— Lavinia ! s'écrit-elle, déjà en roue libre.

Ai-je bien entendu ? Lavinia, la fille de Titus Andronicus ? Et de déclamer, sans perdre des yeux la dansante silhouette sur un froissement de rayons, fine toupie qui s'éloigne :

Lavinia, live, outlive thy father's days,
And fame's eternal date for virtue's praise.

En poursuivant ma route d'un pas ralenti, s'impose l'idée affligeante de monomanie, voire d'obnubilation : tout est-il incorrigiblement littérature pour un écrivain ? Je ne peux voir un ciel d'aurore illuminé sans penser à telle phrase d'un Gide porté à la justesse descriptive par le génie de l'allitération : « Le ciel à l'aube était parfaitement pur, d'une pâleur citrine, d'une acidité attendrie, on eût dit sacrée. » Ou, dans le moindre cours d'eau vaseux, la Vivonne enchantée du petit Marcel et ses nénuphars neurasthéniques. Il n'empêche, le nom de la jeune femme m'aura bercé tout au long, porté par des yeux matinaux d'une couleur inoubliable. *Lavinia vis, vis par-delà les jours de ton père...*

Qu'est-ce qui mérite d'être pris au sérieux ? Question lancinante à laquelle nos échecs et nos désillusions répondent amplement. Mais il y eut pour moi cet instant d'embrasement solitaire de la conscience dans les gaz toxiques. Les portes du garage closes, le moteur ronronnait avec des accents félins. J'allais tomber et m'évanouir. Quelque chose d'impérissable m'apparut soudainement dans la lumière étrange de l'asphyxie, comme la révélation d'un pays perdu.

« Il y a souvent avantage à ne point parfaitement comprendre », écrit Gide à propos d'une lecture de Browning dans le texte original. Et il ajoute : « Mon imagination prêtait au mirage et diaprait généreusement mes incertitudes. » C'est vrai pour la poésie. Et pour la vie, quelquefois.

Aux débuts de notre liaison, Fedora m'avait enjoint de venir l'écouter au palais Garnier en me recommandant bien de ne pas chercher à la voir après le spectacle. J'ignorais alors ses lubies de Norma ou de Madame Butterfly. Et nous n'étions pas assez *familiers*, même si nous partagions la plus violente intimité, pour que je m'en formalise. Nous ne savions d'ailleurs presque rien de nos vies respectives. Par accord tacite, nous n'ajoutions aucune parole à nos étreintes, aucun mot à nos regards. Un charme peut ne tenir qu'à un fil, et celui-là était vigile mais non moins fragile. Nous évitions d'instinct tout ce qui aurait pu rompre l'élan de l'un vers l'autre. Nos curiosités se limitaient à l'immédiat : désirs, attentes, appréhensions. Et si nous aimions à partager nos engouements, c'était toujours d'art et de paysages qu'il s'agissait. Je ne savais rien d'elle vraiment, sinon qu'elle était célèbre. Peut-être même avait-elle regretté, après coup, s'être présentée à moi dans le taxi, la première fois. Comment eût-elle pu imaginer me retrouver quelques jours plus tard en d'identiques circonstances ? Les rendez-vous diurnes avec Fedora auraient très bien pu suffire. On n'attend rien d'autre que se retrouver en silence dans la lumière du jour et *faire l'amour*, comme chuchotent entre eux les enfants et continuent de dire trivialement les adultes.

Le soir de l'avant-dernière représentation – c'était dans l'épuisement lumineux d'une journée de juin pénétrée du parfum des tilleuls en fleurs – j'avais bu deux ou trois whiskies au Café de la Paix avant de me résoudre à monter les escaliers de l'Opéra. Fedora était passée me voir en coup de vent dans la matinée, place du Retour. Le temps de la prendre contre une porte avec cette rage des amours furtives. Déjà, j'aurais voulu garder sans fin contre moi son grand corps, respirer son odeur mêlée au parfum des tilleuls et, comme un noyé, brasser des nuits entières sa chair brûlante. Mais elle ne m'accorda que le temps d'une passe dans un bordel d'abattage. Vite remise à flot après un passage dans la salle de bains, elle rabattit la porte de ma chambre en me soufflant du bout des doigts un baiser. L'après-midi s'alanguit dans la fuite éparse des impressions qui me restaient d'elle, au creux des paumes et sur les lèvres, contre mon ventre. Je m'en voulais de cette journée perdue, des pages dévoyées en rêveries gourdes. Aux premiers signes du couchant, le désir de la revoir devint intolérable. Je me souvins avec effroi qu'elle devait partir trois semaines en tournée. Il m'était encore possible de l'applaudir cet avant-dernier soir. Elle m'en voulait sûrement d'aimer si peu l'opéra. Elle finirait par se détourner de moi...

En montant les marches du palais Garnier, je songeai que Fedora allait enfin m'apparaître de nuit. Le crépuscule attisait les ors des thyrses et des pointes de lance dans la crayeuse réfraction de la pierre d'Euville et le reflet noir des marbres. J'avais fréquenté adolescent l'Opéra, surtout pour plaire à un mélomane de seize ans, mort d'alcool ou d'amour il y a peu, lequel m'offrait le poulailler et s'amusait diablement à orchestrer la claque, applaudissant à tout rompre les pires calamités, debout avec l'arrière-ban clairsemé du public. À l'époque dont je parle, la frénésie pour l'art lyrique était éteinte depuis les Années folles et l'institution en léthargie avait des airs surannés et poudreux de vieille coquette momifiée. Les divas obèses soulevaient des nuages de poussière quand elles s'effondraient dans les bras de leur Roméo. On y roucoulait face au public, avec une gestualité de coussins de boxe et parmi des décors conservés de l'autre siècle que des machinistes nonchalants manœuvraient sans trop d'égards pour l'acoustique. Le plafond musagète d'un certain Boussaroque de Lafont, favori de Napoléon III, n'avait pas encore été recouvert par les bayadères et les anges débraillés de Chagall.

Ce soir-là, vingt ans plus tard, je traversai hall, galeries et grand escalier sans un regard pour la foule immuable aux remous de nuage dans la grisaille des miroirs ou pour les nymphes torchères et autres génies des colonnades. Indifférent à la pourpre et aux ors de l'endroit comme à l'événement qui devait s'y accomplir, j'étais venu *voir Fedora*. Non pas l'entendre se débattre à grand frais d'appoggiatures dans un décor improbable, simplement m'assurer de sa présence physique. Installé en bonne place dans une loge d'avant-scène, un peu ivre, j'attendis le lever de rideau en repensant à cette sauvagerie que vous arrache un corps trop désiré, à cet après-midi stérile face au grand bloc de lumière que fêle un vol d'oiseau. Le rideau devant moi était comme la fenêtre de Baudelaire : « Ce qu'on peut voir au soleil est toujours moins intéressant que ce qui se passe derrière une vitre. Dans ce trou noir ou lumineux vit la vie, rêve la vie, souffre la vie. » Posté à l'extérieur, j'attendais qu'elle s'éclaire d'une simple bougie ou de mille feux pour épier Fedora.

C'est une étrange épreuve que de se trouver reclus dans la clandestinité de son désir au milieu d'une foule recueillie. Mais l'orchestre ébranle la scène *tutta forza*. Un mur de faux drapés se lève sur un intérieur d'église. Le peintre Cavaradossi achève un portrait de Marie-Madeleine volé de mémoire, jour après jour, aux traits de l'Attavanti, une belle dévote inconnue aperçue à la messe. N'est-ce pas une façon de viol au nom d'une sainte ? Au nom de Marie de Magdala, épouse du Christ ou prostituée des sept démons, fille de l'archiprêtre

Sirus, que Titien peignit nue dans sa chevelure, et qui, ne reconnaissant pas plus son maître Jésus resurgi du trépas qu'hier son frère Lazare, approche une main d'aveugle et s'entend intimer : *Noli me tangere !* Le peintre au travail reçoit bientôt un évadé du château Saint-Ange et lui promet son aide, quand éclate, *sopranissimo*, un chant d'amour inquiet. C'est elle, c'est Tosca, la cantatrice ombrageuse. C'est Fedora maquillée et travestie en putain d'apparat. L'évadé court se dissimuler dans une chapelle et la nouvelle venue, prévenue par un froissement de cape, cherche des yeux quelque rivale autour d'elle. Le couple s'explique mais Tosca découvre soudain l'œuvre en cours et y reconnaît un portrait de la belle dévote. Le peintre désolé promet de changer la couleur des yeux. Sa maîtresse le quitte à moitié satisfaite, tandis que l'évadé ressort de la chapelle vêtu des habits féminins cachés là à son intention par sa sœur et complice, laquelle n'est autre que l'Attavanti. Les deux hommes disparaissent sur un coup de canon et le baron Scarpia, chef de la police tyrannique et luxurieux, entre en scène. Dès lors, les péripéties s'enchaînent en dominos selon un orbe fatal qui ferait piaffer un cheval savant. Atlante du balcon, je n'ai plus d'yeux et d'oreilles que pour Tosca dans le rôle de Fedora. Sa voix extasiée me pénètre et me désosse. Je subis par contrecoup, plus intolérables que ses litanies d'amoureuse, les cris orgasmiques de sa jalousie. Du palais Farnèse où le chef de la police croit obtenir ses faveurs en échange d'une grâce pour l'amant condamné, mais qu'elle poignardera au moment de se donner à lui, jusqu'à la terrasse du château Saint-Ange où, munie d'un sauf-conduit, elle attend avec ferveur l'exécution truquée du peintre, je poursuis des yeux ma fugitive extravagante, Ménade ivre de passion et prête, en même temps qu'elle invoque et caresse de loin l'amant, à déchirer de sa voix l'ennemi. Mais Scarpia a menti : Cavaradossi qui devait mimer la chute tombe sous des balles réelles. Du haut de la plus haute tour, Tosca va se jeter pour consommer le drame. C'est à l'abîme qu'elle pourrait dire : *Questo è il bacio di Tosca !*

Au terme de ces fracas orchestraux, Fedora vient saluer avec les autres, main dans la main, au bord extrême de la fosse. Pour la première fois, elle regarde l'autre côté de la scène qui s'éclaire. Elle ignore ma présence et ne saurait me voir, figurine en contre-jour dans un castelet de marquise tendu de velours cramoisi. Le rideau tombe enfin sans que je puisse quitter mon siège, bouillant de stupeur, paralysé comme il m'arrive au sortir d'un rêve.

Le désir de la voir, en dépit d'une absurde proscription, luttait avec l'envie impétueuse de fuir, de me venger de sa splendeur manifeste d'artiste et de femme adulée en disparaissant dans l'ombre à jamais. Surmontant cette impulsion doloriste, je finis par me retrouver dans le dédale des coulisses malgré les obstacles humains, pompiers ou machinistes. Scarpia en personne vint m'interdire l'accès aux loges d'une voix outrageusement féminine : « On ne dérange pas la reine de la Nuit, même en Tosca ! » Le palais Garnier est un labyrinthe dont la salle pourpre jugule chaque soir une foule à tête de minotaure. Au-delà de l'entonnoir d'une scène offerte en appât, les prisons du Piranèse s'ouvrent avec leurs machineries, leurs ponts métalliques et leurs oubliettes dans un puits tubuleux aussi vaste que l'Enfer de Dante. Mais une porte dérobée ramène à l'improviste aux lacis de corridors donnant sur les vestiaires. L'espoir de retrouver Fedora de l'autre côté d'un de ces battants me ranime d'un coup. Mais ce ne sont que bureaux, placards et magasins. Rabattue violemment derrière moi, la porte à groom mécanique d'une issue de secours me laisse pantois dans la nuit rutilante, sous les grands aigles de pierre.

La tête vide, les tempes encore vibrantes du pathétique final *e lucivante le stele*, j'irai à coup sûr au Café de la Paix boire une fortune à la santé de Tosca en maudissant Puccini et tous les librettistes qui peuvent se permettre les plus abusifs mélos tandis que les romanciers méconnus se colletent incognito avec l'ange de la vraisemblance, cette *willing suspension of disbelief* dont seul l'auteur tire les plumes ou les ficelles.

Les méduses sans cerveau, ni cœur, ni yeux qu'on appelle *pelagia noctiluca,* et qui bougent et palpitent comme des cœurs, des cerveaux ou des yeux.

Cette idée de nouvelle ou de roman que je note après d'autres, non pour l'exploiter un jour, mais pour la classer sans suite au contraire sur ces pages qui font un peu office de main courante dans quelque violon des mauvais rêves : une femme, appelons-la Josée, vit une liaison heureuse avec son époux, homme de théâtre alcoolique qui additionne les triomphes mais refuse de fixer ses mises en scène sur l'écran. Josée manque être tuée dans un accident de voiture. Dans le coma, elle subit une intervention chirurgicale qui la sauve. Pendant cette période, le scénariste effondré néglige son travail. Il boit plus que jamais et revisite son passé. Une figure surtout revient le hanter, une jeune fille qu'il a passionnément aimée. Il ne s'est jamais vraiment remis de son suicide. Les affres qui sont les siennes à dix ans de là ont au fond la même tonalité. Et il ne peut qu'associer son angoisse présente à la douleur qui le terrassa autrefois. Cependant Josée guérit et lui revient, une cicatrice au milieu du front. Le scénariste, immensément soulagé, se remet au travail malgré ses accès d'éthylisme. Et la vie reprend, presque identique. Mais un malaise indéfinissable s'insinue dans leur relation. Il ne saurait l'expliquer. Parfois, un détail minuscule, une intonation de voix, un geste, le battement de ses paupières le trouble et l'arrête au seuil d'une découverte. Celle-ci, inconcevable, aberrante, ne saurait témoigner que de son propre déséquilibre. Aussi la repousse-t-il, jour après jour, effrayé à l'idée de perdre la raison. Une morte, une jeune fille suicidée, a-t-elle pu profiter du coma de sa femme, pour revenir à lui, pour l'étreindre de nouveau, *l'air de rien*, et lui dire qu'elle l'aime, d'une voix tranquille, en fixant sur lui ses grands yeux de nuit ?

Agnès est venue m'apporter une part de gâteau au chocolat et une magnifique pivoine. J'ai mangé l'une en contemplant l'autre, sans me tromper. La pauvre fille sait que je la comprends, que nous sommes un peu pareils, elle avec son deuil, moi avec mon encre. Je lui ai demandé de dire à son mari qu'il serait temps de venir ratisser les pelouses : les feuilles s'accumulent bien que nous ne soyons qu'à la mi-octobre.

— Je ne suis pas votre commissionnaire ! a-t-elle répondu, un peu froissée.

Cette pointe d'amour-propre ou de coquetterie me convainc au moins que la dolente Agnès ne mettra pas sa vie en danger.

« Seule une réflexion acérée, ou mieux, une grande foi, saurait endurer de réfléchir le néant, c'est-à-dire de réfléchir l'infini. » Kierkegaard nous parle d'elle sans la connaître, de la petite Emily qui aligne ses majuscules en souffleuse de verre, de la traceuse de tirets intraduisibles qui ne veut pas quitter la chambre. Une réflexion assez générale, celle-ci de Hegel, complèterait avec justesse le portrait, tant il est vrai que seule l'extrême pointe de l'esprit parvient à l'éclairer sans dommage : « L'être même, dans son indétermination, est quelque chose d'ineffable dont la différence avec le néant n'est qu'une simple intention. » Une sorte d'intention indicible si finement espiègle qui réfléchit le néant, et par là touche à l'infini : c'est bien ainsi que je la vois. Intraitable et fragile Emily, sans prise sur le temps, à chaque instant *mourant d'être immortelle...*

Réveillé en sursaut par une nouvelle crise de paralysie, j'ai tracé ce méchant quatrain à l'aveuglette sur une boîte de mouchoirs, au milieu de la nuit :

Le grand sommeil, diamant que raye
l'ongle des morts
Vend au miroir, seul objet d'art
un reflet d'or

Dégagé de ma gangue, l'œil sur les vitres nimbées de faux jour, je me suis souvenu avoir vu la lune se réfléchir dans le trumeau presque noir et piqué de rouille. Et si tout ce que nous vivons, pensons et fabriquons résultait d'une algèbre nanométrique, d'un projet viral dont nous ne serions que la main-d'œuvre enfiévrée ?

A-t-on classé les feuilles mortes, cet automne ?

Sujet de conte irréligieux. La Vierge aurait eu des jumeaux : on a caché l'autre jusqu'au jour de la Résurrection.

Au bourg, dans l'après-midi, pour m'acheter du tabac, j'ai trouvé la lumière si belle que je suis descendu jusqu'au lavoir dit des Trois Supplices par une petite route départementale coiffée d'une frondaison jaunissante de hêtres et de frênes. On y parvient au troisième calvaire en effet. L'endroit, silencieux comme une chapelle, est tout étoilé de bruyère, mais le bassin alimenté par un ruisselet garde son eau limpide. Manquent les jeunes lavandières d'Anatole Le Braz, mirant leur front et « jasant au rythme des battoirs ». Manque la beauté pensive, si svelte « qu'une tige de blé la prendrait pour sa sœur » et qui descend les trois marches de pierre « du pas étrange des statues ». Je suis resté là à fumer ma pipe, l'œil sur l'impeccable réfraction des eaux, miroir dormant qu'illumine un ciel oblique. Le soleil d'automne, à peine voilé, nimbait d'une douceur sourde, un peu funèbre, le paysage découpé entre poutres d'ombre et faîtières sur un pan entier de l'édifice. Une odeur sucrée de terre, de champignons et de fleurs en décomposition saturait l'air. C'est octobre en feuilles et en eau qui s'incarnait dans ce lavoir déserté, la quintessence spectrale d'octobre, avec ses langueurs frileuses et ses flottaisons de souvenirs accordées par éclats sourds à la fêlure cristalline d'une cloche ou aux battements d'aile du vent.

De retour au village, encore à distance des premières maisons, l'atmosphère pénétrée d'irisations parut se diffracter en ondes musicales. Celles-ci suivaient le rythme des étoilements lumineux sur l'asphalte obscurci par les arches croisées des branches. Mi-épouvantail mi-emblème de légion romaine, l'ombre projetée d'un des calvaires me fit relever la tête. Sa plate-forme à fins croisillons surpeuplée d'angelots et de squelettes tout émaillés de varech détournait l'attention de la figure centrale, christ filiforme pleurant des larmes de granite. Passé la première bâtisse, l'espèce d'ondoiement mélodique de l'air se cristallisa en une musique d'orgue : le père Adamar faisait résonner l'église d'un canon de Buxtehude. En me rapprochant du transept pour mieux l'entendre, j'aperçus dans la ruelle adjacente une silhouette attentive, sous l'enseigne mal repeinte, blanc sur rouge, d'une ancienne mercerie. L'œil hésitait entre *mercothèque* ou *bliblierie* avant de relier en *bibliothèque* les seules lettres blanches. Le sourire de la jeune femme se superposa un instant à la grimace hostile du gardien de phare, devant sa chaumière : j'avais reconnu la fille de Titus Andronicus. Sa bicyclette, d'ailleurs, était posée contre le montant de bois de la vitrine.

— J'écoutais l'orgue, dit Lavinia surprise dans sa posture de joli griffon. Entrez donc voir..., oh ! il n'y a pas grand-chose, à part le rayon littérature...

Enveloppés dans une matière plastique gommeuse, le dos étiqueté, quelques centaines d'ouvrages dont une foule de romans de gare et de documents d'actualité politique surannés étaient rangés sur des étagères métalliques. Lavinia sortit un livre relié en chagrin et doré sur tranche qu'elle déposa comme un petit animal entre mes mains.

— C'est l'un des plus précieux que nous ayons, en dehors des titres d'archives qui sont conservés à la mairie, bien sûr. Il est même dédicacé...

Je fus interloqué en découvrant ma *Verseuse du matin* dans sa reliure rigide bricolée par un amateur. Le nom du dédicataire n'avait pas été gommé ou découpé comme il est d'usage : « À Raymond Calamistre, ces pages égarées d'un livre sans date, avec mes plus sincères hommages... » Le rouge de la honte me piqua le bout du nez, sans parvenir au derme du front épaissi par l'âge.

C'est d'un air dégagé que je demandai à la jeune fille par quel miracle ce livre avait bien pu atterrir à Meurtouldu.

— Comment savoir ? Je l'ai trouvé à sa lettre, l'an passé, à mes débuts. Une commère du village m'a parlé de vous, l'écrivain de Ker-Lann. Ça m'a donné envie. Je l'ai même lu deux fois !

Elle parlait avec une liberté d'intonation très musicale, en sopraniste du chuchotement. J'avais remarqué sur la lande le feu intense de ses prunelles. Il me semblait découvrir ses traits après cet éblouissement, et la courbe opaline d'une nuque cernée de flammèches d'un blond cendré. Une telle grâce émanait d'elle que je me sentis transporté vingt ans en arrière, dans la cité des Doges, en plein hiver. Le sujet de la nouvelle-titre m'avait été en effet inspiré par une rencontre des plus énigmatiques, retour de la piazza San Marco, sur le pont des Déchaussés où les masques du carnaval rentraient par cohortes trébuchantes, aux premières lueurs de l'aube. J'étais revenu trois mois plus tôt du Japon avec une nostalgie de jade et de laque dont j'espérais guérir à Venise, la plus nippone des cités d'Europe. L'amour, cette religion de la volupté, m'avait rendu quelque peu mécréant, mais je rêvais d'union fidèle comme tous les jeunes gens qui suivent le premier jupon. Perdu dans la ville en fête, sans autre masque que ma mine de pierrot lunaire, j'avais longtemps erré d'un pont l'autre entre les canaux et les palais illuminés qui mêlaient leurs feux dans le remous. Cette mosaïque d'architectures flottantes, mirage sur la lagune, avec ses stylites à tête de lion et ses temples barbares, n'évoquait rien pour moi du grand art de Véronèse ou de Titien. Sans affinité pour *cette vie adorablement futile*, je déambulais en exclu des vertus attractives qui, selon Chateaubriand, « s'exhalent de ces vestiges de grandeur », quand, au petit jour, depuis le pont des Déchaussés, je la vis sur le quai du Grand Canal : accroupie sur une marche qui touchait la vague, les jupes relevées au-dessus des genoux, elle remplissait un récipient de verre, vase ou carafe, aussitôt reversé dans l'eau noire. Le soleil venait de se lever sur les dômes et les campaniles, laissant encore dans la pénombre les embarcadères ou la robe des ponts. Le carnaval s'était vite essoufflé dans ce quartier populaire et seuls quelques vagabonds traînaient le long des appontements. Je mis peu de temps à rebrousser chemin pour descendre sur le quai. La jeune femme reversait toujours l'eau du canal, la tête penchée, avec une grâce presque terrifiante. Le soleil inonda bientôt ses belles mains et ce fut une révélation : c'était elle, la *Verseuse du matin* ! Je sentis pour la première fois en moi l'exaltation un peu vaine de l'inspiration, pure émotivité projetée dans l'inconnu. La Vénitienne était probablement folle, et reconnue pour telle par les riverains, mais elle restera pour moi cette prêtresse des eaux qui me fait irrésistiblement penser, quoique à l'opposite, dans l'effroi d'une naissance matutinale, à l'allégorie des *Mémoires d'outre-tombe :* « Venise est là, assise sur le rivage de la mer, comme une belle femme qui va s'éteindre avec le jour ; le vent du soir soulève ses cheveux embaumés ; elle meurt saluée par toutes les grâces et les sourires de la nature. »

Trop accaparé par le souvenir, je dus prendre l'apparence des lions de pierre de la piazza San Marco. Lavinia, inquiète, me secouait la manche.

— Vous allez bien ? disait-elle avec l'air d'en penser long sur ma santé mentale.

— Ce n'est rien, un ange qui passait.

— Vous me regardiez comme une trouvaille archéologique…

— Plutôt un brusque coup de frais, m'excusai-je en m'éclipsant.

L'orgue avait cessé. Le soir tombait. Je gagnai mon véhicule laissé sur le parvis sous l'œil de commères campées au poste frontière de la saine réalité.

Un conte : l'écrire comme une histoire qui vous est arrivée personnellement (en l'adaptant à l'époque et aux circonstances).

Un adolescent amoureux d'une femme somptueusement ambiguë, qui l'ignore. Il découvre qu'elle n'aime que les personnes de son sexe. Déconcerté mais sans autre préjugé que son désir, il s'identifie à ses maîtresses imaginées au point de se travestir lui-même avec conviction. C'est ainsi qu'il parvient à la séduire. À ce moment, il s'aperçoit avec horreur qu'il avait affaire à un homme travesti. Son désir l'emporte nonobstant : ils s'aimeront, jetteront leurs oripeaux et se feront tatouer.

En prison, j'aurai tout appris de ce que je suis. Les voyages m'auront seulement donné l'illusion d'être un autre. L'injustice et l'adversité ne sont rien à côté de l'oubli de soi entre quatre murs. J'ai vécu là, encore jeune, un hiver effroyable de plus de trois années, sans visites ni courrier, entouré de fous, d'idiots ou de désespérés bourrés de tranquillisants. La promiscuité dans cette solitude est la pire torture. Un mot de Swift prend en cellule un sens amer : « Mettez vos diables d'intestins dans un espace raisonnable et il y aura place pour nous tous. » À deux ou à quatre, c'est le même enfer. Les livres, je crois, m'auront sauvé de la noyade. Déjà grand lecteur en passant des maisons d'arrêt à la prison centrale, je suis devenu livre moi-même. Les mots étaient mes branchies toujours à renouveler : je ne voulais pas étouffer dans le fond d'une barque comme la carpe de Michaux. À travers les deux ou trois milliers de bouquins de la bibliothèque de l'établissement pénitentiaire, une espèce de saga sans origine ni fin prit figure dans mon désarroi insaisissable, un roman de bric et de broc béant sur toutes les échappées. Le malade imaginaire allait consulter le docteur Knock et madame Bovary, son épouse, s'amourachait de mon voisin de détention, un certain Fabrice del Dongo. Les mondes s'enchevêtraient sans doute moins naïvement, mais dans l'exclusion affective et morale où nous croupissions tous, je ressentais plus que jamais l'intrigue universelle. Seul à comprendre mon inaltérable pépie, le médecin psychiatre de la centrale accepta de me fournir en papier imprimé. Je lus comme d'autres s'éventent, sans me distraire du vent léger des mots. J'étais ailleurs. L'odeur fade de poisson cuit, de sueur et de tabac froid restait au bord de la page. De temps à autre, le livre se collait à mon visage ou pirouettait au sol et je poursuivais l'aventure autrement, dans le sommeil. C'est en prison que j'ai appris à rêver, comme Peter Ibbetson ou le marquis de Sade. Le commun des rêveurs se laisse porter par la marée. Avec de l'entraînement, on peut conduire sa barque et même la construire. Inutile d'être urbaniste pour faire surgir des villes. Et tous les domaines d'Arnheim s'offrent à la contemplation. Je m'employai surtout à provoquer des rencontres et toutes sortes d'individus ou d'animaux inconnus se trouvèrent ainsi sur mon chemin, la nuit comme le jour. Le caractère de réalité intime qui animait ces créatures me laissait bouleversé au réveil, dans la maussade torture de ma cellule. Un royaume intermittent m'était offert, et le contraste avec les barreaux du réel était si cuisant que je m'en délivrais aussitôt à coups de lecture. Être libre, c'est tout ce que je demandais. Dans la situation du reclus, le rêve et les livres peuvent être une alternative à la pendaison.

Un de mes codétenus, une nuit, s'est ouvert les veines des poignets avec un bris de miroir sans émettre la moindre plainte. Incapable d'occuper son esprit, il brûlait son temps à espérer une lettre de sa femme. Nous échangions parfois quelques mots à ce sujet. « Tu comprends, me disait-il couché sur sa paillasse. Sans elle, la vie me devient hostile, pas seulement la prison, mais tout, mon corps, ce qui bouge dans ma tête. » Je lui conseillais de lire, de faire un peu de sport. Il haussait les épaules en me répondant qu'il n'avait aucun motif à distraire son ennemi. Le maton de nuit remarqua la flaque noire au pied du lit. On l'emporta je ne sais où, mort ou vivant. Le gardien-chef du secteur carcéral, un militaire recyclé, me fit mettre au mitard à tout hasard, au cas où j'eusse sciemment laissé mon codétenu se suicider. Il n'avait peut-être pas tort. Comment est-il possible qu'on puisse rêvasser tranquillement alors que votre voisin de lit se meurt sans être rappelé à l'ordre par tous les olifants de l'intuition et du pressentiment ?

« Il me semble que l'hiver, l'hiver cruel et sévère souhaite ne rien laisser qui ne soit gelé ; ni un cœur ni un bourgeon d'âme n'en réchappera. » C'est une lettre de Katherine Mansfield à lady Ottoline. Elle rajoute avec cette drôlerie pathétique qui la caractérise : « Oh seigneur ! je voudrais mettre une grande pancarte sur l'Angleterre : Fermée pendant les mois d'hiver. »

Le mort qui va chez le médecin (« Quelque chose ne va pas », dit-il).

Plus je m'évertue à traduire ses poèmes, plus le sentiment d'une présence se détache des pages d'Emily. C'est une impression de proximité intense qui m'incline à revenir incessamment sur cette parole aussi gracile que cinglante. D'autres que moi l'ont assez honorée. Mon seul but est d'échange secret entre elle et moi, sans prérogative aucune ni gloire attendue. J'aime Emily dans sa solitude et il me semble l'approcher en transparence des mots. Sa fascination pour une chose que personne ne comprend (cette pensée particulière dont elle parle) a fini par l'isoler de tous, comme une fillette convaincue d'être un gentil roitelet qui ne battrait pas des ailes ni ne chanterait par simple pudeur d'oiseau.

Le génie est une blessure trop près du cœur.

Lu dans le Coran, au dixième verset de la quatre-vingt-dix-neuvième sourate, la plus convaincante formule contre l'intolérance : « Si ton Seigneur l'avait voulu, tous ceux qui sont sur la terre auraient cru. Est-ce à toi de contraindre les gens à devenir croyants ? »

Sorti du lit en somnambule au milieu de la nuit, poussé par quelque impatience, j'ai ouvert grand la fenêtre de mon observatoire des songes pour recevoir, massif, le vent du large sur le visage et la poitrine. Une phrase de la correspondance de Katherine Mansfield m'est revenue : « Comment dire l'incroyable beauté du point du jour avant que les êtres humains soient éveillés ! » Et j'ai attendu plus d'une heure ce moment, les joues glacées, pour ne voir s'étaler qu'une ecchymose sur l'horizon blafard, comme la plaie tuméfiée sous le sein gauche du Christ ressuscité de Bellini.

Lu avec effroi cet articulet dans le journal local : « Deux petites filles de trois et quatre ans sont mortes hier en Loire-Atlantique après avoir été traînées au sol par un poney auquel elles s'étaient attachées avec une corde. » Le pigiste qui a écrit ce chef-d'œuvre de concision ne se doute pas des *effets secondaires*, du contrecoup provoqué dans l'esprit de milliers de ses lecteurs.

En prison, on s'évade par l'apprentissage des langues autant que par les mille fictions. J'y aurai sacrément amélioré ma pratique de l'allemand et de l'anglais. Impossible cependant de me dégoter une grammaire nippone. Moins de dix ans plus tôt, à Kyoto, j'avais fini par pouvoir soutenir une conversation, certes élémentaire, que l'anglais venait corriger. Parler enfin dans sa langue à la femme qu'on aime est le comble de la volupté, après la distraction des mots exotiques lascivement chuchotés à l'oreille. La jolie caissière du théâtre nô m'apprit l'étrangeté de la pudeur aux antipodes. Chacun rougit derrière ses mots. Amaya me demandait avec vigueur et sans ciller de la foutre mais s'empourprait à la simple évocation de ses règles. Occultant les amours récentes, la pensée de l'exquise Amaya peuplera ainsi mes nuits captives d'une charge onirique intacte : ce qui avait été vécu sous d'autres cieux, dans le dépaysement, acquerra au retour un tel pouvoir de surgissement, que je me fabriquerai après coup une nostalgie d'amant délaissé. Réapprendre la langue d'Amaya, dans l'entrave où j'étais, m'eût donné le sentiment de me la concilier, de recouvrer avec elle une intimité sédative, par-delà les ans et l'espace.

L'authentique romancier est une sorte d'enquêteur qui passe en revue toutes les solutions imaginaires : assuré de trouver parmi elles une explication tangible, c'est rarement cette dernière qu'il exploitera. Même le plus réaliste optera pour l'invraisemblable, histoire de toréer avec un monstre de taille. Moi-même, si j'avais encore quelque goût pour la vérité, la part belle de mon temps serait consacrée à percer le mystère du château de Fortbrune. Chose faite, je masquerais la vérité dans quelque parabole étoffée de chimères pour donner des couleurs universelles à un trop singulier effroi.

En vain ai-je cherché ce soir la revue d'art de la fin des années trente où avait été reproduite une toile du Maître de Lassis, la seule connue à ce jour, et peut-être bien l'unique épargnée. Puis lassé, au milieu de caisses de paperasses, je me suis endormi à genoux, la tête sur une pile de vieux journaux, en murmurant un vers lu dans une revue surréaliste quelques minutes plus tôt : « Il est minuit sur le château, sur la plaine et sur la mer. » Je rêvais que j'allais me mettre au lit dans la chambre de veille et que c'était là une épreuve redoutable comme de porter à la seule force des bras une machine à laver en haut d'un escalier. Un sommeil sans petit pois sous le matelas me récompensa. Cependant je crus me réveiller avant l'aube, la tête et le bras gauche hors du lit. Le bout de mes doigts effleurait le sol, délicatement, comme si toute perception devait se concentrer sur la pulpe de l'index et du majeur. Je ne voulais pas me souvenir de mon rêve. Tout mon être s'y refusait. La semence de froidure passée du carrelage à l'extrémité de la main excluait pour l'instant toute pensée. Cette paix finirait dès l'apparition d'une autre sensation. Le moindre rapprochement était une guerre. À cette seconde n'existait que cette faible piqûre sur les troisièmes phalanges. Et c'était déjà trop d'endurance contre l'hostilité des signes. La fenêtre découpait un cube de jour sombre. On entendait la crécelle des oiseaux dans les arbres et, plus loin, la rumeur marine. Je me redressai lentement, d'un bloc, avec un fond de résignation, et considérai la fine dentelle du ciel entre les branches. Hiéroglyphique, le vol de corneilles ou de pies raya les carreaux voilés de poussière. Je fermai les paupières aussitôt pour résister aux images qui montaient d'un puits. Ma nuque s'enfonça dans l'oreiller ; je voulus un instant appeler puis abandonnai, les poings serrés contre les barreaux du montant de lit. De nouveau, comme on tombe à la renverse dans un amas de plumes, je vis autour de moi se soulever mon rêve. C'était la même énorme construction, palais de ténèbres et de marbre. Je m'étais introduit à l'intérieur par chance ou fatalité, au détour d'un corridor ou d'une colonnade, depuis un temps considérable. De salle en salle, sous les stucs et les lambris dorés, les hauts plafonds recouverts d'ombres peintes, je visitais malgré moi cet extraordinaire, ce merveilleux, cet intolérable musée. L'immensité déserte des vestibules m'interdisait bizarrement tout retour en arrière, alors que devant moi s'ouvraient à l'infini d'autres salles d'exposition. Ce que je voyais m'éblouissait et me terrifiait au point d'en ressentir rapidement l'atteinte nerveuse. Il était impensable que tant d'inédite splendeur puisse s'offrir ainsi sans dommages. Un sentiment d'irréparable accompagnait mes déambulations, comme si je brûlais en moi des richesses phénoménales à chacun de mes pas. Incessants brasiers aussitôt consumés que vus, les peintures se succédaient, goûtées et perdues dans la même lancée. Cette visite sans commencement, subie à coups de vertiges, devait pourtant avoir un but. Quelque chose ou quelqu'un m'attendait forcément quelque part, dans l'une des salles ou l'un des vestibules. C'était trop de somptuosité gratuite, trop de cruels prodiges. Si j'avais pu esquiver l'atonie du songe, peut-être me serais-je crevé les yeux pour échapper à cette terrible douleur ressentie au fond des orbites à force de merveilles incalculables exhibant sur tous ses angles le drame du monde. Un sursaut gomma d'un coup le labyrinthe. J'eus le sentiment d'avoir tout perdu avec ce musée de cauchemar vaste comme une ville et encombré jusqu'à la nausée des plus fabuleux chefs-d'œuvre.

L'individu ordinaire n'est, au plus, qu'une fibrille nerveuse, une antenne hypnotique : il prend en cuisant le goût du chaudron. Au Japon et dans les îles chinoises où il aura vécu, le protagoniste de *Tallboy* n'a ni plus ni moins été imprégné par sa culture qu'un germaniste de l'autre bord, français ou anglais. Une fois jeté dans la tourmente, libre de toute idéologie, il est cependant fier de se battre au nom de Goethe et de Beethoven. Aucun préjugé racial, *a fortiori* aucun acte de barbarie n'entachent son patriotisme, il ne soupçonne même pas que l'Allemagne puisse déroger à l'éthique kantienne. Sur la côte normande en 1944, dans son blockhaus éloigné, Ludwig ne connaît rien de son histoire que les poètes et les musiciens. Il est comme le jeune homme de Schiller, sensible, l'âme à fleur d'être, empli de compassion à la vue des souffrances humaines et pourtant courageux jusqu'à l'intrépidité : « cet orgueil d'enfant, cette obstination invincible, toutes les belles et brillantes vertus qui germaient chez ce favori de la vie » auraient dû faire de lui un héros, « un grand, ah ! un grand homme », mais sa destinée était de mourir dans son bunker. Les jours qui précèdent le Débarquement, dans le bercement des flots où se réfléchissent la mémoire et les aspirations du jeune conscrit, on découvre par les divinations exactes de la psychologie qu'une passion amoureuse l'eût vite détruit s'il avait survécu. Oui, Ludwig à coup sûr aurait été mis en pièces par les bacchantes. Cette extrapolation romanesque fondée sur de subtiles appréhensions mises en balance avec l'apocalypse m'aura valu les moqueries acerbes d'une critique de rebond pratiquée par ces vétérans de l'asticotage qui vous ignoraient royalement jusque-là, mais qu'un succès non programmé déstabilise. Plus que jamais, dans ma carrière de pourvoyeur de fantômes (inventer un personnage, c'est ajouter un coefficient d'irréalité à l'ennui d'être soi), ne me serai-je trouvé si démuni au dernier chapitre. Comme Agamemnon, j'allais sacrifier mon enfant sur l'autel d'Éole, pour que les vents de la fiction me soient favorables. Dois-je avouer que, secrètement, je m'étais fabriqué une autre fin, à mon usage exclusif, que Ludwig n'est pas mort écrabouillé par une bombe de dix tonnes…

On parle d'*épisode dépressif majeur* lorsque l'insomnie, la fatigue et la tristesse durent plus de deux semaines. J'en connais qui n'en sont guère sortis depuis un incident de leur enfance – souvent à peine distinguable du lait qui déborde ou d'un geste *déplacé*: jamais depuis ce jour n'ont-ils pu se garder d'une chute qui, si elle devait cesser, leur ferait recevoir des essieux de char en travers du corps. À la fois plus vieux que le monde et hors de lui, ils survivent cachés de tous et à l'abri d'eux-mêmes, avec sur le diaphragme le poids d'une angoisse phénoménale plus indigeste que l'encre de seiche muée en ambre gris dans l'estomac des cachalots.

Mes personnages m'encombrent parce qu'on ne les a pas aidés à vivre. Ils avaient besoin d'un public bienveillant pour se détacher de moi. Le succès relatif de *Tallboy*, vite retombé, ne change rien au sort des Alban, Christel, Namor, tous les autres… Ludwig lui-même, incompris dans son éternel bunker, reste à demeure. On n'abandonne pas ses enfants à la rue, dans l'indifférence générale. Aussi Ludwig aura-t-il toujours un gîte au domaine de Ker-Lann, même si l'idée paraît saugrenue au premier abord. En exil à Guernesey, Hugo ne s'embarrassait guère de questions subsidiaires d'assiduité physique pour convoquer à son guéridon le Christ, la Mort ou le fantôme d'Hamlet.

Premier givre matinal sur les pelouses et les arbustes. La mer apparaît en nacelle d'un ciel de brume aux contours sphériques, entre crêtes boisées et brisants. Fedora m'accompagne jusqu'au socle de la statue de Coré et nous devisons, moi tête basse et renfrogné par un trop fol espoir, les poings dans les poches d'une vareuse noire de menuisier, elle, en talons et habits de ville, ondulant comme un saule doré au vent marin. Mon pas craque dans l'herbe et laisse une légère empreinte d'eau.

— N'as-tu pas froid ? lui dis-je, une brume aux lèvres.

Sa robe d'organsin blanc plaquée par le vent modèle délicieusement sa poitrine, un peu alourdie par la flexion frileuse des épaules, et son pubis qu'imite devant nous, en place d'une main pudique tombée comme feuille morte, un doux renflement de marbre sous le calice du nombril toujours rempli d'une goutte de pluie ou de rosée.

— Moins que la statue du parc ! me répond la cantatrice dans un écho léger. Qui est-elle, Aphrodite, Vénus au miroir ?

— Perséphone, avant que ce brigand de Pluton ne l'enlève en la tirant par les pieds. Elle cueille des narcisses dans l'air…

— C'est drôle, j'ai interprété le rôle à mes débuts, dans la *Proserpine* de Lully. C'était un petit bout de rôle, mais je m'y suis crue : la fille si protégée de la mère Nature, que son oncle, le souverain des morts, enlève dans les bois d'Enna, près du lac de Pergusa… À cause de ce méchant dieu, revoici l'automne et l'hiver !

— Allons ! Il la rendra à sa mère au début du printemps.

— Il faut bien que les fleurs éclosent…

L'enjouement de Fedora m'enchante comme autrefois, quand elle oubliait son stress de diva qui l'affamait toute, de la bouche au bas-ventre, et m'accordait avec mansuétude la chaleur de son être. Car je n'ai pas connu de femme moins sujette aux restrictions de tous ordres, physiques, esthétiques ou morales, dont nous corsetons d'ordinaire nos pauvres existences de papillon, le temps d'un battement d'aile. Rien ne la choquait ni ne l'offensait, hormis le manque de charité pour les animaux, humains compris. Incontrôlable, elle se moquait gentiment des mille frilosités qui interdisent toute évasion. « Tu comprends, me disait-elle souvent, j'ai le droit d'être libre après ce que j'ai vécu. »

Dans la lumière cendrée du parc, j'effleure d'un doigt la jambe nue de Coré en m'efforçant de conserver intact le souvenir d'une voix incomparable.

Si l'amour avait un nom, il serait perdu. Rien de plus ne nous accouple qu'un regard tranquille entre la lame et l'instant.

Montparnasse-Solitude ! Ces mots sonnent comme un rendez-vous manqué. Je m'étais pourtant résolu au pire sort amoureux – les absences répétées, les disparitions subites, les fugues, ses colères incompréhensibles et par-dessus tout mon bannissement nocturne. Une femme qui dort près de vous à poings fermés est au moins présente, on peut inventer avec elle une communication végétative, mille correspondances lymphatiques par attouchements ou murmures. Le sommeil dans un même lit rapproche par un lacis de rhizomes comme le terreau d'une jardinière. Mais se retrouver pantois d'angoisse et de jalousie à la porte de celle dont le souffle de vie vous fait trembler comme une chandelle est une épreuve qu'aucun cœur de chair ne saurait traverser indemne. Mes ennuis cardiaques, à n'en pas douter, ont pour origine l'attente, l'égarement effrayé de l'attente, la dernière année de notre liaison. Fedora ne comprenait pas l'évolution de mon amour pour elle. Elle m'accueillait toujours avec indulgence dans son pied-à-terre de la rue d'Odessa qu'elle louait à l'année, je l'appris incidemment, à son vieux compagnon de scène, le cruel Scarpia. Avec lui en Méphistophélès, elle avait été Marguerite. Et Mélisande, avec lui en Golaud. Jamais il ne lui donna la réplique exaltée des amants. « C'est le sort des basses et des barytons d'être de sombres personnages, jaloux et vindicatifs, me lança un jour Fedora. Allons chante-moi un ré ! Tu es sûrement un baryton ! », ajouta-t-elle, rieuse, en me pinçant la pointe du sein.

L'histoire d'un homme vieillissant, plutôt actif, mais fatigué après une vie d'excès (un peu comme moi depuis ma première alerte). Il décide de léguer son corps à la science ; mais ignorant à qui s'adresser, il téléphone à la première adresse trouvée sur Internet, un institut de recherche voué à la microchirurgie plastique. Ça lui convient assez de participer à la lutte contre les ravages du temps. On lui donne rendez-vous. Un personnage cravaté, au complet veston anthracite, l'accueille avec une courtoisie appuyée dans les bureaux d'un petit immeuble aux allures de clinique. Il lui faut bien sûr signer un contrat de legs. Au moment d'apposer sa signature au moyen du stylo à plume d'or qu'on lui tend, il ne sait trop comment, il s'égratigne et une goutte de sang vient tacher le document.

— Ce n'est rien, signez donc ! susurre l'homme au complet noir.

Chose faite, sans attendre, il souffle sur la signature et empoche le contrat. Son client se lève, incrédule, et quitte l'établissement. Sur le chemin du retour, une pensée soudaine le glace : c'est de son âme qu'il s'agissait. Il venait de vendre son âme au diable ! Le plus désobligeant pour lui qui était prêt à donner son corps, c'est qu'il l'avait vendue pour rien.

La beauté en soi n'étant pas un devenir condamne les esthètes à l'académisme. La beauté, cette tare qui s'interdit la grimace de l'évolution – face au miroir. L'homme est un monstre pour le singe, lequel par chance n'a lu ni Platon ni Hegel.

Aux heures de découragement, parfois, me travaille le projet d'un livre fou, d'une entreprise littéraire impossible, non à la façon d'un Valéry ou d'un Borges, ni même à la manière concrète qu'ont les arts plastiques et musicaux d'affecter les sens. Il s'agirait d'un livre fait de mots tout simples agencés selon une kabbale longuement mûrie, qui provoquerait une transformation indécelable mais tangible dans la perception même du lecteur, comme une nuance ajoutée. Et nul ne saurait en soupçonner l'enjeu, malgré la masse des écrits dont on ressort jovialement indemne. « Ah, si notre génie était un peu plus génial ! », se lamentait un transcendantaliste de Boston.

Levé tôt ce dimanche, assez pour apercevoir la chouette hulotte battre le taillis d'un dernier coup d'aile, j'envisage la journée en survivant, après les cauchemars et les palpitations de la nuit. Aucune porte ne reliant la tour et le corps de logis pourtant accolés, un détour à l'air libre s'impose. Le souffle du large et le salut de Coré m'octroient un ticket de santé pour toute une belle journée d'automne. L'homme seul qui dialogue à longueur de temps avec le ciel et la mer peut se passer de baromètre. Je n'emporterai pas sous le bras « mon vieux parapluie hanté », comme aime dire Emily. Devant l'âtre de la cuisine, les mains bouillantes, j'admets volontiers que la partie de cache-cache avec la mort n'est encore qu'un jeu d'enfant. Mais la bouilloire fume et mugit. Le jour bleuit faiblement aux vitres. Une saine odeur de résine, de café chaud et de pain grillé revigore Clotho et Lachésis, les Parques tisseuses d'instants, lesquelles n'ont nul besoin de la cisaille de leur sœur Atropos à cette heure.

Lundi de brouillard et d'embruns. Le parc ce matin n'était qu'un bloc de marbre de Carrare au sein duquel Coré disparue de son socle devait évoluer allègrement ; plusieurs fois, en allant de la tour au manoir, j'ai cru sentir sa respiration de pierre sur ma nuque. Quantité de lettres ce matin dans la boîte : il m'a fallu descendre un chemin de ciment envahi de luzerne jusqu'à la petite route départementale que le portail du domaine orne de ses deux piliers zoomorphes aussi massifs que des menhirs.

Cette liasse de factures et de publicités ne fait guère ciller l'instant : il me semble feuilleter quelque vieux magazine. Ah ! ma lectrice cannibale récidive. Elle comprend mon silence mais se permet de me relancer, certaine que je saurai lire entre les lignes – ce sont ses propres mots – « la gravité proportionnelle de la requête d'une lectrice qui donne à peu près à votre œuvre la place des arbres ou de la mer dans sa vie ». Ai-je jamais reçu de plus joli compliment ? Me voilà ferré comme Naisuké par sa carpe. Je ne risque après tout que d'avoir à répondre des choses qui feraient sourire mes personnages, assommantes paraphrases et gloses de vitrier aveugle ! On aimerait rappeler, parfois, qu'un roman est sans doute l'explication ultime, la contre-épreuve à feu et à sang de tous ses frileux commentaires.

Dans une enveloppe kraft qui pourrait contenir cent mille euros, je découvre sans grande émotion le dernier ouvrage de Vauganet, à peine une centaine de pages sur petit format, avec un carton manuscrit pour me renouveler son invitation un dimanche prochain. Lui et ses figures de proue m'attendent « face au large ». Son livre a pour titre *la Veille ou demain :* une chronique du temps qui passe à la mode bocagère après dix autres opus du même tonneau. Ça m'évoque un peu, avec moins d'art, les *Champêtreries* de Francis Jammes : « Il y a une araignée noire dont la toile épaisse et sale, fixée aux murailles, offre un trou au milieu comme un entonnoir de water-closet. »

Reçu enfin, en jeu d'épreuves, mon ultime roman, *Drones,* paru voilà cinq ans, et qu'une mystérieuse maison d'édition belge a désiré rééditer, avec l'accord complaisant du premier éditeur (lequel a voué au pilon une bonne moitié du tirage initial). J'avais totalement oublié le contrat signé sans une once d'enthousiasme deux ans plus tôt avec ce Van Ripe établi à Bruxelles. Mais c'est sans manières que le naufragé d'un yacht de luxe souffre d'être repêché par un sardinier.

Le vieux Braz m'apporte un mulet de cinq livres et une belle langouste qu'il m'offre en prime ! Avec la recette :

— Faites donc bouillir la marmite et laissez la bestiole couiner dans le court-bouillon le temps de vous gratter les deux oreilles. Avant de la fendre en deux...

Il repart content, un billet dans son gousset et la charrette à bras remplie de pommes tavelées pour son alambic.

En même temps que je corrige mon *Drones*, écœuré par une plage de coquilles où batifolent mes tics d'écriture, je feuillette *la Veille ou demain* du cher Vauganet, plutôt affligé par le peu de fond de ses chroniques. Quand un collègue publie des souvenirs, on risque bien souvent de manquer le passage qui vous concerne, gaffe assurée le jour où il s'en inquiètera à demi-mot. Je tombe *in extremis* sur ces lignes à la page 87: « *La Verseuse du matin* où on découvre cette anacoluthe qui m'a tout l'air d'un solécisme (...). » Et plus loin, page 112 : « Cet encyclopédiste nébuleux venu s'établir en Armorique comme un choucas des tropiques. » Le ton me semblerait un tantinet insolent si j'avais le cœur à m'offenser : voilà belle lurette que toute arrogance d'auteur m'a quitté et je laisse sans rancune Vauganet à son inanité d'homme de lettres. Il y a aussi ces mots qui, c'est à craindre, me visent personnellement à l'avant-dernière page : « Je ne suis pas de ces auteurs qui cachent l'essentiel de leur biographie pour ne pas faire d'ombre à leur réputation d'affabulateur professionnel. » Une question me démange toutefois après lecture : irai-je dîner dimanche prochain chez Vauganet ?

Il pleut sur la mer. C'est un long froissement de mille harpes au ras des flots. La journée s'étire jusqu'au soir sans que le grondement sourd de tempête puisse être davantage attribué au ciel bas, à l'Océan, ou au vent dans les arbres. Désœuvré dans la pénombre de la bibliothèque, je me hisse vers la chambre de veille au gré du classement alphabétique. Stendhal ouvert à sa lettre – le Stendhal déliquescent des écrits intimes – pourrait très bien continuer le soliloque à ma place sans la moindre déperdition d'identité : « Je me couche pour m'assurer que la journée est bien finie. Cependant, à tout prendre, elle a été heureuse pour moi ; mais quel bonheur, auprès d'une femme qu'on aime, lorsqu'on ne l'a pas ? »

Nous sommes comme ourdis d'absence, c'est l'absence qui porte le sens du lendemain. Rien n'existe que cette vacuité soutenue sur fond de météores. *Je suis qui me hante*. Mais quel nom lui donner vraiment ? Fedora est partout dans ces pages, même lorsque je crois l'oublier. J'aimerais parfois me défaire d'elle une fois pour toutes (de cette imprégnation de sang et d'aromates qui me brûle jusqu'au fond des entrailles) avec le canon d'un pistolet ou un bout de cordage. Et, pendu au plus bel arbre, une balle dans le front, m'abandonner enfin au rêve incontrôlable où dérivent à jamais les âmes délivrées.

Il n'y a pas de convalescence en amour. Fedora partie pour Prague, je m'étais juré de ne pas l'appeler, de ne rien tenter dans sa direction. Un mois sans elle devait bien suffire pour faire peau neuve. C'est ce que je me disais naïvement sans prendre la mesure de mon addiction. Un Anglais parlerait de *craving* dans mon cas. Je suis aujourd'hui encore plus aliéné à Fedora qu'un hibou de clocher peut l'être à la nuit noire. Tout ce qui m'enveloppe, la lande sauvage, l'Océan, cette construction de panique où j'ai trouvé refuge, ressemble au rêve d'un prisonnier qui attendrait pelotonné sur sa paillasse l'heure de la délivrance.

En réaction à mon silence, du moins voulais-je le croire, Fedora ne me fit pas signe à son retour. Pour me convaincre de mon propre dédain, je laissai passer une journée entière sans bouger moi-même, dans l'attente inavouée d'un appel. Ma gorge s'assécha avec les heures, la sueur imprégnait mes tempes et s'écoulait, glaciale, entre les omoplates, je me débattais en forcené contre l'envie de hurler son nom. La fausse désinvolture imite la course pourpre du coq décapité. En fin d'après-midi, n'y tenant plus, je laissai dix messages sur la boîte vocale de Fedora. La panique atteignit un paroxysme avec la tombée de la nuit. J'étais écartelé entre le désir de me précipiter chez elle, à Montparnasse, et la peur de manquer son passage à mon hôtel. L'occasion de tels bouleversements réveille des impressions anciennes. Je ressentis comme jamais cette angoisse crépusculaire éprouvée enfant au terme de certaines journées d'excitation et de jeux à perdre haleine, dans le silence d'escaliers ou de halls d'immeuble, quand Elzaïde s'absentait jusqu'à des heures tardives. N'étais-je encore qu'un garçonnet fluet, tremblant d'abandon à cause d'une prima donna à la gorge flamboyante ? Rue d'Odessa enfin, à minuit moins le quart, je me retrouvai comme un idiot devant un portail clos. Le code avait dû être changé. Profitant de l'entrée d'un jeune couple qui se chamaillait sans souci de moi, ombre chancelante, je pus enfin gagner son palier au troisième étage. Une porte fermée, quand la sonnette reste muette, est l'instrument de percussion le plus désespérément joué, entre block chinois, planche à laver et steel-drum. Les voisins furent les premiers à réagir mais je m'obstinai. Quand la minuterie plongeait l'escalier dans l'obscurité, une lueur filtrait d'un interstice : c'est qu'il y avait du monde ! Personne ne saurait résister toute une nuit au percussionniste du palier. Enfin la porte s'arracha presque de ses gonds et la face blême de Scarpia, des poches d'encre sous les yeux, grimaça je ne sais quel juron.

— Fichez le camp, dit-il plus calmement. Fedora ne veut voir personne. D'ailleurs elle n'est pas ici…

Le baryton avait un tel air d'épuisement désolé, que je le crus sans difficulté.

— Que faites-vous là ? dis-je seulement d'une voix blanche.

Il me considéra des pieds à la tête et se mit à ricaner comme naguère sur la scène de l'Opéra, lorsqu'il s'apprêtait à piéger l'amant de Tosca. Le désœuvrement de la mélancolie rapproche parfois les ennemis naturels : devinant en moi une fibre d'amoureux transi sur laquelle déverser librement son amertume, Scarpia m'invita à prendre un verre. Très vite, devant une bouteille de bourbon déjà bien entamée, je m'étonnais de son intimité avec la cantatrice.

— Fedora me doit tout, sa voix, son prestige, tout ! clama le baryton en se versant une nouvelle rasade.

Frileux, il avait revêtu une épaisse robe de chambre à rayures sur des habits de ville et chaussait des charentaises du même motif. On comprend qu'aucun sentiment de jalousie ne m'eût effleuré encore.

— Mais que faites-vous chez elle, dans cette tenue ?

L'œil de Scarpia étincela. Ses lèvres esquissèrent un sourire de cruelle délectation. J'en appris davantage sur Fedora cette nuit-là qu'après des mois d'étreintes et de confidences.

— Cet appartement est à moi. Elle me le loue une partie de l'année, entre deux voyages. Elle exige de me le louer. C'est dans sa nature. Mais elle n'y a sans doute jamais passé une seule nuit. Ça vous rassure ? Personne ne sait où elle passe ses nuits. Vous croyez l'aimer, mais que savez-vous d'elle ? Je vois à votre figure que vous êtes mordu comme une carpe à son appât...

La plupart du temps, on ne connaîtra de l'autre, s'il vous devient intime, que son autobiographie narrée en long et en large au fil d'aveux tronqués et d'invérifiables révélations : interroger l'entourage passerait pour une déloyauté, un manque de foi. Jamais la pensée ne nous effleure d'aller goûter à d'autres sources la fiction dont l'amour nous abreuve. Scarpia me décrivit avec les détails les plus authentiques une femme inconnue de moi. Ainsi avait-elle vécu une partie de son enfance à Londres, prise en otage par une mère exclusive qui lui interdisait toute autre affection. Fille unique, elle avait appris le piano et la danse sous cette tutelle précautionneuse avant de connaître l'internat. Jamais un mâle, tant parent qu'éducateur, ne l'approcha avant ses seize ans. L'espèce masculine était bannie de sa vie pour des motifs litigieux.

— Une défiance maladive ? avançai-je.

— Je dirais le ressentiment de la pire jalousie. La passion de cette Médée pour sa fille n'avait d'égale que sa haine des hommes… La mère de Fedora, poursuivit le baryton, n'était pas dépourvue d'instruction, elle lisait les romancières de langue anglaise, les sœurs Brontë, Virginia Woolf même, avec une prédilection pour Jane Austen. Ancienne chanteuse de cabaret, elle redoutait que sa fille ne suive sa voie et s'efforçait héroïquement de lui faire dépasser cette culture populaire, comme si la fréquentation de Brahms ou de Tchaïkovski allait l'éloigner sans retour des folklores salaces de la rue… Quand j'ai découvert Fedora, elle avait à peine vingt ans et chantait d'une voix brisée dans le plus navrant cabaret de Soho. Ses cheveux tombaient en pluie sur le décolleté imposé par une direction mafieuse. Elle bougeait mal devant un public grossier de tartineurs. Mais j'ai tout de suite perçu le vibrato du génie musical et scénique sous cette peau d'âne…

À entendre le baryton évoquer Fedora, malgré son absence et notre probable fâcherie, je me souviens m'être apaisé, plein d'ivresse. Où, mieux que dans son pied-à-terre, sa « maison de jour », aurais-je pu supporter de l'attendre, même si mon interlocuteur en pantoufles était lui-même inspiré par le dépit et la rancune, signes flagrants de la plus fourbe jalousie ?

Rue d'Odessa, au petit jour, puis en remontant le boulevard du Montparnasse, je voulus me convaincre de l'indulgence de l'heure. J'avais trop bu et trébuchais d'épuisement mais il me semblait m'être rapproché, dans cette espèce d'amnistie de l'absence, du seul être pour moi actuel. Fedora avait acquis cette nuit-là un droit au mystère. L'éloignement romanesque de certains êtres aiguise curieusement notre proximité : je l'aimais davantage de m'échapper par tout ce qu'elle m'avait tu, tout ce qu'elle ignorait d'elle-même et qui éclairait d'un feu contraire la violence de notre lien.

Visite en coup de vent du père Adamar alors que j'étais en train d'astiquer le vieux pistolet allemand trouvé dans un cellier, sous la tour. Il m'a rapporté quelques livres et s'est inquiété de ma santé (en écrivant ces mots, je me dis que nous ne confions que nos divagations, songes et souvenirs, aux journaux dits intimes, lesquels s'achèvent généralement en queue de lézard par la mort ou la désertion incompréhensible du diariste). Quel esprit d'à-propos me fit questionner l'abbé au sujet de la jeune bibliothécaire ?

— Lavinia n'est pas une personne banale. Elle est intelligente, cultivée…

La singularité de la jeune fille résidait bien sûr ailleurs, mais le père Adamar en repoussait la divulgation sans me quitter des yeux, tout à coup suspicieux, s'interrogeant sans doute sur l'opportunité d'une pareille révélation au premier pourvoyeur d'irréalité venu. Même un vieux prêtre ne saurait se déprendre du contentement douceâtre et quelque peu honteux de la confession. Il soupira :

— Vous l'auriez appris un jour ou l'autre. Lavinia est l'arrière-petite-fille du Maître de Lassis, l'unique descendante. Le tas de pierre de Fortbrune lui appartient en droit, avec cent hectares de lande inculte. Mais son plus bel héritage, qu'elle tient je crois de sa pauvre mère, est la simplicité de cœur…

L'arme à feu en morceaux, déballée d'un carré de toile cirée sur la table de chêne de la cuisine, à côté de son chargeur et de munitions, n'avait pas cessé de capter l'attention du vieil homme.

— Que comptez-vous faire de cet objet ? demanda-t-il enfin d'une voix blanche.

— Rien de précis, dis-je en riant. C'est pour moi une sorte de casse-tête chinois, un jouet très fascinant…

— Vous feriez mieux de me le confier. On ne joue pas avec sa vie. Nous le léguerons au musée de la Résistance bretonne…

Petit, j'étais le seul chat de ma grand-mère ayant le droit de manger à table. Fabuleux privilège quand on connaissait son attachement à chacun d'eux. Je n'ai jamais su combien nous étions, entre cinq et huit peut-être, car elle refusait de nous compter. Sa méthode de gestion tenait toute dans l'évocation successive jusqu'à épuisement de son champ affectif il y avait Taupette, le gros angora, Frisson le siamois esthète, Sarah couleur isabelle, le vieil Égyptien, vulgaire chat de gouttière aux oreilles de fennec, ensuite je ne sais plus. La vieille femme donnait à tous sa faveur. C'était sa façon d'être : elle préférait chacun à tour de rôle. Pour les choses comme pour les créatures. La pluie venait la délivrer du soleil et la nuit du jour. Le meilleur pour elle était toujours maintenant, même si demain ne valait pas hier. Sa nostalgie visait les bleues Symplégades, ces deux roches à l'entrée du Bosphore qu'elle n'avait jamais vues, ou quelque monde indéfini dont elle aurait rêvé, plein de senteurs têtues et d'impassibles panthères. La mort de sa fille, qu'elle n'évoquait jamais en ma présence, bornait sa mémoire : tout ce qui l'avait précédée n'était plus que brumes et ténèbres. Le passé avoué commençait avec moi, l'enfant de la disparue, son disciple de proximité.

Elzaïde m'enseignait l'univers dans son étroit logis où elle m'avait aménagé une soupente. À sa manière, elle en savait autant qu'Anaximandre ou Parménide, sans pourtant s'être penchée sur les Anciens ou sur le journal local. Attardée à contempler les phénomènes d'une nuit claire, elle m'expliqua sans pathos que la pleine lune était la tranche d'un concombre géant dix-neuf fois aussi grand que toute la terre et coupé de temps à autre par la roue d'un chariot plein de feu. Le diable existait, il s'appelait la Malgueule et avait pour compagne épisodique la Garache, un humain de n'importe quel sexe transformé en bête hurlante. Mais je n'avais jamais entendu parler de Dieu. Les nains selon elle étaient des cuisiniers hors pair car les rois les mangeaient quand ils rataient un plat. Les Chinois naissaient avec un masque cousu qui tirait aux tempes. Sauf en Afrique, il n'y avait pas de nègres, ceux qu'on croyait voir étaient des espions anglais déguisés. L'Angleterre d'ailleurs était une île américaine. Je n'ai aucune certitude sur le degré de véracité qu'elle accordait à ses propos. Le fait est qu'Elzaïde improvisait les plus extravagantes saillies. Je l'écoutais sans rire, l'humour exigeant une connivence. Mais j'appris à relativiser ses inventions et découvris de la sorte les vertus conjuguées de la fable et de la métaphore. Depuis ma soupente enchantée, j'envisageais chaque objet dans son étrangeté nominative. La casserole ou le parapluie n'étaient pas moins riche d'intentions, dans la bouche d'Elzaïde, que la Malgueule ou le Gouverneur des chats. Ce dernier régnait sur les félidés des villes et des campagnes depuis son palais de Velours où défilaient jour et nuit les ambassades du monde entier, principalement constituées de chats fugueurs et de matous de cimetière.

Cependant je m'endors à seulement évoquer le nom d'Elzaïde, nourrice des songes qui me conserva dans des eaux fœtales longtemps après la mort de ma mère.

Traumdeutung! La clé des songes, Freud n'en est pas le serrurier. Il en a pris l'empreinte à cire perdue dans toutes les serrures béantes comme des oreilles ; mais les dormeurs verrouillés ne perçoivent qu'un cliquetis derrière la porte. Personne n'ouvrira de ce côté ni de l'autre, même avec une plume d'ange.

Faudrait-il intervertir portes et fenêtres ?

Se réveiller, sortir, prendre le volant de sa voiture, s'adresser à quelqu'un, tout est violence subie. Kafka parlait avec quelle justesse du « malheur d'un perpétuel commencement ».

La chorale d'immortalité ; ceux qui sont cooptés restent éternellement jeunes. Où ai-je lu cette histoire ? Je pense au chœur de *la Damnation de Faust* : c'est le début du printemps dans la campagne magyare, et des paysans se réjouissent sous les tilleuls tandis qu'un défilé militaire entonne la *Marche de Rákóczy* avec une même insouciance. À bout de solitude, le vieux savant songe au suicide quand surgit bientôt un fameux dresseur de puces. Histoire de rats et chant des sylphes s'emmêlent dans mon souvenir. Je garde vivante l'image de Marguerite entamant sa romance. C'était à Stockholm. J'étais venu la voir et l'écouter avec l'espoir de la garder à moi cette nuit-là : il neigeait et l'archipel baigné de lune cotonneuse était tout enclos de glaces. Fedora iraitelle errer, par moins vingt degrés, sur les ponts et les îles ?

Nombre d'or au pentacle de Vinci

Ce vers, pure énigme, me vient du brouhaha voilé de l'éveil, quand les paupières palpitent encore sur un gouffre : quelqu'un sorti de la foule opaque des rêves me l'a soufflé à l'oreille : ultime bribe d'un tumulte dont je sors pantois, le front moite. Il ne s'agit guère d'inspiration, mais d'un reliquat de ce tapage d'oreiller qui déverse indistinctement borborygmes et bouts de mélodies, sentences et sornettes. Existe-t-il, au sein de ce chœur primal, une sorte de cristallisation subite dans une parole ou quelque image qui ressemblerait à du discernement, de l'autre côté de la conscience ?

Promenade matinale parmi les sentes qui mènent aux criques et où s'accrochent silènes duveteux, chardons flamboyants, sages coussinets de mousse et cristes aux feuilles charnues buissonnant entre les pierres. Sur les récifs de Lerbenn, au creux du littoral, des cormorans miment en démons charbonneux le Crucifié face au calvaire du Hueldu, bâti bien en aval du phare. C'est au même endroit que j'avais cru surprendre, en plein mois d'août, une ruée de pingouins nains descendus de la mer du Nord. Macareux et craves à bec rouge ont dû prendre le large avec les premiers frimas. À côtoyer cette nature, faune et flore en symbiose, une quiétude m'envahit le temps d'un va-et-vient. Tout cela dure encore, si fragile, après des millénaires. Et mes pas entre ces dentelles de roches et de végétaux sont la chose la plus éphémère. Je suis moins présent que la lumière précieuse de l'embellie et le brisement ajusté des vagues, ombre seulement qui traîne après elle ses haillons de mémoire.

« La tombe ne t'a pas plus changée que je ne changerai. Je t'aimais démesurément comme tu m'aimais ; nous n'étions pas faits pour cette torture, il n'existe pas de plus mortel péché qu'un tel amour... » C'est Manfred qui parle. Il invoque le spectre d'Astarté avec les mots que tout homme brisé par le deuil a follement proférés un jour : « Une fois encore, avant de mourir, je veux entendre la voix qui n'était que musique. Réponds-moi ! Je t'ai appelée dans le calme de la nuit. Parle-moi une fois encore. » Outre lord Byron ou Shelley en émule, combien sont-ils ceux qui ont tué d'un mot leur amour, tous pareillement maudits à l'école d'Hamlet ?

« Pour bien juger de quelque chose, il faut s'en éloigner un peu, après l'avoir aimé. Cela est vrai des pays, des êtres, et de soi-même. » C'est Gide qui le prétend. Et comment jugerait-on de la vie, une fois loin ? Les fantômes de Ker-Lann et n'importe quel amant d'un peu de foi sont eux-mêmes jugés à distance par l'objet aimé. On ne s'éloigne que dans la malédiction d'un oubli qui prend la forme inventive du remords. Mais Gide parlait sans doute des divertissements sans conséquence de l'hédoniste.

Enfant, on m'aura ôté avec Elzaïde toute la chaleur, tous les parfums, toutes les saveurs. Je n'étais plus qu'une tête greffée sur un bloc de glace par des manipulateurs à l'haleine de formol. La pauvre vieille s'était laissé piéger par la maladie ; sans se plaindre, elle en subit les ravages en quelques mois. Et je la découvris morte un matin dans son lit, un sourire rentré aux lèvres. C'était un dimanche, il pleuvait sur les toits. Je lui fis mille questions mais elle restait muette, elle n'avait plus rien à inventer pour moi. Alors, je me suis souvenu des paroles de la veille : « Si je meurs, ne t'en fais pas, c'est pour avoir moins mal, et je ne serai pas loin. » Les chats avaient tous quitté la chambre. Ils s'étaient réfugiés, frileux, aux coins des portes et des fenêtres. Même l'Égyptien aux oreilles de fennec trônant d'ordinaire à la pointe du lit. La main de grand-mère était comme une galette de pierre, son visage avait pris l'aspect des choses en bois ou en carton. Le sentiment de l'irréparable me submergea par vagues. On allait m'arracher à la clémence des chats. Il n'y aurait plus d'abri, plus de complicité nulle part. Les portes du pensionnat allaient se refermer sur moi. Je décidai de tenir un siège.

Il y avait des conserves dans la cuisine. Des bocaux de compote et de lapin confit : j'alimenterais moi-même les animaux et la morte. Le vide-ordure automatique du palier qu'une colonne reliait aux poubelles permettait de jeter le superflu : litières des chat, reliefs des repas, chaussures, cahiers et plumier, livres de classe. Le soir, je n'empêchai pas les ombres de s'épaissir. Elles étaient mes alliées. Elzaïde m'avait raconté que, pendant la guerre, elle et sa fille se protégeaient des perquisitions et des rafles dans un grenier plein de souris et d'araignées aménagé dans l'obscurité avec les ustensiles de la vie ménagère : elles devaient exécuter les mêmes gestes qu'au logis du dessous, mais dans le noir complet. Je passai quant à moi cette nuit de dimanche à lundi seul avec les chats pensifs à me remémorer les histoires d'Elzaïde. Il me faudrait tout un livre pour les rassembler comme elles viennent à mon esprit. C'est que la morte ne m'abandonna pas comme l'avait fait sa fille : elle continua de se raconter à moi dès que je l'évoquais, en songe ou au présent. Les souvenirs qui me venaient étaient le prétexte à de nouvelles histoires. Qui peut jurer d'avoir vécu l'intégralité de sa mémoire ? Quand la nuit fut entière dans la chambre aux odeurs de lait renversé, de tubéreuse et de pili-pili, je tentai de circonvenir Elzaïde par des sanglots et des caresses. Butée dans son sommeil religieux, elle n'avait plus d'égards. Le vieil Égyptien vint me rappeler à l'ordre par un long pleur dans l'entrebâillure de la porte : il ne fallait pas importuner les défunts. Je m'endormis à mon tour au creux d'un fauteuil de cretonne, Taupette enroulé dans mes jambes. Il y eut le lendemain un branle-bas extraordinaire : des serruriers, des policiers, des voisins, le gendarme qui se faisait passer pour mon père, la concierge de l'immeuble, toute une foule vint bousculer le logis d'Elzaïde. Les chats s'envolèrent. On me considéra gravement. Mettez un souriceau à côté d'un cadavre, il y aura toujours quelqu'un pour l'accuser du pire.

Pour Swedenborg, qui agaçait tant son contemporain Emmanuel Kant, les croyances deviennent *réalité* dans l'autre monde. C'est librement qu'on choisit le ciel ou l'enfer selon sa rêverie terrestre, car il n'y a pas de punition autre que la forme de notre dernier désir ; et les anges qui nous accompagnent seront aussi nus et vrais que chacun d'entre nous une fois la matière tombée comme une robe de poussière. Avec l'être élu, la fiancée ou l'épouse, nous formerons une sorte d'ange accompli dans l'éternité fusionnelle de l'amour.

La chouette hulotte n'a pas cessé de persécuter quelque mulot habile à se planquer dans les trous de lune, cette nuit. Son cri répondait à la corne de brume, dans la clarté mystérieuse où Coré seule régnait. Mais un mur de craie s'est soudainement dressé, gigantesque, à hauteur du ciel. Glissant depuis la mer, la falaise nuageuse a gommé les rochers et le petit bois avant d'avaler la statue. La corne de brume serait-elle venue au secours du mulot ? J'ai longtemps observé le phénomène avant de me laisser envahir à mon tour,

Brouillards, montez ! versez vos cendres monotones

Existe-t-il des fétichistes de la voix ? Les plus convenus sont les mélomanes. Certains tombent publiquement dans des extases proches de l'orgasme ou se dissimulent honteusement pour écouter en boucle le prodige phonique qui les émeut. La voix de Fedora affolait hommes et femmes. D'une tessiture rarissime, avec au plus grave cette sonorité ambrée du hautbois et toute l'agilité du soprano colorature au plus aigu, elle pouvait couvrir les registres lyrique ou dramatique sans aucune discordance de timbre. Avant de l'entendre, ce fameux soir, au palais Garnier, je n'imaginais d'autres séductions que le regard ou la connivence muette du sourire, outre la douceur d'un épiderme sans tatouages. Au quotidien, détachées du commun verbiage que des millions de gens perpétuent comme le vrombissement d'un nuage de mouches, les voix n'étaient que belles ou détestables, une fois pour toutes. Fedora, devenue ma maîtresse, s'adressait à moi en détachant de manière appuyée les voyelles. J'aimais cette raucité qui la prenait pendant l'amour ou son accent impassible au contraire, juste avant, tandis que je m'interrogeais sur les intentions de cette femme trop belle qui citait volontiers

Goethe ou Dante un œil sur les festons du papier peint, dans le décor mesquin de ma chambre d'hôtel. Des semaines plus tard, sa voix de soprano éclatant sur la scène eut sur moi l'effet d'une exquise barbarie, comme un supplice consenti. Trop de vibrations me transperçaient par cette bouche tant de fois mordue. Je l'aimais déjà antérieurement, mais ce fut le coup de grâce. Une telle splendeur me bouleversait au titre de simple spectateur et comme amant avisé du moindre ourlet de cette chair. Peut-on même comprendre mon trouble ? Un beau corps de femme que j'avais baisé en tous sens se déployait dans l'ample passion du drame musical, et cette révélation m'apparaissait soudain avec cette évidence des métamorphoses antiques, comme Atalante changée en lionne ou Scylla en aigrette. Tosca chantait pour moi la trahison, le meurtre et le sacrifice, m'engageant dans un orbe émotionnel irrévocable.

Un rêve. Une haute horloge bat la mesure de sa hache. Je me lève avec difficulté dans mon armure et repousse des volets noirs, sortes d'ailes membraneuses. Des roses également noires fleurissent ma fenêtre. À la pointe d'un clocher grince une girouette de marbre. Des mouches dorées s'élèvent d'un chemin jonché de bouses de vache. Je me souviens absurdement que la femelle de cette espèce (les *mouches à mardre*, dit-on au Québec) a le délectable privilège de pouvoir sélectionner le sperme du mâle qui lui convient après ses orgies méphitiques. L'une d'elles, femelle ou mâle, volette et vient pénétrer le giron de la plus belle rose. La puanteur qu'elle provoque me repousse en arrière. Quelqu'un jappe derrière moi. J'ai marché sur les deux pattes d'une mouche à mardre géante qui m'observe de ses yeux à facettes. Sans doute l'ai-je laissée entrer par inadvertance. Le monstre médite sûrement une ponte dans mon cadavre. Un sursaut de révolte me traverse et je m'empare de la hache de l'horloge. La tête de l'insecte roule au sol avec un fracas de moyeu de char. Le corps désemparé agite des ailes bleuâtres en laissant gicler une semence de spectre. Je ressens plus que jamais le poids de mon armure. L'horloge dépecée marque midi ou minuit.

« Quel Hasard est une Lettre ! », répond Emily à son maître imaginaire. Il faudrait calculer la part de destin relevant du service des Postes. Aujourd'hui plus que jamais, coller un timbre a quelque chose de solennel (comme jadis apposer un sceau sur de la cire tiédie). Hermès un jour prochain portera lui-même les missives.

Petit apologue en forme de saynète. Les deux femmes du jugement de Salomon se retrouvent sur le chemin. On découvre que c'est la plus possessive qui est la vraie mère, celle qui eût préféré une moitié d'enfant plutôt que rien. L'autre d'ailleurs lui abandonne volontiers le rejeton bien en vie : elle s'était jetée entre ce dernier et le couteau par simple compassion.

Après trois nouvelles années d'internat dans cette institution réservée aux enfants de fonctionnaires, on m'annonça peu avant les vacances d'été que j'allais être libéré, que mon père avait décidé de me prendre en charge. La nouvelle m'inquiéta d'autant plus que le gendarme laissa à d'autres le soin de me prévenir. Mais la vie de pensionnat m'avait endurci et je n'étais pas loin d'entrer dans cet âge d'ingratitude qui permet aux puceaux en crise de se protéger de l'infamie des adultes par un excès d'immaturité. Une sourde colère d'enfant vaut bien un pacte vengeur fomenté dans le dos de l'ennemi. J'ignorais tout encore du tour idyllique qu'avait pris la vie du gendarme. Remarié avec une coureuse de bals de caporaux, il venait de s'établir dans un petit pavillon des bords de Marne. Else, sa neuve épouse, m'accueillit avec un enthousiasme des plus déconcertants : qu'avait-elle à espérer du reliquat acnéique de l'ancienne vie, enterrée ou muselée, de son respectable conjoint ? C'était une jeune femme d'une blondeur de renard des neiges, plutôt avenante, avec une bouche ourlée qui semblait toujours prête au baiser pointu et des yeux en amande d'un vert changeant d'eau vive ou de feuillage. Else s'exprimait avec un accent allemand déguisé de cette légère inflexion d'espèce argotique : les gutturales traînantes et les blèsements donnaient une couleur pittoresque à ses propos. Avec l'assentiment du gendarme, Else m'avait aménagé une chambre du rez-de-chaussée, entre la cuisine et le couloir qui menait à l'escalier du garage. Le couple vivait sa vie à l'étage, ce qui m'autorisait de petites évasions du côté des îles. Au début de cette nouvelle existence, plus libre, ouverte sur l'extérieur, cependant soumise aux rituels familiaux, je m'émerveillais d'un certain bien-être à vaguer sans mentor des quais aux jardins sauvages de l'archipel. La barque de Jean faisait de moi, ex-bagnard en culottes courtes, un hardi navigateur. Quant au collège, j'appréciais sa relative porosité avec la rue, malgré mon statut de demi-pensionnaire sujet aux retenues. Souvent en mission, mon prétendu père ne s'intéressait guère à mes études et s'il continuait de m'abhorrer, c'était désormais avec courtoisie, par dévouement canin à sa compagne. Celle-ci m'aimait bien. En l'absence de son mari, j'avais droit aux mêmes efforts culinaires après la classe. Le petit déjeuner servi sur la table de la cuisine, le linge lavé et repassé, les cours de langue allemande, les promenades dominicales, parfois, jusqu'au bois de Vincennes, tout prenait avec elle un tour alerte qui m'enchantait. D'un naturel débonnaire, elle ne se plaignait jamais de solitude ou des affres de son métier. L'infirmière anesthésiste rapportait quantité d'anecdotes de l'hôpital voisin où elle officiait à temps partiel. Mais elle en revenait toujours un peu défaite, les cheveux électriques, comme si elle avait eu mission de chloroformer la créature de Frankenstein.

Je me récrée sacrément, en romancier repenti, de la totale liberté formelle que permet le journal intime : aucune obligation de chronologie, pas de descriptions intempestives ni d'usage industrieux de la psychologie. La vérité flottante de ma vie, succession de bouts d'errances et de paralysies, m'apparaît comme un cercle de figures plus ou moins floues qui avancent et se dérobent, avec l'air d'une foule déchaînée en mal de lapidation ou, tout au contraire, l'aspect plutôt aimable d'une ronde agreste. Il arrive aussi que le cercle se dénoue sur la fraîcheur désertée d'un instant, comme à cette minute : assis devant mes cahiers au coin de la table rustique blessée par dix générations de rôtisseuses et patinée par des processions de coudes, face à la fenêtre de la cuisine, j'observe un roitelet juché sur le garde-fou. Il incline sa tête minuscule, curieux des réfractions et du grand volatile qui, de l'autre côté, secoue un bec d'encre sur des alignements de fourmis.

Écrire, c'est bien se découvrir. Chacun à sa manière. L'exhibitionniste et le voyeur, le sensitif atteint d'un *délire de relation* et l'orgueilleux muré dans ses fantasmes, chacun trahit un mode spécifique d'aveu à travers les ruses du style et du tempérament. Mais la barbarie simple de la créature finit par *sauter aux yeux*. Et dans un journal plus qu'ailleurs. (Le roman après tout n'est qu'une forme pervertie d'autobiographie : on associe des souvenirs déformés pour donner l'illusion d'autres vies.) Je n'aurais donc été, sous la fable des mots, qu'un amoureux sans recours accroché à une image de l'au-delà. Le passé est une garde-robe pour vieux habits dont on ressort salement dévêtu. En me retournant sur ces espaces de deuil et de néant, je ne vois qu'une Eurydice en déroute ou qu'une statue de sel.

C'est encore Emily qui s'étonne : « Comment l'incroyable pourrait-il nous surprendre, puisqu'il est incroyable ? » J'ai songé lui porter d'autres fleurs cueillies dans le parc. Toute sa vie recluse, elle les aura reçues avec joie et douleur. Une brassée de roses fraîchement coupées blesse un peu les mains, moins par ses épines que par ce qu'elle exprime d'instants perdus.

— Elles sont encore ruisselantes de rosée, à midi moins le quart…

— N'est-ce pas plutôt les embruns ?

— La pluie ni les embruns n'ont ce parfum. L'air était âpre ce matin. Comme s'il avait neigé là-bas…

— Là-bas ? Nous ne sommes qu'en octobre.

— Même morte, on n'emporte qu'un visage avec soi. Il faut absolument que je trouve un vase !

Toute cette journée du samedi passée à corriger mes épreuves. Je relis *Drones* avec des suées de honte réchauffées de rares frissons de satisfaction. L'éditeur belge me prévient dans sa lettre que les corrections d'auteur me seront dûment facturées si j'outrepasse le quota. Quel quota ? C'est un curieux roman en tout cas, je comprends à le revisiter qu'il ait déplu de manière générale. On ne peut mêler ingénument science-fiction et actualité. Mais l'histoire est assez bien ficelée, même si je n'ai pas suffisamment donné de chair à mon héros, baptisé Lionel Véroglé. Ce dernier est un petit fonctionnaire de police qui perd sa vieille mère auprès de laquelle il mène l'existence réduite des hommes que la sexualité effraye. L'essentiel de ses loisirs, il les consacre à chiner des modèles réduits d'aéroplanes, et à les restaurer le cas échéant. Les collectionneurs m'ont toujours fasciné par l'espèce d'arrêt sur image en quoi consiste leur passion : se suffire d'un même objet, mais à l'infini. La nuance seule compte au détriment du contraste et de la dissemblance. Bref, dans l'espèce de claustration mentale où il se trouve avec sa mère, Lionel Véroglé finit par perdre tous ses repères. Il néglige ses collections et sombre peu à peu dans la dépression. Enquêteur de deuxième zone, attaché à la maintenance des services de sécurité, Lionel Véroglé devient terriblement suspicieux dans son travail au point d'investir tout son temps dans la moindre mission de routine. Cette monomanie substitutive aboutit bien malgré lui à la mise à jour de graves dysfonctionnements qui finiront par révéler une mainmise policière clandestine de type sectaire sur les rouages de la société civile. Entre autres intromissions clandestines, la sphère technologique est parasitée par de véritables réseaux de mouchards, puces et gamètes informatiques qui la rendent à peu près transparente aux services de renseignements. Mais mon héros va s'intéresser davantage à l'usage des drones dans ses diverses applications civiles : prédiction météorologique, contrôle de la circulation, opérations de recherche. Il découvre les nouvelles générations d'engins miniaturisés à réacteurs ou à rotors, voire telluriens ou sous-marins, variant de la taille d'un hanneton à celle d'une chauve-souris pour les plus sophistiqués. Les drones envahissent le champ de conscience de Lionel Véroglé. Sa vue elle-même se brouille de mouches volantes et de phosphènes, troubles vite attribués à cette confiscation policière des espaces. Véroglé renoue en fait avec sa passion infantile de collectionneur : les drones ressemblent tellement à ses modèles réduits. Cette sombre histoire de réseaux de microsurveillance autogérée entraîne le fonctionnaire à des opérations de franc-tireur. On comprend qu'il finira par s'employer à neutraliser les drones et à se les approprier. En toile de fond, l'horizon totalitaire impliqué par l'emprise technologique. Celle-ci autorisant le moindre pékin à des destructions infinies par opération kamikaze, manipulation informatique, *et cætera*, la société basculera d'ici quelques décennies dans un système policier intégral où il sera possible d'influer sur quiconque à distance par télétraitement. L'homme tel que nous le concevons disparaîtra avec ses légendes. La notion même de liberté s'effacera des mémoires ou bien désignera son contraire.

La nuit tombait quand j'ai fourré mes épreuves dans une enveloppe. C'est amusant, un personnage : ce Lionel Véroglé que j'avais bien oublié me demanderait presque un nouveau bout de rôle, une prolongation, comme s'il avait d'autres cartes dans son jeu. Je l'imagine pourchassé par une nuée de drones à travers les dédales d'une cité absurde. Il y aurait bien une femme ou un enfant pour le sauver. Ou alors la rencontre fortuite d'un terroriste s'apprêtant à mettre à feu la tour Eiffel ou à plastiquer les égouts de Paris.

Avant de me coucher, ces deux ou trois idées de nouvelles que je note par acquit de conscience, comme des recettes de cuisine dont je ne trouverai jamais les ingrédients :

Le jeune marié qui tombe amoureux fou d'une très vieille dame présente à ses noces. Le soir même, après une valse, il est prêt à tout abandonner pour elle (tout le talent serait de rendre vraisemblable une réalité insolite).

Le militaire en combinaison de protection qui, se promenant sur un site à risque avec son compteur Geiger, se laisse guider jusqu'à la porte d'une jeune élégante d'un autre temps : une montre Thoradia au poignet, les lèvres maquillées d'un rouge à lèvres au radium, elle vit entre de hauts murs vides qui scintillent d'une peinture au tritium. « N'est-ce pas joli ? », dit-elle à l'adresse du visiteur décidément séduit malgré le craquètement infernal de sa machine.

L'architecte convié par un milliardaire saoudien à bâtir une ville en dur dans le désert. Il y emploie quinze années de sa vie, appuyé par des générations d'ouvriers. Une fois la cité achevée, les foules de plombiers, maçons, ébénistes et autres techniciens reparties, l'architecte reste seul dans la cité. Le commanditaire est décédé après avoir dédommagé ses fournisseurs. Nul héritier ne trouve utile de rendre cette ville neuve habitable. Affligé, l'architecte erre d'un boulevard ou d'un édifice à l'autre. Les tempêtes de sable, il le sait, enliseront peu à peu son œuvre jusqu'à l'effacer sous une mer de dunes. Mais il se console en songeant qu'elle demeurera intacte à jamais, comme Pompéi sous les cendres et les laves. Jusqu'à l'aube d'un jour ébloui où avance vers lui, d'un pas de statue réveillée, une femme sublime dans ses voiles. Serait-ce Urunzimu, la déesse solaire de la cité hittite d'Arinna, alliée du dieu de l'Orage ?

Crise de paralysie du sommeil doublée de palpitations. J'en suis sorti en eau, les mains crispées aux montants du lit – comme d'une coulée de ciment frais juste avant qu'elle se fige.

Bien sûr que je pense à ma chère Élisabeth, à ma petite peste d'Élisa, davantage même : j'en meurs. Chaque nuit, mon cœur s'arrête à son évocation dans les rêves de mes rêves. Tous ceux que j'ai aimés et que j'aime à jamais m'entourent et m'évident. Je suis leur fantôme.

Lors de la reconstitution. Dans le pavillon des bords de Marne, le juge d'instruction Ilan Trobul avait ce petit air débonnaire qu'on reconnaît à ceux qui ont tout pouvoir sur votre destinée : presque gentil, mais sans complaisance, avec des gestes ronds de notaire de l'avenir.

Je me souviens des trilles de Mado Robin, soprano aigu au petit larynx, et des lamentos du castrat (accidentel) Fausto qui tentait de cacher son état d'une fausse voix de fausset, avec cet art consommé de contralto. Et du baryton Tonnerre qui jouait Golaud dans l'ombre de Fedora. La cantatrice en Mélisande investissait à mes yeux une innocence perverse tout à fait envoûtante : « Si j'avais une arrière-pensée, pourquoi ne la dirais-je pas ? » L'opéra dont j'avais longtemps réprouvé l'artifice absolu me devint si familier que je m'étonnais presque de ne pas entendre chanter Fedora dans nos rares moments d'intimité.

Ma lectrice cannibale promet de me rendre visite avant la fin du mois. Elle prépare à mon intention un interrogatoire en règle et des galettes aux figues de Ker-Valen. Est-elle jolie ? Son effronterie le laisse supposer, quoique j'aie pu constater que certains désastres physionomiques ont la même propension à l'offensive que les beautés outrancières – avec d'ailleurs la même indifférence à tout effet de séduction.

Un journal intime ne peut pas tromper sciemment le lecteur comme ces récits autobiographiques à la mode : je parle du passé et du présent avec le recul obligé de l'écriture, qui est toute pudeur. Quand j'étouffe un cri d'effroi dans l'oreiller, l'idée ne me vient pas de courir aussitôt à ma table de travail pour consigner le phénomène. On pourrait cependant imaginer l'exercice à la manière d'une performance : tout transcrire en simultané comme un reporter de guerre. Le temps est bien la pire des guerres. Mon reporter ne laisserait pas même échapper à sa diligence la blessure mortelle qu'il reçoit.

Des gitans vanniers sont passés tout à l'heure, deux hommes sombres vêtus comme au XIXe siècle. En retrait, un enfant pieds nus les observait, son petit visage tout contracté par la fatigue et l'adversité. On a toujours l'usage d'un panier à la campagne. L'un des hommes m'a regardé en coin, longuement, avant de faire claquer sa langue. « Je jurerais que tu as du sang tzigane ! », a-t-il lancé avec un regard circulaire sur des lieux plutôt délabrés, comme pour se convaincre qu'un des siens pouvait s'y établir.

Retour périlleux de Plouescat par vent de tempête après une nuit blanche dans la chambre d'armes d'une forteresse transformée en résidence secondaire. Il fallait bien répondre à l'invitation du sieur Vauganet, un pur Léonard plein de morgue envers ceux du Trégor ou de Cornouaille. Les écrivains et les artistes échappent d'ordinaire à l'esprit de terroir. Présent cinq ou six mois de l'année sur ses terres de Castel-Marc'h (et germanopratin les mauvais jours), Vauganet se revendique breton de souche avec la ferveur d'un évangéliste. C'est que le régionalisme est toujours regimbeur. La voix de mon hôte, plutôt aiguë, imitait parfaitement le biniou quand, accusatrice, elle coinçait dans les nasales.

Ma vieille Alfa Romeo garée dans une grange, j'ai suivi le maître des lieux à travers les couronnements de l'édifice, courtines et chemins de ronde, jusqu'à la chambre d'armes sous les combles d'une tour chaperonnée, seule chauffée dans l'arrière-saison.

— Vous y serez bien, m'a dit Vauganet. Et il y a

encore assez d'armes blanches ici pour se défendre contre le spectre de Conomor le Maudit, qui serait mort sous les bretèches de l'ancien château, selon une légende. On raconte aussi qu'il tuait ses femmes dès qu'elles accouchaient. À l'occasion, il décapita l'un de ses fils, un certain Tremeur, mais saint Gildas lui recolla le chef et l'enfant alla s'exhiber à son bourreau de père qui en fut comme frappé par la foudre. Les murs du château s'écroulèrent sur lui et l'ensevelirent, à ce que prétend un guide touristique. Une légende plus sûre fait de lui le père de Tristan…

Vauganet a toujours aimé s'approprier par un bout, d'une manière ou d'une autre, les personnages illustres. C'est un genre de name-dropping à l'aristocrate que de se trouver des locataires mémorables dans un passé douteux… L'après-midi versait déjà dans le crépuscule et nous nous rendîmes sans tarder à la salle de garde aménagée en musée privé. Les figures de proue disposées sur une ligne qu'on eût dit *de départ*, comme pour une chevauchée des mers, étaient exaltées par un habile éclairage : on était saisi dès l'abord par cette folie expressive en bataille. Le rôle de ces hautes sculptures de bois peint et de cuivre – fendre les flots et le sort avec la morgue des déités marines – prenait dans cet espace clos une démesure pathétique. Il y avait là des géantes aux seins nus, Amphitrite qui guida Thésée sous la mer et la fidèle Héra des Argonautes, des bustes à la barbe fluviale, Poséidon en majesté ou Glaucos, pauvre pêcheur métamorphosé en triton immortel, un lion rugissant et quelques monstres. Mon guide attendit que je m'arrête devant ses nouvelles acquisitions. Au-dessus d'un faux beaupré de pierre, s'élançait avec fougue un splendide corps d'athlète à la face d'ange bestial.

— C'est Thaumas le Merveilleux qui régente les trésors de la mer. On a trouvé celle-ci presque intacte dans un marais salant des rives de Carthage. Le sel conserve !

Mais je m'étais rapproché d'une autre figure un peu en retrait, femme ou sirène à l'air d'intense mélancolie. Nue, les bras serrés contre un corps d'un réalisme qui eût été obscène si la cambrure ne s'était pas brisée à hauteur du pubis, elle scrutait désormais une poutre de la charpente de ses vastes yeux d'un bleu de cyanose, après avoir longtemps contemplé les horizons sous la gifle des embruns. Un nom était gravé au fer au creux d'une fesse : « Élisabeth. »

— Elle ne manque pas de chien, dit Vauganet qui avait quitté avec regret ses mythologies. On aimait faire sculpter une réplique de son égérie ou de sa maîtresse, au siècle dernier : elle fendait les eaux nuit et jour et habitait vos rêves. J'imagine que ça donnait un sentiment d'invulnérabilité au commandant de bord ou à l'armateur. Cette figure de proue, très Art nouveau, a été trouvée un matin sur une plage de la région. Le navire, probablement un schooner, a dû se fracasser sur des écueils et sombrer corps et biens lors d'une tempête. En tout cas, personne ne s'est jamais inquiété des passagers de l'*Élisabeth*…

Nous dînâmes en tête à tête dans un séjour du rez-de-chaussée flanqué d'une cuisine américaine. L'endroit ressemblait à n'importe quel appartement de ville un peu cossu.

— Ma femme est rentrée à Paris avant moi, dit Vauganet en suivant de l'œil les évolutions de sa vieille bonne. Elle a cent trente ans de moins que moi, si je compte en temps vécu. Elle déteste Castel Marc'h, la Bretagne et l'Atlantique…

La mine défaite de mon hôte m'apparut seulement alors sous la lumière concentrée des halogènes. Touché, je me crus obligé de le complimenter au sujet de son dernier livre dont j'avais oublié jusqu'au titre. Son œil s'éclaira un instant.

— Oui, j'en serais assez fier, mais les médias sont frileux. À part ce cher Robert Calamistre qui m'a consacré son feuilleton au *Magazine des Deux-Rives.* Un excellent critique, ne crois-tu pas ?

Calamistre me dénigrait depuis des lustres, mais j'acquiesçai par complaisance, sachant que ma défaveur l'aurait fait jubiler : on apprécie d'autant plus l'éloge d'un critique qui abhorre votre confrère. Vauganet me demanda sans transition si j'étais passé par les monts d'Arrée.

— Il y a là une crête rocheuse, à proximité de l'abbaye de Relec, qui signale la limite des trois évêchés. On l'appelle *kloz an diaoul,* « le mur du Diable ». Mes ancêtres très catholiques auraient traité avec le Démon pour que les marches de l'évêché du Léon empiètent sur la Cornouaille et le Trégor ! Ça remonte au VIe siècle. Mais nous avons gardé dans la famille cet esprit de conquête. On trouve pas mal de mes aïeux tant militaires qu'ecclésiastiques en Algérie ou en Indochine, à la belle époque de la colonisation…

La vieille bonne nous servit un civet de lièvre très parfumé : sauge, thym et benjoin. Un grain de chevrotine manqua me briser une dent à la première bouchée.

— C'est moi l'assassin, dit fièrement Vauganet. Je chasse un peu, c'est une des raisons pour lesquelles je m'attarde jusqu'aux premiers froids dans cet antre à cyclopes. La chasse me détend. Il y a tellement de gens que j'aimerais canarder. Oui, je sais bien : une espèce de mammifères sur trois est menacée d'extinction, mais ça concerne le lynx d'Ibérie ou le diable de Tasmanie, l'hutia de Cuba, le chat viverrin, le phoque caspien, les ours polaires, les baleines – que sais-je ? Les primates et les grenouilles ! Mais sûrement pas le lièvre commun…

La mâchoire endolorie, je bus quantité d'un agréable vin du Lyonnais pour résister à l'ennui. Il n'y a rien de plus exténuant que d'écouter le soliloque d'un convive qui semble à peine vous reconnaître.

Aussi sursautai-je quand Vauganet m'interrogea :

— Et cette femme, tu te souviens ? Cette chanteuse d'opéra ?

J'avais l'impression pénible qu'on évoquait devant moi le personnage exclusif d'un rêve que j'étais forcément seul à connaître.

— Fedora ? m'exclamai-je. Tu l'as connue ?

— Bien sûr. Nous avons même déjeuné ensemble une ou deux fois. C'était une créature fabuleuse, intelligente et belle, plus intimidante qu'une panthère noire. Elle chantait idéalement…

Une sorte de panique m'envahit et je cherchai un moyen imparable de le faire taire, quitte à lui planter ma fourchette dans le bras.

— Et ce fameux roman historique ? m'écriai-je sans réfléchir.

Vauganet pâlit mais se tut. Il me considéra avec un tremblement de colère.

— Toujours au même point. L'inspiration est morte avec mon fils Antoine, je pensais te l'avoir expliqué. C'est lui qui me fournissait la documentation, et pas mal d'idées. J'aurais bien aimé m'y remettre en son honneur, mais j'en suis incapable…

Pour la première fois depuis qu'il avait ouvert la bouche, Vauganet révélait quelque chose d'authentique. La solitude est tout ce qu'on cache. Le dîner fut écourté sans manières. Plus que l'heure tardive, dans ces circonstances, le mauvais temps me contraignit à accepter le gîte. Il tonnait un souffle de titans contre les murailles de Castel Marc'h.

Cette nuit de tempête, je l'aurai goûtée jusqu'au dernier soupir. La vieille bonne dressa mon lit dans la salle d'armes éclairée d'un grand feu de bois que le vent rabattu faisait rugir et fumer. Je ne pus fermer l'œil avant l'aube, hanté par le regard fixe d'une figure de proue davantage que par ce démon de Conomor. Qu'elle portât le nom d'Élisabeth n'était pas pour rien dans mon saisissement. Cette obsession languide en même temps qu'effrayée s'agrégea à d'autres figures inertes : la Vénus manchote de l'île d'Amour ou la Coré du parc de Ker-Lann. Je me souvins soudain avec un certain effarement d'une grande poupée adulte de celluloïd ou de bakélite qui trônait sur le dessus-de-lit de ma grand-mère, dans sa robe et ses atours de gitane d'opérette. Elzaïde m'avait fait jurer de ne pas y toucher, mais l'obéissance chez un enfant n'est qu'un rêve de transgression.

J'ai quitté Castel Marc'h au petit jour, sans que mon hôte trouve bon de venir me saluer. La vieille bonne m'a tout de même retenu pour m'offrir le café. En faisant coulisser la porte de la grange, elle m'a lancé d'une voix pleine de sous-entendus :

— Quand vous passerez par Landerneau, souvenez-vous donc du proverbe : « *War pont Landerne,* la tête est en Léon et le cul en Cornouaille ! »

J'ouvre au hasard le *Tristan et Iseut* (restitué par André Mary) : « Cependant Frocin, le nain bossu, était dehors ; il regardait en l'air l'Orient et Lucifer… »

Le roi aux oreilles de cheval et le nain astrologue s'affrontent aux dépens des amants. La nuque calée entre deux oreillers, je m'égare dans les méandres narratifs, depuis le Gué aventureux jusqu'au petit jardin d'Ogrin. Dans l'arbre qui cache la forêt, il y a un cheval perché parmi les rossignols, les merles et les loriots. Armé de l'arc *Qui-ne-faut*, je dégomme tous les lièvres pour Iseut, la belle aux rayons d'or. Mais le roi Marc et ses espions surviennent dans le boqueteau d'émeraude où nous dormions, enivrés de vin herbé, une épée nue entre elle et moi…

Rentré plus mort que vif de Plouescat après cette nuit enfumée dans la chambre d'armes, je me suis assoupi quelques minutes, le livre ouvert contre mon visage. Les rêves prennent leur puissance de l'épuisement physique et moral où nous laissent les plus ternes aventures, par juste compensation.

Cependant des coups violents sur la porte ou les volets achèvent de dissiper les effets du philtre. Deux funèbres ramoneurs tout dégingandés, portant hérissons et grappins, viennent m'allouer leurs services. Ils se sont introduits dans le domaine sans crainte d'Husdent, le chien *tant vaillant* de Tristan « toujours prêt à répondre à l'appel ». Plus tard, je me souviendrai de leurs figures pommadées de suie comme s'ils participaient pleinement de l'illusion : ces deux-là semblaient sortir tout droit du conduit aux songes.

Sous la violence du souffle marin, le cèdre qui coiffe à demi les toits de Ker-Lann et les grands pins du parc vibrent de manière continue, intensément, comme des lignes à haute tension, tandis que les feuillus abandonnent à la tourmente leurs immenses jupons dépenaillés d'où choit une monnaie d'or. Coré reçoit les feuilles mortes sur ses belles épaules. L'une d'elles, cueillie d'un proche érable, s'est pudiquement collée sur son pubis. Sans doute pour contrarier le bouquet d'ardentes amanites phalloïdes surgi au pied de la statue. N'y goûtez point, elles ont tué deux empereurs ! Mais Perséphone boit sans ciller aux calices de la mort.

À vingt ans, les drames vous bousculent sans rompre la farandole. J'étais parti à Kyoto dans un profond désarroi sentimental, mais à peine débarqué, tous ces jolis museaux de chat m'enfiévrèrent : la Japonaise, vaporeuse harmonie de fleurs et de baumes, avançait vers moi son miracle démultiplié. D'amoureux générique, je devins le céladon très privé d'Amaya qui concentrait en sa personne toutes les moelles et les secrètes essences de la femme nippone.

Dans un parc d'Heiankyo, aux premiers jours du printemps, j'écoutais le gong des bonzes sous un envol soudain de paradisiers. Amaya m'évoquait en riant les débuts de notre liaison. Elle avait eu très peur de moi, malgré les apparences, ce soir pluvieux où je l'avais longtemps suivie dans le quartier des geishas. Sa camarade aux longues nattes avec qui elle travaillait à mi-temps aux caisses du Théâtre impérial s'était entremise à ma demande, en lui soufflant que j'étais certes fou d'elle, mais fou à lier : qu'on puisse s'exalter à ce point pour sa belle amie devait l'offusquer. Sans réponse, je m'arrangeai pour me présenter deux ou trois soirs par semaine devant le guichet de l'élue, quitte à prendre un billet pour un nô interminable où il était question d'un appuie-tête magique qui provoque des rêves prémonitoires. Amaya souriait sans plus montrer de connivence. J'assistais donc aux spectacles – la force de suggestion du théâtre nô est telle qu'on reste interdit par ses danses d'une précision millimétrique et ses litanies d'égorgés. En quittant la salle après la fermeture des caisses, la jeune fille bien sûr avait disparu sur sa motocyclette. Dans cet état de pensive anémie propre aux amoureux lunaires, j'espérais toutefois chaque soir qu'elle m'eût bel et bien attendu, séduite par un concours de prodiges dont j'eusse incarné le fortuit emblème.

C'est la grosse fille aux nattes qui vint d'elle-même à moi au sortir d'une énième représentation, les mains entortillées dans son imper transparent.

— J'ai à vous parler, me dit-elle. On marche ?

Ado (c'était son nom) m'entraîna dans les ruelles éclairées de fanions et d'enseignes clignotantes. Je remarquai son profil un peu simiesque et, sous le plastique luisant, un corsage en polochon. Elle se tourna vivement vers moi.

— Il faut laisser Amaya tranquille ! Elle n'est pas disponible, surtout pour un étranger…

— C'est elle qui vous envoie ?

— Oui, enfin presque. Elle m'en a parlé. Et puis ce ne sont pas les filles qui manquent…

Tous les théâtres avaient fermé. On entendait encore, à peine distincte, la complainte d'un chanteur de jôruri. Deux geishas en grande tenue de séduction, les cheveux relevés par des baguettes de nacre, se précipitèrent à petits pas vers un taxi.

Ado semblait vouloir prolonger indéfiniment notre

conciliabule. Elle m'entraîna jusqu'aux rives du fleuve Kamo.

— Et d'ailleurs, finit-elle par déclarer, ce serait très dangereux pour vous de fréquenter Amaya. Elle est la fille d'un yakusa, un parrain qui gère trois casinos de Kyoto et plusieurs maisons de rencontre.

Je m'étonnai que son amie eût besoin de gagner sa vie comme caissière. Ado se fâcha presque :

— Amaya ne veut pas recevoir un sou de son père ! Elle refuse toutes ses avances, mais il prétend avoir des droits sur elle. Son frère Yumo est pire encore. Il la marquerait au fer rouge si tu la touchais...

Quelques jours plus tard, dans le jardin fleuri du temple, Amaya se moquera gentiment de la pauvre Ado. N'était-ce pas grâce à elle et un peu à ses dépens que nous avions pu nous rencontrer ? Ce fameux soir, une mésaventure sanctionna en effet son goût de l'intrigue. Ado, sans doute fâchée de mon peu de réactivité, m'avait laissé en plan aux abords du pont Minsono-bashi.

— Allez au diable, enfant de la Carpe ! s'était-elle écriée avant de courir vers l'autre rive.

Le fracas des tramways avait cessé sur l'avenue. Il n'y avait plus grand monde dans les parages et la jeune fille s'éloignait d'un pas courroucé. Sans repères, il ne me restait plus qu'à longer le fleuve dans un sens ou dans l'autre : je me souvenais que le campus en bordait les rives. La douceur automnale était pénétrée de senteurs, iris et feuilles pourries d'érables, tandis que la brise dans les bambous s'alliait musicalement au bruit cristallin du flot. À sa surface, la nuit se dérobait en comètes et girandoles sous le balancement des lanternes des jonques. Un cri strident retentit alors sur le pont. J'entrevis une scène insolite dans l'éclat ocre des réverbères. Ado hurlait, ployée comme pour recevoir le coup de grâce. Plutôt malingre, un homme tournoya sur lui-même, un couteau dans une main et dans l'autre ce qui m'apparut comme un serpent roi noir. Les intentions de l'agresseur m'échappaient. Était-ce une sorte d'exhibitionniste, un violeur avec accessoires ? Il prit très vite ses jambes à son cou en me voyant accourir. Ado grelottait d'effroi, les yeux exorbités. Elle tenait sa nuque des deux mains, la poitrine soulevée de hoquets. Un peu désemparé, je proposai d'appeler la police. « Non ! Non ! se récria-t-elle avant de fondre en larmes. Emmène-moi chez Amaya, c'est juste à côté. » Se voyant sauve, la grosse fille reprit un peu d'assurance et m'agrippa le bras. Je découvris avec une méchante envie de rire la nature de l'aggression : on l'avait dépouillée d'une de ses belles nattes serpentines ! Le maniaque l'avait empoignée pour en trancher la racine et s'était enfui avec. J'avais déjà entendu parler de ces fétichistes qui investissent toute leur libido dans la pilosité crânienne des femmes. Ces gens-là, mus par une pulsion impérieuse, ramènent leur butin à l'abri pour en jouir. Certains collectionnent les couettes tressées et les queues-de-cheval. On peut se demander s'ils gardent le souvenir des attentats commis, si à chaque natte correspond un visage tordu d'épouvante ? Ça m'a donné l'idée d'un Samson de province, bourreau de la Terreur, qui prendrait un plaisir subreptice en tranchant les coiffes des marquises juste avant de leur couper le cou.

L'incident du pont Minsono-bashi me permit en tout cas d'entrer dans l'intimité d'Amaya. Son amie venait de subir un tel choc que ses préventions et petits calculs n'avaient plus cours : elle aspirait à la plus immédiate consolation. Amaya logeait à l'angle du pont et d'un temple shintô, dans un studio sans grand confort, au troisième étage d'un immeuble de guingois. Ses fenêtres donnaient sur le fleuve. Elle nous accueillit avec un mélange d'enjouement et d'effroi. Ado reçut ses caresses et ses baisers sans faire un geste, tout abandonnée comme ces énormes peluches des tombolas de fête foraine. Elle en devenait émouvante, avec sa natte veuve et ses paupières retournées. Je ne la revis guère à vrai dire, la passation se fit à son détriment : le lendemain, Amaya et moi nous retrouvâmes pour une balade du côté des montagnes, dans la vallée d'Arashiyama, à l'ouest de la ville. L'automne avait des couleurs de vitrail sur le Pont-qui-traverse-la-lune. La jeune fille me parla de Hokusai avec une hâte prolixe. Elle ne trouvait pas les mots qui puissent rendre la beauté de la fameuse estampe au vieux pont de bois. Les boucles de la rivière Hozugawa et les monts alentour échangeaient d'infinies nuances de bleu et de mauve sous les fresques pâlies des cieux. Partout, sur les pentes, dissimulant de nombreux temples, la frondaison pourpre des érables trompait les perspectives. Des vols de tourterelles ou de pigeons ramiers retombaient en volutes parmi les pelouses. Amaya s'arrêta devant un couple de colombes.

— On dit que c'est l'animal le plus cruel de la création.

— Avant l'homme ? m'étonnai-je.

— Avant même le dragon de la rivière Arashiyama ! Mais peut-être moins que les macaques de la montagne...

Je ne compris ses paroles qu'un peu plus loin, après l'étang où des cygnes noirs évoluaient entre les narcisses. Les singes colonisaient le toit d'un pavillon de prière. Assis en rang d'oignons, ils montraient les dents aux promeneurs. Lorsque je tentai de goûter aux lèvres purpurines d'Amaya, l'un d'eux nous bombarda de petits fruits véreux arrachés à un pommier sauvage.

La jeune fille me rendit mon baiser à l'abri d'une pagode. Sa bouche avait une suavité vertigineuse, mais qui laissait inassouvi. J'avais l'impression de dévorer des litchis frais en quantité ou du raisin grain à grain.

Entendu ce midi à la radio les propos désordonnés d'un astrophysicien en pleine transe : nous sommes au bord du secret ultime, le mur du réel est près d'être franchi. L'effet de décohérence qui rend notre monde univoque peut être transgressé ! Et de soutenir mordicus que l'activité psychique met en phase des flux d'ondes subatomiques en intrication quantique avec l'ensemble des univers possibles. Pour l'écrivain ou l'artiste, c'est presque une banalité : tout se passe de bord à bord, dans la fêlure des mondes.

Un roman perdu, chef-d'œuvre jamais traduit : tout le monde prétend l'avoir lu, ou du moins en savoir l'histoire. On trouve des extraits sauvés dans plusieurs manuels. Des versions contradictoires selon divers rapporteurs, lexicologues, philologues, historiens, etc. Voilà un sujet en or qui demanderait dix ans de ma vie : je souffle dessus comme sur une ombelle de chardon.

« Il est indéniable qu'il y a un certain bonheur à pouvoir écrire tranquillement : "L'horreur de l'asphyxie est inconcevable." » C'est Kafka qui le dit sans avoir connu, probablement, cette terreur d'écrire : *impensable est la joie de l'asphyxie.* Dans le garage du gendarme, au moment de perdre conscience, toute chose du quotidien et de la mémoire se désenlaça de moi et je fus pris dans l'œil d'un cyclone d'une extravagante complexité et pourtant simple comme l'instant : un diamant aux facettes incalculables m'offrait la solution de l'univers – mais il fallait mourir pour y vraiment adhérer. Si j'ai survécu, c'est avec au cœur la plus poignante, la plus incontrôlable des nostalgies.

Ce sera l'Été – tôt ou tard.

Pour l'heure, l'automne gronde dans les pins et je vais mettre des chaînes aux pieds de Coré, ma statue d'albâtre et de mousse, pour qu'elle n'aille pas trop vite rejoindre le royaume des morts. En piétinant les feuilles et les brindilles, le soleil d'un coup s'y est mis et ce fut un feu soudain de prismes et d'étoilements qui me fit chanceler. Ébloui, je levai la tête et crus la voir aux fenêtres, sous les combles, juste à l'angle de la tour. Emily m'aura si subtilement persécuté, avec ses mots intraduisibles, entre tirets et majuscules. Mais n'est-ce pas ainsi qu'il faut lire, jusqu'à rendre vie à l'auteur à force d'attention amoureuse, et même de colère ? J'irai gratter sa porte demain. Frileuse, Emily ne quitte pas plus la chambre que ses encoignures d'âme. Chaque intérieur est un théâtre où, visiteurs, nous devenons personnages en retour. Demain ou une autre fois, j'irai prendre le thé à son âtre.

C'est assez terrible ce que j'ai à raconter, et je vois bien que je barguigne. Mais ce journal recevra mes aveux au titre de tribunal intime. Il y a tant de secrets petits et grands qui restent à macérer au fond de la conscience sans qu'on prenne jamais la mesure de nos actes. Je dirai tout d'une encre égale, le meilleur et le pire. La prison déshonore-t-elle moins que les honneurs ? À y bien réfléchir, mes années de détention furent une prolongation, presque une récidive, de celles vécues enfant au pensionnat. Entre huit et treize ans, on tenta de m'enseigner la servilité, l'hygiène insane, au crin et au savon noir, le respect dû aux adultes quels qu'ils soient, la distinction pointilleuse entre le bien et le mal, le goût du labeur, l'endurance face aux pires contraintes. Nous étions considérés comme des sauvages à corriger plus qu'à civiliser. Perdu en terre picarde au milieu de champs de betteraves, le pensionnat Duroc, du nom d'un général d'Empire, ressemblait à quelque maison de santé pour indigents dans son parc anémié qu'une muraille hérissée de tessons cernait lugubrement. On m'avait arraché une première fois à Elzaïde en prétextant un début d'Alzheimer. Il ne fait pas bon perdre la mémoire après un certain âge. Ma grand-mère manquait d'un certain engrenage logique, certes, mais elle avait de l'imagination à revendre. Si mon nom lui échappait, elle me trouvait les plus inattendus sobriquets : briseur de fourches, petit tapageur recuit, enfant de la houppe, fils du vent… Avec l'aide d'une voisine assistante sociale, Elzaïde parvint à conserver ma garde. Cependant, on me consigna dans une pension proche et somme toute assez lénifiante, en semaine. Mais la pauvre vieille finit par mourir, deux ou trois ans plus tard. À l'institution Duroc, forteresse pour gosses plantée dans le désert picard, il n'y avait plus d'échappées possibles. C'était à la fin des années cinquante, une époque préhistorique pour ce qui concerne les droits de l'enfant. Des bâtiments gris remplis de couloirs glacés et de portes hostiles, de vastes dortoirs sombres où nous mourions de froid et d'exécration, des salles de classe avec échafauds pour supplices coutumiers – comment décrire cette géhenne ? Les sévices pleuvaient à la moindre infraction : douches froides en série, soufflets, arrachage d'oreilles, claustration en placard, courses en rond dans la cour enneigée jusqu'à suffocation, jus de citron dans l'œil, piquet au garde-à-vous avec bassine d'eau en équilibre sur le crâne et autres humiliations variées. Monsieur Maurice, le censeur, m'avait pris en grippe sur les recommandations du gendarme. Cauteleux dans son costume luisant de croque-mort, le cheveu rare et gominé, un sourire jaune collé sur son masque de sycophante, il me traquait sous les voûtes pleines d'ombres en Nosferatu de la discipline. Mes maîtres, avertis de l'opprobre, n'étaient pas en reste : le ciel était aux punitions. On m'aurait décapité cent fois si j'eusse été hydre. Chaque gifle tombait comme le plat d'une hache. L'infirmière haïtienne à l'ample et obscure poitrine prenait pitié de mes saignements : un bonbon à la menthe dans le bec, la tête renversée et le nez garni d'ouate, je la contemplais avec ravissement. À dix ans, on rêve de faire l'amour à la plus colossale des femmes, surtout quand elle a les lèvres bleues et un sourire tout en coquillages. Des condisciples m'avaient expliqué de cent façons la manière de s'y prendre, les plus inventifs étaient les ruraux : je n'accordais qu'un crédit mitigé à ces histoires de pénétration. Ceux de la campagne avaient un langage et des gestes qui échafaudaient diverses monstruosités. Au pensionnat, on en apprend bien plus au dortoir qu'en classe. Les surveillants, statues grises, auraient aimé qu'on y dorme pareillement. Il vaudrait mieux les appeler des rêvoirs. J'avais un voisin de lit somnambule. « Je veux sortir de la boue », gémissait le petit Queurlège dans ses draps (on le surnommait Cœur-Léger). Quelques minutes plus tard, endormi, il se dirigeait bras tendus dans les corridors hantés. Il revenait après un tour, comme le jacquemart d'une horloge aux aiguilles cachées. Cœur-Léger, bel antonyme, avait la tête lourde de malheurs. C'était si affreux qu'on n'en parlait jamais de crainte d'être contaminé. On était sûr qu'il allait mourir, qu'un jour ou l'autre on le trouverait recroquevillé dans un coin avec les araignées et les musaraignes desséchées. Il y avait aussi Béret, le pensionnaire aux manières de fille qui montrait ses fesses à qui voulait, élèves ou maîtres, pour un bonbon fourré ou pour un élastique. Son casier en était rempli. Béret était pourtant bon élève. Il connaissait par cœur bien des vers, de Lamartine, de l'abbé Delille, de Hugo. Sa mémoire photographiait les mots :

Je respire où tu palpites,
Tu sais ; à quoi bon, hélas !
Rester là si tu me quittes,
Et vivre si tu t'en vas ?
À quoi bon vivre, étant l'ombre
De cet ange qui s'enfuit ?
À quoi bon, sous le ciel sombre,
N'être plus que de la nuit ?

Béret distribuait volontiers des baisers aux nuques rases et recevait force nasardes en retour. Jamais n'ai-je vu jaillir tant de larmes : la source de ses yeux, d'un bleu turquoise, était étrangement pure. J'appris de lui autant que du vieux Riasse, notre professeur de lettres, ancien militaire revenu à son latin. Béret enregistrait tout avec une distraction d'oiseau parleur. Il refaisait le cours entier du maître, éructations et grognements compris (on raconte que Mozart avait cette grâce). L'œil torve derrière ses lunettes d'écaille, une moue de dégoût cabossant le menton, maître Riasse devait nous imaginer face au peloton d'exécution à la moindre incartade. Toujours aux aguets dans sa blouse de granite, il nous mitraillait de sanctions : j'aurai copié tellement de lignes que toute forme de répétition finit par m'écœurer à en vomir. Je détestais les laisses d'alexandrins qui imitaient par trop mes alignements sentencieux. Comme la nature, les poètes ignorent l'*et cætera*. Le décalogue lui-même ressemblait à une punition de colle. La nuit, au fond du dortoir plus secoué de souffles qu'un vieux gréement en haute mer, je dévidais longtemps les ritournelles avant de pouvoir m'endormir. Après trois années de ce régime coercitif qui nous recouvrait lentement de cendres, je devins un virtuose de la fugue immobile, un athlète du sommeil paradoxal, un clandestin de la réalité sensible : le rêve envahit ma vie d'otage de l'ennui. Tourné vers l'avenir comme les papyrus de la bibliothèque de Ninive, je devins tout entier songe. Cirrus et cumulo-nimbus traversaient en permanence le ciel de mon esprit sur fond d'insomnie lunaire. Macrobe appelait ces formations *somnium, phantasma, viso, oraculum*... Je rêvais comme d'autres creusent des tunnels sous les murs. Les démons et les dieux me visitaient à l'insu des barbons – en classe, les yeux rivés sur le tableau noir, comme au réfectoire, ou plus ordinairement dans mon lit de fer qui grinçait de concert avec cent autres, tel l'arbre dans la forêt venteuse. Il faudrait que je me souvienne en détail des contes échafaudés nuit après nuit dans ce bagne. Maître Riasse a cassé sa pipe depuis des lustres. Que sont devenus Queurlège et Béret ? Pour moi, ils participent d'un autre monde, d'étoffe bien distincte, molleton d'une réalité aujourd'hui en loques.

J'aime cette image de Barbey d'Aurevilly : « Qu'est-ce en général qu'un voyageur ? C'est un homme qui s'en va chercher un bout de conversation au bout du monde. » Ce fut mon cas chaque fois que j'ai bouclé sac à dos ou valises. Quand la parole vous manque ou vous est interdite, l'exil s'impose. Les Roms le savent bien, qui errent en rond depuis des siècles. Le romancier prendra la phrase de Barbey *au pied de la lettre* : véritablement, un individu, plutôt sédentaire mais sujet depuis quelque temps à la mélancolie, attrape un avion pour Kyoto ou Sydney, avec pour seul objectif de *parler à quelqu'un*, homme ou femme.

Retour du bourg au volant de l'Alfa. Je croise devant mon portail le père Adamar qui me rapporte quelques livres empruntés (*Les Princes sont des hommes*, de Jeannie Boutefeu, le *Journal* de Delacroix aux pages coupées tout de travers et je ne sais plus quel philosophe). Il accepte de boire un verre, l'air soucieux. Le décès d'une proche parente le contraint à délaisser son orgue pour un voyage, perspective désolante liée au deuil. En un demi-siècle, il ne sera retourné en Alsace que trois fois, et toujours pour des funérailles. Le plus chagrinant pour lui est de revoir le décor et les visages ravagés de sa jeunesse.

— Puis-je vous faire un aveu ? m'a-t-il dit soudain. Mon père et ses deux frères aînés furent enrôlés dans la Wehrmacht. Autrement bons catholiques, ils se laissèrent endoctriner sans état d'âme. L'âme est d'ailleurs une authentique carence dans cette famille. Sans doute un déficit hormonal…

Gêné, j'ouvre distraitement le *Journal* de Delacroix et tombe sur cette phrase : « Heureux qui se contente de la surface des choses. » Le père Adamar voudrait changer de sujet pour me tirer d'embarras, mais sous l'emprise de ses contrariétés, il n'y parvient guère. C'est que l'aveu ne manque pas de concurrence.

— J'ai su que vous aviez visité la petite mercière, dit-il non sans drôlerie. Lavinia est très heureuse de votre don…

— Mais elle n'est pas venue encore ! me récriai-je. Les caisses de livres attendent en bas de la tour. Il s'agit de romans contemporains surtout, des envois d'auteur, rien de très palpitant…

— Elle viendra, dit le prêtre. Elle vous admire tellement. Peut-être vous a-t-elle parlé de Fortbrune ?

Devant mon air d'incompréhension, le vieil homme parut rasséréné.

— Lavinia ne se confie pas aisément, dit-il. C'est un beau personnage. Le fait est qu'elle donne tout, elle donnerait sa chemise... C'est bien de vous être montré si généreux.

Premières gelées. J'ai longtemps erré cette nuit dans le parc. Mes insomnies sont vibrantes d'étoiles. Le cri de la hulotte les accompagne. Sans vrais amis ni famille, on comprend que j'invoque mes personnages. Un romancier n'a plus qu'eux pour finir : héros et demi-dieux sont taillés tout d'une pièce dans l'Olympe, mais en creux, sorte d'armures fatales pour combattre la mort. Lionel Véroglé, le flic collectionneur de *Drones*, ou Ludwig dans son blockhaus ont autant de force de présence en moi que la plupart des vivants que je croise. Mes héroïnes traversent Ker-Lann avec la fantaisie des brumes montées de l'Atlantique. J'aimerais parfois revivre avec elles un bout de fiction sans contrainte. Le drame de Pygmalion est-il d'être père ou amant ? Mais, gare ! les rôles prêtés aux protagonistes de mes récits et aux figures de la vie ont une fâcheuse tendance à s'inverser. S'y mêlent en prime les écrivains trop fréquentés comme la juste Emily, les tenaces inconnus des rêves, les créatures en souffrance que tout romancier traîne à ses basques sans oser les démasquer encore.

Ces journées vacantes le long des quais de la Marne, à hauteur des îles. Je me souviens des chiens qui aboyaient sur les péniches et du vacarme localisé des guinguettes entre deux bras d'eau. J'avais à peine treize ans et découvrais une liberté illimitée. En comparaison de la discipline de fonte du pensionnat, la vie au collège était pour moi une distraction. Et puis les portes restaient ouvertes : je m'échappais à ma guise, attiré par la rivière plus évasée entre les ponts de Nogent que le fleuve proche. L'été, quand les hautes frondaisons bordant les rives croulaient jusqu'aux flots, on aurait cru l'Orénoque.

Que voulait dire le père Adamar au sujet de Fortbrune ? Le vieux prêtre est parti enterrer une sœur cadette dans un coin de l'Alsace bossue : *s'krumme Elsass !* Je comprends mieux le bonhomme accroché à son orgue comme Ulysse au mât de misaine. La musique réconcilie, on le sait, par-dessus ou par-dessous le déshonneur et l'infamie. Il n'avait guère plus de seize ou dix-sept ans en 1940. Comment prendre ses distances avec les choix criminels des adultes à cet âge ? Dans sa très vibrante aphasie, la musique peut être cette forme autistique d'expression qui sauve par manière d'indicible repli. Mais j'extrapole une fois de plus. Devenu prêtre, le fils a-t-il absous ses pères ? Il a fui leur antre en tout cas. La Bretagne est remplie de transfuges.

Un sujet de nouvelle s'est imposé en apercevant Agnès derrière l'église, dans le petit cimetière surélevé de Meurtouldu qui s'expose aux regards face à la rue bordée de commerces. Accroupie au milieu des fleurs, sa robe d'un bleu éclatant déployée en corolle, elle contemplait la pointe de ses souliers sans que personne, en ce jour de marché, ne lui prêtât la moindre attention. Mon histoire pourrait s'intituler *les Invisibles* et mettrait en scène des personnages flamboyants mais décalés, qu'on ne pourrait aucunement voir ou remarquer. Une actrice célèbre assise par terre avec un panneau « J'ai faim », par exemple. Un dieu né de la réincarnation d'un criminel supplicié et qui errerait sur les lieux de son ancienne existence. Une formule de Paul Claudel me revient bien à propos : « Je mendie un morceau de pain à l'ombre de ma propre statue. » Voilà l'histoire ! Un monarque déchu et vieilli qui mendie sous sa propre statue…

Elzaïde voulait que je sois pleinement l'enfant de ma mère, bien que morte. Elle m'élevait dans son culte comme une servante d'autel, mais je ne comprenais rien à cette folie d'amour pour la disparue dont j'étais la part sauvée. Elle avait conservé ses habits, robes et corsages, dans une bonnetière. Sur le plateau d'une cheminée, des photographies s'écornaient entre les sulfures. Une jeune femme d'une beauté pâlie souriait depuis la nuit des temps. Elzaïde racontait mille anecdotes à son sujet, en trésorière de sa mémoire. Aujourd'hui encore, sans l'avoir jamais connue, j'ai le sentiment d'une intimité, presque d'une présence. Ma mère – c'est Elzaïde qui parle – aimait tellement les roses qu'on la découvrit le soir de son mariage endormie le visage enfoui dans un bouquet. Enfant, elle courait parmi les flaques, se barbouillait de mûres et grimpait aux arbres : c'est ainsi que j'appris que son père, bohémien, l'avait emmenée sur les routes. Elzaïde avait cru cheviller le Tzigane à sa flamme de sédentaire, mais les années passant, il s'était mis à bousculer les meubles. L'instinct du voyage l'avait repris, attisé par la visite de membres de sa tribu, cousins ou frères remontés des Balkans. Ma grand-mère avait fini par céder, du moment qu'on lui laissait sa fille. Une année avait passé sans que le Rom donnât de ses nouvelles. Un triste jour, elle ne rentra pas de l'école. Son père était passé la prendre dans sa vieille Buick. Des témoins le lui confirmèrent. Son cartable au poing, la fillette avait couru joyeusement vers l'homme au volant. Elzaïde ne la revit plus avant des années, malgré un dépôt de plainte pour enlèvement et des recherches tous azimuts. Le Tzigane et l'enfant s'étaient volatilisés dans une Buick jaune du plus ostentatoire effet. Vieillie par le chagrin à moins de quarante ans, grand-mère s'était vouée à cette absence en dévote : sa fille était son salut et la douleur se transcenda en morose espérance avec les années. Elle était persuadée d'un retour ou de retrouvailles, dans ce monde ou l'autre. Solitaire, elle employait l'essentiel de son temps à contempler des cartes routières, à lire les faits divers dans la presse et à hanter le hall d'une gendarmerie où sont affichés les avis de disparition. C'est ainsi qu'elle fit la connaissance de son futur gendre, jeune et fringant brigadier, lequel finit par prendre en pitié cette demi-folle encore belle et toujours en quête de nouvelles. Le gendarme lui promit de se pencher personnellement sur son dossier. Timide, effarouché par le sexe, il rêva longtemps sur la photographie de la fugueuse encore impubère. À force de s'entretenir d'elle avec Elzaïde, un arrangement marital à la manière ancienne vint presque à se conclure. Le fait est que le brigadier tomba amoureux d'une image animée par les mille contes d'Elzaïde. On comprend qu'à mon tour je reconnus pour ma mère un fantôme né de vieilles robes et de paroles évocatrices qui s'adaptaient à mon jeune entendement au fil des années.

« Je n'écris, je n'ai jamais écrit le journal de mes jours. Je prends note de mes idées. Que me fait ma biographie ? Et que me font mes jours écoulés ? » Paul Valéry décrit mot pour mot mon état d'esprit : non, je ne consigne pas mes jours, présents ou passés, et je n'ai que faire de ce graffiti du temps qu'est ma vie. Cependant, une force inconnue me contraint à retranscrire le fond de la conscience et des rêveries qui l'occupent ou l'occultent. Un matin glacial de décembre, au plus bas du canal Saint-Martin, j'étais resté rivé aux vaines manœuvres d'exploration et de sondage opérées par la police criminelle. Les hommes-grenouilles remontèrent bredouilles sur le quai et le bassin, en conséquence, fut entièrement vidé entre les deux écluses. Il était midi quand le lit du canal apparut aux regards des badauds de plus en plus nombreux : une vase bitumeuse recouvrait des formes indistinctes, planches et cageots, roues de vélo, bouteilles de gaz, valises, draperies de chiffons. Au milieu de ce vaste moulage d'argile noire, un corps humain se dessina lentement, comme s'il s'extrayait de ce limon par le seul pouvoir de sa texture charnelle : des seins puis un ventre d'une blancheur scandaleuse, désignant le visage encore souillé de boue. La jeune femme fut vite enveloppée dans une housse de plastique par des égoutiers en uniforme. À chaque fois que je prends la plume, je repense à l'inconnue du canal Saint-Martin : nous ne faisons rien d'autre, écrivant, que de vider les étangs pourrissants de la mémoire dans l'espoir de mettre à nu un destin perdu.

Promenade le long des récifs de l'anse d'Ar-Grill : la mer est à mes pieds comme un rêve de noyade. J'y reviens à tout moment avec le même enthousiasme qu'un enfant d'Afrique fasciné par la mangrove où scintillent les anneaux d'un python, malgré les crachats d'écume et le tourbillon qui oscille. Les espaliers de granite des îles de la Fée accrochent des gazes d'embruns à distance des côtes. Face au large, chacune d'elles a son calvaire comme pour conjurer à la bénignité les prairies de vagues où paissent au loin deux ou trois barcasses. Sur la plus grande des îles, cormorans et fous de Bassan nichent dans les vestiges d'un ancien phare écimé par la canonnière des tempêtes. Des océanites à triste réputation s'y réfugient quand la mer ouvre ses gouffres, des fulmars boréals aussi. Quelques pingouins naguère s'y promenaient. Les autres îles appartiennent aux tribus pleureuses des goélands et des mouettes, à l'exclusion des espèces hauturières. À l'approche des sardiniers de Douarnenez, leur envolée compacte semble jaillir du ressac avant de se diviser en autant d'altiers sillages qu'il y a de bateaux. Là-bas, à cette heure incertaine, le phare de l'Ankou se fond dans la lumière cendrée. L'heureuse stabilité des repères marins vaut autant pour l'apaisement du promeneur que pour la navigation au bornage. En me détournant des îles, les récifs de Kerbonn présentent leurs dentures de squale en contrebas du phare côtier du Hueldu qui projette ici ou là ses réverbérations. Retour par une sente de chevriers entre les genêts encore fleuris qu'agite un vent d'est plein de feuilles d'acacia. Ce coup de frais m'ôte de l'esprit un vague projet de voyage né dans les moiteurs de l'insomnie. Il s'agit maintenant de rentrer avant la première goutte d'eau, des feuilles dans les cheveux et un goût de sel aux lèvres.

Une crise de paralysie du sommeil a pour effet radical de me tenir en état de veille par crainte d'une récidive : il ne me reste plus qu'à ressasser de vieux souvenirs dans l'attente de l'aube, en bannissant de toutes mes forces les plus pénibles, ce qui bien sûr parachève l'insomnie. Si la lecture ne s'impose pas alors, assez souvent, je guide peu ou prou mes héros survivants en d'autres aventures ou rêvasse sur ce qu'aurait pu être la destinée romanesque de ceux que j'ai laissé tuer, comme ce pauvre Ludwig. Ce dernier m'accompagne sans prendre une ride de réalité, c'est vrai, depuis des décennies. Je pense à cette génération fourvoyée et anéantie de 1944 et 1945, enfants soldats, très jeunes gens poussés au front pour colmater la forteresse folle du IIIe Reich au bord de l'effondrement. Frais débarqué d'Indochine, mon Ludwig n'aura pas même été effleuré par l'idéologie nazie. Il n'avait en tête que Novalis, Jean Paul ou Heine. Et la musique de Mendelssohn, qui allie si harmonieusement les leçons de Bach, Mozart et Beethoven, n'avait pour lui rien à envier aux fracas wagnériens. Il mourra dans sa guérite de béton sans rien comprendre au moloch, en sifflotant la chanson de Toggenburg, le chevalier mal aimé revenu des Croisades le cœur plus lourd que jamais, et qui, malade de vain espoir, s'enracine dans une cabane de branches juste en face du couvent où sa belle indifférente a revêtu l'habit d'adieu. Le lied de Schubert sur des vers célèbres de Schiller m'avait envoûté durant l'écriture de *Tallboy*. À chaque roman, sa musique de film ! Aujourd'hui, c'est dans un silence à peine distrait par toutes les fins du monde que je suis du coin de l'œil la frêle silhouette de Ludwig entre les pins et sur les rochers battus par la houle.

Un regard rétrospectif sur le tumulte des passions vous laisse pour le moins désemparé. Comment aurais-je pu me laisser happer dans de pareilles tourmentes au point de menacer ma vie et celle des autres ? Derrière moi, aussi loin que le souvenir porte, je n'aperçois que vestiges et calamités. N'y a-t-il pas un seul petit arpent d'éden épargné dans une vie d'homme ? Il faut que je le recherche (serait-il à demi rêvé). Il faut à tout prix que je trouve un petit coin indemne par lequel passer et repasser sans regret ni doléance, au cas où la malédiction de Nietzsche serait notre lot…

Une question attendra des années sa réponse : qu'était-il arrivé à Fedora dans cet appartement de la rue de la Convention où, par le plus grand des hasards, alors que j'attendais juste en face la consultation d'un médecin, je l'avais reconnue fumant sur le balcon, elle dont je ne me souvenais vraiment que d'un profil et d'un parfum ? À l'arrière du taxi où nous nous trouvâmes réunis sur un coup de poker quelques minutes plus tard, je vis ses larmes. C'est un grand mystère qu'une inconnue somptueuse qui pleure. Notre deuxième rencontre, après les rires et l'enjouement de l'avenue de l'Opéra, en d'identiques circonstances, était voilée de gravité. Le chauffeur du taxi n'était pas le même, par chance ! En état de choc, Fedora s'étonnait à peine de ma présence. Moi, je buvais des yeux cette eau qui perlait entre de longs cils appesantis. Le coup de foudre résonnait à mes tempes trois jours après l'éclair. On peut être ébloui et aller vacillant sans comprendre jusqu'au moment de rouvrir les paupières. Je recouvrai mes esprits pour perdre illico la raison. Dans cette voiture de hasard, un après-midi d'avril, une femme bouleversée par un drame mystérieux et un homme couturé de mauvaises blessures se rencontraient sans aucune pensée commune encore.

Rue d'Odessa, une heure plus tard, nous sommes devenus amants comme d'autres tombent d'un huitième étage, avec un tremblement de tout le corps et une saveur de sang dans la bouche. Qui prétend que la vérité ne se montre que *pour rire sous cape* ? C'est la mort plutôt surgie sous son masque d'os et de satin, un si bref instant, beauté aux lèvres du néant.

Ligotée dans les nœuds des draps où elle s'était longtemps débattue, Fedora me demandait de l'aide. Elle s'endormait sans prévenir après l'amour ou à la suite d'un trop long tête-à-tête et luttait désespérément contre l'assassin des songes, moite de sueur, la poitrine et les hanches ceinturées de linges tordus. Ses parfums se mêlaient pour mon plus grand trouble aux fronces et aux ourlets. Mes lèvres buvaient cette âpreté – étranges délices de la tuméfaction et de la plaie. Fedora revenait à elle dans un sursaut. La torsion de ses muscles aux admirables courbes, pleins et déliés se creusant et s'épanouissant avec une lenteur ophidienne, ne cessait d'exhorter mon désir. À tout moment de sa veille ou de ses disparitions, yeux grands ouverts, j'aimais la reprendre, goûter au prodige réversible de sa peau, mordre sa chair et m'y perdre : cette femme m'échappait cruellement au moment même de la possession tandis que la jouissance nous transperçait d'abandon. Jamais amants ne se joignent à la cime, dans l'étreinte, dans la violence gauche du coït, pourtant ils dégringolent ensemble de l'autre côté, avec cette joie sèche et déjà affadie d'un arrière-goût de séparation. Il faudrait mourir après l'amour quand on aime, comme les araignées et les insectes volants, laisser la femelle avec sa semence dans la nuit d'un autre monde.

Fedora fumait d'infects cigarillos qui ajoutaient une note piquante à son haleine fruitée. Trois coussins sous les omoplates, l'œil sur le déclin du jour, elle commençait à s'inquiéter de l'heure : on voyait sur son visage tourner de fines aiguilles d'ombre.

— J'aimerais tant m'attarder avec toi. Ah, mais c'est déjà l'heure ! Le spectacle m'attend, tu sais. Il va bientôt falloir que je parte..., disait-elle indifféremment.

— Non, reste ! Ne pars pas encore, un quart d'heure, quelques minutes seulement, m'écriais-je en retour avec une monotonie pathétique.

Je n'osais plus la questionner de front sur sa vie nocturne. Pourtant, c'est les yeux dans les yeux qu'elle déclara un jour, jaillie soudain des draps comme Vénus de l'écume :

— Mais que veux-tu de moi, à la fin ?

— Une nuit, même une seule nuit. Tu me le promets ?

— Je m'y engage, murmura-t-elle avec une telle

solennité que j'en regrettai presque ma requête.

Dans la poussière d'or d'un rayon de soleil, Fedora avait cette perfection brutale de la nudité qu'aucun artifice ne vient embarrasser. Je me souviens de moments d'intimité irréparables qui me donnaient la sensation de mourir dans la plénitude voluptueuse de son secret de femme.

Un dimanche, deux heures avant d'entrer en scène (Fedora teinte en blond platine interprétait alors *la Walkyrie*), elle parut perdre tous ses moyens au moment de quitter ma chambre d'hôtel, place du Retour. Elle m'avait déjà confié de ces menus souvenirs d'enfance qu'on partage tous avec une telle évidence que c'est un enchantement de les voir raconter comme pour la première fois par un être chéri. Mais il ne s'agissait plus cette fois de séjours désespérés parmi les robes vivantes de la penderie ou de plaisirs solitaires arrachés au cœur écrasé d'une rose. Fedora me regarda bizarrement, le visage penché, avec l'air de se demander quelle sorte de complicité nous liait. C'est de sa mère qu'elle voulait me parler, de la monstrueuse avorteuse de ses propres enfants. Non pas d'une Médée ordinaire comme les prisons de femmes en regorgent, plutôt d'une Clytemnestre amoureuse de sa fille. Mais qu'y a-t-il de vrai dans ces rêveries lucides du souvenir ? D'ordinaire grave dans sa parole et ses gestes, une fois revenue de l'amour, Fedora devenait douloureusement enfantine lorsqu'il s'agissait de ses relations tortueuses avec les dieux implacables des premières années. Leur pardonnerons-nous jamais d'être nés ? Les parents ne sauraient commettre de plus grande faute et sacrifier sa progéniture paraît presque une forme de repentir. Il faudra que je me souvienne, que je consigne en détail l'histoire de Fedora, de sa mère abusive jusqu'à l'outrance.

Pour l'heure, je suis exténué d'avoir puisé en moi ce sang d'encre couleur d'hydre. La paix saurait-elle advenir par l'usure équitable du temps ? Oublier excède mes forces.

Des années plus tard, l'entretien imprévu avec Scarpia dans l'appartement de la rue d'Odessa m'aura plongé dans le plus complet désarroi. Elle ne m'aimait pas, je n'étais pour elle qu'un jouet sans ressort, une de ces chiffes attendrissantes qu'on finit par jeter. La preuve définitive était mon bannissement de ses nuits. Un amant qu'on se réserve pour la journée ne peut être qu'une récréation, un pur divertissement, voire un exercice distrait de vengeance. Celui ou celle qui a connu la cuisante et infiniment suave douleur d'aimer comprendra sans autres détours mon état de totale aliénation.

Insomnie, royaume du proscrit : la nuit pour le coup m'appartient – mais seul, à jamais isolé. Je pourrais aussi bien m'entourer d'une famille nombreuse, contempler le sommeil d'une nichée de gosses et d'une épouse confiante, sans pourtant être moins seul. N'y aurait-il pour chacun qu'une rencontre décisive, une chance de retrouvailles que la plupart d'entre nous esquivent comme le Kairos, dieu de l'instant prédestiné ?

Boitillant dans ses caoutchoucs, la moustache brûlée en coin, le vieux Braz passe tantôt par Ker-Lann avec sa charrette pleine d'araignées et de plies. Il a bu un coup de trop et me parle avec une moue terrifiée de la nuit de l'Ankou, le manœuvre de la Mort à la tête tournante comme une girouette et qui viendra la nuit de Noël cueillir de sa faux ceux qui ne passeront pas l'an neuf.

— Ce sera peut-être bien moi le dernier de l'année, à force d'aller par les petits chemins. Et puis, j'ai déjà la charrette grinçante !

Le pauvre pêcheur ignore tout de son homonyme, Anatole Le Braz, l'auteur de la fameuse *Légende*. Tellement ancré dans son terroir, voilà un personnage, une affabulation élémentaire. L'homme ne doit même pas imaginer qu'on puisse inventer des histoires, sinon par malignité.

— Vous ne saviez donc point ? ajoute-t-il en se lissant le front d'une main torse. On dit par ici que le dernier à rendre l'âme avant janvier sera le nouvel Ankou ! Ah, je préfère bien mieux pêcher mes araignées !

Je lui demande son âge. Il ricane doucement entre ses trois dents :

— Jamais je le dirai, ni à vous ni à l'Ankou !

Braz est parti plus saoul encore, accroché à sa charrette comme le scarabée à son boulet de crottin. J'ai pensé alors au poème de Sou Tong Po :

Le vieux pêcheur veut boire dans chaque maison,
Écrevisses et poissons, il offre toute sa pêche (...)
Plein d'ivresse, il cherche le chemin du retour.

La magie comme pressentiment des pouvoirs de la science, ou plutôt comme intuition de ses limites ? Il se passe des choses étranges ici, mais je n'en déduis rien de définitif quant à l'excès de réalité.

On se précipite spontanément vers la fausseté, l'erreur et la tartuferie pour se protéger des implications universelles d'une quelconque aspiration à la vérité.

Ma robe de chambre est moins confortable qu'une armure. Je m'habille à peine levé, fût-ce au milieu de la nuit, après avoir combattu l'hydre de la catalepsie dans un lit de braises. Même au fond de ma campagne, j'ai besoin d'être sur le point de prendre un train ou un avion. Et puis je ne voudrais pas recevoir l'Ankou en pantoufles.

L'histoire de l'homme qui voulait être enfermé. Ses parents avaient cette mauvaise habitude : le ficher à la moindre incartade dans un coffre ou un placard. Plus tard, il réclamera qu'on verrouille sa porte, surtout la nuit. Il finira bien sûr en prison et rêvera toutes les nuits d'un beau cercueil plombé.

« Le rêve nous renvoie au rêve et l'illusion n'a pas de fin », dit banalement le singulier Emerson. Il m'arrive ainsi de douter de la nature réelle d'un personnage. L'ai-je rencontré avant de le sécher sous mon buvard (j'écris à la plume, comme un écolier, et garde le goût des sous-mains publicitaires) ? Inversement, j'ai en mémoire des figures romanesques insituables probablement croisées dans la réalité. Les *dispositions variables de l'esprit* mêlent aux incidents de la vie toutes les formes du passé, comme des torrents de perles irrégulières dans la lumière changeante.

Au bourg, ce matin, la buraliste qui tient boutique de fumées en face de l'église (presse et tabac) me décoche un beau sourire en gelée. Est-ce en réponse à mon coup d'œil extasié sur sa coiffure : une haute tiare tout en cheveux crêpés, sans doute inspirée par les coiffes bretonnes, style bigouden. En rentrant à Ker-Lann, je découvre ma photo dans un coin du journal local sous un articulet me consacrant « personnalité meurtoulduienne ». L'éditeur belge aurait-il adressé un service de presse au *Nouvel Armoricain* ? C'est vrai que *Drones* ne devrait pas tarder à reparaître. Avoir une *actualité*, pour un écrivain, c'est comme sortir Dracula de son caveau. Nous n'existons que par intermittence, et à des degrés divers. Les héros de roman quant à eux se promènent dans nos songes de manière plus aléatoire. Je pense à Lionel Véroglé, l'inspecteur des services secrets, qui va pouvoir remettre à jour sa collection de modèles réduits. Depuis la première édition de mon livre au tout début du siècle, la technologie des drones a sacrément évolué. À quand une génération hypersophistiquée de nanodrones saturant la stratosphère au point d'analyser et de manœuvrer tout ce qui bouge et respire sur cette terre ? Mon personnage, un maniaco-dépressif, bute sur la vérité de sa libido comme tous les collectionneurs. Pour s'en sortir, il eût fallu qu'il étranglât sa mère avec l'aide d'une bonne amie.

Ça me donne l'idée d'un sujet qui n'a rien à voir. Un titre, vite, que je le tienne par la barbichette : *Le Vieil Orphelin collectionneur de nurses…*

Visite annoncée de ma lectrice cannibale lundi prochain. Elle me demande de lui consacrer quelques heures supplémentaires. Sans doute est-ce pour la digestion. Elle s'appelle Blandine Feuillure de La Gourancière. En toutes lettres.

De nouveau ce cauchemar : je suis bien éveillé dans ma chambre, en haut de la tour, semble-t-il, allongé sur le lit que j'occupe d'ordinaire, mais impossible de remuer un cil. Une coulure d'ambre m'a soudainement happé. Bestiole en inclusion, je distingue au travers l'ocre lumière. Chaque chose est à sa place, les rideaux, les meubles, mes vêtements sur une chaise. La coloration de l'ombre s'estompe avec l'aube. Ankylosé jusqu'au bout des orteils, j'aspire l'air comme un poisson volant chu au fond d'une barque. Mais un détail, toujours le même, vient me prouver que l'éveil est suspect : le tableautin à ma droite, sur le mur ; d'une précision hallucinante et pourtant indéchiffrable, ce pourrait être quelque Vermeer au bord lumineux de l'abstraction, mais avec la pâte coruscante d'un Rembrandt et dans la pensée des grands Vénitiens. Bien certain de n'avoir jamais possédé pareil chef-d'œuvre, je m'arrache de ma gangue et comprends à moitié que je rêvais par un bout. Le tableau a disparu. Les vêtements sont toujours là. Autour de moi, par replis d'éventails et culbutes de paravents, la réalité s'élargit avec la conscience. Les cieux et les mers m'enveloppent à l'infini.

Dans ce vertige, me revient à l'esprit, à peine déformé, le texte d'or sur frondaison indigo, dit

Bommokyo : « Je me tiens sur le trône du lotus contenant les mondes et les océans. Un millier de pétales m'entourent dont chacun est un monde. Ma noble métamorphose s'éploie en mille majestés. Sur chaque pétale de monde, cent millions de soleils et de lunes, cent millions de mondes dans les quatre parties. Sous autant d'arbres de l'Éveil, sont assis en lotus cent millions d'éclairés et le moindre d'entre eux expose les Vertus et le Chemin d'un illuminé tout singulièrement invoqué. »

Chaque rêve rassemble en une tresse magique les fils épars de la mémoire. Amaya n'a pas bougé de mon souvenir. Comme les figures de laque d'une miniature shintoïste, nous ne cessons de voguer sous les ponts d'un fleuve stellaire. Je la retrouve à mon gré dans son studio du troisième étage ou parmi les érables, dans les boucles de la rivière Hozugawa.

Depuis l'incident du pont Minsono-bashi, nous n'avions plus de nouvelles d'Ado. Elle avait quitté son emploi au Théâtre impérial et refusait de revoir sa protégée, ce qui arrangeait mes affaires. Il n'y a qu'une manière de connaître un pays, c'est d'y être amoureux. Amaya m'entraîne d'Ukyo à Sakyo comme sur une carte du monde. La ville-mandala n'a pas de secrets pour elle… De la porte du Moineau à la pagode de Tôji, nous relions d'un pas de danse les deux mille temples. Ainsi remontions-nous tranquillement l'allée des bouddhas de Ninnaji, main dans la main, quand elle chuchota à mon oreille d'une voix faussement allègre :

— Deux tueurs nous suivent, des hommes à mon père, ne te retourne surtout pas...

Notre idylle m'avait ôté de l'esprit l'avertissement d'Ado : on n'approche pas la fille d'un yakusa sans montrer patte blanche. Mais Amaya avait rompu avec son clan. Elle militait pour les droits de l'homme, contre la corruption et les archaïsmes propres à la société nippone. Au-dessus des paratonnerres et des chignons de statues, les nuages emportaient, comme les siècles fugitifs, de calmes étreintes humaines ou animales. Nous nous cachâmes à l'ombre d'un socle. Amaya était la première femme qui s'offrait à moi sans discrétion ni prudence. Ses cheveux tressés et une petite robe aérienne lui donnaient un air de Lolita asiatique, suprême coquetterie sous ces latitudes. Elle portait aussi d'étranges socquettes de dentelle noire qui ajoutaient une note libertine bienvenue à son âge. Malgré les hordes de touristes et la présence de soi-disant sicaires, elle avait relevé sa robe et s'efforçait de me chevaucher, un bras retourné contre ma nuque. Haletante, les prunelles un peu bigles au ras des paupières, Amaya devenait terriblement féline à ses moments d'abandon ; elle se muait toute en sexe comme ces fleurettes qui se débrident en algues voluptueuses à peine immergées.

Nous avions échappé aux tueurs mais pas aux invectives d'une nonne aux sourcils rouges qui nous contraignit à fuir de guingois, vers d'autres papillonneries. À son domicile, derrière la porte blindée, nous

nous sentions à peu près en sécurité grâce à un voisinage de prostituées qui gardaient l'œil sur les prédateurs locaux. L'une d'elles était tatouée des pieds à la racine des cheveux, peinture intégrale offerte à l'amateur. À l'abri du monde, dans le sourd bruitage des accouplements, Amaya me racontait par bribes son histoire, comme si des pièces de puzzle lui manquaient, jamais les mêmes, et qu'il fallait que je me souvienne des figures sans cesse défaites et recomposées. À l'époque – nous étions au début des années soixante-dix – elle assumait toutes les révoltes d'une jeunesse en rupture de ban. Les nuages d'Hiroshima et de Nagasaki étaient retombés sur une tragédie de fantômes en pur style kabuki où les survivants avaient découvert dans une puanteur de soufre l'ampleur partagée de la barbarie. Comment rendre le timbre grave d'une voix de jeune fille, après les gamineries de l'amour ? Sa mère était née et avait vécu non loin de Nagasaki, assez loin pour ne pas voir sa maison et les siens balayés par le souffle de l'éclair.

—Je l'entendrai toujours décrire cette horreur : l'éblouissement soudain, comme si une veine éclatait dans le cerveau, puis le tonnerre. Tout tremble, un vent de tempête chargé de cendres brûlantes arrache les toits. Dans les rues, les passants tombent à demi et se relèvent pour fuir ce crépuscule de sang. Là-bas, un soleil empanaché sombre peu à peu dans une mer de feu. Il y a des milliers de morts. Mais le pire est à venir : c'est la foule des *hibakushas*, les atomisés encore en vie qui sortent de l'enfer, hagards, en lambeaux. La peau du visage et des membres se détache avec les restes de vêtements brûlés. Certains, englués dans la charpie de leur propre chair, laissent après eux une traînée rougeâtre. Des doigts tombent des mains et des pieds, des yeux sortent des orbites... Ma mère perdra ainsi ses parents et son frère aîné dans les trois mois. Seule survivante, elle quittera la région de Nagasaki pour Kyoto où demeurait une branche de la famille paternelle. Mais la guerre l'avait presque entièrement détruite : ne restait qu'une vieille tante folle dans un asile. Alors, elle se mit en quête d'un travail chez les fabricants de kimonos. L'un d'eux l'embaucha, un certain Sujaku qui fournissait les maisons de rencontre de luxe. C'est comme ça que le fils d'un important yakusa de la ville connut maman et l'enleva. C'est comme ça que nous sommes nés, moi et mon jeune frère. Nous avons grandi à l'abri du besoin, et même dans l'insouciance tant que ma mère a vécu. L'année de mes dix ans, une leucémie se déclara et elle rendit l'âme peu après. Mon père qui s'était tenu à l'écart du milieu devint comme fou. Il faut dire qu'il avait adoré sa femme. Son caractère s'aigrit d'un coup. Il reporta sur moi cet amour et de la pire façon. N'empêche que je devins une excellente élève. C'était mon seul recours. Je ne voulais pas m'enliser dans la bourgeoisie pourrie des patrons de casinos et de bordels. Mon frère, lui, était mûr pour prendre du service, en digne fils d'un yakusa enrichi pendant les années de guerre...

Amaya n'en dit pas beaucoup plus ce jour-là. On entendait les gémissements feints des filles à travers les minces cloisons. Bientôt nue, s'offrant à moi dans une posture des plus allégoriques, elle voulut les imiter sans autre artifice. Toute de miel et d'ambre, Amaya m'apportait une étrange quiétude qui se prolongeait avec les cigarettes parfumées tirées l'une après l'autre d'un tiroir de la commode en bois de camphrier. Elle revêtait à mon intention exclusive un kimono de cérémonie qui lui venait de sa mère, soyeuse tapisserie aux longues manches brodées où s'enlaçait avec tout l'art d'une main experte le dessin à peine contrasté de paladins et de dragons en plein combat. Je me souviens de la nuit des morts, à sa fenêtre, et du chant des Mille Automnes. Les lanternes glissent doucement sur la rivière, à bord des barques pèlerines. Une autre fois, talonnés par les hommes du yakusa dont la mission n'était peut-être que de protection, nous nous réfugiâmes dans un salon de thé sur la terrasse d'un grand magasin. Les montagnes à l'ouest avaient la teinte précieuse des yeux d'Amaya. Elle me fit un signe du menton pour désigner une famille qui rassemblait au moins trois générations. Autour d'une figure de patriarche tonitruante, les femmes de tous âges et les enfants formaient un public silencieux.

— On ne sait jamais ce que cache l'apparence, chez nous. La réalité est honteuse, comme le sexe. Il faut se taire ou sourire, ce qui est pareil. J'ai mis du temps à découvrir les sales activités de mon père.

En parlant, Amaya contemplait le damier rose de Kyoto sous les premiers voiles du crépuscule. Je sentais bien que la rupture avec le yakusa avait été pour elle la seule façon de sauver un lien. Ses yeux clignèrent. Elle baissa le ton au point de chuchoter :

— Un de mes oncles était officier de l'Unité 731, en Mandchourie. Les armes chimiques, les cobayes humains, la vivisection d'enfants, les tests bactériologiques à l'air libre, c'était son lot. Il y eut des centaines de milliers de victimes un peu partout, dans les camps de la mort lente ou sous leurs engins à bacilles. Le tribunal de Tokyo n'a pas inquiété mon oncle après la guerre, pas plus que ses chefs ou que l'empereur Hirohito ! Tous ces monstres sont retournés à leurs petites affaires dans le civil. Et les âmes des quelques criminels de guerre pendus sont aujourd'hui honorées au sanctuaire de Yasukuni…

J'étais muet comme le pêcheur solitaire de l'étang de Naisuké écoutant la noble carpe Tomoé qui, de la tête à la queue, « atteignait environ la taille d'une jeune fille de quatorze à quinze ans ». Des lanternes de pierre s'allumèrent aux quatre coins. La pleine lune surgit des coteaux embrumés en même temps qu'un bon millier d'étoiles. Les épouvantes mal exorcisées de l'Histoire expliquent sans doute l'actualité récente, comme le pensait Amaya qui avait tout d'une petite pasionaria de la révolution culturelle, cependant je n'avais guère la tête raisonneuse. Quel lien aurais-je pu établir, par exemple, entre la vie de ma contemporaine aux yeux bridés et mon lot de jeune Européen nourri aux mêmes idéologies universitaires, entre sa famille de mafieux et ce que je savais du gendarme qui me servit de vague paternel, entre sa mère morte d'avoir été irradiée à Nagasaki et la mienne, tuée par l'enfantement ?

À la suite du pensionnat Duroc, ma belle-mère m'accueillit les bras ouverts sous l'œil goguenard de son vieil époux qui, proche de la retraite, venait d'être élevé d'un grade et arborait l'insigne à trois barrettes sur la grenade « bois de cerf ». Dans le pavillon des bords de Marne, je n'en menais pas large quand, seul avec Else qui allait et venait tapageusement entre cave et grenier, je découvrais dans les frous-frous d'une penderie ou les désordres matinaux de la salle de bains les dilatations du mystère féminin. On peut comprendre à peu près tout d'un homme par les aléas de son intromission dans le monde buté de la sexualité. Pour tout dire, l'onanisme est une branche méconnue de l'onirologie. Joueurs de bilboquet ou golfeurs sur gazon anglais commencèrent évidemment par se fourrer les doigts dans le nez. Les premiers orgasmes devant l'armoire à glace de la chambre parentale ne cesseront plus de secouer la libido méandreuse d'un géniteur plus ou moins accompli. Else m'aidait à lacer mes souliers. Très vite, elle se mit à me parler allemand, sachant qu'on me l'enseignait au collège. Nous avions entre nous un jargon que le gendarme n'entendait point. Cette complicité nous rapprochait. *« Lieber den Spatz in der Hand als die Taube auf dem Dach »*, murmura-elle un matin de mai que nous étions seuls en glissant sa main dans ma ceinture. Cette histoire de moineau et de pigeon me troubla si fort que je m'enfuis sans un mot de riposte du côté de la Marne.

Il neigeait des fleurs d'acacia et les lilas embaumaient. À mes treize ans s'ajoutaient quelques mois d'une liberté approximative qui m'ouvraient à une ivresse peu commune.

Migraine constante depuis ma virée du côté des récifs de Kerbonn. La rhinite est fille de la bise. Mais il a fallu recevoir une jeune personne impétueuse tombée d'un bolide. Blandine Feuillure de La Gourancière ressemble à son nom : longue et gourmée, pétrie d'affèteries qui trahissent avec un rien d'emphase une gaucherie contrariée. Plutôt jolie, avec un air de brebis rassasiée, elle cache sa myopie sous une mèche blonde. Son fin museau penché en avant semble repousser un obstacle invisible. Rien d'autre ne se montre, sous la robe noire chiffonnée à hauteur des fesses, que l'étirement des membres et du tronc. Les mains elles-mêmes se dissimulent entre deux surgissements d'oiseau grêle.

L'étudiante en lettres me submergea de paroles convenues avant que je ne la mette à l'aise devant la cheminée où les abattis d'un chêne centenaire flambaient depuis l'aube. À force d'abandon à cette douce chaleur, les pans de sa robe se relevèrent bien au-dessus des genoux sur des bas ajourés de coton noir qui révélaient un galbe de bayadère. Le vent marin soufflait contre les fenêtres et tonnait parfois, comme au loin le ressac, dans le conduit de l'âtre qui s'illuminait alors d'un flot d'étincelles.

— Vous n'imaginez pas la somme de travail que j'ai consacrée à votre œuvre et à votre biographie depuis deux ans, dit-elle enfin sur un ton légèrement agressif.

Tenue des deux mains sous le menton, la tasse de thé nimbait sa peau de reflets dorés. Elle but une petite gorgée, à peine quelques gouttes, avec un air de délectation aussi faux qu'irréfléchi.

— Mais il me manque quelques éléments, l'explication de certains détails, poursuivit-elle en souriant, d'une voix presque neutre.

L'exercice m'épuisait d'avance, mais l'étudiante avait traversé la Bretagne pour me rencontrer. Elle ne me proposa nullement de lire le travail déjà accompli, ce qui m'intrigua et me soulagea à la fois. Mademoiselle Feuillure s'était investie dans un essai de critique générative à la manière datée de Georges Poulet, lequel situait l'origine de l'œuvre dans le conflit tant conscient qu'inconscient du sujet.

Les pommettes rougies par la flambée, le buste raidi, elle me réclama soudain l'accès à ma salle de bains.

— Je crains de tacher votre fauteuil, s'excusa-t-elle sans manières.

Je profitai de son absence pour avaler un double scotch malgré un foie en crise. De quelque sorte qu'ils fussent, les interrogatoires m'ont toujours déprimé. Nous discutâmes assez longtemps néanmoins. C'est avec une satisfaction morose que j'évoquai les misères de la vie d'internat avant de bredouiller des horreurs sur la criminalité des éducateurs de mon temps. Fille de Rousseau et de Hugo, la pédagogie aura subi tous les outrages d'un monde en uniforme servi par des canailles à la solde du premier escamoteur d'avenir venu. Mademoiselle Feuillure prenait des notes sur ses genoux. Le jour grisonnait sans que le rythme des questions ralentît. Elle s'en excusa en me montrant une liasse de feuilles pleines de points d'interrogation. Exaspéré, j'acceptai de guerre lasse de prochaines rencontres, trois exactement, et l'accès à mes manuscrits et autres documents conservés dans un vieux coffre de marin. C'est vidé de toute substance que je raccompagnai l'étudiante à sa voiture.

— Vous vivez seul ? me demanda-t-elle en jetant un regard circonspect sur les hautes et sinistres façades de Ker-Lann.

— Avec mes démons, oui ! me récriai-je, assez surpris.

Mademoiselle Feuillure de La Gourancière espérait-elle s'installer dans la tour pour étudier au plus près *l'animal d'écriture* ?

Et si, contre toute attente, moi qui ai laissé mon « œuvre » se refermer comme un tombeau, j'écrivais un roman inédit tout à fait extraordinaire qui bouleversât les lois du genre et annulât pour le coup toutes les analyses tombées sur moi par grandes pelletées de fossoyeur ?

Un brouillard compact est monté ce soir. Après la statue du parc, le manoir et les bâtiments annexes s'y sont coulés comme des modelages d'argile dans le plâtre. Pourquoi ai-je prétendu vivre seul ? Je dialogue très souvent avec Ludwig dans la chambre de veille. La blessure qu'il porte au cou, n'est-ce pas moi qui la lui ai faite avec des mots ? Ludwig est plus qu'un personnage. Combien de veilles, de rêves insondables, d'aspirations et d'angoisses, de désirs même, l'auront procréé ? Avouerai-je que je vis depuis quelques jours une idylle avec l'héroïne d'un récit à peine ébauché : il m'a suffi de le relire et de songer à l'état d'émotion où je me trouvais au moment de l'écrire (j'ai dans mes tiroirs quantité d'incipit en l'air et de pétards mouillés). Exigeante et sublime, Noyale Padriguez avait surgi d'une Bretagne nébuleuse, contrée alors ignorée, et je compris à sa fréquentation mon mal d'amour. Elle n'était encore qu'une silhouette avec des yeux parfaitement dessinés. L'histoire devait s'accomplir entre Brest et Paris. Noyale, le contraire d'une oie blanche, mais innocente à sa façon, apprend les déboires de son frère jumeau, jeune délinquant tombé dans une embuscade après un casse sanglant et accusé sans preuves du meurtre d'un caissier des postes. Il est condamné à vingt ans dont quinze fermes. Au risque de sa vie, Noyale s'efforce de le disculper et se trouve confrontée à une collusion de crocheteurs et de ripoux. Battue, violentée, elle décide d'organiser l'évasion de son frère avec un projet de représailles à la clef. Pendant des semaines, elle met au point son plan, trouve un complice dans l'établissement pénitentiaire, se procure des armes de poing. J'ai abandonné Noyale Padriguez à ce moment, sans vrai motif. J'imaginais une suite épique, la cavale, les jumeaux en icônes de la vengeance. Puis la lassitude m'a pris d'un coup sans que cela affectât mon héroïne. Elle continuait à évoluer dans mes rêveries, libre de tout exploit. Aujourd'hui, elle me semble toujours là, prête à poursuivre l'aventure, avec ses grands yeux métalliques et son exigence déraisonnable. Mise en chômage technique à cause de mon incurie, sans doute est-elle retournée vivre à Brest et il n'est pas impossible que je sois venu rejoindre Noyale sur ces terres. *Bretaigne est Pérou pour la France.*

Apparition de la vieille Olett au tournant de la route de Meurtouldu d'où je revenais d'un bon pas en faisant sonner la pointe de mon parapluie sur le talus. Elle ramassait des châtaignes dans leurs bogues et se redressa à demi, les deux mains sur les hanches.

—J'ai revu l'assassin tout cru, m'a-t-elle lancé. Comme je vous vois, là, avec votre canne à pluie, par saint Houarmiaule !

Quelle lubie inspirait l'ancienne servante du château de Fortbrune à cette minute, je ne saurais le dire. Elle s'est remise tranquillement à sa cueillette, en veuve de tous les malheurs dans ses habits de houille.

Les feuilles des hêtres et des ormes sont presque toutes tombées : le rideau s'ouvre plus complètement sur la mer. J'aperçois maintenant la première des îles de la Fée. On raconte que ses rochers cachent une habitante, une magicienne trop belle pour les hommes : plus d'un marin s'y serait brisé la coque et le cou. Celui qui parviendra à la conquérir se devra d'être pur et rebelle, selon la légende locale. Je pourrais inventer quelque personnage adéquat et le lancer en mon nom dans cette compétition onirique. Mais cette Circé, assurément, ne vaut pas ma Noyale.

L'horticulteur est venu donner un dernier coup de frais au parc avant l'hiver. Il a délogé une lourde brouette et divers outils de la plate-forme de sa fourgonnette. À sa demande, je l'ai accompagné pour la coupe des arbustes. Les feuilles mortes s'étaient accumulées dans les contre-allées. Plutôt que de me demander mon avis au sujet des rosiers malades ou des prunus stériles, il m'interrogea sur sa femme, la douloureuse Agnès qui semblait ne devoir jamais échapper aux formes substitutives du deuil.

— Je sais qu'elle vient parfois vous voir à Ker-Lann, vous pourriez lui parler, lui faire comprendre ce que sa conduite a de navrant. Vous écrivez des livres. Les gens instruits l'impressionnent…

Le désespoir du jardinier m'apparut dans sa nudité.

Par amour, pour la sauver de son délire, il était prêt à ce que je séduise sa femme, quitte à la perdre. J'éludai sans malignité l'exhortation en lui suggérant de la faire soigner. Un bon médicament ne vaut peut-être pas mieux qu'un mauvais amant, mais il évite les complications.

Après le départ du pick-up chargé de branches mortes et de fleurs séchées, dans la grisaille de cette fin d'après-midi, j'ai déambulé sur les pelouses jaunies. Le parc éclairci à la cisaille et au râteau est plus mélancolique encore, en surplomb d'une mer blanche, avec ce contraste des pins noirs qui grincent et du grand cèdre.

Ce qui m'est arrivé sur l'île d'Amour, je n'en ai jamais parlé à quiconque, pas même à l'ami Jean. Je venais de quitter en courant et trébuchant le pavillon du gendarme. Quelque chose m'était apparu peu avant, un prodige renvoyant au néant les expériences ordinaires. Il neigeait ce jour-là sur la Marne et je toussais à m'arracher les bronches. Les yeux rougis, j'avais couru jusqu'au ponton. Après l'embrasement des neurones, la face de Méduse de l'asphyxie s'était retournée, miroir éteint en moi. Je voulais oublier et la merveille et l'effroi. Jean n'apparaissait pas mais sa barque était à quai. Elle fut vite détachée et c'est dans une hâte aveugle que je remontais le cours. La neige autour de moi glissait avec une telle lenteur qu'elle paraissait s'élever des eaux. L'étendue houleuse sous un ciel bas avait des réfractions d'huile. Je ramais avec force pour me déplanter du monde. La rive s'éloignait avec ses alignements de villas et d'autos. Au milieu de la rivière, une sirène rauque retentit. Les reflets puis l'ombre massive d'une péniche me recouvrirent bientôt. Propulsé à distance de la proue par le remous, au risque de voir mon esquif se rabattre contre les flancs noirs, je m'activai sur mes rames, terrifié, pour prendre du large. Un gros homme pestait sur le pont ; sa silhouette penchée contre le plat-bord, très haut, se détachait dans le contre-jour. J'échappai cependant à la noyade, après avoir manqué l'asphyxie. Dans mon affolement, j'avais perdu de vue l'île des Loups ; la barque s'engageait presque à mon insu entre l'île des Vignerons, vaste et habitée, et la minuscule île d'Amour. Dans le ressac, au fil d'un enlacement de vagues aléatoires secouant ma coque de droite et de gauche, je parvins à godiller jusqu'à l'accotement de cette dernière. J'étais sauf. Et c'est en titubant sur ces rives enneigées que je me dirigeai vers la seule bâtisse de l'îlot. Des baliveaux et des blocs de ciment jonchaient la cour. Le toit à demi effondré avait entraîné les plafonds, ouvrant une béance où l'escalier intérieur, détaché du mur, semblait un arbre foudroyé. Il y avait à l'étage une chambre à peu près intacte où j'espérais trouver un moment de réconfort. Nous y étions montés quelques mois plus tôt, Jean et moi, avant d'explorer les abords de l'île malmenée, en butte aux inondations comme à la violence des courants. L'épisode de la Vénus manchote gainée d'une peau vivante de lichens m'était resté en mémoire, mais j'avais oublié les propos de l'ami Jean au sujet d'un forban d'eau douce. Parvenu dans la chambre après quelques acrobaties, je me fis une place parmi les agrégats d'ustensiles, caisses à bouteilles, jerricanes ou tuyaux de plomb. Il y avait aussi un fauteuil dépenaillé et une paillasse dans un coin. Au moment de m'allonger, je murmurai, dans un frisson : « Jamais deux sans trois. » C'était l'expression favorite du censeur de l'établissement Duroc : le mitard suivait immanquablement deux punitions successives. Après l'oxyde de carbone et la péniche, si le sort s'en mêlait, j'avais tout à craindre du dicton.

C'est en voyant sa face bleuâtre surgir d'un entassement de vieux pneus tel le bonhomme Michelin soudainement incarné, que je me souvins du Pirate : mélange de poisson-chat et de singe, l'homme me considérait d'un œil exorbité. Un obscur débat de conscience parut l'habiter quelques instants. Sa carcasse maladive d'ivrogne se déploya bientôt avec une vivacité chancelante. L'allure d'un chiffonnier de Bicêtre, il portait un pantalon de toile pisseux du genre saroual et une veste de femme en peau de lapin défublée de ses manches et toute lacérée par-dessus deux ou trois pulls. Une casquette crasseuse d'où s'échappaient des mèches rousses et la barbe de trois jours ajoutaient à sa mine patibulaire. Il tenait au poing un mauvais couteau d'écailleur.

— Qu'est-ce que tu fous chez moi ! dit-il sans cesser de mâchonner un mégot informe.

— Rien, rien ! me récriai-je assez piteusement. Laissez-moi partir !

Je m'étais refugié dans l'angle de la pièce, m'emparant au passage d'un pied de chaise que je brandis d'un air mal assuré.

Le clochard aperçut la lame au bout de son bras et crachota un rire sardonique. D'un lancer habile, il planta le couteau sur un rondin.

— J'épluchais des patates, dit-il. Mais ne crois pas t'en tirer comme ça ! D'abord, pourquoi t'es venu m'espionner ?

— Mais non ! C'est ma barque, je vous répète !

— On dit ça ! T'es qu'un petit enfoiré de peigne-cul, un sale poteau qui va me vendre aux flics...

— Je vous jure que c'est pas vrai !

Le Pirate haussa les épaules et déplanta son couteau.

— Suis-moi dans la cuisine que je te découpe en paupiettes !

Comme je me rencognais davantage, il bondit sur moi dans un rugissement et, malgré le coup que je lui assénai, me souleva d'un seul bras par la taille pour me jeter sur le vieux matelas. À cheval sur mes cuisses, plaquant contre la toile rêche mes deux bras, il me considéra avec une soudaine aménité. Son haleine et ses vêtements dégageaient une puanteur de cadavre. Ses intentions m'échappaient encore, mais j'entendis à nouveau cliqueter à mes oreilles, par cette absurde intuition qui vous fait douter de la réalité, les noirs ciseaux de la Parque. Une main épaisse, encrassée de suie et de croûtes de sang, glissa délicatement sur mon visage avant d'aller fouiller mes habits.

— Tu es joli comme une fille, grognait mon tortionnaire qui n'avait pas lâché son couteau. Si tu promets d'être sage, t'auras droit à un repas chaud...

À mon grand soulagement, il desserra son étreinte et se releva, m'enjoignant de le suivre à la cuisine.

Une table bancale et trois chaises de paille défoncées meublaient le lieu. Une antique cuisinière aux tuyaux mal joints diffusait un peu de chaleur malgré les vitres brisées et la béance du toit par où la fumée s'engouffrait. Le Pirate m'ordonna de m'asseoir et alla enfourner du petit bois dans le foyer de fonte. Un œil sur moi, il disposa tranquillement ses pommes de terre sur les deux plaques de cuisson encore en place. Toute hargne l'avait quitté. On lisait sur sa face les bouillonnements les plus fluctuants du vieux soliloque intérieur que la survie immédiate seule inspire. Il décapsula une bouteille de vin « du Postillon » et en ingurgita une fière rasade.

— Je suis pas un mauvais gars ! déclara-t-il comme si un couvercle sautait. Seulement, j'ai pas eu de chance. Ma vie à moi, c'est de la figuration dans un jeu de massacre. Tu veux que je te raconte ? À ton âge, j'étais grouillot chez mon aigrefin de paternel, c'était la guerre. Je trimballais des camemberts et des bidons d'essence. Je fauchais un peu dans les vitrines les jours de bombardements. J'ai fini en maison de correction. On m'y a laissé longtemps. J'y ai même loupé trois fois le certif. À ma majorité, je me suis engagé. J'ai fait l'Indochine. Comme j'ai déserté, on m'a interdit de pension. Remarque, j'aurais bien pu être fusillé. J'ai seulement eu droit à de la tôle. Après, ça n'a pas arrêté. J'ai additionné les années de cabanon pour quelques bricoles, un vol à la tire, une bagarre, un hospice cambriolé… C'est de la guigne ! J'ai voulu me refaire une vertu, devenir un citoyen respectable ou bien reprendre du service dans la Légion. Rien à foutre ! Ils n'ont pas voulu que je me rengage. Pourtant ça bardait en Algérie ! Alors j'ai laissé tomber. Tu ne sais pas ce que c'est. On décide un matin que plus rien n'a de sens. Tout le monde est d'accord là-dessus mais chacun fait semblant, avec du baratin, des costumes. Moi, j'avais dans le creux de la poitrine un vide qui aspirait tout. J'ai tenté sans succès de me fiche sous un train ou dans le canal. Un guigneux le reste jusque dans la mort. Alors voilà, il y a les îles : c'est mon royaume. Je vais de l'une à l'autre sur des barques pourries que j'emprunte à discrétion. Il y a par-ci par-là des baraques de jardin, des serres retirées où personne ne vient me chercher noise. Mais c'est sur l'île d'Amour que j'ai mes quartiers. Ici, je suis peinard, je peux faire du feu. Il ne faut pas m'embêter avec les affaires du continent…

Le Pirate distribua les pommes rôties. Les doigts brûlés, je déclinai la bouteille de Postillon.

— Tu as bien tort ! Et que fait ton connard de père dans la vie ?

— Gendarme, dis-je sans autre précaution.

— Merde ! C'est bien ma veine !

La physionomie du clochard changea à l'œil nu, son visage caoutchouteux s'allongea et blanchit comme une chambre à air où l'on cherche un trou tandis que le regard s'égarait en quête d'un objet inapparent, tête tranchée ou vol de corneille – vision sinistre que lui seul eût pu décrire. Je ne me doutais pas que l'homme calculait alors ses chances mais la peur m'étreignait si vivement que la chair mal cuite des patates s'empâtait dans ma gorge. Allait-il me relâcher avec des larmes de repentir ou se débarrasser de moi dans l'heure ?

L'écran du souvenir scintille aujourd'hui encore d'une neige de syncope. Le fond diffus cosmologique projette son rayonnement sous les paupières, reliquat de la naissance de l'univers ou des troubles d'une mémoire d'enfant. La façon dont j'échappai au Pirate garde son mystère. Maints scénarios m'ont travaillé lorsque l'épisode a resurgi des limbes, bien des années plus tard. Confronté à la réclusion, solitude de sablier que la promiscuité jette contre les murs, on passe son temps à ressasser les occasions perdues et les échecs en tout genre avec pour ciment de rêve les plus fugaces idylles. Des pans entiers du passé, ce casse-tête des longues peines, me reviennent par effraction à travers les incidents, tous les accrocs ressouvenus. Quand le boucher Avinain s'écria « N'avouez jamais ! » au pied de la guillotine, ce n'est pas forcément à ses crimes qu'il pensait, mais aux secrets d'une mémoire chancelante que le fil du couperet allait illuminer. Comment ai-je échappé aux manigances du Pirate de l'île d'Amour, ce jour de neige ? Des kabbalistes et des physiciens ont prétendu à des siècles de distance qu'il y aurait pour chacun de nous plusieurs vies dans les pliures de l'espace-temps et que la mort accidentelle ne serait qu'un étourdissement entre l'une et l'autre, au gré de mystérieuses dilatations de la mémoire qui recomposerait incontinent la mosaïque des haines vivaces, des noirs dédains et des amours mortes.

La Centrale des songes ; toutes et tous veulent s'y rendre, les demoiselles légères, les médecins légistes, les animaux fabuleux. C'est une usine à gaz. Elle va exploser.

« L'âme était entre l'éternité, l'Océan et la nuit » – ce n'est pas Hugo mais son maître olympien qui parle, et avec une rare sublimité. Si Napoléon oubliant les conquêtes et les lois avait mis la formidable énergie d'une libido tronquée dans la littérature, la petite histoire et la grande en auraient été bouleversées. Et si Danton et Robespierre avaient vécu ? Les héros inclinent l'Histoire comme le pensait Carlyle, mais ils ne sauraient inverser son cours. Avec ou sans eux, la réalité demeure à peu près la même *en fin de compte,* même si l'imagerie diffère : le navigateur ne change pas la mer. *Idem* pour l'œuvre littéraire qui s'accomplit selon sa fatalité propre, laquelle implique la mort et la destruction sur fond de divination (Balzac, Rimbaud ou Proust en témoignent chacun à leur façon). Toutefois la thèse ne tient plus avec un Hitler : serait-il devenu Van Gogh s'il ne s'était occupé que de peindre ? Et quelle conjonction de désastres aurait pu être aussi cataclysmique que la folie de ce misérable ? Je devrais m'interdire une fois pour toutes de formaliser les rêveries du soir.

La phrase du Corse, je l'avais notée seulement pour ce qu'elle porte d'invocation. Dans la chambre de veille, fumant à la fenêtre malgré les tourbillons de l'air, j'excède par défaut la morne identité. Est-ce l'âme, ce détachement, *entre l'éternité, l'Océan et la nuit* ? J'aimerais croire à l'universalité optimale d'un Novalis pour qui « chaque personne est le germe d'un génie infini ». Tout est affaire de circonstance. La liberté souffle à pleins poumons sur une poussière de pollen.

Pour la première fois de ma vie, j'écris sans projet d'être lu, simplement pour garder le fil, et ne pas perdre la raison (serait-il trop tard, ma solitude est-elle irréversible ?). Je reste néanmoins soumis à la devise de Pline : *« Nulla dies sine linea. »*

L'armoire aux poupées de Balzac. Ses personnages de chiffon bien distincts. Il s'en servait un peu comme de fétiches vaudous – soumis aux fatales aiguilles de l'écriture.

Ici, à Ker-Lann, je réponds à peu près au principe d'Henry David Thoreau : « Attendu qu'un homme n'est riche qu'en proportion du nombre de choses qu'il parvient à laisser tranquilles », je laisse les fourmis suivre leurs processions. Et ne dérangerai pour rien au monde une chauve-souris. Même Emily se passe très bien de moi et de mes traductions malhabiles. « *What is it like to be a bat ?* » (Thomas Nagel).

J'aurai vécu presque deux ans dans une chambre d'hôtel, place du Retour, sans autres biens que ma vieille Remington et un appareil photo argentique, un banal Kodak acheté avec le reliquat d'une bourse d'aide à l'écriture. C'était fin 88, au siècle dernier. Après les années de prison et la galère qui suivit, j'avais acquis une identité présentable en publiant un premier roman et un recueil de nouvelles. Un *succès d'estime*, expression réconfortante pour le réprouvé, m'ouvrait soudain les portes et les cœurs. Mes droits d'auteur et les avances créditées par mon éditeur me permettaient de vivre sur une perspective renouvelable de quelques mois. Je misais sur mes insomnies en dépit des protestations d'un voisinage changeant. Le crépitement d'une machine à écrire, la nuit, provoque des paniques. Un client de l'hôtel vint taper à ma porte, un revolver au poing. Il sortait d'interrogatoires musclés dans un commissariat. Après quelques mots vifs, il reconnut en moi un codétenu et partit à rire. Avec leurs alignements de numéros, les couloirs d'hôtel sont des jeux de dominos pour somnambules. Je demandais toujours le chiffre neuf ou l'un de ses multiples, par superstition d'ancien taulard. Rue d'Aboukir ou rue de la Lune, j'en avais fréquenté de plus louches avant d'emménager place du Retour. Dans ce deux-étoiles, tout le personnel était pakistanais, à part la gérante, une Anglaise un peu sourde qui prisait en cachette, les yeux remplis de larmes derrière ses verres de myope à triple foyer. Inamovible à l'office du vestibule dans la journée, un veilleur de nuit muet lui succédait, colosse somnolent qui bâillait derrière le comptoir. L'hôtel ne fermait jamais. On n'y servait pas le petit déjeuner. Une clientèle de représentants de commerce, de couples illégitimes et de semi-marginaux s'y croisait dans un anonymat religieux. Cette tranquille renardière me convenait autant que le quartier, à la fois passager et désert. Je m'y languissais à toute heure en resquilleur d'autres mondes. Jusqu'au jour où une *créature de rêve* accepta de m'y accompagner. La présence diurne de Fedora transcenda les lieux : à peine en eut-elle franchi les portes, cet hôtel de seconde zone fut métamorphosé en palais des délices. La cantatrice délivrée de la renommée m'y gratifiait de sa plus secrète intimité, avec une réserve de taille. Je n'étais d'ailleurs pas jaloux, l'imagination et l'absence ne s'étaient pas soudées encore. Ces disparitions appartenaient en propre à la nature de cette femme, comme l'alchimie de son parfum sur sa peau nue ou le timbre inimitable de sa voix avant l'épreuve du soir.

Le lyrisme est une forme retournée d'impuissance. On en appelle au langage avec une ferveur exclamative pour dire la chance perdue. J'aimais Fedora plus que la terre obscure et les étoiles mais rien ne me rendra le sang vif de l'instant, quand je baisais la cicatrice de ses poignets et la brûlure de son sexe, la nuit de ses cheveux où j'aurais aimé rendre l'âme, ses pieds d'or que je manipulais comme de petits animaux, tout son corps inventé pour ma damnation. Mais il faut réduire les mots à l'aune étique du réel. Oui, j'ai adoré cette femme et ne cesse d'y penser malgré sa trahison probable et son échappée dans une dimension où je n'avais aucune place.

Un couple de hérissons se promène le soir devant la porte de la cuisine. À la récolte d'épluchures et dans l'attente du bol de lait. Le plus souvent blottis en bogues géantes, ils manifestent une certaine curiosité pour ce qui se passe à l'intérieur. Les morts ont-ils besoin d'être protégés ? Elzaïde me parlait souvent des restrictions de la guerre et de toutes les ruses pour remplir l'assiette des enfants. Le hérisson à la roumaine était un plat de choix pendant l'exode. Ça changeait du rat à la bellevilloise. Et c'était sûrement meilleur que le lait enrichi à l'urine de paysan. La mémoire d'Elzaïde s'arrêtait à la guerre. Comme si nous n'avions pas d'ancêtres déclarés.

Mon arbre généalogique est une fougère sans racine. Des gitans sédentarisés ont laissé loin derrière eux l'arabesque des voyages témoignant des rencontres favorables. Une bombe, un incendie, et voilà disparus les noms, les identités qui circulaient à travers les siècles comme des boutures de fleurs rares. Un ou deux millénaires en deçà, et les ruisselets des lignages et des dynasties se confondent dans un Nil originel : nous avons tous les mêmes ascendants à cette hauteur. Les contemporains d'Ulysse et de Nabuchodonosor étaient tous nos mères et pères. Pour un rendez-vous de gamètes irrésistible. À la lumière d'une fenêtre, les yeux des hérissons miroitent dans la nuit. Elzaïde racontait qu'une musaraigne, un jour, tomba amoureuse d'un pinceau. Je croyais à ses histoires. Elle disait que ma mère était une princesse tzigane. Que les gens du voyage font semblant de s'arrêter. Dans l'autre monde, les distances sont des étirements de l'âme et le voyage est infini.

Rue d'Odessa, dans la chambre de mon amour, il n'y avait rien, ni meubles ni objets, à part le lit et quelques livres jetés sur une table. Et sur un mur, bien en vue des oreillers, une esquisse d'Artemisia Gentileschi, un dessin à l'encre d'une âpre violence graphique. Fedora l'avait achetée une petite fortune dans une galerie de Londres où vécut des années la grande artiste caravagesque, laquelle œuvra longtemps dans l'ombre de son père

Orazio à la cour des Médicis, avant d'affirmer une maîtrise déjà baroque à Rome, Venise ou Naples. Il s'agissait d'une *Judith décapitant Holopherne*, variation sur un thème de prédilection, que l'époque illustra amplement depuis Cranach, mais on ne connaissait pas le tableau de référence et sans doute Artemisia, qui avait tous les motifs de s'identifier à l'héroïne juive, en imagina-t-elle plus d'une version après avoir été violée par son précepteur, le peintre fresquiste Agostino Tassi que son père lui avait dévoué pour pallier l'interdiction faite aux femmes d'accéder à l'enseignement des Écoles. Il y eut plainte devant le tribunal papal. Dans les actes du procès, le témoignage d'Artemisia ressemble à la vengeance de Judith.

C'est en contemplant cette esquisse, couchés nus côte à côte, que Fedora me raconta en détail sa vie londonienne. Rien de plus chargé de vérité que les récits d'enfance, même s'ils ne cessent de mystifier qui s'y aventure : leurres de perspective, souvenirs refuges, mensonges roides des familles, complaisance doloriste. Le souvenir d'une tentative de meurtre renvoie peut-être à presque rien, un regard mauvais dans une salle d'armes ou le geste maladroit d'un proche. Inversement, on garde en mémoire des moments lénifiants qui furent emplis de sang et de fureur. Fedora me racontait les choses à sa façon tranquille, avec, parfois, une raucité dans la gorge qui trahissait son émotion. Je lui tenais le poignet ou la cuisse, son visage tout contre le mien au point de sentir sur la joue, vent léger, le battement de ses longs cils. J'eusse aimé écrire pour elle une vie d'Artemisia tant j'imaginais de concordances entre leurs destins, l'une contrant l'ennemi par le chant et l'autre par la couleur. Dans son *Autoportrait en allégorie de la peinture*, Artemisia en robe de moire, toute soulevée vers sa toile, la figure dans l'éclairage d'une gorge immaculée, manie ses outils avec une passion froide, sans craindre davantage les coulures que la belle Judith tranchant le chef du soldat endormi. « Toutes les femmes sont Judith. Toutes rêvent un jour ou l'autre de trancher la gorge de leur amant », me dit en plein jour la cantatrice ensommeillée. « Le sang fait partie de leur quotidien, ajouta-t-elle les yeux noyés. Pourquoi en auraient-elles peur ? » Intrigué par la fossette qui retroussait joliment ses lèvres, je comprenais mal où elle voulait en venir. Le feu de son regard concentré sur le dessin d'Artemisia, ses paupières battaient sans qu'elle puisse les clore ni les tenir ouvertes. Son haleine chaude sur ma nuque, elle murmura dans un bruissement de draps soudain ramenés sur son ventre : « Le viol et le meurtre, voilà notre héritage. » Et je crois qu'elle s'endormit alors, tout à fait épuisée. Le sommeil de Fedora avait la beauté de l'antique : marmoréen. Il y avait en elle, selon la posture, de l'*Hermaphrodite* imité de Polyclès, voluptueux sur son matelas de marbre, ou de la *Vénus* de Giorgione, assoupie dans les ors d'un crépuscule, une main derrière la tête et l'autre dans l'entrecuisse. Ai-je déjà évoqué la somniloquie de Fedora ? Elle poursuivait une sorte de conversation dans ses rêves, sans plus se soucier de l'interlocuteur frissonnant qui l'écoutait. Pour ne pas la déranger, surtout par crainte qu'elle ne me surprît, je n'ai jamais noté ses paroles d'outre-veille. Mais certaines, d'une merveilleuse bizarrerie, sont restées gravées en moi. J'entends distinctement sa voix affranchie des consonnes dures, devenue eau lente entre les rives de nos esprits : « Je suis morte il y a mille ans, à cause d'une fleur… à cause de la nuit. On a peint la lumière. C'est une peinture qui se répand. Les rameurs veillent. Gardez nos fleuves ! »

Je retourne dans tous les sens cette assertion de Léon-Paul Fargue, à l'antipode de son esthétique volontiers bancale : « Une phrase parfaite est au point culminant de la plus grande expérience vitale. » (J'en connais deux ou trois, d'un Pascal ou d'un Chateaubriand, à mettre en regard des plus beaux vers.) Mais seule la mort éclaire la plus grande expérience, et la perfection, on le sait trop, *n'est pas de ce monde.*

Lu avec amusement, dans le *Journal* des frères Goncourt : « Jamais le roman n'inventera la femme d'un commandant de gendarmerie mettant en vers les sermons du vicaire. » Cependant Else Grauthausen n'était pas une bigote de province et son vieux mari n'acquit jamais le grade de commandant. La banlieue, elle aussi, *dépasse le roman*, surtout dans le souvenir.

Else vit-elle encore, quelque part à Berlin ? Elle fut

tout pour moi sauf une belle-mère. Elle fut mon salut et ma perte. Sans elle, j'aurais succombé aux traquenards machinaux du brigadier. Sûrement, un jour ou l'autre, son arme de fonction m'eût explosé en plein cœur.

Le brouillard s'est levé avec le soleil, laissant une empreinte de gel sur la campagne, haleine pétrifiée d'un nuage. J'ai sorti l'Alfa Romeo pour me rendre à Brest mais l'erreur fut de ralentir à hauteur du lavoir des Trois Supplices : le moteur encore froid a toussé jusqu'à la côte puis s'est paisiblement éteint. Il devait être neuf heures et la lumière rasante étoilait les sous-bois. Je m'en suis retourné à pied après avoir calé la roue arrière d'un débris de menhir, pas mécontent d'échapper à mon rendez-vous avec le service cardiologique d'un hôpital brestois (inutile d'insister sur le sujet). À ce moment, une bicyclette déboula de la côte. Le froissement des pneus sur le givre imitait un bruit de source proche. Lavinia aperçut l'Alfa (juste avant le bêta), et freina en douceur de sorte que ses roues glissent jusqu'à moi.

— Vous êtes en panne ? s'inquiéta-t-elle.

— C'est le gel, ces vieilles carcasses en ont horreur.

Elle avait mis pied à terre d'un bond souple d'amazone et, poussant d'un petit pas son guidon, elle proposa de me tenir compagnie jusqu'au bourg. La jeune fille tenait à me remercier pour mon don à la bibliothèque (ces quelques caisses de romans contemporains qui m'encombraient le paysage). Haussant les épaules, je lui demandai d'où elle venait si tôt.

— De chez moi, pardi ! J'habite sur le plateau, pas loin de la maison du gardien de phare. La nuit, souvent, je l'entends invectiver la lune…

— Vous vivez seule ?

— Avec mon chat Démon. Je l'ai recueilli. Le gardien qui menaçait de l'écorcher le traitait constamment de démon. J'ai fini par comprendre que Démon était son nom. Le pauvre matou est venu se réfugier chez moi où il se trouve très bien.

— Mais vous ne craignez pas…

— Que le gardien me rende visite ? C'est improbable. Il ne s'éloigne pas plus de sa maison qu'il ne pouvait le faire de son phare. Ses crises d'éthylisme le rendent presque aveugle, il s'agite un peu autour de ses murs et rentre bien vite avant de s'écrouler dans un sommeil de brute. Il me fait beaucoup de peine. S'il venait dans la nuit taper à ma porte, je n'hésiterais pas à lui porter secours.

Lavinia parlait avec un naturel d'enfant bien élevé. Il y avait dans sa voix, son maintien et toute sa personne, une sorte de candeur butée qui ne collait pas avec la pénétration du regard, lorsqu'elle tournait soudain vers moi un visage clair comme une gorge nue. Nous parvînmes à hauteur du lavoir à demi enfoui sous les feuilles des frênes et des marronniers. Lavinia déposa sa bicyclette dans l'herbe jaunie du talus.

— Venez voir ! dit-elle en esquissant le geste de me saisir la main.

L'enclos de pierres sèches, avec son bassin rectangulaire ouvert sur le ciel et son déambulatoire à lavandières coiffé d'auvents d'ardoises, semblait préservé des dommages du siècle : hors du temps, le chant de la fontaine et l'éclat du miroir d'eau sous les statues animées des nuages. Est-ce cela que voulait me faire partager la jeune fille ? À son âge, on se souvient encore avec délice des cachettes où révoquer l'abjection du quotidien. Cachettes contre la belligérance obstinée des adultes, contre le désespoir qui s'abat sur vous dans un fracas de plâtre, contre toutes les promiscuités, tant il est vrai qu'un coin élu de désert ravive la plus fière solitude.

— Promettez-moi de ne pas me toucher, dit brusquement Lavinia.

Je sursautai sans comprendre et crus rêver quand je la vis lâcher son blouson et défaire le haut de sa robe. Avant que j'eusse pu l'arrêter, elle avait dégagé ses bras des emmanchures et fait glisser son soutien-gorge. Pâle, les paupières closes, elle arbora sa poitrine sous la clarté matinale avec cette expression de défi et de fervente désolation que les saintes humiliées durent avoir dans la fosse aux lions. Les seins de Lavinia, grappe de lilas blanc et rose oscillant dans la lumière, ses épaules d'ivoire et le tremblement de ses lèvres composaient un tableau saisissant, comme ces chefs-d'œuvre profanes au détour d'un transept ou du sanctuaire saturé d'effluves des églises de Venise. J'assistais, bouleversé, à l'effraction la plus hardie à la vertueuse somnolence des jours. Lavinia était-elle folle ? La robe avait chu sur ses hanches et le chignon dénoué s'était répandu en flammes.

— Êtes-vous folle ! m'écriai-je en me précipitant sur

son blouson. Vous allez attraper la mort !

La demoiselle sanglotait maintenant, serrant le col de laine des deux mains, la tête contre mon épaule. Quelques instants plus tard, elle rajustait les bretelles de sa robe en s'excusant d'un air de simplicité pathétique.

— Ah ! mais je suis en retard, dit-elle enfin sur le seuil du lavoir. Je dois filer à la bibliothèque !

Elle redressa son vélo et l'enfourcha avec une gracieuse précipitation. Ses hanches s'arrondirent sur la selle. Je la vis disparaître et resurgir dans les méandres de la route.

C'est sans hâte, une main sur le cœur, que je la descendis de mon côté. Au-delà, par-dessus les toits de Meurtouldu encore blanchis de givre, de part et d'autre du phare de Kerbonn, se déclinaient en éventail les hauts rochers anthropomorphes jouxtant presque à cette distance l'atoll de la Fée, puis l'étendue marine où mouillaient les sardiniers et, plus loin encore, juste sous la ligne d'horizon, le phare de l'Ankou sur son îlot de granite que coiffe l'immensité tumultueuse des nues. Étourdi par mille pensées contraires, je ressentis sur la nuque les mordillements d'Antéros, l'angelot du contre-amour, en même temps qu'une brusque lourdeur dans les membres. Par la grâce d'un sein volé, l'illusion amoureuse m'avait un instant bousculé en dépit de tous mes serments. Les oiseaux des sous-bois accompagnaient mon cheminement de leur concert d'automne quand un contrepoint, tour à tour grave et cristallin, emplit l'air par ondes concentriques d'où jaillit plus bas, déjà en vue du clocher, la ligne mélodique d'une fugue de Bach montée en sol par les jeux d'anches : c'était le grand orgue qui feulait et sifflait à travers les vitraux de l'église. Cette vibration mystique, pure géométrie mentale déployant par cent tuyaux ses spirales et ses tresses, ne prouvait que le retour d'un homme. Ni Dieu ni diable n'étaient à ses basques, mais un désespoir infini changé en exultation. C'était bien mon sentiment de la musique, cette allégresse au pied d'un calvaire muet.

Le père Adamar n'a pas tardé à franchir les armoiries de pierre de mon portail. Un garagiste de Plomodiern venait justement de me ramener l'Alfa Romeo et je m'apprêtais à prendre le volant pour foncer loin d'ici quand je le vis cheminer devant la tour. Mal rasé, les yeux noyés de phosphènes, je ne lui montrai rien de mon trouble et l'accueillis avec chaleur.

— J'aimerais vous parler, me dit le prêtre en s'excusant.

Il resta néanmoins muet de longs instants, assis devant son verre, les poings posés sur la table. Le café réchauffé fumait dans les tasses.

— Quelque chose de singulier se passe, dit-il enfin. Un complot de minuscules événements. N'avez-vous rien remarqué ?

Même en état de désertion des territoires du songe, le romancier est en permanence soumis à une folle mitraillade de signes dans un labyrinthe d'analogies

– raison pour laquelle il échappe d'ordinaire aux désordres de la paranoïa. Le complot dont s'inquiétait mon vis-à-vis m'amusait comme une proposition romanesque.

Le vieux prêtre soupira, une crispation au coin des lèvres.

— Je sors d'une pénible épreuve, ce qui explique peut-être mon état d'esprit. On n'enterre pas tous les jours un frère octogénaire qui arbore sur son cercueil la croix de fer à côté de la Légion d'honneur. Jacques avait été incorporé de force dans la Waffen-SS après une tentative de fuite. Il aurait pu être exécuté. Pas mal de ces « malgré-nous » finirent en héros nazis à force de promiscuité avec les premiers volontaires, des têtes brûlées, des aventuriers. Je me souviens de ma honte lors du procès des Waffen-SS alsaciens et mosellans de la Das Reich qui participèrent au massacre d'Oradour-sur-Glane, en 1944. Tous appartenaient au régiment Der Führer, tous avaient été incorporés de force, sous menace de mort. Ils auraient pu déserter, ils n'avaient plus grand-chose à craindre pour leur famille. Mon frère était un de ces « malgré-nous » de l'Alsace-Lorraine annexée. On le dirigea sur le front de l'Est où ses états de service semblent avoir été exemplaires. En 1944, il entra dans la division Charlemagne avec le grade de *Standartenoberjunker*. Les nazis manquaient de soldats alors. En pleine débâcle, sur le front de Poméranie, Jacques fut gravement blessé à la tête. Rapatrié dans un hôpital berlinois, il reprit du service quelques semaines plus tard sans qu'on ait pu extraire la balle. Berlin était en feu. Sait-on assez que les débris du bataillon Charlemagne et autres corps de Waffen-SS français auront été parmi les derniers défenseurs du bunker d'Adolf Hitler après même son suicide ? Ils se battirent avec une énergie absurde dans le métro et autour de la place Belle-Alliance, tandis que les officiers de la Wehrmacht rendaient les armes. Je ne sais que penser de la bravoure des traîtres. Prisonnier des Russes, Jacques fut interné au terrible camp de Tambov avec nombre de ses compatriotes. Il survécut au milieu de l'hécatombe. En 1950, libéré, il put rejoindre ses pénates avec d'autres prisonniers, militaires et civils. On ne l'inquiéta pas. L'épuration était finie. On emprisonnait encore, certes, mais Jacques resta muet sur l'aventure. La balle restée fichée dans son crâne lui causait d'épouvantables migraines et des hallucinations. Ce qui m'étonne, c'est qu'il ait pu conserver sa croix de fer avec son petit ruban aux couleurs du Reich. Il ne la portait évidemment pas autour du cou…

Le père Adamar se tut un instant pour s'éponger le front d'un carré de baptiste brodé aux quatre coins, vieux napperon de miséricorde recyclé en mouchoir.

— Bref, échappant à tous les contrôles des administrations et de la justice, il s'établit tranquillement dans sa ville natale où il devint un citoyen exemplaire, premier adjoint de sa commune et grand artisan de la réconciliation franco-allemande, ce qui lui valut la Légion d'honneur. Il est mort chez lui en bon chrétien, avec tous les sacrements. Jusqu'au bout, il a refusé la visite des médecins par crainte de l'hospitalisation…

L'œil sur les mains déformées du prêtre, je me demandai comment avait bien pu réagir la compagnie en découvrant la croix de fer sur le cercueil. Le père Adamar répondit indirectement à ma curiosité en extrayant d'une de ses poches un mouchoir de baptiste tout semblable au premier qu'il déplia sur la table. La croix de chevalier Ritterkreuz avait un éclat terne.

— Jacques avait demandé cette faveur à son épouse : qu'on exhibe côte à côte sa croix de fer et sa Légion d'honneur. C'était une manière de confession posthume. Par crainte de l'opprobre ou par lâcheté, j'ai soustrait aux regards la première juste avant que le voisinage ne défile...

Le vieil homme se tut et me considéra tristement, mais que lui dire ? L'histoire de son frère ne me concernait en rien. À Ker-Lann, je m'emploie à l'indifférence : rien de ce siècle avorton ni même du précédent ne saurait plus m'affecter. Je voulus qu'il le sache, par simple acquit de conscience. Une moue perplexe, à peine un sourire, rendit à ses traits un peu de vigueur.

— Ce pourrait être un jeu de démontrer notre responsabilité, ou du moins notre implication à chacun. La guerre a chambardé pour longtemps les destinées, croyez-moi, la vôtre comme celles de millions de gens. Sans cette apocalypse, peut-être ne seriez-vous pas écrivain, ni ermite dans cette masure, ni cent autres choses. On dit que vous hébergez des spectres !

Il toussa un peu derrière son mouchoir, celui qui empaquetait la décoration.

— Je vous disais au départ que des incidents m'effraient un peu. Une rumeur me revient à l'église ou ailleurs au sujet de Fortbrune. Les assassins seraient de retour. C'est idiot, quantité d'étrangers, Anglais, Danois ou Allemands, achètent des villégiatures dans notre belle contrée. Qu'en pensez vous ?

— La vieille Olett tient bien son rôle de pythonisse !

— Vous avez raison, les chuchotis de cette sorcière ont plus de portée qu'un tambour de crieur public.

Ce n'est qu'après le départ du père Adamar que je me rendis compte de son oubli, délibéré ou non : la croix de fer étalée sur la table de la cuisine. Après un mouvement de répulsion, j'ai vite haussé les épaules : ce n'était qu'un bout de ferraille. Je l'ai accrochée bien en vue entre deux casseroles afin de m'en souvenir à la prochaine visite du prêtre.

Billy Budd, le gabier de misaine injustement accusé de sédition, au moment où l'on découvre que le capitaine Vere, son juge, pourrait bien être aussi son père, n'en sera pas moins condamné à être pendu à la grand-vergue. Mais il accepte son sort en bénissant d'un juron le commandant de bord. C'est ainsi que le gabier muet sacrifié par son père, comme Isaac sous le couteau, s'abandonne aux anges cruels qui s'ébattent dans le gréement. Hermann Melville écrivait ailleurs : « En moi-même je ne me sens pas moi ! Ce dont je puis jurer, c'est cette espèce de picotement éprouvée sur toute ma personne et qui s'appelle la vie… Cent fois, ce corps, mon corps a été vendu par cet énigmatique inconnu qui est en moi, bien que toujours une chambre obscure y soit conservée par l'antique mystère. » *La chambre obscure de l'antique mystère*, voilà le titre controuvé de ma hantise ! J'imagine un écrivain de la trempe de Moby Dick, de la baleine ! – « Peux-tu pêcher Léviathan avec un hameçon ? » (Livre de Job) – qui inventerait une *Vie de Melville*, s'arrangeant pour n'être compris que de lui seul.

Je m'éveille en sursaut et découvre que je ne rêvais pas mais pensais si intensément qu'une léthargie aura éteint en moi presque toute activité vitale. Comme ce philosophe antique s'affrontant à l'énigme de Méduse et qui se transforme en pierre.

À tout moment, l'épisode du lavoir me revient à l'esprit. L'effraction insolite de la nudité de Lavinia me secoue d'émerveillement et de honte : que faire pour nous sortir l'un et l'autre d'embarras ? Une chose est sûre, elle a commis ce geste sans préméditation, inspirée par les circonstances – notre solitude sur la route, les parfums de la terre et le bruit de source. Mais pourquoi ? Il n'y avait rien de sexuel dans son acte, aucune bravade juvénile non plus. Dans le reflet sombre du bassin, les épaules et les seins découverts, elle semblait poser simplement, comme un modèle, comme le modèle idéal exigé par l'instant. J'irai la voir à la mercerie, bonne occasion de lui offrir *Drones* dans sa version belge. En vérité, mon émotion de cardiaque ressemble fort à un coup de foudre. Celle-ci ne peut tomber qu'au même endroit de la mémoire, réveillant sans fin d'autres émois. Mon regard traverse le voile charnel du vivant et appelle l'ombre qu'il dissimule – folle incantation !

« Les *Joe Six-packs* et les *hockey moms* doivent dire "plus jamais ça" aux chefs de Wall Street » : voilà un propos d'Emily Dickinson (un bon demi-siècle après l'accord de Buttonwood, quand *speculators* et *traders* fondèrent la place boursière de New York) rapporté par un de ses chers maîtres, vieux correspondants plus ou moins ineptes qu'elle berce de son ironie respectueuse sans qu'aucun ne s'aperçoive que ses lettres sont des chefs-d'œuvre d'intelligence et de poésie radicale. Qui dira qu'Emily ne suit pas l'actualité ? À peine immergé dans son œuvre, une présence s'est imposée à moi. Et plus je la lisais plus celle-ci s'affirmait. À force d'imprégnation, Emily a pris un visage et des formes, oh combien sages ! Je ne suis pas schizophrène, même si j'alloue à mes rêves des habitats divers. Une question me tourmente : qui s'occupera du chat si je mourais ?

Dans ma soupente enchantée, du temps d'Elzaïde, Taupette l'angora, le siamois Frisson, Sarah la sainte isabelle et le vieil Égyptien venaient me visiter tour à tour, jamais de compagnie, m'interpellant à petits coups de tête et les yeux mi-clos, comme si chacun n'admettait qu'un rapport privilégié avec l'enfant du logis. Je recevais l'un ou l'autre sur le torse ou les jambes en petit sultan. On perd vite le sens de la langue féline en grandissant. J'avais à demeure une compagnie de philologues à moustaches et pattes de velours qui m'enseignaient toutes les nuances idiomatiques. Les chats et moi, nous gardions le nez froid pour contrecarrer les mille inventions d'Elzaïde. Lorsque Taupette, un soir, déposa sur mon édredon une souris agonisante, mes larmes lui firent si bien comprendre sa bévue, qu'il remporta l'offrande en s'excusant d'un claquement de mâchoires. Une autre fois, c'est le vieil Égyptien qui vint me consoler après une scène que fit le gendarme à sa belle-mère : « Le petit est couvert d'écorchures, disait-il. Faut gazer tous ces chats ! » Ce n'est pas eux qui m'égratignaient. Il y avait assez de gosses à griffes dans les parages.

Tempête d'hiver. Les grands arbres sont bousculés par tous les démons de l'air. On les entend gémir dans les conduits de cheminée, les dessous de porte et les serrures. Un volet claque quelque part. J'ai manqué m'envoler tout à l'heure, en allant délivrer Coré d'un masque de feuilles. Entre les abrupts et le petit bois, face à moi, l'Océan en folie n'est plus qu'un tourbillon livide. Aucun navire ne saurait garder longtemps ses arçons sur cette monstrueuse échine. Pourtant un imposant building des mers avance au loin. Sans doute va-t-il quérir un havre en rade de Brest. Le phare du diable s'écarte de sa course comme un doigt pointé. En contraste du flot, les nuages semblent noirs. Leur emportement infléchi, chaviré par le déluge qui tisse ses liserés d'ombre à cinq ou six milles de la côte, élève au chaos une fureur somme toute circonscrite. L'averse d'ailleurs ne tarde pas, dans une explosion de tonnerre. Avant le parc et mes fenêtres, la pointe d'Ar-Grill en devient floue : tout déteint et s'assombrit sous une herse d'éclairs. La splendeur d'un naufrage de plain-pied, quand le récif côtier paraît s'enfoncer dans la houle, doit tenir à l'évocation du tellurisme et des météores si mêlés aux premiers temps. Blottie contre moi, Emily chuchote d'une pure voix d'haleine : « Difficile de ne pas être fictive dans un lieu aussi beau. »

L'esprit de sérieux interdit la surprise. Quel sénateur me contredira ? Je vis pour ma part dans un état d'effarement quasi perpétuel – face à la beauté du monde, face à la mort, au regard des femmes, à la taquinerie des pies et des dauphins. Face à ma désunion d'avec Fedora, à cette solitude d'exil si bien dite par un prince d'Orléans :

Tant je l'aimais, qu'en elle encore je vis
Et tant je vis, que malgré moi, je l'aime

La mort, c'est Dieu soudain planté dans l'ignorance.

C'était l'hiver le plus froid depuis la guerre. Fedora avait chanté merveilleusement Isolde au palais Garnier. J'en sortis un peu titubant, bouleversé, la jalousie vaincue du roi Marke au cœur. Tapi dans une loge latérale, je l'avais observée avec une féroce intensité tout au long du premier acte. À peine apparue, elle était entrée dans la peau du personnage, elle était devenue Isolde, abandonnant sur scène tout ce qui me la faisait distinguer des autres femmes. Son chant la métamorphosait au point de modifier sa gestualité et sa physionomie. La musique emportait le récitatif qui à la fois adhère au tourbillon orchestral et lutte contre lui. Lorsque Tristan puis Isolde burent au lieu du poison mortel le philtre d'amour, l'exaltation brusque qui fit hoqueter la cantatrice ne pouvait être feinte : Fedora n'interprétait aucun rôle, elle brûlait de la passion d'Isolde. Une phrase de Wagner me revient à l'esprit : « Le baiser d'amour est le premier sentiment de la mort, l'instant où disparaît l'individualité et c'est pourquoi tout être humain éprouve une si grande peur. » Je distinguais à peine les paroles du drame emportées par le contrepoint et dramatisées jusqu'à la dissonance au gré d'appoggiatures harmoniques. Mais la pureté vocale d'Isolde dominait la tempête. Le *Liebestod* du final – la mort d'amour : « *So stürben wir, um ungetrennt* » – fut un coup de grâce. À ce moment, j'étais en larmes. Sous l'emprise du prodigieux ressac musical, mourir avec Fedora me parut la seule issue. Son obscure volonté cesserait de m'échapper. Tout comme les amants fugitifs, ainsi serions-nous *unis pour l'éternité, sans fin, sans réveil.*

Cette soirée fut décisive en tout cas. Les rebuffades de Fedora, dès qu'il s'agissait d'empiéter sur ses nuits, me devenaient intolérables. J'étais prêt à rompre de la pire façon, rien que pour dormir sous l'éclat d'une lune glacée avec son cadavre, mon sang mêlé au sien. Presque aussitôt, je nous rêvais ensemble au bout du monde, courant après l'aurore salutaire.

Avant qu'elle ne chante, ce soir-là, elle avait accepté que je l'accompagne, sans doute pour se faire pardonner une imminente disparition.

— Tu vas comprendre ce qu'est le trac, m'avait-elle annoncé, en me poussant dans le dédale des coulisses.

Sa nervosité prit un tour extraordinaire. Le regard éperdu, elle vacillait sur ses hauts talons, une détresse sans nom semblait la paralyser. Son souffle décrochait par instants et le sang quittait son visage. La gorge nouée, un film d'eau au-dessus des lèvres et du front, elle prit l'aspect d'une moribonde en phase de rémittence.

— Bon, dit-elle, ça va passer, il faut que je me calme. Tu sais ce que disait Caruso : « Chaque fois que je chante, il me semble que quelqu'un me guette pour me détruire. » C'est tout à fait ça, je dois combattre un monstre, le terrasser avant d'entrer en scène, parfois même sur le plateau.

Elle avait recouvré son sang-froid devant les miroirs de la maquilleuse. Ses yeux pétillaient d'une joie redoutable : celle, soir après soir ressassée, du grand arrachement de l'orchestre qu'on entendait grincer et couiner dans sa fosse pour d'ultimes accordages, et que les voix délivrées du silence allaient mettre à l'épreuve d'une passion native. Fedora avait vaincu son trac. Suave, elle me dit adieu avec la promesse d'une visite diurne à mon hôtel, le lendemain. J'acquiesçai sans grâce, cependant consolé de la voir quelques heures encore dans le rôle d'Isolde, inconscient du trouble qui allait être le mien.

Le public commençait à quitter la salle après un nombre incalculable de rappels. Trop affecté, j'étais resté assis, la tête dans les mains. Il n'était plus question pour moi de patienter sagement, de me priver des nuits de Fedora. Mais que faire ? Un narcotique eût été un philtre bien trivial qui d'ailleurs n'aurait rien changé sur le fond. Il fallait que je la suive, que je perce son secret. J'en savais déjà assez sur elle, sur ses rêves de réconciliation et la désolation de sa jeunesse, pour élaborer toutes sortes de scénarios : la folle du logis sautait allègrement les barrières. Aujourd'hui, je conçois que la force aveugle de rétention qui sépare les êtres les plus proches n'est pas moindre que celle régissant les particules dans la conque d'énergie d'un seul atome. Comment en serait-il autrement ? Tristan et Isolde meurent à des années-lumière l'un de l'autre. Un savant fou, une sorte de professeur Morel, inventera-t-il un jour la machine à mourir ensemble ? Un mécanisme capable de joindre les psychismes en un point de fusion juste à l'instant fatal. Alors l'univers aurait une double naissance.

Trahir sa jeunesse, c'est encore un sport de jeunes gens.

L'aveu est l'ennemi du romancier, sa bête noire, son démon parfois. Il passe sa vie à le contourner, façon de le circonscrire sans affrontement ni heurt. Je parle de l'écrivain qui ne se sacrifie pas dans un seul livre, comme on met le feu à sa maison. Mais j'ai abandonné le théâtre d'ombres. Je n'ai plus rien à cacher. La somme des détours d'une vie peut-elle se soustraire de la somme de ses mensonges ? Pour finir, oui : tout se résorbera en un chiffre de feu. Les morts sont les passagers de l'éclair.

Cette nuit de nouveau, succombant enfin au sommeil, visite d'un musée désert, toujours le même, rempli d'œuvres inconnues d'artistes illustres. Est-il possible que cette splendeur naisse de l'activité synaptique spontanée ? Les Titien et les Bellini étaient particulièrement admirables. Au moment de quitter le rêve, encore dans l'illusion du demi-sommeil, je me suis demandé comment sauver de l'anéantissement complet ces merveilles. Je n'avais même pas d'appareil photo. Avec une hâte affolée, j'ai couru vers le hall de réception dans l'intention de ramener des cartes postales reproduisant les plus beaux tableaux, cependant cette panique tout esthétique signait déjà le retour à l'état vigile. Les mains vides de l'éveil : rien d'autre ne nous attend.

Ouvert Rimbaud distraitement une millième fois, aussitôt émerveillé par le pouvoir de reviviscence, le caractère à jamais natif du génie poétique – et soudain me sautent aux yeux vingt titres mémorables : *Le Voyageur ancien, le Pays des vignes, Au paradis d'orage, le Kiosque de la folle, Des Mondes et des Anges, Mille diables bleus, Rêves ou Promenades...* Et le plus troublant : *Ce soir, à Circeto des hautes glaces.*

Elzaïde, jamais à court de fables, me raconta l'histoire véridique d'un de ses frères aînés appelé Rusco, disparu à Verdun la veille du cessez-le-feu. Depuis l'enfance, il souffrait d'une phobie assez exceptionnelle : la peur des portes. Il avait toujours eu peur des portes. La première fois qu'on le prit en photo – c'était en 1914, juste avant la déclaration de guerre – sa frayeur fut telle devant l'espèce de cercueil tronqué couvert d'un drap d'où sortait à demi un personnage hilare d'apparence squelettique, qu'on dut l'attacher sur sa chaise pour l'empêcher de grimper aux arbres. Deux ans plus tard, en âge de combattre, il se familiarisa avec les cadavres et les photographes, mais guère avec les portes. Rusco dormait volontiers à la belle étoile dans les tranchées, ou dans le faux jour des bombes. Gravement blessé, on l'évacua vers Châlons. Un éclat d'obus dans le front, il vit son univers mental changer de couleur. L'amnésie sélective qui ôta dans son souvenir toute notion de maladie et de mort, ne le rendit pas heureux pour autant. Il ne comprenait pas qu'on pût être sujet aux variations d'états, perdre une jambe ou la vie. C'était lors du terrible hiver 1917. Le vieux monde rendu sénile parachevait le massacre en règle de sa progéniture mâle. Revenu sur le front après une brève convalescence, on vit mon grand-oncle se promener à découvert, fusil en bandoulière comme un chasseur de palombes, tandis que la mitraille et les obus bouleversaient le champ de bataille. Ses compagnons, épouvantés par le déluge d'acier, firent une croix sur l'audacieux. Peu d'entre eux survécurent. À en croire Elzaïde, Rusco aurait déserté innocemment. On le retrouva pendu aux lanières de son fourniment et becqueté par les corbeaux dans un squelette de chêne. L'arbre par chance est sans serrures. Les plus grands sont des palais sans portes. Rusco devait être claustrophobe, craindre autant l'enfermement que l'égarement. C'est dans *L'homme qui rit* : « Toutes les portes étaient ouvertes. Il se mit à marcher au hasard, de chambre en chambre, de couloir en couloir, cherchant la sortie. » Plus tard, derrière les murs d'une centrale, les histoires d'Elzaïde prirent pour moi valeur de paraboles. À tout instant, le *sauve-qui-peut* du souvenir éloignait la tentation du suicide. Elzaïde veillait aux pires moments en dentellière de la mémoire.

Idées de nouvelles apocalyptiques. *La Parade infernale* : des massacreurs déguisés en artistes de cirque, clowns et jongleurs, dresseurs de fauves. On imagine le carnage. *Gay pride* inaugurale dans une mégapole pudibonde et brutale, Moscou par exemple : la foule alcoolisée prête main-forte aux hooligans pour exterminer les déviants. Nouveau Tchernobyl en pays tourangeau. Les châteaux de la Loire, dans la périphérie immédiate de la catastrophe nucléaire, deviennent zone prohibée. Des marginaux s'y réfugient, des prévenus échappés des prisons environnantes, des familles irradiées. Dans ce *no man's land* contenu par des rouleaux de barbelés, entre Chambord et Chenonceau, les affrontements de bandes rivales tournent à la guerre féodale.

Un éloge de la lacune pour nous satisfaire des ruines et des fragments. Un crâne suffit à la méditation d'Hamlet. Certes *l'Éthiopide*, *la Petite Iliade* et *les Chants cypriens* sont perdus à jamais, et *les Retours* dont quelques lignes restent et qui eussent pu si bien compléter *l'Odyssée* qu'Ulysse ne serait aujourd'hui qu'un héros parmi tant d'autres contraints au voyage désastreux. La Grèce antique n'en est d'ailleurs pas moins connue de nous. Il suffit d'un poème pour rendre vie à une langue, à un pays disparus. En fait, c'est de bribes de mémoire et d'analogies approximatives que sont faites nos histoires. Avec des reliefs d'épaves, des miettes et des rognures, nous donnons l'illusion de la continuité. C'est tout l'art des fantômes.

Risible cette propension à la référence culturelle pour faire taire l'angoisse. Je suis comme un acteur qui considère l'abîme. Un comédien jouant au conciliabule avec la foule des souffleurs qui tapisse la béance de la salle. Mais la scène seule existe pour lui, l'illusion de son art – cette habileté volée à mille maladresses.

Un urbaniste convié par un armateur richissime pour créer une ville sur une île déserte (j'ai déjà imaginé une histoire proche). Plutôt un architecte besogneux, amateur d'antiquités, qu'un magnat veuf et monomane engage pour bâtir un palais : le transit des tankers, les pontons amovibles, la foule des ouvriers sur l'immense chantier, puis l'érection d'un Versailles néoclassique au milieu des mers. À la fin, comme Dédale dans son palais de la Double Hache, l'architecte est abandonné sur l'île : il errera longtemps dans son labyrinthe de marbre avant de comprendre la dispendieuse raison d'un pareil ostracisme (que j'ai moi-même oubliée !).

La mer de la mémoire existe-t-elle sur la lune ? Plus je m'absorbe dans la contemplation de cette eau mouvante à mes fenêtres, plus je me perds en d'anciens remous. Dérives et naufrages dessinent un long fleuve. La Marne était en crue ; de l'archipel submergé n'apparaissaient plus que des bosquets de trembles et quelques toits. Les quais noyés du côté de Nogent isolaient les baraquements et les installations portuaires. Amarrés à leurs pontons, voiliers et yachts étaient inaccessibles. Dès la nuit tombée, le vent du nord grondait sans discontinuer sur ces étendues glauques et le mouvement vif des nuages, que des averses semblaient brider, s'ouvrait de loin en loin à la clarté métallique de la pleine lune. Dans le pavillon déjà enlacé par le flot qui noyait la route et affouillait le jardinet, nous étions en passe d'être coupés du monde, Else et moi. Un chemin bourbeux derrière la maison eût encore permis de gagner la terre ferme, du côté du centre-ville, mais nous nous laissâmes capturer par l'inondation avec cette obscure exaltation des débuts de panique. Et puis où aller à cette heure ? En mission, l'officier de gendarmerie était parti encadrer un des premiers essais nucléaires aériens au Sahara. Son épouse ne semblait pas fâchée d'être seule. C'était une femme étonnamment extravertie qui adorait la solitude. L'habitude de la maladie et de la mort exaltait cette propension à l'alacrité la plus exubérante autant qu'au retrait. Accoutumée au qui-vive des urgences, l'anesthésiste pouvait cette fois se croire tranquille : il eût fallu un canot à moteur ou un hélicoptère pour la convoyer à l'hôpital de Créteil. Aussi évoluait-elle en ballerine d'une fenêtre à l'autre, s'effrayant à petits cris rieurs de voir la Marne s'échouer contre les marches palières dans un bruit de ressac. Je n'étais jamais loin d'elle, attentif à son boucan cyclique de ménagère comme à l'ample silence des eaux, retiré avec un livre dans ma chambre menacée du rez-de-chaussée, en léger surplomb des pelouses, ou traînant ma gloutonnerie d'adolescent de la salle à manger à la cuisine. Dans l'escalier, sur un mur de la mezzanine, il y avait un grand miroir ovale qui captait le soleil d'aube et illuminait par ce biais le vestibule du bas, entre l'accès au garage et celui des chambres, lorsque la porte de la salle de bains de l'étage s'ouvrait à la cascade de lumière matinale. Mais nous étions au soir et j'aperçus alors une ombre argentée sous la lampe. Le souffle coupé, je tendis le cou vers le miroir : Else, déshabillée, se coiffait là-haut. L'émotion de la nudité est une terrible violence pour qui sort à peine la tête des sacs de charbon de la pruderie. Aux âges juvéniles, en ce temps-là, entrevoir la pointe d'un sein tenait de l'utopie. Rien jamais ne prouvait *de visu* l'anatomie de la femme en son intimité : toutes ces toilettes compliquées, ces robes et même le maillot de bain d'une seule pièce ne dissimulaient peut-être rien des prétendus appâts chantés par les poètes. Seins et pubis n'étaient-ils pas une invention mythologique comme les parcs publics et les musées en regorgent ? Soudainement dessillé en bas de l'escalier, je tremblai d'un fond honteux d'émerveillement comme de cet autre mystère qu'est l'imagination de la chair muée en désir. Une marche après l'autre, n'y tenant plus de fascination torturée, je m'approchai du miroir, sachant qu'au détour de la mezzanine, Else était là, dans sa toute présence corporelle, avec ses seins clairs qui bougeaient, son ventre au feu roux, ses cuisses où s'accrochait l'orbe vertigineux des fesses. Le miroir me séparait encore de la réalité : tant que je n'observais qu'un reflet sur une surface de verre, j'appartenais encore au monde des leurres. Ce n'était pas vrai, c'était trop beau ; mais une marche craqua, la septième en montant.

— *Wer ist dort ?* s'écria-t-elle.

Plus prompt qu'un chat, j'avais fui dans ma chambre. En travers du lit, abattu sur le ventre, je me mordis les poings d'humiliation et de convoitise, d'envie folle d'étreinte et de désolation. L'idée de forfait ou de transgression ne m'effleurait même pas. D'émotion, je sombrai presque aussitôt dans un profond sommeil. Comme souvent dans les accès de narcolepsie, un rêve m'électrocuta : je me trouvais en plein désert, sous l'éblouissement du zénith, quand une lumière plus intense s'ouvrit en corolle et s'accrut d'un coup dans un silence total vite secoué d'un grondement d'orage. Le lendemain de ce 25 avril 1961, on sut que l'opération *Gerboise verte* avait été précipitée, deux jours après le putsch d'Alger, pour empêcher les généraux insurgés de s'emparer de l'arme nucléaire. Moi, j'ignorais tout de cette guerre incivile et de l'irradiation du désert : amoureux fou de la nudité d'une femme, habitante certifiée des lieux, je subissais un foudroiement continu de fantasmes. Réveillé en pleine nuit par mes propres sanglots, j'eus un sursaut d'effroi en apercevant une silhouette dans l'encadrement de ma porte. Quelqu'un s'approcha dans un souffle parfumé.

— *Man darf nicht weinen, kleiner Mann !*

Else vint s'asseoir près de moi et me caressa les cheveux et le visage comme si j'étais un tout petit enfant. Elle dut sentir ma réticence dans la pénombre rayée de lune car sa main s'immobilisa bientôt sur mon front et son chuchotement redevint discernable pour moi. C'était presque une prière ou une chanson.

— Ne t'inquiète pas, petit homme, je te connais mieux que tu t'imagines. Il n'y a rien de mal à se sentir attiré. Moi à ton âge j'avais déjà un amoureux. C'était en Allemagne, derrière le mur, il y a longtemps. Mais je ne dois pas en parler, avec personne. Sais-tu comment on échappe à ses geôliers ?

Elle avait beau parler ma langue, moulée dans une robe d'intérieur aux reflets pourpres, Else se racontait sans m'être intelligible. Je sentais le poids de sa poitrine contre mon épaule. Le clocher de la mairie ou d'une église sonna deux heures. Avec un rire gentil au fond de la gorge, elle me questionna longtemps, passant des plus futiles curiosités aux insistances captieuses. On eût dit qu'elle cherchait à me faire avouer un secret de polichinelle. Impressionné par son discernement de femme au point d'en être secoué de frissons, je m'interrogeai sur ses intentions. J'ignorais tout alors des procédés de lecture froide des médiums et autres hypnotiseurs de cabaret dont chacun use à des degrés divers : mettre en confiance l'interlocuteur et lui laisser croire par suggestion qu'on sait tout de son histoire alors qu'il s'est bonnement livré en pierrot lunaire à force de mimiques et d'onomatopées, de sourires ou de coites réticences. L'intuition d'Else me terrorisait. Sous l'effleurement de sa robe, une moiteur peu à peu m'envahit.

— Eh bien, murmurait-elle, tu n'as jamais fait l'amour, sauf avec des images glacées…

Son buste s'inclina un peu plus et les seins, tendus et brûlant d'une touffeur soudaine, s'échappèrent de la robe mal fermée et vinrent s'écraser contre ma poitrine en même temps qu'une bouche mouillée happait mes lèvres. Mammifère ou poisson, la langue d'Else était un petit animal d'une folle agilité. Et ses mains dénouèrent vite autour de mes hanches et de ma gorge tous les serpents de l'angoisse. Qui se souvient des premières fois ? L'innocent pris en main se laisse glisser de surprise en surprise. Le désir embusqué est bien celui de la proie. Nu bientôt à mon tour, je découvris la délectable monstruosité de l'amour avec ses avalements et ses révulsions, ses tétanies, tout ce jeu de poches et de cavités, de submersions et de spasmes, de lutte sommeilleuse et de molle chirurgie. À peine si, dans le clair de lune, exsangue d'être revenu vingt fois à cette bouche incandescente et à ce ventre, un goût de sang aux lèvres, je songeai à l'irréversible implacabilité des actes. Else avait profité d'un moment d'assoupissement pour regagner l'étage. J'étais pénétré de son odeur, meurtri de ses caresses, comme assommé par le miracle de cette chair découverte à moi comme la lumière le serait à l'aveugle de naissance. La tête vide, j'écoutais les clapotements des eaux de la Marne contre notre seuil. Une odeur de vase et de lilas pénétrait par vagues l'entrebâillure de la fenêtre. Le même clocher sonna six coups. Ce n'était plus la lune mais le point du jour qui éclairait la pourpre de la robe d'Else dont je m'étais inconsciemment revêtu.

Les fous ne sont pas assez bons acrobates pour dormir sur leurs deux oreilles.

Imaginez un traducteur pour le moins génial qui touche à l'âme même du texte par une infinie compréhension, qui atteigne de si près le secret de l'auteur au moment d'écrire que voici ce dernier ressuscité, *in flesh and bone*. Les pièges de l'éternité n'ont pour moi aucun charme. J'aime Emily, oui, défunte ou éveillée.

Ce monde ne peut finir,
Une vie se poursuit au-delà –
Invisible comme la musique
Mais réelle comme la sonorité –
Elle déroute et fait signe

Je suis descendu au bourg malgré la tempête. Il m'insupportait de rester sur l'équivoque du lavoir. Lavinia devait m'en vouloir horriblement de mon silence. L'hystérie des jeunes filles n'est qu'un appel au secours. Il fallait que je m'excuse de ma goujaterie d'individu plus ou moins vertueux. J'aurais dû lui manifester la reconnaissance sacrée d'un mortel surprenant le bain de Diane. Le vent soulevait ma cape et mon chapeau. La cime des peupliers balayait le ciel avec une telle violence qu'il pleuvait des brindilles. Plus une feuille vaillante sur les arbres. Seules créatures moquant le vent, deux pies jouaient à se poursuivre comme des dominos de carnaval.

Il y avait un attroupement devant l'église. J'eus soudain très peur et pressai le pas. Deux employés des pompes funèbres sortirent la boîte de sapin verni du corbillard. Des paysans endeuillés aidèrent à la manœuvre. Tout ce monde s'engouffra sans hâte sous le narthex. Déjà l'orgue éclatait en trilles sur fond monocorde de gros bourdon. Le glas commença de tinter. Je croisai les yeux d'une bigote retardée qui galopait à la curée. C'est drôle comme on vous jette des regards suspicieux dans la proximité d'un mort. Il aurait été simple d'entrer dans l'église pour éteindre mon appréhension. Mais j'écartai cet accès de superstition d'une crampe incrédule et me rendis d'un pas incertain derrière la nef. La bibliothèque de la mercerie était fermée – « pour cause de maladie » disait un carton griffonné d'une encre violette. J'étais à demi rassuré. Au café-tabac où j'achetai une cartouche de Gitanes tueuses, deux saints buveurs palabraient avec la patronne :

— Peuvent sonner les cloches, la Virginie ira réchauffer l'enfer.

— À l'âge qu'elle est morte, c'est comme de maudire une pierre.

— On oublie pas certaines choses, par ici.

— Mais la guerre est enterrée sous le Monument !

— N'empêche ! Une tondue reste une tondue...

J'ai veillé jusqu'au matin dans la chambre de la tour. Pour me défendre des rêves. Mon assassin m'avait traqué les nuits passées. Je peux le décrire : grand, efflanqué, un œil hors de la tête, les cheveux graissés de gomina, il porte un costume pied-de-poule, à la veste informe, au pantalon très court. Son aspect évoque un peu le gandin fauché des bals populaires. Le faucheux pommadé ressemble à ma mort par son air torve, oblique, et sa façon inqualifiable de vous appeler par votre nom inconnu, diminutif ou sobriquet. Plus inquiétant qu'un compliment de chirurgien muni d'une scie, son sourire est une menace de supplice ou d'exécution. C'est ridicule d'être impressionné par les visiteurs du songe. Toutefois j'associe le personnage à un symptôme. À peine enlisé dans le sommeil, des sensations pénibles au niveau du plexus se concrétisent en une figure emblématique, et le voilà qui resurgit, dans son atroce costume pied-de-poule. Une fois, intrépide, j'ai tenté l'affrontement. Il faut dire que les signes du malaise restaient circonscrits alors à la région du ventre. Le Faucheux n'avait pas encore toutes ses pattes ni cet œil hors de la tête.

— Qu'est-ce que vous me voulez ? lui ai-je lancé.

— Rien que vous aider. Vous êtes si pâle, on dirait que vous allez tomber dans les pommes…

C'est au moment où il s'apprêtait à me palper les glandes du cou avec ses mains aux ongles démesurés et racornis que je pris conscience de sa physionomie incertaine et pour ainsi dire bigarrée : mêlé en une seule face, j'y discernai quelque chose du Pirate de l'île d'Amour, du brigadier de gendarmerie, du condamné à mort de la Centrale et d'une douzaine d'autres faciès croisés aux pires moments. Il ne faut pas rêver trop longtemps seul. On finit par être assailli par toute une faune maléfique. Cependant, mon cœur bat, c'est l'aube. J'aime plus que jamais l'émotion de la vie.

L'allegretto d'un quatuor en ré mineur de Mozart, si pensivement schubertien avant l'heure et tout imprégné des leçons innovantes de Haydn (auquel la musique de chambre pour cordes des Beethoven, Brahms et même Schoenberg doit à peu près tout), m'aura poursuivi sans raison, ni source sonore avérée, une partie de la soirée après ma visite à Emily. Je m'étais endormi à poings fermés au début de l'après-midi après une nuit d'insomnie et une matinée héroïque à défier le ressac sur le chemin des douaniers. Vers dix-sept heures, j'ai dû longtemps piétiner les plates-bandes du jardin dans une lumière de jaspe induite d'une fausse lune avant de me transporter sous les combles, chargé d'une brassée de roses d'hiver coupées par mes soins en prévision du gel qui les aurait flétries. Emily m'accueillit comme d'ordinaire, dans un tournoiement de valse.

— J'ai été très morte, cher ami, privée de mots et d'attentions, mais vos fleurs vont guérir ma chambre assurément...

Elle portait sa petite robe incroyable tout imprimée de cœurs brisés. Ses cils d'oiseau palpitaient sans qu'elle me quittât des yeux. Son visage faisait mine de grignoter un drôle de sourire intérieur. Plutôt vilaine lorsqu'elle tente d'évacuer une pensée contraire, l'air d'un écureuil qui n'aime plus les noix, elle devient si jolie dans la tendre discrétion de son être. Un vrai ruissellement de perles de rivière ! Sa beauté n'est que candeur, ingénuité de l'intelligence : c'est qu'Emily n'accroche en rien à ce monde de boutiquiers des sentiments, de vendeurs de chimères à la sauvette, de vauriens de l'intégrité, de banquiers du vide intérieur. Et puis elle est trop gauche pour aimer, trop naturelle pour ne pas mourir d'amour à chaque seconde. Pourquoi quitterait-elle sa tombe ?

Le bonheur serait envisageable si la mémoire était entière, malgré la tragédie et le désastre. C'est de s'épouvanter d'oublis qui nous rend tous malades, à demi fous, en tout cas dépressifs en diable. La psychanalyse nous apprend la bénignité relative des traumatismes. « Dix ans de divan pour cette souris ! », se dit l'éléphant.

L'assassin : une mouche lui eût suffi.

Depuis le temps que je vagabonde sur la lande, hiver comme été, je n'ai jamais trouvé les portes de l'enfer, même au creux des marais asséchés de Yeun Elez, au pied des monts d'Arrée. On dit qu'y errent les trépassés qui n'ont pas eu l'heur de plaire ni au démon ni à Mamm Coz, la grand-mère du Christ. Une fois, c'était au coucher du soleil du côté des ruines de Fortbrune, j'ai croisé un grand berger sale qui courait après la Marie-Morgane. Il l'avait vue se baigner nue en baie de Douarnenez la nuit de l'Ankou, comme un poisson phosphorescent, à l'endroit même où fut engloutie la cité du bon roi Gradlon. Sept ans avaient passé et il courait encore de criques en promontoires, ne s'abreuvant qu'aux fontaines miraculeuses et dormant sous les dolmens, sa tête pouilleuse pleine des légendes d'Ys et des saints bretons.

Après la décrue, les quartiers bas de Nogent et du Perreux furent recouverts d'une bourbe verdâtre. Des barques s'échouèrent sur les quais de la Marne. Quelques semaines plus tard, grâce à ces alluvions et au grand soleil, les jardins bouleversés explosèrent en floraisons. C'était le printemps. On avait échappé à la guerre civile.

Else me battait froid désormais. Elle refusait tout contact, fût-ce un baiser sur les joues, et me comptait ses sourires. J'étais abasourdi : comment pouvait-on devenir aussi étrangers que des glaçons après avoir été eaux mêlées ? Quand l'habitant des lieux fut de retour, je compris vite qu'il n'y avait pas de place pour deux mâles dans les draps de l'Allemande. La plupart du temps à l'extérieur, vaguant entre le collège, les fêtes foraines et l'île des Loups où l'ami Jean m'hébergeait, je me fis rare et discret, presque invisible, sans que ma quasi-disparition préoccupât qui que ce fût. C'était finalement une question de survie. Si la morale publique le lui avait permis, le gendarme m'eût volontiers abattu de sang-froid avec son arme de fonction. Comme tous les monolithes fendillés d'une lueur de conscience, c'est en pure bonne foi qu'il croyait défendre les principes de probité. Sa haine ressemblait à de l'instruction civique. Mal remis de la séquestration et des mauvais traitements de l'ivrogne de l'île d'Amour, on comprendra que la plupart des tenants de l'espèce virile devinrent pour moi des plus repoussants, sans mauvais jeu de mots.

(Grands pourvoyeurs de criminalité, ces épouvantails encombrent l'avenir. Il faudrait un jour se pencher sur les effets pervers de la délinquance directive des pères, tuteurs, maris, propriétaires, chefs d'État et autres imagos.)

Le passé lui aussi a ses crues saisonnières, et ses très oublieuses décrues. Au même endroit du fleuve, c'est le gué ou la noyade.

« Le désir, considéré absolument, est la nature même de l'homme », *dixit* Spinoza. Lequel part du fameux postulat : « Le désir qui vient de la Raison ne peut avoir d'excès. » Étant *désir* avant d'être spécifiquement « humaine », notre nature serait donc prévenue contre toute profusion irrationnelle. Cette idée d'excès est bien sûr relative, liée à l'époque ; rien à voir entre les mœurs agréées au XVIIe et celles aujourd'hui admises. Est-ce que la notion d'humanité évoluerait en conséquence ? Et que signifie, sans tromperie sur les mots, un *désir de raison*? Seul dans son blockhaus, Ludwig ruminait toutes ces questions. Il s'interrogeait sur le recours à l'abstraction chez les moralistes. « L'impératif catégorique », Adolf Eichmann lui-même pourra s'en revendiquer avant d'être pendu. Le désir sans limite des pires névrosés, dont la servilité canine est l'un des aspects, prend si souvent l'alibi de la Raison. La névrose qui s'ignore n'est-elle pas l'obstruction pervertie de cette dernière ? Épuisé par l'insomnie, c'est sur les bancs de l'église que je ressassais à mon tour une récente plongée dans *l'Éthique*. Le père Adamar m'avait gentiment convié au concert donné ce dimanche entre deux messes. Toccatas, fugues et préludes de Buxtehude au programme : des architectures virtuoses où la passion mélodique (si troublante dans les chorals) exalte le désir, bien plus qu'une très contrapuntique raison.

L'orgue venait de se mettre à tonner quand je reconnus la chevelure cendrée de Lavinia, juste devant moi. Coincée entre deux familles pieuses de la bourgeoisie locale, elle n'avait pu me voir entrer. D'autres ouailles nous cernaient au milieu d'infidèles notoires : la musique rassemble mieux qu'un sermon. Il n'y a rien de plus émouvant que de respirer le parfum d'une jeune fille à l'air sage tandis que les voûtes résonnent du *Durch Adams Fall ist ganz verderbt*. Sur l'autre rang de travées, à même hauteur que Lavinia, deux inconnus se tenaient raidis parmi les têtes familières des Bretons. Un solide vieillard d'une blancheur crayeuse et un jeune homme, *blond wie das Getreide*. Celui-ci écoutait le grand orgue avec une pénétration religieuse, presque mystique, tandis que le vieillard paraissait absent, les paupières mi-closes, masque de plâtre tourné vers l'intérieur. La nuque sans doute échauffée par mon regard, Lavinia se tourna à demi. Je vis sa pupille scintiller en coin d'un profil de Vierge. Elle savait déjà intuitivement qu'on l'observait, par d'infimes ondoiements d'ombre et de lumière, mais elle dut se tourner davantage avant de me reconnaître tout à fait. Sa subite rougeur ne me surprit pas : Lavinia serait longtemps nue à mes yeux.

Elle se ressaisit et, rattrapant son souffle, me salua de la tête et du bout des lèvres. Imperturbable derrière sa console à trois claviers, là-haut, le père Adamar enchaîna les arias avec une maîtrise admirable. Quand le silence des voûtes réveilla le public, les deux inconnus ne furent pas les derniers à applaudir. J'entendis le plus jeune s'exclamer «*Da ein wunderbarer Dolmetscher!*» Modeste, l'organiste ne se montra pas. Je l'avais entendu dire un jour que la musique souffrait de l'arrogance et de la fatuité des intercesseurs. Il se considérait comme un parasite utile, tout juste un serviteur, et comparait le musicien interprète à l'officiant qui, de nulle manière, n'irait se prendre pour le Christ lorsqu'il célèbre la Sainte Cène.

En quittant assez promptement l'église pour ne gêner personne, je ne m'attendais pas à ce que Lavinia me rejoigne. Elle me toisa gentiment, sans trouble ni ambiguïté. Un cerne de fatigue maquillait ses beaux yeux.

—Allez-vous mieux ? dis-je.

Son silence et son air de gravité, je voulus les mettre sur le compte de l'émotion esthétique. Comme après l'amour, toute parole paraît vaine au sortir d'un récital de haute tenue. Elle me tendit une main brûlante et hocha la tête.

—Venez chez moi un soir, après le travail, sur le plateau. J'ai quelque chose à vous montrer.

Elle souffla cela d'une traite à mon oreille, si vivement que je m'écartai pour mieux la voir. Qu'avait-elle d'autre à me dévoiler ? Le doute de la folie et de son cortège de manifestations plus ou moins burlesques vient toujours agacer l'esprit dans les moments de perplexité. Mais la jeune bibliothécaire n'avait rien de singulier dans son comportement. Elle me salua comme à l'ordinaire et se dirigea vers le parc à cycles, devant le café-tabac. Pris d'un léger tournis, l'idée me traversa que j'avais dû avoir la berlue, qu'une attaque de narcolepsie avait pu projeter un flux d'images incontrôlées en surimpression de la réalité. Aurais-je inventé la tache de vin en forme de cœur sur sa hanche ? C'était plus saugrenu encore. Lavinia s'était mise entièrement nue dans le lavoir des Trois Supplices et je l'avais aidée à se rhabiller. De cela, je ne pouvais ni ne voulais douter.

L'écriture, c'est du désir qui se dérobe et se voile, même au plus cru de la confession. J'attends la beauté décevante, tête détachée, avant que la vie ne s'éteigne jusqu'au bout des doigts. Mais qui s'occupera du chat ?

Un faire-part à liseré dans ma boîte aux lettres ce matin : Vauganet a cassé sa pipe. Je n'avais plus de nouvelles depuis ma visite d'octobre. On l'incinère mardi au Père-Lachaise. La première pensée à l'annonce d'un décès est toujours absurde. Que vont devenir les figures de proue ? La nouvelle me consterne sans m'affecter vraiment. Je m'y attendais, au fond. Vauganet, qui pouvait descendre sa bouteille de scotch en une nuit, collectionnait aussi les ennuis de santé. La mort d'une connaissance est un rappel à l'ordre de l'inconnu. Lui, si intimement présent à l'esprit, le voilà donc à jamais hors du champ serré des intrigues impondérables, complicités minuscules et autres connivences qui font de notre quotidien une couette de familiarité au monde. Nous n'étions pas très liés, mais je le fréquentais plus ou moins depuis mes débuts en littérature : sa disparition éteint une aire d'illusion. C'est comme un déménagement intérieur : il faut déplacer des souvenirs poussiéreux, des images, des sonorités familières. Sa crémation est annoncée pour mardi après-midi au Père-Lachaise. Je ne sais pas encore que faire. M'y rendre en voiture par temps de givre et de brume ? Une lettre de condoléances à son épouse pourrait suffire. Je me souviens de nos discussions alcoolisées, au Select ou au Dôme, boulevard du Montparnasse. Un soir vers dix-neuf heures, il neigeait, je vis apparaître Fedora, les yeux fixes, qui traversait obliquement la chaussée sans souci des feux. Vauganet s'était tu, surpris par ma pâleur, et avait suivi mon regard. « Ah ! lança-t-il sans rire. On croirait la figure de proue du vaisseau fantôme... » J'étais sorti précipitamment sans le saluer, oubliant de payer la note. À peine dehors, je manquai m'étaler dans la boue grise. Fedora s'était volatilisée.

Une semaine plus tôt, rue d'Odessa, elle s'était confiée à moi des heures durant. D'une voix si lasse. La fatigue venait surtout du long chemin que devaient effectuer ses paroles. Nous étions allongés sagement tous les deux, sur le grand lit, l'œil errant entre la clarté mouvante des rideaux et l'esquisse d'Artemisia Gentileschi qui suffisait à remplir l'espace autrement vide d'un sentiment dramatique. Elle avait attendu que le silence égalise nos souffles pour parler, mais d'une voix plus détachée. Comme si elle évoquait la vie d'une autre.

— Nous habitions du côté de Whitechapel, dans une quasi-impasse appelée Long Street. Il y avait au bout un escalier derrière un terrain vague qui menait au quartier indien. Le propriétaire de l'immeuble occupait le rez-de-chaussée, c'était un vieux Russe blanc, un prince emmitouflé. Il avait l'air d'un ogre dans ses loques frangées de fourrure de lapin. Toute petite, il m'épouvantait avec ses mains d'orang-outan et ses moustaches de poisson-chat. Impossible d'échapper à sa vigilance de concierge nanti. Maman aussi en avait peur, à cause du terme et de ses menaces. Quand elle avait du retard pour payer, il devenait fou. Ses yeux lançaient des flammes. « Je vais vous jeter ! » criait-il. On vivait dans trois chambres de bonne réunies en un seul appartement, au sixième étage gauche, au fond du couloir, tu t'en souviendras ? J'avais la mienne, avec une fenêtre donnant sur un puits de lumière affreusement sombre. Mais une musique extraordinaire montait le soir de ce boyau. Quelqu'un jouait du saxo, Stan Getz ou Lester Young. Pour moi, c'était aussi beau. J'ouvrais la fenêtre pour m'endormir malgré un remugle d'égout…

Fedora toussota en secouant ses épaules, ce qui fit rouler ses beaux seins contre ses avant-bras. Elle rit et changea complètement de ton. Tranquille, comme on narre une histoire à peine plus réelle qu'un roman lu jadis, elle reprit le fil de sa mémoire. Sa mère était une très belle femme qui aimait s'enlaidir. Ancienne chanteuse de bar après avoir été choriste dans une congrégation adventiste prédisant le retour imminent du Christ en gloire, elle s'était barricadée dans son logis de Long Street avec son piano et un reliquat de vieux principes mis à mal par la lecture des romancières anglaises. Par défi et pour éloigner d'elle son passé religieux, Kessy avait gardé son surnom de cabaret. Plus que les congrégationistes, elle rejetait tout ce qui pouvait ressembler à un homme. Sa haine visait en priorité le père de Fedora. Leur séparation remontait à sa grossesse. Ils ne s'étaient jamais revus, semblait-il. Devenue assez grande pour s'interroger, Fedora n'eut droit qu'à d'évasives dénégations. Sa mère avait décidé d'éradiquer tout lien avec la part mâle de sa vie de famille. Il n'y avait d'ailleurs plus d'hommes à proximité, à part le concierge russe ou les voisins. L'idolâtrie maternelle compensait outrageusement l'absence du père. Kessy veillait sur tout avec ferveur. Ses leçons de chant et de piano furent vite insuffisantes, d'autant que l'alcool avait abîmé sa voix et ses réflexes. Un professeur de son choix, ex-choriste à l'Académie de musique de Whitechapel, vint la relayer sous son étroit contrôle. À douze ans, Fedora prit conscience de son corps grâce à une nouvelle méthode, à la fois musculaire et respiratoire : de la tête au bassin, une multitude de ligaments et d'organes en jeu dans la moindre émission vocale exigeait la plus complexe action, tant athlétique que mentale. En même temps que ses poumons, l'esprit de la fillette se dilatait à l'extrême dans l'interprétation de berceuses anglaises, de mélodies françaises ou de lieder. Elle appréciait particulièrement les *Frauenliebe und -leben* de Schumann sur des écrits d'Adelbert von Chamisso. La rencontre avec l'homme aimé, surtout. L'évocation de la découverte de l'amour (« *ich kann's nicht fassen, nicht glauben* ») la troublait plus que de raison : « Je ne peux même l'imaginer, non, je ne le crois pas ! Comment a-t-il pu me préférer et donner une si folle joie à l'indigente jouvencelle que je suis ? Et n'ai-je pas entendu "Pour toujours" ? Mais je rêve, cela n'est pas vrai, cela ne peut être vrai ! » Après les noces et la maternité chantées allegretto, ses larmes, lorsqu'elle arrivait à la sombre complainte de la mort du compagnon, finirent par indisposer sa mère toujours à l'écoute. Fedora fit mine d'oublier Schumann. Elle adorait chanter les beaux airs inspirés du *Songe d'une nuit d'été* – par Purcell, Mendelssohn, ou encore par Benjamin Britten dont une récente interprétation circulait. Souvent, prise d'une sorte de distraction morose, elle reprenait pour elle seule le doux *lullaby* : « Lulla, lulla, lullaby, lulla, lulla, lullaby. Que nul émoi, nul charme, nul sortilège ne vienne troubler le repos de notre reine... » Attentive, Kessy aimait cette mélopée à endormir les enfants dans la tombe : n'était-elle pas la reine du logis ? Personne ne lui disputait sa domination. Son exclusivité de mère retirée du monde et donc de tout partage, elle l'entretenait à chaque instant par mille entraves lilliputiennes qui, rassemblées, eussent pu ligoter Gulliver. Au début de la puberté, Fedora eut ses premiers accès d'indépendance. Mais le lien entre mère et fille était si étroit que toute révolte passait par l'anodin ou l'outrancier. Vomir, pleurer, cracher du sang, marcher en dormant, tomber de son lit ne sont qu'un mode puéril de contestation. Kessy mimait l'incompréhension et multipliait les soins et les attentions, manière de réplique à la violence subie. À bout d'affrontements larvés et d'esquives brutales, le conflit entre elles atteignit un seuil de rupture ; celle-ci étant inenvisageable, du moins pour Kessy, les langues se délièrent avec une brusque exubérance. Fedora se lança dans un réquisitoire digne d'Électre. À la fin, blessée à vif, sa mère se rebiffa. Une gifle peut valoir une décollation quand on a la tête fragile. Fedora tomba gravement malade les jours qui suivirent. Hospitalisée pour un début de septicémie, on l'opéra en urgence d'une péritonite aiguë. Ce séjour en clinique lui révéla le poids de son aliénation. À quinze ans, dans l'étrange fraîcheur de la guérison, un miserere de résurrection la souleva d'enthousiasme : « Fais que j'entende les chants et la fête ; ils danseront, les os que Tu broyais… » Elle revint rassérénée à son piano et à ses leçons de chant. Sans colère désormais, mais avec un dessein indéfectible, elle assiégea jour après jour la forteresse morale de l'ancienne congrégationiste. Comme tous les êtres crispés sur leur quiétude, Kessy se défendit par de maigres parades sur fond de mutisme. Mais sa fille ne lui céda pas un pouce de silence. Elle ne voulait rien de plus que la vérité. Après des semaines et des mois d'acharnement, sa mère parut enfin céder. « Un jour tu sauras tout », lui promit-elle. À cette époque, sans doute exténuée par l'épreuve, Kessy se mit à déserter un soir sur deux le confinement de Long Street, une fois la table desservie. « J'ai besoin de respirer », prétendait-elle. Fedora ne voyait dans ces escapades qu'une nouvelle ruse pour se dérober. Elle-même commençait à trouver l'air irrespirable et n'hésitait plus à descendre errer le long de la Tamise ou dans les ruelles des quartiers indiens. Ou bien elle s'enfermait dans sa chambre et fumait des cigarettes turques, penchée sur le puits musical aux parfums de mort. Avec ses miaulements d'un autre monde, le saxophoniste invisible l'entraînait bien plus loin que les faubourgs de Londres. Le suicide n'était pour elle qu'une rêverie subsidiaire, à ces instants où trop d'ardeur épuise : le recours à l'ange malade qui vous souffle *la nuit des temps* en plein visage.

La tête sur l'oreiller, Fedora détaillait ses états d'âme d'alors sans quitter des yeux la lame de Judith tranchant l'énorme tête étonnée. À aucun moment je ne l'interrompis, même si ses paroles me semblaient trouées de lacunes. On eût dit qu'un dédoublement l'affectait par intermittence ; ainsi lui arrivait-il d'user soudain d'un « nous » de majesté pour raconter son existence de jeune fille londonienne. L'interrompre eût été aussi scandaleux que de s'immiscer dans la déploration d'Isolde. Elle poursuivait son aparté sur le même mode lointain et las, et brusquement psalmodié quand l'émotion l'obligeait à retenir son souffle.

— Un soir, de retour de ses virées, ma mère s'écroula dans un fauteuil. Je ne l'avais jamais vue ivre. Elle se mit à chanter des goualantes de faubourg d'une voix éraillée. Des larmes noires coulaient sur son visage, à cause du rimmel. Puis elle se tut et me regarda avec une étrange douceur, comme si un masque tombait tout à coup. « Viens t'asseoir près de moi, me dit-elle. J'ai à te parler. » Je m'exécutai sans hâte, plutôt sur mes gardes. Kessy posa sa belle main de pianiste sur mes cheveux et murmura : « Tu tiens toujours à savoir qui est ton père ? », espérant sans doute que je m'étais fait une raison, que je préférais ne pas être délaissée ainsi presque tous les soirs après des années d'une si envahissante affection. « C'est mon seul désir ! », rétorquai-je à son grand désappointement. Elle se raidit aussitôt ; sa main glissa de mon front. « Eh bien tu vas savoir : ton père est un salaud de la pire espèce ! Un sale type ! – Parce qu'il t'a quittée ! », m'écriai-je en m'écartant d'elle. Son ricanement me fit mal : « Oui, parce qu'il nous a lâchement plaquées, parce qu'il n'a rien d'un homme digne ! » Je lui ai laissé dire pas mal d'horreurs. Elle vidait son sac de rancunes, un sac hideux. À ce moment, ma gorge se serra devant le spectacle qu'elle donnait : vieillie, vulgaire, défigurée par l'aigreur. Le retour d'âge provoque parfois des mutations démoniaques. Des sortes de possession. C'était pourtant une femme intelligente, cultivée même. Elle lisait les meilleurs auteurs, les poètes aussi. Elle savait différencier grâce et délire. Le diable souffre-t-il de troubles hormonaux ?

Les jambes relevées, Fedora balança lentement ses genoux, les mains à plat sur l'aine et le pubis. Elle soupira et me lança un coup d'œil si vif que je n'entrevis qu'une lueur blanche. Mon envie d'elle était si impérieuse que je me mordis la langue. Il fallait absolument que je comprenne l'origine des obnubilations et des éclipses qui travaillaient son esprit pour mon infortune. Fedora se moquait bien de mes impétuosités d'amant incompris. L'essentiel de son être tourné vers la nuit, elle m'aimait avec une part absente d'elle. Sa voix s'enroua et devint presque inaudible.

— J'ai vu Kessy se dresser devant nous, comme pour frapper. Mais au lieu de cela elle nous dit que nous pourrions revoir Edward à notre guise, qu'elle nous donnerait son numéro de téléphone. Qu'elle comprenait très bien qu'une fille puisse vouloir rencontrer son père, même s'il n'avait joué aucun rôle dans son éducation...

Fedora, je m'en souviens, avait séparé en deux la nuit de sa chevelure de ses mains ouvertes comme pour marquer quelque césure de la mémoire. Elle soupira.

— Ce retournement était si inespéré que je me jetai joyeusement dans ses bras, mais maman resta figée, indifférente, le visage vide d'expression. Elle se plaignit de migraine et alla se coucher. La nuit était avancée. Je fis le vide en moi, m'efforçant de juguler une folle excitation. Il me semblait vital que mon père eût l'image d'une fille posée, sans attente particulière. Je n'appelai Edward qu'assez tard dans la journée, après un long sommeil sans rêves. C'était l'avant-veille de mon seizième anniversaire. Une voix sans grande distinction mais plutôt chaleureuse me répondit. J'avais une nouvelle nuit pour apprivoiser l'idée de cette rencontre.

On avait fixé le rendez-vous à onze heures dans un pub de Piccadilly. J'allais enfin mettre en lumière la moitié aveugle de ma vie. Ce matin-là, je ne sais trop pourquoi, j'enfilai une robe quelconque et ne fis aucun effort de coquetterie, dans l'attente d'un regard simplement protecteur, comme si j'espérais quelque chose comme l'immutabilité d'un amour paternel. Dans l'autobus, mes genoux tremblaient. J'avais des crampes d'estomac. À chaque arrêt, je devais surmonter un mouvement de panique. Mais c'est étrangement calme que j'entrais dans le bar. Je ne connaissais de mon père qu'une photographie décolorée trouvée dans une boîte de couture et qui datait d'une vingtaine d'années. Il y avait deux hommes assis qui pouvaient très bien correspondre, tant par l'attitude de curiosité à mon égard que par la grisaille des tempes. Ni l'un ni l'autre ne répondirent à mes sourires. Je me souvins qu'Edward devait porter une écharpe rouge. « Toi, avait-il ajouté au téléphone, je te reconnaîtrai d'instinct, tu verras. » Il n'eut aucun mal en effet à me distinguer dans cette salle de pub où quelques bonshommes fumaient ou froissaient des journaux aux grandes feuilles cassées comme des ailes de goéland. C'était un gaillard d'une quarantaine d'années en veston à rayures et casquette de tweed. Son visage rieur, aux traits harmonieux marqués de fines cicatrices, ne souleva aucune impression de déjà-vu en moi, ce qui était tout à fait normal. Mais Edward se montra instantanément chaleureux, drôle, un peu trivial. Il me parla de maman et de ses difficultés financières, des duretés de la vie…

Fedora se redressa pour cueillir de la table de nuit une cigarette qu'elle alluma aussitôt. Elle avala une épaisse bouffée et s'esclaffa en rejetant la fumée. Prise de quintes, elle me tendit la cigarette afin de reprendre son souffle. La suite de sa narration, si peu vraisemblable, était empreinte d'une telle intensité évocatoire que je ne doutai pas de sa véracité. L'homme l'emmena déjeuner, bras dessus bras dessous, du côté de Soho. Une prostituée du quartier le salua au milieu du repas. Il la présenta à Fedora comme une bonne amie, une fille en or qui savait se débrouiller. Une autre putain vint l'embrasser au moment du dessert. « Celle-là, lui expliqua-t-il, c'est Petula, elle m'a bien aidé quand j'étais plus jeune. » Il lui raconta alors en long et en large ses déboires d'artiste raté. Plus jeune, Edward voulait être comédien, jouer les grands rôles. Il se fit éloquent et tendre. Le vin mousseux des retrouvailles provoqua quelques larmes. Puis il lui déclara sans transition qu'elle devait l'aider. C'était simple : il allait l'établir dans une rue de Soho, elle partagerait un studio avec deux autres filles. Bienveillant, il lui laisserait la moitié de ses gains. « Tu pourras aider ta mère, t'offrir des vacances de reine, payer des études… »

Fedora s'interrompit une nouvelle fois pour vérifier l'heure. Entre les répétitions et les représentations, son temps était compté. Mais elle reprit une cigarette et inclina sa nuque en arrière. Retombant sur l'oreiller, ses longs cheveux s'enroulèrent en une vague de ténèbres. Fedora ne pouvait ignorer l'effet théâtral de ses silences et de ses reprises chuchotées sur le public réduit de la chambre à coucher.

— Spontanément, sans penser à rien, j'ai jeté ma serviette sur son visage et je me suis enfuie. Si tu savais comme j'ai couru ! J'étais ivre. Dans les rues de Piccadilly, folle de dégoût, j'ai couru sur les chaussées. Une voiture a manqué m'écraser. Je me suis retrouvée toute tremblante dans une pharmacie, des bleus et des écorchures partout. Ma mère est venue me chercher. Nous sommes rentrées en taxi à Whitechapel. J'ai vomi jusqu'au soir. C'était la veille de mes seize ans.

Rien ni personne ne légitime la mémoire. Nous nous promenons les poches pleines de vent dans une forêt de souvenirs. De quoi puis-je témoigner aujourd'hui, sinon d'un océan d'amour dont je suis le naufragé rétrospectif, sorte de Crusoé rendu au vide du monde. Sur cette côte déchirée, quand vient l'hiver, il me semble parfois toucher à une juste adéquation, presque un point de fonte, entre mes états d'âme et le monde extérieur.

Visite impromptue de ma lectrice cannibale, la très équine Blandine Feuillure de La Gourancière (elle m'a téléphoné une heure avant de débarquer chez moi, les bras chargés de livres et de dossiers divers). C'est d'assez méchante humeur que j'ai réagi à ses questions, un œil sur le gros sac de cuir calé sur ses genoux où je la soupçonne d'avoir activé un appareil enregistreur.

— Vous n'avouez rien directement de votre enfance, même dans le roman et les deux ou trois nouvelles inspirés de votre séjour à l'institution Duroc…

— Hein ? m'étonnai-je. Qui donc vous a parlé de l'institution Duroc ?

— Personne, bien sûr. Mais vous avez situé un pensionnat Pierrefeu près de Laon, en pays picard, dans votre récit *les Trente Filles de Rimbaud*, rappelez-vous. La description que vous en faites est sans conteste inspirée des lieux. Je m'y suis rendue. J'ai même eu la chance d'interroger monsieur Maurice, l'ancien censeur…

— Impossible ! Il aurait au moins quatre-vingt-dix ans aujourd'hui…

— Quatre-vingt-onze ! Monsieur Maurice, identifiable sous le sobriquet de « Chintok » dans votre livre, réside dans une maison de retraite de Laon, justement. C'est la direction de l'institution Duroc qui m'a communiqué l'adresse. Ils sont très fiers d'avoir hébergé un écrivain, vous savez…

Je considérai ma lectrice avec une vraie stupeur. Elle appliquait sans vergogne les méthodes des Renseignements généraux au service de la recherche littéraire. La nature de ses travaux commençait d'ailleurs à m'être des plus suspectes. Mais ce retour clinique du passé avait de quoi me sidérer.

— Le Chintok se souvenait très bien de vous, poursuivit-elle. Vous étiez sa tête de Turc, il avait ordre de vous mater…

— Ordre de qui ?

— Vous le savez bien, de votre père. Ça se passait entre gendarmes. Il paraît que vous étiez très violent. Vous auriez tenté d'étrangler votre voisin de dortoir, un certain Queurlège...

— Cœur-Léger, le somnambule ! Il me marchait sur le ventre chaque nuit !

— Je soupçonne ce monsieur Chintok d'avoir forcé la main sur vous et vos petits camarades, un certain Béret notamment...

— Béret ! Il vous a parlé de Béret !

La curiosité l'emporta chez moi sur l'exaspération : que voulait-elle insinuer ?

— L'ancien censeur qui n'a plus toute sa tête m'a fait des confidences. Lui et quelques autres membres du personnel maltraitaient certains pensionnaires...

Mademoiselle Feuillure ouvrit l'un de ses dossiers. Elle me tendit une coupure de presse jaunie et toute craquelée où il était question du suicide d'un interne de l'institution Duroc.

— Mais c'est Béret ! m'exclamai-je avant de lire les premières lignes : « Le jeune Lucien Béret s'est pendu dans le gymnase du pensionnat... »

— Ça c'est passé deux ans après votre départ. L'article, bien sûr, ne dit rien des motifs de ce drame.

Cette fois, je considérai la jeune femme avec une perplexité inquiète : aucune raison qu'elle n'ait pas appliqué d'identiques procédés à d'autres épisodes de ma vie. Pour l'heure, elle posait sur moi un regard résolu de compétitrice. Son visage maquillé avec science avait cet air d'atonie princière des masques vénitiens. En jupe noire fendue sur des collants couleur chair dont on distinguait les renforcements à mi-cuisse, elle portait un corsage à boutons de nacre fermé jusqu'au col et croisait haut ses jambes immenses. Il y avait dans cette moitié de corps exhibée comme une bravade de centauresse. Mademoiselle Feuillure a poursuivi froidement son investigation, un même sourire plaqué sur ses lèvres peintes.

— On vous a sorti du pensionnat après le remariage de votre père, à douze ans et neuf mois. Aviez-vous des doutes sur les activités de votre belle-mère, Else Grauthausen, à l'époque ?

L'interrogatoire prit un tour singulier. Et quoi encore ? ai-je pensé à plusieurs reprises. Que sait-elle de plus ? Dès qu'elle sentait que je m'irritais, Blandine levait plus haut les cuisses pour détourner ma vigilance. Si haut que je dus perdre la tête. Deux heures plus tard, je la raccompagnai jusqu'à sa voiture et reçus sans bronchet la promesse d'une troisième visite d'ici la fin de l'année.

À peine rentré, je me suis précipité dans la tour en quête de mon exemplaire des *Trente Filles de Rimbaud*, une réflexion sur le génie adolescent dont je ne supporte plus la prétention implicite (qui disserte sur le génie s'en croit bien pourvu). Pour le coup, Cœur-Léger, Béret, le père Riasse ou le censeur à tête de croque-mort sont venus la nuit même réinvestir ce monde par le sas des songes. Au fond, quelle soutane que le temps ! Un cœur y bat depuis l'enfance. J'ai relu dans la foulée *les*

Intimités d'un séminariste : « Le sup*** est descendu hier de sa chambre, et, en fermant les yeux, les mains cachées, craintif et frileux, il a traîné à quatre pas dans la cour ses pantoufles de chanoine !... Voici mon cœur qui bat la mesure dans ma poitrine, et ma poitrine qui bat contre mon pupitre crasseux ! Oh ! je déteste maintenant le temps où les élèves étaient comme de grosses brebis suant dans leurs habits sales, et dormaient dans l'atmosphère empuantie de l'étude, sous la lumière du gaz, dans la chaleur fade du poêle !... J'étends mes bras ! je soupire, j'étends mes jambes... je sens des choses dans ma tête, oh ! des choses !... »

Quant aux chaussettes de Rimbaud, je me les garderai aux pieds *jusqu'au Paradis* – en souvenir !

Les funérailles de Vauganet ont lieu après-demain et je ne sais toujours pas si j'irai à Paris. Que va devenir sa collection de figures de proue ? Je me souviens d'une sirène mélancolique de bois peint aux yeux d'un bleu de cyanose et au buste tendu, avec, gravé au fer dans le creux du muscle fessier, le nom d'une reine anglaise. Et son œuvre, qui s'en souciera maintenant ? La postérité n'est qu'un rêve de moribond. « Il vaut mieux passer à la poste hériter », disait Alphonse Allais. La gloire posthume insulte le défunt : suggérons qu'il assistât, impuissant, à sa célébration, tel le cadavre d'un famélique qu'on bourrerait des plus riches nourritures. Suggérons qu'il ait quitté cette terre convaincu de son insignifiance, comme Kafka qui se reléguait volontiers au rôle de silhouette et exigea l'autodafé de ses manuscrits. Génial ou sans pérennité, oublié ou reconnu, c'est toujours un même destin *post mortem* après l'amertume d'une plus ou moins anonyme besogne : le partage du néant. Et puis un rat dans son égout a plus d'aspiration à la gratitude qu'une carcasse de poète. Entendra-t-on jamais la déploration de Mozart dans sa fosse commune ou le rire satisfait de Hugo sous les voûtes du Panthéon ?

Entendu des critiques littéraires descendre en flammes mon *Drones* à la radio. L'éternel Calamistre déclara tout de go l'inutilité d'une pareille réédition : « On n'écrit plus comme ça aujourd'hui, il y a trop de mots, trop de virgules, trop d'accents ! » Un autre critique à la voix de petit garçon s'est pris d'une rage étrange contre Lionel Véroglé, mon personnage. On n'y croit pas un instant, affirma-t-il. C'est un déplorable paranoïaque. « Et puis ça ne tient pas la route ce mélange de science-fiction et de psychopathologie », renchérit Calamistre avant que je ne lui coupe le sifflet. Éteindre le poste délivre au moins de Saint-Germain-des-Prés. Je n'irais pas jusqu'à prétendre avec Lacan que ces sicaires de salon font barrage aux voix de l'inconscient. D'ailleurs, leur solide bon sens a toutes les chances d'avoir le dernier mot : les voix de l'inconscient, qui les écoute ? Il n'empêche que j'ai été blessé au plus vif dans la solitude qui est la mienne ; non pas à cause du livre, bien plutôt du fait du personnage. Comme si on insultait mon propre fils ou l'un de mes meilleurs amis. J'ai vécu si longtemps avec Lionel Véroglé, j'ai subi ses symptômes, tenté ses désirs et souffert de ses angoisses : écrire un roman, c'est se vider de son propre sang. Les critiques devraient toujours se souvenir de la vengeance de Stendhal comme d'un rire d'enfant dans la paix des cimetières.

Un ou deux verres de whisky m'auront vite remis de l'affront. C'est alors, au troisième verre, que Lionel m'a semblé prendre corps entre la fenêtre et la cheminée. On eût dit qu'il voulait me consoler sans en avoir l'air. Ah, mais quelle allure lamentable dans son vieil imper, la cigarette au bec ! Je suis cerné d'épaves, de toqués et de marginaux. C'est presque une fatalité lorsqu'on défend la liberté en désespoir de cause : la bourgeoisie est entrée dans les têtes ! Il n'y a plus que les héros de roman pour montrer un peu de vrai courage. À leur grand préjudice.

Histoires de doubles. L'un et l'autre : le même au miroir. Sauf qu'ils (ou elles) ont des destins dissemblables. Si j'avais eu un jumeau, cela aurait expliqué bien des choses. Personne n'est à l'abri de son double. L'usage intempestif des miroirs et de la photographie aurait-il une influence sur la procréation ?

J'ai pris la voiture ce matin sans destination précise, histoire de tenter le diable sur la route verglacée. Les champs étincelants de givre et l'ombre bleu nuit des bosquets de pins m'ont rappelé à la jeunesse de l'instant, sous une lumière rase. Tout est neuf pour qui sait être ponctuel, ni en retard d'une vie ni en avance d'un destin : juste présent à cette seconde très locale de l'univers. L'Alfa Romeo toussait et crachait sur les côtes en bonne vieille rosse. J'étais sur le plateau, en direction de Fortbrune, quand je me suis souvenu de l'invitation de la belle mercière, laquelle propose des livres au lieu de boutons et de lacets, et qui, dans le même esprit, sans crier gare, se délace et se déboutonne. Lavinia m'avait dit de passer à l'occasion, même sans prévenir. Elle avait quelque chose à me montrer. Est-il décent de réveiller les jeunes filles le dimanche avant la messe ? En retrait de la route, juste avant la maison de l'ancien gardien de phare, une cheminée déployait ses rubans de Möbius. J'ai appris à lire les signaux d'Indiens : une bûche bien sèche flambait depuis peu. La jeune fille ne serait donc pas prise au dépourvu. Je quittai la route pour un chemin d'herbes blanches.

Lavinia m'aperçut de sa fenêtre et vint m'ouvrir presque aussitôt.

—Je vous attendais, dit-elle pour me mettre à l'aise.

Mais elle devait tout juste sortir du lit. En pyjama sous une robe de chambre molletonnée, ses cheveux déployés en un ruissellement de bouclettes rebelles, vraie coiffure du sommeil, elle m'accueillit avec la joie d'une écolière qui, sortant d'un rêve de punition, se souviendrait que le jour est férié. Une impression de déjà-vu m'accapara à peine entré. Les fenêtres creusées dans l'épaisseur des murs, les poutres basses, les meubles rustiques, les flammes dans l'âtre noirci, un parfum subtil de genièvre, d'encens et de pommes de pins – tout semblait un peu hors du temps, arrangé pour la seule rêverie. Il y avait même, accrochée à un suspensoir, une lampe à pétrole sous sa cloche de porcelaine. Lavinia avait suivi mon regard.

— J'ai l'électricité, bien sûr. Mais toute l'installation est à refaire. Et puis je ne suis pas moderne…

Elle s'agitait sans hâte, avec des gestes infléchis par quelque secrète appréhension.

— Ôtez donc votre manteau, je vous prépare du thé…

Elle s'était éclipsée derrière une porte après m'avoir glissé dans les mains trois ou quatre vieilles photographies. Un grand miroir dédoublait les flammes au-dessus d'un coffre de bois à ferrures ouvragées. Je m'étonnai de ne voir aucun livre.

Quelques minutes plus tard, elle réapparut en robe longue, les cheveux attachés. Le thé était servi.

— C'était une belle construction, dis-je en reposant deux des clichés sur une table basse.

J'avais reconnu sans qu'elle m'éclairât le château de Fortbrune, moins à l'appareillage des pierres qu'aux contours du paysage. Les arbres n'étaient guère identiques, mais on reconnaissait le chevauchement des coteaux semés de mastodontes rocheux. Le troisième cliché m'arrêta : devant le portail, un vieil homme entouré de deux jeunes femmes. L'une, en jupe et camisole, m'incita à jeter un coup d'œil sur mon hôtesse. L'autre évoquait les paysannes chères à l'école de Pont-Aven, avec son tablier de velours brodé et son col de dentelle. En costume noir et chemise à col rond, le vieillard s'appuyait des deux mains sur une canne de buis. Très clairs au creux d'orbites blanchies, ses yeux semblaient fixer un point liquide au-delà des murs et des rocs.

— N'est-ce pas le Maître de Lassis ? dis-je avec une fausse distraction.

La jeune femme me considéra intensément. Je remarquai le tressaillement de sa paupière gauche et l'esquisse d'un sourire d'une autre espèce que ces grimaces rituelles qui font du visage un masque de comédie légère.

— C'est mon arrière-grand-père, murmura-t-elle.

— Entre votre grand-mère et la vieille Olett, ajoutai-je étourdiment.

Lavinia rit cette fois de bon cœur sans préjuger de mon indiscrétion.

— Elles sont bien plus jeunes que moi, surtout Aurore ! dit-elle en m'ôtant la photographie des mains.

Et, soudain, terriblement attentive :

— L'autre est bien Olett ! J'ai toujours pensé qu'il s'agissait de sa pauvre sœur. Mais comment ?...

Elle se tut sur ces mots et haussa les épaules avec l'air d'en penser long sur le ciment de curiosité et de clabaudages qui ancre mieux qu'un clocher la vie d'une paroisse.

— Venez voir ! s'exclama-t-elle alors en me saisissant par le coude.

Nous fûmes presque aussitôt dans sa chambre : plus étroite et plus claire avec un vieux lit à baldaquin, des tentures de couleur sombre aux deux fenêtres et tout un rayonnage de livres sur le mur du fond. Je ne fis guère attention au charmant désordre de couturière, dentelles éparses, boîtes à fils et à épingles, pelotes de laine, ni même au dédain alerte du superbe chat angora qui trônait sur un siège à bras, tant m'obnubilait déjà l'unique tableau cloué sur un mur autrement nu, juste en face du lit, dans l'angle éclairé d'une fenêtre. Le sourire de Lavinia prit alors tout son sens. Elle m'observait comme l'enfant qui vient de jeter une mouche dans la toile d'araignée. C'était une peinture à l'huile de la taille commune aux Vermeer, d'une précision folle poussant le trompe-l'œil à ses limites optiques, au seuil d'une vie animée véritablement, mais par-delà tout réalisme. Pour échapper au vertige, je dus prendre du recul, et considérer la prouesse plastique d'un point de vue abstrait : six polyèdres bleus entrecroisés contrecarrant la vision immédiate, d'une évidence figurative quasi hallucinatoire. Et je songeai que mon point de vue devait forcément être celui de quiconque s'était vu confronté au tableau, assez proche il me semble de la perception tourbillonnaire de l'accidenté, à la fois éclatée et fusionnelle, juste à l'instant de perdre conscience. Une phrase d'Ernst Jünger relatant une grave blessure lors de la Première Guerre mondiale me revient très approximativement à l'esprit : « … et je vis en tombant au sol des brindilles et des feuilles qui s'agencèrent en étoilements adamantins et dévoilaient de grands mystères. » La seule œuvre sauvée du Maître de Lassis était devant mes yeux. J'avais pu en apprécier naguère la pâle copie dans un magazine. Il m'indifférait de savoir comment le tableau se trouvait chez l'arrière-petite-fille du peintre. Introduit là par héritage, legs ou tout autre mode d'appropriation, il rayonnait en soi d'un tel mystère que je compris une fois pour toutes la précellence de l'art sur les anecdotes de son exécution. Pure hypothèse du sacré, un chef-d'œuvre renvoie tout ce qui l'entoure et le précède à la contingence, à la relativité des possibles. Une main sur le cœur, je me suis trouvé brusquement dans un état indécidable de fébrilité, de stupeur et de manque. Lavinia eut presque peur. Elle s'approcha si près que son visage, un instant dans le même champ que le tableau, en fut comme illuminé. Je pressai fort la main venue me soutenir.

— Ne vous inquiétez pas pour moi, dis-je. Ah ! je connais cette toile...

— Seriez-vous rentré pendant mon sommeil ? C'est la première fois que j'ouvre la porte de ma chambre.

— N'est-ce pas *le Chasseur continental*? Il en existe une mauvaise reproduction dans une revue d'art d'avant-guerre. Quelle œuvre sublime...

— Je sais, bredouilla-t-elle d'une voix sans timbre. Je ne vis que par elle.

Son profil enfantin et buté se dessinait à nouveau dans la lumière du tableau. Je crus entendre à cette seconde qu'elle me parlait au premier degré, qu'elle avouait une dépendance entière. Surtout, une sorte d'échange vital, d'une nécessité absolue, paraissait s'imposer de manière fort énigmatique entre la jeune femme et la peinture, comme si l'une habitait l'autre et s'en était incidemment échappée. Moi-même à portée du prodige, je ne pouvais qu'en subir les effets seconds…

Lavinia voulut m'apporter une chaise. Je préférai m'asseoir au pied du lit et m'appuyer contre une colonne du baldaquin. À distance, un œil sur le tableau, je me dis que ma jeune hôtesse était en grand péril d'accaparement et de folie : impossible d'allouer d'autre intérêt au monde dans la sujétion d'un pareil chef-d'œuvre ! Lavinia souriait à la surface illusoire de ces profondeurs bleu et ocre.

— Comment vous a-t-il été transmis ? osai-je enfin demander.

— Il y a cinq ans déjà, juste après la mort de maman. Mais qu'est-ce que ça peut vous faire ?

Je ne l'avais pas quittée des yeux et mon attention dut avoir force d'imploration car elle se mit bientôt à raconter l'essentiel de son histoire avec la simplicité d'une enfant. La nuit tragique, quand l'incendie du château de Fortbrune, visible jusqu'au phare de l'Ankou, s'était mis à jeter des lueurs fauves sur les vitraux de l'église de Meurtouldu, personne n'avait bougé aux alentours. Après leur exploit de brutes enivrées, les soldats de la Wehrmacht s'étaient repliés dans leur quartier général basé au domaine de Ker-Lann (la garnison allemande avait très vite investi ces bâtiments pour leur situation stratégique). Le Maître de Lassis et la servante malmenés, peut-être déjà morts, n'avaient pu échapper aux flammes. Mais je m'en étais depuis longtemps douté : Aurore, la fille du peintre alors âgée d'à peine dix-sept ans, avait été traînée hors des murs après avoir été violée devant son père. La proie était trop belle. Les soudards embarquèrent l'oiseau blessé dans leur automitrailleuse. Ils se présentèrent encore ivres à la Kommandantur tandis que d'autres véhicules militaires sillonnaient le littoral. L'incendie avait mis l'occupant en émoi. Quand le commandant du secteur, un jeune capitaine du nom de Jürgen, eut devant lui les vandales, il les fit mettre à l'arrêt, lui-même fort troublé par la gracilité de la fille. Elle fut soignée avec diligence dans l'infirmerie de la garnison. C'est ainsi qu'Aurore devint sa protégée et son otage.

Les ruines de Fortbrune fumaient encore lorsque furent inhumés les restes des habitants mêlés aux cendres des chefs-d'œuvre. Le père Adamar, à l'époque aussi jeune que le capitaine Jürgen, célébra la messe funéraire avec l'émotion du désespoir. La foi le quitta au cimetière pendant que le glas ponctuait ces minutes monstrueuses. Toute la nuit qui suivit, l'orgue de l'église résonna sur le bourg et jusqu'au cap de Hueldu : le prêtre épuisait dans un fracas virtuose ce qui lui restait de crédulité. Mais Bach et Buxtehude n'attirèrent à minuit qu'une escouade d'Allemands mélomanes en grand uniforme. Le drame avait été si imprévisible qu'il balaya tout effort de rationalité. Carbonisés, les corps n'avaient pu être identifiés. Était-ce la jeune servante ou la frêle Aurore qu'on venait d'enterrer ? Les molécules de l'une ou de l'autre, assurément, étaient parties en fumée dans l'incendie de Fortbrune.

Pendant ce temps, au domaine de Ker-Lann, le capitaine Jürgen entourait d'attentions sa captive. Rendue aphasique, les yeux agrandis de terreur, celle-ci se laissa faire comme une mécanique qu'on s'amuserait à réparer. À Ker-Lann, je l'appris sans état d'âme, ceux de la Wehrmacht eurent affaire à la SS établie à proximité, dans une chartreuse désaffectée. Les soldats incriminés dans la tragédie de Fortbrune, que le capitaine Jürgen eût aimé voir pendre, furent expédiés sur le front russe. Accusé de laxisme envers les autochtones et de défaillance d'autorité auprès du contingent, lui-même vit son commandement menacé. Le jeune officier parvint toutefois à garder secrète la détention d'Aurore. Même folle et muette, la jeune fille l'accaparait. Il l'avait cloîtrée au dernier étage du bâtiment principal, au-dessus de son logement de fonction. Personne ne sut jamais l'usage qu'il fit d'elle.

Quelques mois plus tard, un matin d'hiver, juste avant l'office des Ténèbres, le curé de Meurtouldu découvrit Aurore blottie dans un appentis du presbytère. L'air égaré, elle avait tout d'une Vierge gravide en quête de la sainte crèche. L'ex-organiste de la cathédrale de Strasbourg ne fut pas long à la reconnaître. C'est ainsi qu'il prit en charge la fille du Maître de Lassis le temps d'un accouchement et d'un baptême. Une bergerie proche du bourg accueillit plus tard la jeune mère qui mourut de phtisie le jour du Débarquement, laissant une fillette entre les mains déformées d'un ermite riche d'une dizaine de brebis et d'une foi de chouan. Le vieil homme s'occupa au mieux de l'enfant à sa manière fruste avant que le curé de Meurtouldu décidât de la confier à la famille de sa gouvernante qui demeurait sur le plateau...

— Ici même, dit Lavinia. Ma mère a grandi dans cette maison dont elle hérita à sa majorité, mais ce serait trop long à vous expliquer. En tout cas, le père Adamar était derrière toute cette histoire d'adoption et de legs. À la mort d'Aurore, il s'occupa de tout, des actes légaux, de la succession du domaine de Fortbrune réduit à un tas de pierres. Ma mère ne put pousser bien loin les études. Quand mourut la bigote au service du presbytère depuis un demi-siècle, c'est tout naturellement qu'elle remplaça la gouvernante du père Adamar...

Ma mine incrédule fit rire Lavinia. Elle haussa les épaules en pressant son sein gauche d'un geste involontaire.

— Inutile d'épiloguer, n'est-ce pas ? Maman est morte il y a cinq ans à peine, quelques semaines avant ma majorité. L'année où vous-même avez emménagé à Ker-Lann...

Écourtée par je ne sais quelle subite influence, la narration de Lavinia, truffée de sous-entendus autant que de réticences, me laissait sur ma faim de romancier. Je lui en sus gré, par déformation professionnelle : ainsi me permet-elle d'imaginer tout mon saoul l'apologue et les linéaments. Mais *le Chasseur continental* excède par sa simple exposition les plus tangibles affabulations.

Il y aura là désormais, présent dans un coin accessible du paysage, cette bouleversante effraction de beauté. Un reflet en embrase tout entière *la fille de la fille de la fille*, douce Lavinia au regard prisonnier d'un tableau incomparable.

Je me suis rêvé mort cette nuit, le cœur extirpé chirurgicalement : on en avait besoin pour sauver un patient en attente. « Vous le connaissez, m'a-t-on dit juste avant la transplantation. C'est Calamistre, le célèbre critique. » J'ai pensé aussitôt qu'une fois mon cœur dans sa poitrine, il allait enfin me comprendre, il cesserait de rejeter mon œuvre avec cette morgue assidue. Le problème pour moi restait entier : j'étais mort, incapable de mener à terme un vague roman autobiographique qui imitait à ce point ma vie qu'on eût pu le confondre avec elle. Muni de mes notes manuscrites et de mon cœur, seul Calamistre aurait su l'achever. Mais il ne m'aimait décidément pas, il exécrait tout ce que j'incarnais : le retrait besogneux, la foi en l'écriture, une croyance obsolète aux pouvoirs de l'imaginaire. Il détestait jusqu'au drame qui m'habitait. Malgré cela, je me suis mis à trembler pour lui. Mon cœur avait besoin de lui, Calamistre devait vivre ! C'est alors que j'ai admis ma condition de cadavre : on allait sûrement m'incinérer. D'ailleurs les crématoires grondaient. Et mes livres, mes notes, mes manuscrits feraient un très médiocre combustible.

Juste au sortir du sommeil, l'espace d'une ou deux secondes, tout est surgissement et mystère. Au cours de ces rares instants, l'éblouissement arrache les paupières. Puis les apparences recouvrent leur stabilité baptismale : avec leurs noms, les objets reprennent leur place. Il ne se passera rien de neuf aujourd'hui qu'un pas de plus vers la mort.

Être m'effare, avec ou sans Dieu. Je me suis vêtu de sombre ce matin, assez distraitement je dois dire. J'ai sorti la vieille Alfa de la grange qui sert aussi de réserve à bois. Elle a toussaillé pour la forme en quittant les abords du domaine. Un brouillard de glace aveuglait les routes. Plutôt que de filer comme prévu vers Paris, bien sagement, j'ai pris la direction de Brest.

Dans le train, deux heures plus tard, une femme brune bizarrement cambrée sur son siège, la poitrine tendue en avant et le regard noyé, m'a rappelé avec force la figure de proue de l'*Élisabeth*. J'ai considéré des heures durant son beau visage d'endormie et le paysage cotonneux derrière la vitre en songeant au tranquille massacre qui se rapproche avec l'âge, de funérailles en funérailles.

Un fonds de curiosité chagrine m'avait décidé à rendre un dernier hommage à Vauganet. Sur les escalators de la gare Montparnasse, je n'étais plus du tout sûr de moi. J'hésitais entre changer mon billet de retour pour rentrer illico et aller traîner du côté de la rue d'Odessa. Montparnasse-Solitude ! J'ai marché des heures sur les traces de mon amour. Paris n'est pour moi qu'une sorte de Pompéi dans l'ombre violente de la mémoire. Puis je me suis convaincu d'aller saluer le collectionneur de chimères. En avance au Père-Lachaise, il a fallu que je m'égare dans le dédale de monuments et de statues. Et c'est bien en retard que j'ai vu se profiler les deux hautes cheminées sur la butte aux mausolées.

Au seuil d'un salon du crématorium, les bras ballants, j'ai considéré tour à tour les dos épars du public assis, les deux musiciens collés au mur qui dissimulaient presque leurs violons dans leurs bras, le vaste cercueil de bois clair dressé sur un catafalque et, parcouru de tics comme une marionnette à fils sous les doigts d'un montreur assoupi, le maître de cérémonie au visage de plâtre. Une vague camaraderie et quelques lettres échangées autorisent-ils à se mêler aux proches d'un défunt ? Je suis allé me tasser sur une chaise du fond. En de telles circonstances, nul ne se soucie vraiment des inconnus, témoins de vies antérieures ou simples intrus de la mort. L'ordonnateur avait une face émaciée d'alcoolique contraint toute une vie à simuler la plus laborieuse compassion. Il posait un regard de gorgone, hallucinant, sur les têtes qui ondoyaient le long des travées. Devant l'absence d'initiative d'une compagnie dont la qualité de silence semblait lui échapper, il partit à discourir d'une voix découragée d'acteur, sans guère accrocher la torpeur des derniers rangs : « C'est une épreuve douloureuse qui nous rassemble en ce triste jour... » Un jeune homme vêtu d'un ample pardessus noir ouvert sur un costume clair se dressa vivement et, sans éclat, penché à son oreille, demanda à ce sociétaire du néant de se taire. Il invita dans le même temps les musiciens à faire leur office. L'ordonnateur, imperturbable, mit en branle la machinerie du crématoire en trahissant d'une mimique teintée d'ironie sa désapprobation de majordome funèbre. Tandis qu'une sonate de Mozart accusait l'incongruité de la scène, le cercueil calé sur un wagonnet s'enfonça avec lenteur dans l'espèce de fanum qui s'ouvrait sur la bouche d'acier du four, après un circuit méandreux de train fantôme.

Moins de deux heures plus tard, au terme de l'incinération, j'étais toujours présent et le jeune homme au manteau noir se retourna sur moi, dubitatif. Mal rasé, les lames d'or de sa chevelure glissées dans son col, il arborait une beauté crâne d'archange déchu avec ses faux airs byroniens. Plus blonde encore, une grande femme aux lèvres noires avait elle aussi résisté au sauve-qui-peut habituel à ce type d'obsèques. Bientôt, sur le seuil d'une salle d'attente, l'ordonnateur à tête de momie vint remettre l'urne funéraire emmaillotée d'un carré d'étoffe à feston d'argent aux derniers témoins. Gêné, je saluai déjà la petite assemblée d'un signe de tête mais un fol incident m'arrêta. Sans doute surpris par l'intense chaleur, l'archange venait de lâcher l'urne, laquelle alla rouler bruyamment au sol en grosse toupie funèbre. Descellée par le choc, elle répandit une longue gerbe de farine grise sur le dallage. La scène, aussi sommaire qu'extravagante, parut s'inscrire dans le marbre de l'instant.

— Elle m'a échappé, ne sut que répéter le jeune homme, les mains toujours écartées, avec un air de consternation assez proche du fou rire.

À cette seconde, le maître de cérémonie d'ordinaire statufié par une confrontation quotidienne aux rites du trépas laissa transparaître la monstruosité presque mythologique de son personnage. Quelque chose venait de se briser dans sa mécanique grimacière. Robot frappé par la foudre, il lança autour de lui des regards métalliques de saurien. La femme blonde, défigurée par un étrange rictus, eut un hoquet d'impatience et, dans un sanglot, se précipita au sol pour ramasser à genoux cette poussière du creux de la paume. Sa robe trop étroite s'était retroussée sur la blancheur laiteuse des cuisses, au-dessus des rubans de jarretières. Je me souviens avoir été secoué d'un trouble où le désir le plus frénétique avait sa part. Il n'y avait plus rien à dire. Au vu des circonstances, toute politesse eût été vaine.

Une douleur au côté, je tournai les talons pour le coup et claudiquai vers l'extérieur. L'air glacial et la lumière contrastée me rendirent aussitôt mes esprits. Un grand ciel convulsif roulait sur les bouquets d'arbres et les mausolées, avec ses nuages bruns et gris au pied du vent et ses déchirures d'aurore à chaque éclaircie. En me retournant d'un mouvement instinctif pour voir si aucune foule indignée n'allait me prendre en chasse, j'aperçus la double cheminée des crématoires d'où s'échappait encore une fumerolle de volcan endormi. Les cendres de Vauganet achevaient de se répandre sur les cippes et les colonnes tronquées. Vite désorienté quelques pas plus loin, je me mis à dévaler une sorte de rue pavée à l'ancienne qui virait selon une courbe trop parfaite entre deux alignements de caveaux de famille, chapelles ornées d'angelots et de veuves, de chaînes de fonte ou de mains d'os sculptés, et d'où filtrait, parfois, sous la rouille et la suie, l'éclat bleuâtre d'un vitrail. Le silence se creusa peu à peu, en moi et hors de moi. Je ne pus m'empêcher de penser à une collusion d'influences. Boitillant des deux jambes, je pressai encore le pas en lorgnant tour à tour les caveaux ouverts et le ciel agité, quand un cri vrilla mes tempes. Quelqu'un, veuve de marbre ou fossoyeur, courait derrière moi. Un quart de seconde, j'esquissai un mouvement de fuite, du côté des sépulcres éventrés par les racines. Désolé de ma frayeur, je me retournai tout de guingois et vis surgir la femme blonde des obsèques qui se hâtait, les mains terreuses, un sourire dramatique aux lèvres.

— Excusez-moi, dit-elle à dix mètres en se rapprochant d'un air déconcerté. Excusez-moi, vous êtes parti si vite…

Le souffle court, elle prit le temps de me détailler de haut en bas avec une espèce de jubilation. Enfin calmée, ses grands yeux verts agrandis par la curiosité, elle me demanda :

— Vous connaissiez Paul ? Je veux dire : Paul Vauganet ?

C'est ainsi que je me suis trouvé embarqué dans la

plus absurde équipée. La jeune épouse du défunt et son amant m'enjoignirent d'assister au dernier acte de la cérémonie : l'éparpillement des cendres. Le couple ivre d'alcool et de haschich avait besoin d'un témoin de substitution essentiel à sa folie : on me donna un peu le rôle du mari ou du mort. J'avoue avoir bu avec eux plus que de raison. Des cendres furent semées d'un bar à l'autre, sur les chaussées et dans les bouches d'égout. L'urne à la fin roula pour de bon par-dessus le parapet du Pont-au-Double. J'abandonnai les amants titubants devant les porches de Notre-Dame. Une soudaine affluence de touristes japonais escamota ma fuite à l'intérieur de la cathédrale. Le grand orgue sculptait des envolées et des grâces sous les ogives. Assis à l'écart de l'autel, derrière une colonne, je dessaoulai avec une pensée pour Vauganet malgré la migraine nauséeuse qui me faisait éructer.

C'était hier. Le dernier train ne m'avait pas attendu. Pour comble de dérive mélancolique, j'aurai passé la nuit à l'hôtel du Retour, dans une chambre presque identique à celle que j'habitais du temps de Fedora. Les motifs des rideaux et les tableaux ornant les murs, hideux sous-bois avec cervidés, étaient certes différents, mais la fenêtre cadrait un même abord de toits et d'arbres et ma solitude reconnut sans effort cette sensation de draps froissés que font sur la peau nue, après une nuit de fièvre, les pliures et les fronces du temps.

Il a neigé tout à l'heure sur la pointe d'Ar-Grill. On aurait dit des levées d'embruns par-dessus le ressac, mais la mer était calme. L'écume du ciel a blanchi les belles épaules de Coré et ouvert des chemins insoupçonnés dans les bois de pins. En écoutant craquer l'herbe gelée sous mes bottes, une allégresse de survivant m'a saisi. J'ai marché jusqu'au belvédère. Les îles bouillonnaient au large du Hueldu. Sur la plus proche, un couple de cormorans prenait des poses d'épouvantail. L'atmosphère était saturée d'une vive, brisante alacrité, qui diluait les molles frayeurs. Un coup de vent dégagea l'horizon au point de révéler une foule d'écueils à l'aspect de mégalithes. La parodie christique du cormoran qui ouvre ses ailes face au large me convient assez : l'Océan est une résurrection de chaque instant après l'inhumation des songes. J'aurais dû être marin, quitter la terre ferme de la mémoire. Nous sommes tous des fanatiques accrochés à des ruines.

Que me raconte Emily, certains soirs, bien campée sur son coffre à fantômes ? Une *force spectrale* émane de la pensée et provoque des phénomènes (ah, j'ai traduit au moins cinq lignes qui font tout un poème !). De retour de Paris, de cette ville où des millions de destins se croisent aveuglément, il y a de quoi s'effarer d'être ici, captif de la lenteur quasi biblique d'événements que seul ponctue le glas du ressac. Quel prodige attendre en effet, outre les tempêtes et la mort des gens ? Dans ce bout du monde, face au gouffre élémentaire, il n'y a bien que l'alternance des veilles et du sommeil qui donne le sentiment d'exister (à peu près comme la discipline des marées sur un parc à huîtres !).

C'est à l'intention d'Emily que j'ai tenté de traduire au mieux ce beau quatrain d'Arthur O'Shaughnessy :

Les splendides hordes qui errent
À minuit, lorsque des lunes d'orage
Les guident vers mainte proie obscure
Et que sous la foudre la terre défaille

Les rêveurs sont des loups-garous qui s'ignorent. Peut-être se retrouvent-ils dans les cimetières, certaines nuits, pour hurler de concert à la lune avant de se jeter ensemble sur l'objet palpitant de leur désir sagement lorgné et reniflé la veille.

« Tel meuble sculpté par des becs d'oiseaux merveilleux » : celui-là même qu'aurait pu connaître Saint-Pol Roux et que j'ai forcé dans la chambre d'une jeune fille trop confiante pour y voler la clé du grand Rendez-Vous. Une œuvre d'art a, certes, plus d'un sens ; mais il m'a semblé que le plus remarquable en l'espèce est la symbiose qui unit secrètement l'arrière-petite-fille du peintre à l'unique tableau sauvé. La coprésence du

Chasseur continental et de Lavinia, dans cette chambre à coucher confiée aux miroirs et aux livres, a rendu au monde sa concavité temporelle, pure énigme de la surface appelée aussi *profondeur*. Et les becs d'oiseaux mystérieux ne cessent plus de sculpter pour moi des polyèdres au fond d'abysses pareils au souvenir.

Je n'ai pas oublié cet hiver enchanté, dans les environs de Kyoto. Amaya tourmentée par les siens m'avait adjuré de l'accompagner. L'endroit avait abrité quelques moments heureux pour elle, quand sa mère vivait encore. C'était un pavillon de bois au bord d'un lac, d'un seul niveau surélevé, dans le style des temples bouddhistes, avec un toit de tuiles en céramique et des ornements d'angle bandés de chanvre laqué. Le lac immobile à l'ombre des banians et des eucalyptus, la chute douce des collines vers l'ouest, sur l'autre rive, et les hauts épaulements rocheux mus par les brumes qui commandaient au jour, la pureté cristalline des nuits habitées d'un doux frémissement aquatique aussi : tout concourait à notre quiétude malgré les menaces du yakusa et les tentatives d'intimidation de son fils Yumo, l'abricot ! J'aimais trop Amaya pour m'en soucier et l'endroit était vraiment idyllique.

Nous demeurions le plus souvent aux abords du chalet à cause du froid, à contempler les jeux tournants de la lumière sur l'étendue miroitante. Au crépuscule, le fin sillage d'une barque, toujours la même, suffisait à l'éteindre, brisure vite répercutée en ondes nocturnes. Amaya avait maigri. Elle prétendait par plaisanterie que l'amour physique la consumait et qu'il ne resterait rien d'elle bientôt que l'écho de sa voix dans les collines. Claudel aimait dire du Japon qu'il est « un spectacle dont le seul acteur est le rideau ». J'ai pu vérifier l'assertion auprès d'Amaya. Avec elle, le rideau s'agitait et s'entrouvrait indéfiniment, sans jamais dévoiler la réalité de la scène ou son envers. Même sa nudité de rose et d'or fin, son corps violemment offert, annonçaient autre chose, un spectacle toujours à venir. Le pavillon du lac d'Ihara appartenait à un vieil homme qui avait aidé la mère d'Amaya pendant ses dernières années. Nous étions en sécurité pour quelques jours ou quelques semaines. Indifférente à son propre sort, Amaya voulait en fait me protéger de son frère l'abricot. Je l'appris d'elle un matin, deux ou trois jours après notre arrivée. Les premiers soirs, elle s'était dévêtue dans l'ombre et m'avait demandé de l'aimer ainsi. Elle se levait toujours avant l'aube pour voir le soleil se détacher du lac dans un éventail de cieux variés. Un matin, elle n'eut pas le temps d'enfiler ses jeans. Je m'emparai d'elle pour la dévorer de baisers. Elle rit de mes facéties tendres tout en se débattant.

— Laisse-moi ! disait-elle. Ne me regarde pas...

J'avais maîtrisé ses jambes et m'inclinai sur ses petits pieds, soudain figé de stupeur : Amaya portait des mi-bas de dentelle noire aux mêmes motifs entrelacés d'oiseaux fantastiques, de lotus et de dragons que ses socquettes préférées. Brusquement, en glissant l'index, je m'aperçus de la trop grande finesse de la trame : aucun fil ne couvrait l'épiderme. Qu'elle n'eût ôté ses mi-bas de la nuit ne m'étonnait plus : il s'agissait de tatouages ! Par association, je me souvins des faux bas couture, à la teinture et au crayon, que les coquettes imaginatives arboraient sous le régime de Vichy. Mais la peau d'Amaya était piquée à l'encre indélébile. Elle ne cherchait plus à cacher ses jambes.

— Est-ce si vilain ? murmura-t-elle.

— C'est une folie ! dis-je. Tes si jolis pieds ! Oseras-tu aller te baigner maintenant, porter des robes légères ?

— Je m'en moque bien, répliqua-t-elle sans joie.

Elle s'étira dans la lumière cendrée du matin. Les plumes de geai de son pubis s'harmonisaient joliment avec les dessins gainant ses mollets. À vingt ans, il y a peu de distance entre le fugitif et le permanent, l'instant joué et l'engagement à vie. On vendrait l'éternité au diable afin que dure la chanson. J'embrassai éperdument Amaya pour me faire pardonner. Ses faux bas m'excitaient d'ailleurs à l'exemple d'un excès létal de séduction : cette fille pouvait mourir pour plaire. Son tatoueur était un véritable artiste, ce qui ne cessa de m'intriguer : comment avait-il pu accepter d'infliger à son modèle cela même qui, dans mainte situation, apparaîtrait comme une faute de goût, voire une infirmité ? Les fragilités d'Amaya, ses troubles d'identité, ses colères subites qui allaient parfois jusqu'aux menaces d'automutilation, s'expliquaient assez par son histoire, toute cette violence qui la hantait. Alors que nous cheminions sur la berge, le froid s'accusa un soir, concentré dans l'ombre des arbres. Le lac étincelait sous un beau ciel de verre et d'étoupe. Les montagnes à l'est nous apparurent tout enneigées à travers un étagement de nuages. La surface de l'eau s'éteignit à l'approche d'une barque. Fidèle aux aurores, elle glissait d'une même allure, mais à rebours du matin ; des poissons phosphorescents remuaient sur le pont. Amaya n'hésita pas à la désigner du doigt.

— C'est le vieux pêcheur. On prétend qu'il a aimé sa propre fille, anciennement, et qu'elle s'est noyée pour lui échapper. Mais je n'y crois pas. N'est-il pas monstrueux d'aimer sa fille ? Il s'agissait sûrement d'une nymphe ou d'un poisson envoûteur qui prit cette apparence. Connais-tu l'histoire de la Carpe tatouée ? C'est Saikaku, un de nos grands classiques, qui la raconte. Le lac dont il s'agit a toujours existé de mémoire d'homme, et cela depuis la plus haute Antiquité. Un pêcheur à la ligne appelé Naisuké y pêchait sur sa pauvre barque à peine plus vaste qu'une coque de noix. Sans femme ni descendance, il habitait une petite maison sur la digue qui protégeait son vivier à carpes. Parmi ces poissons, il y avait une carpe femelle à l'air si noble qu'il ne pouvait se résoudre à la vendre. Entre toutes, il la garda. Un beau jour ses écailles s'ornèrent de *tamoé*, ces symboles en forme de crocs percés ou de spirales. Le pêcheur l'appela donc Tamoé. Il fut très surpris lorsqu'elle répondit à son nom. La carpe se laissait gentiment apprivoiser. Si bien que le pêcheur prit l'habitude de la tirer hors de l'eau. Elle passait alors la nuit dans sa maison et elle s'accoutuma à manger du riz gluant. Délicatement, il la remettait à l'eau le matin venu. Bien des saisons passèrent. Quand la carpe atteignit sa dix-septième année, elle avait la taille d'une très jeune fille, entre l'extrémité de sa queue et sa bouche. Cependant Naisuké reçut une proposition de mariage au sujet d'une femme du village qui avait à peu près son âge. Le pêcheur à la ligne épousa donc la villageoise. Une nuit, tandis qu'il était sur sa barque, une femme très belle aux habits couleur d'eau, avec une écharpe aux dessins de vagues autour du cou, pénétra dans la maison de la digue et interpella la villageoise. Elle lui déclara sans ambages : « Je suis la maîtresse attitrée de Nasuké et voilà qu'il vous épouse alors même que je porte son enfant ! Vous comprendrez ma colère ! Déguerpissez vite chez vos parents avant que je ne soulève une vague immense qui vous engloutira dans le lac avec la maison. » Chose dite, la visiteuse disparut se cacher dans la nuit. Quand, au retour du pêcheur, l'épouse épouvantée lui raconta ce qui venait d'arriver, Naisuké parut ne pas comprendre. « Si tu m'avais décrit une de ces coureuses de campagne qui vendent du rouge et des aiguilles, j'aurais pu avoir un doute. Ces affaires-là d'ailleurs ne portent pas à conséquence. Mais comment un misérable tel que moi pourrait-il avoir séduit une femme de cette classe ? » Le pêcheur se demanda même si son épouse ne souffrait pas d'hallucination. Le soir de ce même jour, sans plus y penser, il sortit de nouveau sa barque. Soudainement, les vagues enflèrent et une immense carpe jaillit d'un bouquet d'algues flottantes. D'un bond, elle fut dans la barque.

Elle cracha alors une petite chose qui avait forme humaine avant de replonger dans les flots. Le pêcheur retourna aussitôt à la digue et ne put que constater la disparition de Tamoé, la carpe tatouée…

— Et quelle est la morale de cette histoire ? demandai-je à Amaya que je serrais contre moi par sa fine taille d'anguille ou de civelle.

— Il y en a une : « Ne soyez pas trop familier avec les bêtes ! »

Le lendemain, avant le jour, une clarté sourde nous fit battre des paupières dans l'intuition de la neige. Mais nous demeurâmes immobile, seins et hanches mélangés. Amaya chuchotait dans ma nuque. Son souffle tiède modulait sur ma peau les syllabes.

— Tu es comme Izanagi, disait-elle, tu es trop curieux.

— Qui est Izanagi ?

— L'autre moitié de l'amour qui peupla le monde ! Izanami accoucha du feu et mourut. Izanagi, désespéré, la rejoignit au royaume des morts. Il ne fallait pas qu'il la regarde…

— Tout comme Orphée ?

Amaya mit deux doigts mouillés sur mes lèvres. J'aperçus son sourire dans la pénombre, pétales de rose sur un collier d'ivoire.

— Elle le supplia, mais il n'en tint pas compte et vit en se retournant le corps putréfié et puant de son épouse. Izanami, furieuse, prit le pauvre Izanagi en chasse pour le tuer. Il parvint à sortir des enfers et à en murer l'entrée d'une énorme pierre. Pour se venger de lui, Izanami décida de détruire chaque jour mille créations de son époux. Malgré ses blessures, Izanagi fut contraint d'en générer davantage. Et c'est ainsi que naquit le cycle de la vie et de la mort. Quant Izanagi lava ses plaies, le dieu Tsukiyomi s'échappa de son œil droit et la déesse Amaterasu de son œil gauche, c'est la lune et le soleil…

— Amaterasu…, murmurai-je après elle.

— Oui, la mère des Empereurs, la grande déesse, elle brille sur notre drapeau.

Amaya se rapprocha plus près s'il se peut, sa langue contre mes gencives, si bien collée à moi que nos cœurs battaient l'un contre l'autre en sourdes cymbales. On eût dit qu'elle voulait fuir l'espace trop quiet, mettre nos épidermes à l'épreuve des viscères. Quand le mutisme s'installait, Amaya était assaillie par ses fantômes. Elle s'en effrayait plus que de Yumo, son frère ombrageux, ou des sbires du yakusa. Après l'avoir écoutée des heures, il fallait la distraire, l'embrasser, la consoler, masser ses belles épaules et ses hanches, détecter sa jouissance comme un ausculteur de coffre-fort.

La joie enfantine au lever, quand on découvre la première neige, cette fresque du silence, soudain, entre terre et ciel. Sur le lac gelé et le paysage environnant, elle avait établi son empire. Amaya et moi avons cheminé dans l'effacement en nous lançant à la tête, comme des boules de neige, les haïkus de circonstance : *le mince trou fait en pissant, ni terre ni ciel, les hérons blancs, le corbeau d'ordinaire haïssable*… De Bashô à Hashin, elle les connaissait tous. Quelques flocons papillonnaient encore après l'avalanche de la nuit. Quand une branche basse lâcha sur mon crâne son lest glacé, c'est avec un à-propos jubilatoire que je m'en remémorai un petit dernier :

Holà, les chineurs !
L'achetez-vous –
Mon chapeau de neige ?

Amaya s'esclaffa. L'instant d'après, elle me considéra avec un air de tendresse mêlé d'appréhension. Notre incognito n'était certes pas sans risque. De retour vers le pavillon, nous nous prîmes la main comme des enfants. L'averse dansante était repartie de plus belle au point d'effacer les empreintes du matin. Je me souvins alors d'un autre haïku qu'il fallait taire :

Neige d'hier sur nous deux
Une autre tombera
cet hiver

Le visage d'Amaya s'est confondu *un instant fatidique* avec celui de Lavinia, à cause d'un détail, une façon qu'avait celle-ci de pencher la tête en écartant de son oreille la masse effondrée de ses cheveux. Depuis, je ne peux m'empêcher d'associer l'une à l'autre, le geai de Kyoto à la mouette de Meurtouldu. Leurs histoires à la réflexion sont presque jumelles. Cette surimposition tremblée a suffi pour réveiller un amour de jeunesse. Mais c'est de Lavinia qu'il s'agit, de la petite mercière des songes qu'un miroir du fond du temps aura touchée de grâce. La proximité d'une œuvre d'art crée des perturbations subtiles dans l'espace. *Le Chasseur continental* influait depuis longtemps sur une vie dérobée, jalouse de son secret. Est-ce pour s'en délivrer que l'arrière-petite-fille du Maître de Lassis m'aura ouvert sa porte ? Le bout de siècle qui nous sépare, un tableau l'annihile par magie : c'est du même lieu que Lavinia et moi le regardions. Quel insondable aparté une peinture suscite à notre insu ! La jeune fille ne s'est pas déshabillée, comme l'autre jour au lavoir des Trois Supplices, mais en m'ouvrant sa porte, elle s'est mise à nu plus entièrement. Elle s'est offerte à moi dans un miroir si l'on veut. Et je l'ai seulement regardée, les yeux dans les yeux, en oubliant les confidences du père Adamar et les ruines de Fortbrune.

Le romancier qui se cache est-il bien réel ? Il a beau se régaler de mots rares, quand la romancerie tourne en romancines, le doute menace. Libre à lui de se réinventer derrière un pseudonyme ou d'accumuler rocamboles, farragos et patarafes pour tromper son monde. Du galimart que tout cela ! Le seul charme du roman, au fond, c'est d'y croire (à rebours de la réalité, qui n'est qu'un parti pris de somnambules).

La rêverie de Pythagore est pleine de nombres premiers qui sont comme des visages. L'ultime seuil du songe, la dernière poupée russe de l'illusion nous livrerait à coup sûr *la clef des réalités*. Le dos tourné, nous côtoyons de si près le secret, qu'il en devient notre dos.

« Une odeur de temps flottait dans l'air ce soir-là », écrit le très nostalgique Bradbury qui rêve d'aujourd'hui depuis ses fictions projetées dans un futur stérile.

Fedora était si présente, dans son corps et son regard, que j'en étais tout effaré. Une flamme se débattait entre mes paumes : comment la protéger du vent ? Fedora dans la nuit, feu follet errant sur un charnier de rêves… Dans tes voyages, qui devenais-tu ? Quels souvenirs t'envahissaient que tu n'avais pas vécus ? Non, tu ne voulais pas dormir, pas la nuit, tu ne voulais pas te trahir. « Je cherche une autre vie, disais-tu. C'est ça ou mourir. » Combien de fois ai-je tenté la raison ! Tu me répondais toujours à côté, avec ce sourire des gens sur le départ. Un jour, en pensant à je ne sais qui, tu citas Marlowe avec une ostentation cocasse :

Lone women, like to empty houses, perish.

Je n'y pris pas garde. Je te croyais cernée de courtisans. Tu étais plus délaissée qu'un palais vide.

Sur les quais de la Marne, avec l'ami Jean, il était toujours l'heure d'échapper aux servitudes et autres barbaries de l'éducation. La coulée d'argile éternelle, si ample à hauteur des îles, était un apaisement de chaque instant. Face aux intérieurs mesquins, aux violences minuscules de la civilité, l'emportement de la rivière disait l'échappée inaltérable, les estuaires et les deltas, en concurrence avec le ciel. Jean partageait ma rage d'évasion. Nous en étions aux escapades, périples en bocal, chemins buissonniers, fugues déguisées en week-end studieux. Le gendarme était rentré du Sahara, du sable irradié plein les bottes. La guerre avait rendu ses clefs. L'OAS soldait de toute urgence ses bombes à retardement. Enceinte, Else brodait des bavettes roses (elle avait le ventre rond) et tricotait de minuscules chaussons entre deux narcoses aux urgences de Créteil. Il lui arrivait de ramener du matériel, des ampoules d'éther, des flacons de morphine ou de curare, autres occasions d'évasion pour l'intrus familier. Else me tenait fermement à distance depuis la décrue. « *Hände weg!* », m'avait-elle lancé au lendemain de mon débourrage amoureux. Prompt au renoncement, je me le tins pour dit et poursuivis ailleurs la chimère – dans les fêtes foraines, les terrains vagues ou les salles obscures. L'ami Jean de son côté préférait la Vénus duveteuse de l'île d'Amour. Depuis la triste fin du Pirate, retrouvé pendu par les pieds, la face rongée par des rats acrobates, à la suite d'une chute à travers le plafond de la guinguette en ruine, nous avions repris pied sur notre île déserte. À la maison, le gendarme était aux petits soins. La perspective d'une paternité tardive l'émoustillait sans pacifier sa morgue de militaire. Il protégeait le ventre d'Else comme une ogive atomique. Les maris ont tous des mines de saint Joseph devant une gestation : l'enfantement leur est aussi mystérieux que la mort. Quand naquit Élisabeth, il fut quelque temps désemparé par l'hostilité soudaine d'Else qui redoutait sa brusquerie d'ogre. Au retour de la clinique, il butait sans arrêt, affamé, contre sa porte, en faux bourdon à la langue trop courte. Comment partager les désirs contraires ? Le nourrisson devint vite le noyau et la chair du monde. On ne s'apercevait plus guère de mes disparitions, encore moins de mes retours. Cependant la vie trouvait son chenal.

Le drame qui mit un terme à cette fausse idylle domestique sort des clauses de la vraisemblance que les romanciers ne bousculent jamais, sauf à changer de registre. Le gendarme fut retenu un soir à la caserne de Nanterre. Il ne réapparut que deux ou trois jours plus tard. J'eus entre-temps l'occasion d'assister depuis les bords de Marne à une opération de police qui visait notre pavillon. Un car de gardes mobiles et plusieurs voitures banalisées s'étaient garés aux alentours. Trois hommes en civil se présentèrent sur le palier. Quand la porte s'ouvrit, Else jeta un coup d'œil presque amusé autour d'elle. Son enfant dans les bras, elle paraissait à peine surprise devant ce déploiement de forces. C'est alors qu'elle m'aperçut par-dessus les chapeaux des policiers. Elle souleva la petite Élisabeth des deux mains, très haut, à mon intention. Je me souviens de l'étrangeté de son geste. Quand je fus sur le perron, elle posa sur moi un regard dur, à la fois furtif et résolu, puis s'écria : « Occupe-toi donc de ta sœur ! Le temps que je revienne. » On lui mit les menottes tandis que j'étais prié de rentrer chez nous avec l'enfant. Les portières des voitures de police claquèrent sur le quai. J'ignorais alors que, jamais plus, je ne reverrais Else Grauthausen. Seul avec Élisabeth jusqu'au soir, je me surpris à babiller, des scénarios impossibles plein la tête, quand le gendarme resurgit, mal rasé, les joues caves. C'est d'une voix arrêtée qu'il me demanda d'aller coucher la fillette et de m'enfermer dans ma chambre. Sans doute avait-il pris la décision de mettre fin à ses jours. Mais aucune détonation ne vint légitimer mon insomnie cette nuit-là. L'idée du suicide, tout comme l'inspiration, n'est opérante qu'en certaines circonstances. L'épreuve passée, l'habitant des lieux survivra même à sa déchéance.

Pluie et vent sur Ker-Lann. La nuit s'annonce querelleuse. La maison grince et gémit par toutes ses chevilles comme un navire dans la tourmente. Des souffles brusques arrachent les ardoises des anciennes écuries, dégondent un volet de bois ou décollent des plaques de goudron et de suie dans les cheminées. Le fracas continu de la mer exalte la solitude dans ces ténèbres. Au bout du bout, dans le ressac de la mémoire, cette folie élémentaire vivifie *l'âme et le cœur* – vieilles fables travestissant l'absence infinie. J'aime cette contrée jusqu'à l'enivrement du désespoir.

Sommeil haché de faux éveils dans la chambre haute. Le dormeur souffre d'une légère ankylose qui lui fait craindre cette catalepsie définitive, d'apparence cadavérique, qui inspire tant les croque-morts. Dès que j'ai pu m'extraire de la nasse, la faible palpitation du phare du Hueldu au coin d'une fenêtre et dans un miroir m'a rendu à l'impavidité du chaos : mieux vaut mille apocalypses qu'être enterré vivant. Debout, vacillant, je me suis collé à la fenêtre pour sentir trépider la nuit. Les ombres agitées du parc et le gouffre marin aux lueurs métalliques semblent vibrer avec la vitre. Dans ces murs – la pensée m'en est venue alors – Aurore, la fille du Maître de Lassis, fut prisonnière, violentée, torturée peut-être. Et combien d'autres ? Si les esprits des vivants et des morts étaient l'ultime réalité, l'univers tout entier en serait l'image active. Lovecraft explique les anticipations et les prophéties par une diablerie quantique. Des courbures de l'espace nous mettraient en contact avec les galaxies les plus lointaines. Par mille flexions, tous les temps vécus et à vivre communiqueraient au même point de révélation dans la maison de la sorcière ! Surgi de Bételgeuse ou d'Orion, le beau visage de mon amour frissonne derrière la vitre, ses yeux plongés dans les miens sans que je le sache encore, dans la connivence des incommensurables.

C'était au printemps 1992 (93 peut-être ?), un soir de mai en tout cas : la douceur de l'air et la lumière particulière ne peuvent tromper la mémoire. Fedora avait chanté dans *la Damnation de Faust*, elle était Marguerite, bien sûr. Et moi, spectateur exclusif dans la foule, j'étais comme Faust après le pacte, le bras douloureux mais exalté de neuve jeunesse. L'adaptation en vers du librettiste de Berlioz dénature la belle traduction de Gérard de Nerval, mais laisse toute la place à la musique. Le docteur Faust se promène dans les prairies de l'aube :

J'entends autour de moi le réveil des oiseaux,
Le long bruissement des plantes et des eaux.
Oh ! qu'il est doux de vivre au fond des solitudes...

Face à Fedora transfigurée, j'étais l'homme de la légende ou bien le rat de la chanson. Ce n'est qu'après le chœur des gnomes et des sylphes que je m'aperçus que Méphistophélès n'était autre que Scarpia, le baryton de la rue d'Odessa dont le vrai nom m'échappe. Face à Fedora en Mélisande, il avait été Golaud naguère, et Othello face à la même en Desdémone dans l'opéra éponyme de Rossini. Son bourreau de scène attitré était aussi son protecteur dans la vie profane : exécrable figure, de mon discret mais fervent point de vue. Cette Mélusine de velours que je croyais posséder le jour, appartenait-elle la nuit à ce vieux démon emplumé ?

Heureux Faust,
Bientôt, sous un voile
D'or et d'azur,
Tes yeux vont se fermer.

Le temps du drame, j'étais réconcilié, Fedora dût-elle m'échapper quand le rideau tomberait. Méphistophélès et les esprits de l'air m'entraînaient vers le sanctuaire inconnu du crépuscule, *l'alcôve embaumée.* « Profite des instants, modère-toi ou tu la perds », me recommandait le tentateur. Caché (avec mille voyeurs importuns) sous les rideaux de soie, je la vis soupirer si près, avant d'entamer la fameuse *chanson gothique* :

Autrefois un roi de Thulé,
Qui jusqu'au tombeau fut fidèle,
Reçut, à la mort de sa belle,
Une coupe d'or ciselé.

Fedora remplissait la scène de sa divine fraîcheur, elle chantait comme jamais, et je lui répondais en mélomane de fortune, du fond déstabilisé de ma connaissance du chef-d'œuvre allemand, lu et relu sans partition aucune :

FAUST. (...) *Marguerite, je t'aime !*

MARGUERITE. *Tu sais mon nom ? Moi-même j'ai souvent dit le tien :* (Timidement) *Faust !...*

FAUST. *Ce nom est le mien ; un autre le sera, s'il te plaît davantage.*

MARGUERITE. *En songe je t'ai vu tel que je te revois.*

FAUST. *En songe !... tu m'as vu ?*

MARGUERITE. *Je reconnais ta voix, tes traits, ton doux langage...*

FAUST. *Et tu m'aimais ?*

MARGUERITE. *Je… t'attendais.*

Après la danse des démons *(Has ! Has ! Has ! Irimiru Karabrao !)* et l'apothéose de Marguerite enlevée par le chœur des esprits célestes, après les ovations d'un public déchaîné, c'est en damné que je me précipitai dans les coulisses. *Has ! Has ! Has ! Irimiru Karabrao !* Dans son costume de scène, la plume insolente, Méphistophélès voulut m'interdire le passage :

— Vous savez bien qu'elle ne peut pas vous voir. Elle ne voit jamais personne après le spectacle…

Peu avant minuit, un taxi conduisit Fedora flanquée d'un Méphisto dégrimé à la gare du Nord. J'étais parvenu à la suivre. La cantatrice déposée, le taxi repartit avec le pauvre diable confit de grimaces. Après quelques pas incertains dans les halls désertés, prise d'une inspiration contraire, elle se précipita dehors et traversa l'avenue à main gauche, du côté de la rue du Faubourg-Saint-Denis. Une pluie fine lustrait les pavés sous les réverbères. Elle pénétra dans un café mal éclairé sous l'œil du barman accoudé au zinc. D'autres consommateurs tétanisés prirent des attitudes de pigeons roucouleurs. Une fille plus ivre qu'eux oscillait sur son siège. À travers les baies, je vis des bouches se tordre dans un silence d'aquarium. Fedora avala une boisson forte et s'enfuit. Un quolibet obscène s'échappa par l'entrebâillure de la porte qui se rabattait. La putain morte de rire venait de choir de son tabouret et relevait une face oxydée par l'alcool, le regard soudain happé par les noirs éclats de la chaussée.

Je suivis Fedora rue des Deux-Gares ; elle longea

bientôt le parapet de la rue d'Alsace surplombant les voies ferrées et descendit l'escalier à double volée qui empestait l'urine. À vingt mètres, elle eût pu s'inquiéter de mon ombre en escorte. Indifférente à tout, Fedora semblait seulement occupée à fuir. Gare de l'Est, il ne restait qu'un seul train à l'affichage : un rapide à destination de Munich. Je compris son intention à la voir presser le pas vers le quai n° 7. Le départ était imminent. Quand la sonnerie se déclencha, elle monta à la hâte dans un wagon-lit de première classe. Sans réfléchir, je m'engouffrai dans la voiture qui précédait. Cette sonnerie m'évoqua irrésistiblement celle qui annonce le lever de rideau et pousse chacun à prendre place dans le train vaporeux des songes. Après m'être mis en règle au passage du contrôleur, je crus pouvoir attendre le matin sur mon siège inclinable de deuxième classe : ce rapide était sans arrêt, Fedora ne pouvait m'échapper.

Les banlieues défilèrent après les tunnels de la ville. Nous filions vers un profond sommeil. Le train de nuit était un opéra lancé dans l'inconnu. Méphistophélès soufflait sur les caténaires :

— *Esprit des flammes inconstantes, accourez ! J'ai besoin de vous !*

De noirs étalons, prompts comme la pensée, courent dans l'ombre épaisse. Plaines, montagnes et vallées, volent au-dessus d'un abîme planté de croix champêtres. De grands oiseaux maladroits se cognent aux fenêtres. Leurs ailes brisent des vitres. Dehors, des femmes et des enfants en guenilles se dispersent. Le bruit du glas se confond avec le battement des boggies. Des épouvantails s'agitent dans les champs obscurs, révélés par la ligne de feu de l'horizon. *Has! Irimiru Karabrao!* Il pleut du sang sur ces cohortes…

Une sonnerie intempestive annonça l'ouverture du ciel et de l'enfer. Soudain l'opéra freina dans un crissement de rails. Réveillé en sursaut, j'ouvris les yeux sur l'étendue cendrée des glèbes et des pacages. Autour de moi, des dormeurs s'agitèrent mollement sur leurs sièges. Le silence un instant fut total. Puis des appels se firent entendre. Le front contre la vitre, je crus discerner une silhouette féminine qui s'enfonçait obliquement dans les ténèbres. Je me précipitai mais le signal du départ grésilla, les portes du train se bloquèrent avant que j'eusse pu descendre. Fedora venait de me semer à proximité de la frontière allemande. Vaincu, je me rendormis bientôt à demi. Qu'allais-je faire seul à Munich ? J'étais montré du doigt par un chœur de diablotins. On s'esclaffait dans la salle. L'histoire la moins drôle, c'est quand tout le monde rit de vous.

Matin calme. J'ai voulu marcher jusqu'à la mer pour tout oublier. Le soleil d'hiver se déclinait en visages dans le petit bois. Plusieurs fois, j'ai glissé sur le tapis d'aiguilles de pin, au bord d'effondrements rocheux. Dans la crique d'Ar-Grill protégée par les premières îles de l'archipel, une nappe de brouillard fermait tout accès à la haute mer. Installé sur une dalle de granite qui, l'été, sert à l'occasion de débarcadère aux hors-bord des plaisanciers, j'ai vu une barque s'en extraire et, par lents à-coups, progresser entre les récifs. Le bruissement des vagues s'amplifia à l'approche du canoteur. Le vieux Braz abordait la crique sans crainte des brisants. Un moment, il tira les cerceaux d'une nasse à son bord et laissa choir entre ses jambes, comme des mains tranchées de sorcières aux longs doigts crochus, deux énormes araignées de mer. L'esquif pivota sur le ressac et je me trouvai cette fois bien en vue, mais le pêcheur m'avait repéré depuis longtemps. Le fond de sa quille m'apparut, grouillant de pinces, d'yeux et de ventouses.

—Beau temps ! lançai-je afin de laisser croire à ma surprise.

—Ça ne durera pas, répondit le vieux Braz sans grand risque de se tromper. La nuit de l'Ankou approche…

Il avait lâché les rames. Bleuie par le vent, sa face relevée vers moi au milieu des poulpes et des crustacés semblait celle d'un noyé. Entre sa charrette et son chaland, le bonhomme ferait un valet de la mort très présentable. Mais le rôle incombe au dernier trépassé de l'année. Le pêcheur mordit une pipe et frotta un briquet d'amadou, signe de faconde chez lui, comme si le gosier devait s'échauffer ou la parole s'enflammer.

—Il y a du neuf au pays ! dit-il. Vous auriez tantôt de la visite, que ça ne m'étonnerait pas. Y en a qui prétendent qu'on revient toujours sur ses talons, pieds nus ou bottés…

—À qui pensez-vous ? ai-je braillé dans la rumeur, davantage par politesse que par curiosité.

— Vous verrez bien, répondit-il sans rien perdre de la nuance. Sûr que c'est pas un péquenot de par ici !

Le braconnier a craché dans l'eau et rempoigné ses rames. Sa barque s'est bien vite enfoncée dans le brouillard, à la limite des îles de la Fée, et je suis remonté, perplexe, vers le domaine. Il pleuvait de grosses gouttes de vapeur condensée sous les arbres du petit bois. La chute de reins de Coré m'est alors apparue, sublime, entre les branches. En m'approchant du socle, dissimulé par ces hanches aux contours teintés de rouille, une scène curieuse s'est présentée. La belle Agnès évoluait, défaillante, entre les fenêtres de la cuisine et l'entrée de la tour. Vêtue d'une robe bleue trop légère, sans même un châle sur les épaules, elle paraissait tenir une grande poupée de chiffon dans les bras, mais c'était son fichu bouchonné qu'elle serrait ainsi contre elle. Ce que la pauvre fille cherche à Ker-Lann n'est plus vraiment un mystère. Au café-tabac du bourg, la langue des anciens se déroule comme un méchant parchemin. Ainsi ai-je pu apprendre, par bribes et recoupements, que la grand-mère d'Agnès faisait partie des très jeunes femmes réquisitionnées par la Kommandantur, pour le ménage, la cuisine et autres petits soins. La folie explorant volontiers les drames occultés de l'ascendance, Ker-Lann appartient de plein droit à la mythologie familiale de l'épouse de l'horticulteur. Tondue avec d'autres à la Libération, la grand-mère, fille de marin pêcheur, s'était mis en tête de séduire son bourreau, un garde-chasse entré dans la Résistance quelques jours avant le Débarquement. Elle réussit si bien que les bans furent affichés avant que sa chevelure eût même repoussé. Le garde-chasse prit le temps de lui faire un fils. Sans motif connu, il se tira un coup de fusil sous le menton le jour de sa naissance. Derechef employée à Ker-Lann par les nouveaux propriétaires, de riches Rennais qui n'habitaient les lieux qu'aux beaux jours, sa veuve éleva l'enfant en toute liberté dans la propriété presque toujours vacante. Agnès méconnaît sans doute cet emboîtement de drames que son père d'ailleurs perpétua, il n'empêche qu'un instinct sûr l'appelle à Ker-Lann (je finirai par croire le domaine hanté).

Convaincu que les conduites d'apparence démentielle restent bénignes dans le secret, je n'ai pas voulu la surprendre, de crainte d'ajouter à son déséquilibre. Agnès à la fin s'est retirée, son châle pressé contre le cœur, et j'ai baisé longuement un mollet de Coré par déférence aux folletteries de l'heure.

L'horloge de la tour n'a pas sonné minuit. J'ai bu un flacon de whisky, en larmes devant un portrait en noir et blanc de Fedora (une carte postale retrouvée dans mon exemplaire du *Vicomte de Bragelonne*, page 888 du chapitre CCXXXVII titré « Captif et geôliers »). Longtemps, quand elle venait me voir à l'hôtel du Retour ou lorsque je lui rendais visite rue d'Odessa, la joie de nous aimer était si forte que, même rassasiés de jouissance, le désir éloignait de nous le mauvais génie de la confidence qui à la longue sépare les amants. Nous ne savions rien d'essentiel l'un de l'autre, sinon qu'elle chantait et que j'écrivais. Sans aveu de mon passé, je la contemplais depuis le fond crasseux d'une cellule. Fedora ignorait tout de ces années perdues, elle lisait dans mes yeux une déchirure et s'accrochait au présent. C'est lui seul que nous avions en commun. L'idéal serait de se découvrir vierge à chaque rencontre. Jamais elle ne sut quelle attente fut la mienne, quelle espérance de plomb fondu.

En prison, au bout de cinq ans, on change à l'usure, on se métamorphose, on devient son propre double. Tout ce qui semblait constituer ma personnalité est tombé en peaux mortes. J'ai subi les pires avanies, dont la suffocation de l'enfermement n'est pas la moindre. La promiscuité relève du viol. L'ostracisme organisé n'est qu'un ersatz des peines corporelles. L'animosité sélective des matons rappelle les cruautés des camps. Je me souviens du rituel des écrous comme de funérailles : on m'emmenait au tombeau. À la fosse commune. La première nuit passée en cellule fut la plus longue. Les trois autres détenus me laissèrent tranquille, provisoirement, mais pas la vermine du matelas ni celle bien plus virulente des rêves. Au début, les premières semaines, on passe son temps à revisiter chaque épisode navrant de sa vie, on compare sans arrêt les pires moments à la mort vivante de la séquestration, stupéfait de les trouver presque idylliques. Dans ma toute première cellule, deux ans avant le jugement, j'ai cohabité avec un vieillard malade prénommé Auguste qui jurait n'avoir plus d'autres souvenirs de son existence d'homme libre que son enfance, et encore les plus belles années, quand sa mère vivait encore. Condamné à trente ans pour viol et inceste caractérisé, il avait si bien ravalé toute libido qu'on l'appelait saint Augustin. Investi par la Bible et la littérature patristique, il avait acquis une science de théologien. J'aurai d'ailleurs échappé aux sévices baptismaux grâce à son intervention. En prison, bien des forfaits sont empêchés par d'anciens criminels. Malade des poumons, Auguste fumait jusqu'à l'ongle ses deux ou trois paquets de Gauloises comme la plupart d'entre nous. Les autres rejetaient le vétéran sans violence, en intouchable, compte tenu de ses années de service. La guerre ouverte des braqueurs contre les pointeurs achoppait sur certains cas de figure. Une troisième espèce, celle des escrocs et autres prévaricateurs, faisait volontiers obédience aux leaders brutaux qui se laissaient manœuvrer, comme le pouvoir par la finance. Je n'émargeais moi-même ni à la criminalité offensive ni aux délits de mœurs. Entre ces deux grandes familles, la piétaille des petits dealers, toxicomanes, voleurs à la tire, étouffait plus ou moins les conflits majeurs par sa masse profane et ordinairement inculte. Outre les hyènes de cambuse, il y avait tout à craindre des forcenés placés en détention par des juges insanes. Mettre un fou en prison équivaut à remplacer les psychiatres par des maîtres-chiens. J'en ai côtoyé deux ou trois, pourtant bourrés de neuroleptiques, qui entérinèrent ma propension à l'insomnie. Sur ma paillasse, le soir, la prison se vide de la plupart de ses gardiens et les portes se ferment sur la désespérance et la concussion. Dans l'écœurement des effluences, il m'arrivait de rester crispé jusqu'à l'aube, à l'écoute des respirations, des craquements d'os et de sommiers, des halètement et des pas furtifs, quand l'un allait pisser ou l'autre se faire sucer. On eût aimé être sourd et aveugle, mettre sous le boisseau ses cinq sens, mais sans rien perdre de ses facultés de sauvegarde. Qu'elle vienne d'un songe ou du voisinage, la main d'ombre qui vous agrippe, la nuit, exige de bons réflexes. Je me suis souvent débattu à mort. Contre moi-même, parfois, lorsque le nœud coulant tourne à l'idée fixe. Recouvrer la liberté du profond sommeil en quelques minutes, c'est une méditation qui vous tient chaque soir. Il suffit d'une corde en lanières de draps tressées dans la solitude du mitard. Je ne me souviens plus des circonstances qui m'ont conduit à partager les dernières nuits d'un condamné à mort. Il s'appelait Pelletier, comme le tout premier client de la machine à décoiffer, voleur de grand chemin guillotiné le 25 prairial 1792. Autre coïncidence, nous étions en avril 1972. L'homme jurait être innocent, peut-être l'était-il ou bien avait-il fini par le devenir – mystérieuse conversion du remords en amnésie ! Pelletier avait contraint son épouse à boire des litres d'essence avant de l'enflammer dans la cuisine sous les yeux des enfants. Par jalousie. Âgé d'à peine trente ans, un air de franchise sur toute sa personne avec un regard clair et une voix juvénile, il ne cessait d'évoquer les anges. C'était les seuls messagers qui pussent encore lui sourire, en attendant les préposés aux bois de justice. L'irrémédiable flottait sur lui comme une grâce funeste. La nuit, il parlait dans ses rêves, je me souviens : il dialoguait avec sa victime, il l'appelait mon bel amour, il consolait ses deux filles, jurant que le bon Dieu leur donnerait une seconde chance, qu'ils allaient bientôt se retrouver tous réunis et joyeux sous une aile de lumière. La nuit qui précéda son exécution dans la cour de la prison, j'eus un mal fou à m'endormir. Lui ronflait doucement, tout recroquevillé contre le mur. Je dus cependant m'ankyloser, perdre la notion du réel. Des pas légers glissaient dans le couloir, moins audibles qu'un vent coulis ou que les soupirs du condamné. Un cliquètement de serrure fit soudain battre mon cœur. Mais impossible de réagir, j'étais paralysé d'épouvante, prisonnier d'une armure invisible. J'aurais voulu prévenir Pelletier. Aucun son ne sortait de ma gorge. Je vis l'œilleton de la porte cligner, puis celle-ci s'écarter brutalement. Trois hommes en habits de nuit se précipitèrent sur moi. Ils me maîtrisèrent et m'attachèrent les bras. On se trompait de détenu ! Comment articuler un son distinct ? Ils allaient m'entraîner hors de la cellule, vers les passerelles, les escaliers, l'horrible cour où se dressait *la veuve* au cou d'argent. Pris de palpitations, la nuque et le front trempés, je pus m'extraire d'un coup du faux sommeil cataleptique. J'avais rêvé sans rien perdre d'une exacte perception des lieux, en surimposition décalée du drame. Les mains entre les cuisses, Pelletier dormait encore quand on me fit réintégrer une cellule surpeuplée. Je n'ai pas vu le bourreau. On s'était servi de moi pour tranquilliser la dernière nuit du condamné. Que devenir, dans l'abandon ?

Pour me distraire de la folie ambiante, quand les gardiens sondaient les barreaux et que les merles chantaient dans les branches d'une avenue proche, je me pris au jeu réfléchi d'Elzaïde : baptiser d'un nom tout ce qui en manquait, nommer les objets introuvables, inventer une langue de solitude. La fantaisie de ma grand-mère palliait le vide aigre de ce tombeau, en concurrence avec les bruits épars de la ville. On perd en détention le sens du relief et des distances, tout devient uniformément plat, d'un jaune pisseux. Une écœurante fadeur envahit tout, dans l'âpreté universelle. J'échappais aux ravages de l'affliction par le recours au superflu et à l'oiseux. Le patois d'Elzaïde remplissait l'almanach de mes rêves qui regorgeait de fées petites et de gitans à la Buick, de robes virevoltantes et d'horloges de loterie, de perruquiers pouilleux ou de prêteuses de tête. Sachant que la plus belle vertu est le secret, j'apprenais à jouer du violon et de la flûte traversière mentalement, en mime occulte. La pratique rigoureuse de l'inutile me fut si profitable que je puis lui attribuer ma vocation d'oiseau parleur, bien plus qu'à la fréquentation assidue des classiques. Même Auguste, le vieux théologien revenu de l'inceste et du viol, étalait à côté de moi des ambitions pragmatiques. Au milieu des loups avachis et des vains martyrs, je progressais parfaitement seul dans un monde infructueux, évidé de toute réalité, mais avec une énergie de forçat décidé à emmener la galère où bon lui semble.

Rêve abstrait, qu'on ne récapitule pas sans migraine : malade de son détour, la ligne droite est venue prétendre au plus court chemin, mais je savais bien, moi, quels étaient les anneaux, les anses et les boucles d'un point à un autre. L'influx nerveux du vague, grand paresseux qui s'active pendant le sommeil, me donne au réveil cette voix détimbrée de moribond, dans la grande maison vide.

Dans la chambre de veille, les accès de paralysie du sommeil me laissent entrevoir, visible en biais, le même tableau improbable au mur. L'effroi avec lequel, au matin, j'ai pris conscience qu'il s'agissait d'une version antérieure du *Chasseur continental* (ou simplement mal perçue du fait de ma position couchée) n'a d'égal que l'espèce de stupeur où je suis devant le miroir fêlé de la salle d'eau : j'ai cessé depuis longtemps de me reconnaître, et l'étranger qui m'inspecte avec l'inquiétude d'une vieille mère détache à chaque reflet un visage de la foule fiévreuse des songes.

J'ai arpenté la lande du côté de Fortbrune, la poitrine sciée par le vent. Le grand air me lave des ombres de Ker-Lann. Le panorama soumis aux météores, à cette hauteur, délivre des encoignures et renfoncements de la névrose locale. Je pourrais oublier Meurtouldu, partir illico pour un bout du monde, et rien de toutes les minuscules contrariétés de l'habitant confronté aux antiennes ineptes du voisinage ne résisterait au simple dépaysement. Il faudrait aussi mettre le feu à la tour et déraciner la mémoire grâce à la plus expéditive lobotomie.

On perd sa vie à faire des cercles avec ses propres traces comme un escargot mélancolique qui s'émerveillerait des moirures argentées de sa bave.

Blandine Feuillure de La Gourancière, cette fois, m'aura prévenu la veille de sa visite matinale. L'étudiante a déployé le même attirail de dossiers, de cahiers et de bouquins. À sa demande, nous nous sommes installés sous les poutres noircies de la cuisine, seul endroit où on ne risque pas la pneumonie. Un feu d'enfer ronflait dans l'âtre. Elle a ouvert un classeur noir et m'a regardé avec l'attentive sévérité d'un juge d'instruction.

— Votre belle-mère Else Grauthausen a donc été arrêtée devant vos yeux pour espionnage au profit des services secrets de la RDA, le 13 mars 1963…

— Comment avez-vous déniché cette histoire ? me

suis-je récrié, à la fois scandalisé par ces méthodes d'investigation et comme dévoré par la gale de la curiosité.

— Ce n'est pas compliqué de remonter le fil des existences, et les documents ne manquent pas, à commencer par les Archives nationales…

— Mais l'intérêt ? Quel intérêt pouvez-vous trouver à ces déballages ?

Blandine eut un sourire entendu. Ses longs cils enduits de khôl rythmaient ses regards entre le dossier et mon visage. Un bout de langue rose passa lentement d'un coin de la bouche à l'autre. Deux canines luirent en même temps que ses pupilles d'un bleu minéral.

— Je suis de la vieille école : Sainte-Beuve, Sartre, Henri Guillemin ! Pour moi, tout est dans la biographie, même le style qui est l'*hypocratos*, le « parler dessous » du souffleur.

En servant le thé, j'observais en coin ce grand corps avec des sentiments variés. Immense, plutôt musculeuse, avec des formes exagérées, mais d'une beauté antique de walkyrie ou d'amazone, cette fille soulevait tour à tour des pulsions sadiques ou tendres. Attentive, une mèche balayant ses dossiers, elle ne perdait rien de mon trouble. Un point m'intriguait : pourquoi fouiller les Archives nationales alors que l'auteur eût très bien pu lui ouvrir sa mémoire. Blandine me devina avant même que j'eusse répété les paroles de mon souffleur :

— On ne peut accorder d'autre crédit que purement esthétique aux écrits autobiographiques. Y croire un instant équivaudrait à interpréter les rêves au premier degré…

— Mais je n'ai jamais publié de journal intime ! dis-je, sans faire la moindre allusion à celui qui accueille ces mots.

— Ce n'est pas sorcier de distinguer les éléments biographiques glissés dans vos fictions, et puis il y a les entretiens écrits, les articles, mille aveux éparpillés ! Cependant rassurez-vous, je passe tout au peigne fin de l'investigation scientifique. Ainsi je puis soutenir en toute sérénité qu'Else Grauthausen, infirmière de son état et femme d'un officier de gendarmerie affecté à la surveillance des sites nucléaires, travaillait sans même le savoir pour les services secrets soviétiques en échange d'un permis de résidence en France établi par une antenne de la Stasi infiltrée en République fédérale d'Allemagne…

Une bûche enflammée roula hors du foyer. L'incident fit taire l'étudiante un peu effrayée. Les yeux rougis par la fumée, elle s'était redressée comme si l'incendie menaçait la table et ses papiers. La bûche retourna miauler dans l'âtre et je repris ma tasse, debout devant elle, avec l'impression d'être observé à travers un écran radiographique.

— Vous connaissez donc tout de moi ?

— Non, loin de là ! se défendit-elle, troublée à son tour. Je ne sais rien des femmes, à part Else Grauthausen, rien des femmes ou des hommes que vous avez aimés…

Une intonation nouvelle adoucissait sa voix, devenue presque inaudible. Une tasse mal équilibrée sur le plateau pivota soudain et alla se briser au sol. Nos regards se croisèrent. Un silence pesant s'insinua après de vagues considérations sur le « coefficient d'adversité des choses ». Blandine à la fin s'extirpa de sa chaise de rotin. Ses hanches roulèrent entre la lourde table et les bras du siège. Tout près de moi, son souffle contre mes lèvres, elle me demanda crûment si j'avais besoin d'un moment de détente avant de reprendre nos travaux.

Il n'y a pas de passé dans les rêves, non plus que dans la conscience du tout jeune enfant. Un amnésique total, si cela était possible, ne ferait aucune différence entre ses rêves et ses veilles.

On sait que l'individu sous hypnose est capable d'interpréter avec une surprenante pertinence la signification de ses rêves. Comme un logicien éveillé le sens des concepts mathématiques. À chacun son espace de justesse !

Histoire de la promener, j'ai sorti du hangar ma vieille Alfa Romeo stertoreuse et asthmatique pour éviter la panne par extinction de la batterie, bougies noyées ou je ne sais quel engorgement de carburateur. Deux vers échappés de nulle part agaçaient ma mémoire :

Au clou sont les ailes des anges
Et les habits démodés qu'on change

Sur le plateau, le cœur serré, j'ai ralenti pour observer la maison de Lavinia et quelque signe de sa présence. La cheminée ne fumait pas. Tenu par deux pinces à linge, un torchon raidi de gel sur un fil de fer évoquait une tête de chat. Plus loin, devant sa chaumière, l'ancien gardien de phare brisait du bois à la masse. Il semblait à jeun pour une fois. Curieusement, il tournait le dos au phare du Hueldu qui se détachait, à peu près de sa taille depuis mon point de vue. L'homme s'arrêta pour voir passer mon véhicule. Il ne bougea pas davantage dans mon rétroviseur. Au-delà, sur la route surplombant le littoral, des vaches défilèrent, des moutons, quelques chèvres. Dans un pré enclos, une cavale blanche superbement pommelée se faisait saillir par un centaure hennissant.

J'ai souvenir d'une ville lointaine, d'une ville oubliée, mais tout est ténèbres et je ne sais plus qui je suis. Les iris tremblés de l'air n'ont plus de parfum pour moi. Mes yeux se ferment sur d'autres yeux qui roulent au fond d'un puits. C'était avant que le temps s'arrête, quand la mémoire se confondait avec l'ombre et la lumière, avec ces objets arrêtés qu'on croit voir…

J'étais parti pour ajouter une entrée au *Guide de nulle part et d'ailleurs*. Et puis rien. « Pas un seul mot qui ne soit une intention, qui ne tende à parfaire le dessein prémédité », disait Baudelaire (au sujet d'Edgar Poe).

On se sauve du destin par le roman, lequel crée un temps hors du temps. Les minuscules intentions du monde extérieur m'écartent aujourd'hui de toute fiction, avec ses mortes durées, comme si les signes empiétaient sur les mots. Où est-elle, Fedora ? Et mes chers personnages, l'héroïque Ludwig, l'ardente Noyale Padriguez, et ce pauvre Lionel ?

Cercles et emblèmes aux rives mortes
L'espoir sera ma seule escorte

Toujours à ses ménages fantasques, subtiles chasses à la licorne, Elzaïde évoquait la disparue devant moi, comme si la nature de ma mère fût de ne point exister. Elle m'avait porté huit ou neuf mois pourtant, j'avais été son sang, sa chair vivante. Les mauvais traitements du gendarme, avec son idolâtrie de brute jalouse, aboutirent à ma naissance par sa mort. Et inversement. Je suis né d'un ultime sursaut de vie, d'un vain arrachement au tombeau. La folie d'Elzaïde m'entretint auprès d'un fantôme de mère par ses évocations et tous les gris-gris du souvenir. Comme elle m'octroya son dernier souffle, la dernière pensée de maman aura sans doute appartenu à quelque romanichel de passage. Mais une pensée et un souffle ne suffiront jamais à constituer un état civil.

« Mon affaire est d'aimer », chantent les oiseaux. Et la petite Emily, recluse dans ses mots, laissera s'éteindre ses yeux voilés de roitelet. Plus fort que le quotidien, que la vraisemblance, que tout roman, est la prescience du crépuscule. « Ouvrez la porte, ouvrez la porte, ils m'attendent ! », suppliait le bambin malade avant de rendre l'âme. L'amour et la mort sont un même secret. Là-haut, dans les chambres glacées des combles, Emily restera mon dernier personnage, celui dont je ne sais que faire et qui détruit mes plans. Mais qu'importe l'infini !

La neige sur Ker-Lann et la pointe d'Ar-Grill. Doux tissage de myope entre le ciel et la mer, les arbres et les rochers. Un monde flou peu à peu s'efface derrière l'ingénuité du souvenir : la neige n'est-elle pas sa propre évocation ? Il semble qu'elle tombe d'un rêve toujours. C'était à Stockholm, l'année de notre séparation. Fedora chantait au Kungliga Operan. Était-ce dans *le Château de Barbe-Bleue* ? Face au monstre amoureux, Judith exige et obtient une à une les clefs des sept portes. La terreur croît jusqu'à l'ultime, celle qui ouvre le cabinet interdit où d'étranges trophées humains sont accrochés aux murs. J'avais pris une chambre d'hôtel dans le quartier de Norrmalm, à proximité du théâtre lyrique. La ville et tout l'archipel étaient transformés en sculpture de glace. La neige palpitait sur cette banquise baroque. Fedora ignorait ma présence. J'étais venu sans autre intention que de la voir chanter et me déchirer le cœur à l'entendre. Si je transgressais notre pacte, c'était dans la hantise qu'elle disparût à jamais, qu'un accident vînt m'ôter sa lumière, une nuit ou l'autre. Fedora m'échappait d'autant plus qu'un versant de son déséquilibre, combien vertigineux, s'était dévoilé à moi. Elle pouvait se volatiliser dans les bas-fonds d'une ville ou tirer le signal d'alarme d'un train de nuit pour fuir à travers champs, comme une fugitive. Il ne me restait d'elle, au moment de la perdre une fois encore, qu'un goût de sang aux lèvres. L'addiction à la peau d'une femme vaut toutes les ivrogneries. Sans doute n'est-il rien de plus inévitable qu'un crime passionnel, mais je me gardais du pire par folie d'espérance.

Ainsi débarquai-je à Stockholm après trois nuits d'insomnie. Les ponts illuminés sur la mer Baltique scintillaient comme des rasoirs de glace. Butant contre les parapets, l'œil éperdu sur un faux estuaire où s'adossent les îles, j'errai indéfiniment dans les ruelles de Gamla Stan ou les mornes avenues d'Östermalm en attendant l'heure du spectacle. Ai-je vraiment vu *Barbe-Bleue* à Stockholm ? Je me souviens d'exhortations, de cris, de déchirures. Fedora ne voulait pas me voir. Je crus devenir fou sous la glace des étoiles, par moins vingt degrés. Comment accorder foi à la réalité lorsque le manque de sommeil vous fait tituber à la traîne d'ombres sans merci ? Le rideau du Kungliga Operan était depuis longtemps tombé. Je l'avais reconnue parmi d'autres silhouettes ; elle courait vers le quai éclairé par d'immenses cristaux de lune. Le haut roof d'un yacht immaculé clignota entre d'autres embarcations, puis, en même temps que les moteurs du plaisancier, phares et lumignons s'allumèrent, jetant d'immenses roues d'étincelles parmi les étendues neigeuses et ces milliers de stalactites suspendues aux gréements. Une pelisse sur les épaules, en robe longue métallisée, la cantatrice traversa la passerelle, précédée d'une silhouette impérieuse. Le puissant hors-bord démarra aussitôt dans un vacarme démesuré. Les eaux gelées se fendillèrent, craquant bientôt sous l'étrave, et des plaques de glace cliquetèrent dans le sillage ténébreux. Le bateau s'enfonça vers les îles de l'archipel tandis que, piétinant la neige, je m'efforçais d'endiguer en moi des flux d'images flambantes. Comment une créature si proche à certaines heures pouvait-elle afficher cette cruauté d'indifférence ? Fedora m'avait accordé sans retenue tous les sucs de son être, son intimité la plus violente et jusqu'à l'impudeur de ce qu'aucun ne saurait même soupçonner par chimère extrême. Je savais son tourment, l'espèce d'énergie inguérissable qui la portait, ce goût du pillage, de la mise à sac de ses propres richesses. Au comble des séductions, Fedora ne s'aimait pas. Le narcissisme en elle était une manière de se blesser au miroir, de s'arracher la peau pour mettre à l'épreuve cette douleur au fond de soi, plus intérieure que toute identité et seule preuve d'existence avant l'effacement. Je me suis souvenu de cette journée entière passée à l'entendre revisiter les années ignominieuses, rue d'Odessa. Kessy, enivrée de passion exclusive, avait organisé la rencontre entre le petit maquereau de Soho et sa fille.

De retour au logis de Long Street, l'âme détruite, celle-ci ne dit mot de l'entrevue. Et sa mère bizarrement ne la questionna pas. La vie rangée parut devoir se perpétuer autour du piano. Fedora rêva chaque nuit avec terreur de ce père qui voulait la prostituer pour son compte. Cependant elle ne fut pas longue à fréquenter les bars de Soho. On embauchait des serveuses au New Mercury. Des cuisines à la scène, il n'y a qu'un pas de danse. C'est ainsi que Fedora devint « artiste » à moins de dix-huit ans, grâce à de faux papiers. Le New Mercury était un cabaret à attractions, avec bayadères dénudées et comiques de puisard. C'est travestie en vamp impubère qu'elle fut livrée au public éméché des sorties de club. On ne lui demandait pas de chanter les *Frauenliebe und -leben* de Schumann. Fedora provoquait à coups de goualantes le petit souteneur de Soho et récoltait les vivats des pères tranquilles venus se débaucher en célibataires. C'est ainsi que deux spectateurs vinrent coup sur coup bouleverser le cours des choses un même soir. Le concierge russe de Long Street en goguette ne l'eût pas reconnue, dans son déguisement de scène, si elle n'était venue boire une coupe de champagne à la table d'un matamore enivré. Sans accrocher un mot de la conversation, il la but des yeux jusqu'à la lie avant de lui manifester son indignation. Fedora comprit aussitôt que sa mère diligemment informée ne manquerait pas de perpétrer un beau scandale : sa carrière au New Mercury était pour le moins compromise. C'est alors que le matamore en habit congédia vertement le concierge russe avant de commander une autre bouteille. Il consola et rassura la petite chanteuse éperdue : un autre avenir l'attendait. Lui-même était artiste lyrique, baryton, maître du bel canto ! Il lui offrait son aide immédiate sans autre contrepartie que le ravissement de sauver en elle un reste d'enfance. Plus tard, dans le rôle de Scarpia ou d'Othello sur l'affiche d'une diva accomplie, il maudira cette porte de cabaret poussée un soir de brouillard, en Pygmalion vite circonscrit par sa créature au point de ne trouver une survivance que dans les divers personnages confrontés à elle. Comment eût-il existé autrement à ses yeux une fois sa gloire faite ? Son drame était que, de tout temps, le baryton incarna la défaveur face à la soprano. De Barbe-Bleue en Golaud, il put toutefois demeurer dans son aura et ne pas la perdre tout à fait, avec en mémoire l'heure émue de sa conquête, un soir de flonflons à Soho, sous les néons du New Mercury. Fedora ne m'en dit pas davantage sur son compte, mais j'avais de bonnes raisons de subodorer d'authentiques perversités chez cet homme qui, en dépit de sa disgrâce, avait eu le talent d'allouer à la femme adorée son propre appartement.

Le concierge russe quant à lui fit son office : Kessy rameuta tout ce qu'elle put trouver de défenseurs des bonnes mœurs, jusqu'à d'anciens frères et sœurs congréganistes, afin d'arracher sa fille à la perdition. Mais ce branle-bas ne dura que le temps d'un règlement de comptes. Kessy, hors d'elle, fit l'aveu du vain stratagème imaginé pour la dégoûter une fois pour toutes de son père et des hommes : elle avait embauché le petit maquereau de Soho, une vieille connaissance, dans le rôle du paternel corrompu. Contre cinquante livres, il s'était montré un grand acteur, inoubliable même. Fedora regarda sa mère avec une telle concentration de haine et de désolation que celle-ci renonça instantanément à toute intrigue. Blême, elle se retira sans plus rien tenter après une vie de manigances et de chantages d'amour.

Bien des questions m'assaillirent en écoutant Fedora mais il était clair que la moindre l'eût fait taire. J'avais le sentiment qu'il manquait une pièce maîtresse dans le casse-tête de ses évocations, comme ces astres invisibles et longtemps insoupçonnés que révèlent les calculs cosmogoniques. Sur le mur de la chambre, l'œuvre suggestive d'Artemisia Gentileschi ne déparait pas mon sentiment : d'une impavidité de bouchère, Judith tranchait la gorge d'Holopherne, une main sur cette face à peine dégrossie du sommeil. Une fois la lame entre les vertèbres, l'énorme hure allait choir. Aurait-elle le temps d'entrevoir son reflet dans la mare de sang laquée ?

Je me souviens m'être débattu entre deux policiers devant l'Opéra de Stockholm. Ivre d'insomnie, j'avais ôté ma veste avec l'idée de plonger dans l'eau noire où cliquetaient des vitres brisées. La neige s'était remise à tournoyer tandis qu'au loin disparaissait la lumière bleutée d'un girophare.

La mort de Vauganet avec qui j'entretenais des rapports empreints de courtoisie, presque d'amitié, ne m'aura guère plus affecté, une fois encaissé l'effet d'annonce, que la pluie sur les plumes d'un canard. Une simple querelle avec lui m'eût affligé davantage. Faut-il en déduire que l'altérité n'est qu'une fiction de notre solitude, laquelle nous pousserait au suicide si elle était entière, si des Vauganet ne partageaient pas avec nous le beau mirage de la communication ? L'alter ego disparu, je sens flancher mon peu d'identité. Mais la disparition est notre partage. Peut-être, à chaque adieu, nous mettons-nous seulement en réserve de l'inconnu. Encore une minute d'illusion dans les tranchées du temps !

« Le silence est la plus grande persécution. »

Pascal ne songeait nullement aux auteurs éperdus trois mois après la parution de leur dernier opus, mais aux saints qui jamais ne se taisent : il n'y a que du martyr dans l'écrivain obstiné qu'on ne veut pas entendre. Si tous les martyrs étaient sanctifiés, la poussière des tombeaux serait vénérable.

Ce choc à nouveau en traversant Meurtouldu : j'ai aperçu Ludwig devant le monument aux morts. Un Ludwig tel que je l'imaginais en écrivant *Tallboy*. Le vieil Allemand pour une fois ne l'accompagnait pas. Mon personnage déchiffrait avec application les noms sur la stèle. A-t-il le sien inscrit quelque part, dans l'imaginaire d'un lecteur attentif? On devrait bâtir des monuments à la mémoire des héros de roman à l'attention d'une jeunesse illettrée. Et quand tous les livres auront disparu, on se demandera encore quelle guerre ont fait ce Jean Valjean ou ce Fabrice del Dongo.

Rêve mystérieux dont j'ai gardé l'empreinte toute une journée de neige et de brume. Emily me visite, enjouée, dans sa petite robe noire. À la fois distante et hardie, elle rit de mes surprises. Un jeune homme distrait au beau visage intelligent l'accompagne. Mais il ne comprend rien. La moindre question le laisse démuni. C'est qu'il ne parle pas notre langue. Emily nous demande de l'épargner. Elle s'adresse au monde des vivants. D'ailleurs, son compagnon porte l'habit de l'au-delà, sans boutons ni attaches. Il nous sourit gentiment comme l'adulte devant les gazouillis des tout-petits.

La neige n'est si belle que parce qu'elle nous a émerveillés enfants. Elzaïde me laissa goûter à ce sorbet d'ange, un matin, sur le rebord de la fenêtre. Son insipidité me fit penser qu'il avait d'autres vertus. C'est plus tard, au collège, que je découvris l'infinité des formes de l'eau cristallisée. Le titre d'un traité de Kepler, prononcé rêveusement par un professeur de physique-chimie, m'est resté comme une proposition onirique : *L'Étrenne ou la Neige sexangulaire*. Il s'associait pour moi à une statue opalescente modelée sur le terrain de sport, derrière un préau de ferraille, par des élèves inspirés. À demi couchée, les fesses tendues, elle incarnait l'exaspération du désir juvénile. L'œuvre avait un nom moins éphémère. Ces offrandes de la neige, je les ai connues brièvement quelques années plus tard, sur les bords de Marne. La blancheur aveugle est comme le sommeil. Des suaires s'agitent au-dessus d'eaux grises où vont s'engloutir furtivement de très fragiles squelettes de sucre. La sœur de l'ami Jean avait guidé mes mains à l'abri des regards, sur un tapis d'aiguilles, dans la caverne du mélèze. À travers les branches, c'est cette neige que je touchais. Le désir nous enveloppe par un effet de condensation. Des seins blancs tourbillonnaient depuis les hauteurs du vertige. Et l'épiderme dénudé se hérissait d'un joli grain de mimosa. Entre les cuisses des îles, une vague alourdie battait les rives jusqu'au creux des reins. Voilà bien les étrennes de Kepler ! J'étais écartelé entre feu et glace. Et la neige recouvrait ma frayeur à grands coups d'aile.

Après l'arrestation d'Else, tout s'embrouille dans mon souvenir. Retenue quelques mois en préventive, l'Allemande fut probablement expulsée pour éviter le scandale. Mis à pied, l'officier de gendarmerie bénéficia d'une retraite anticipée. Conserva-t-il la garde de l'enfant par force de loi ou du fait de la renonciation de la mère à ses droits ? Son caractère déjà incommode devint franchement rédhibitoire. Cependant l'homme parut m'oublier. Nous logions sous un même toit sans plus guère nous croiser. Mi-nourrice mi-gouvernante, une employée de maison d'un certain âge que je pris pour une parente, s'occupa désormais du ménage. Avec ses yeux de chat et sa bouche ourlée, Élisabeth conserva un minois de poupon, même fillette et presque grande. L'état d'enfance – elle l'avait d'intuition compris – allait longtemps la préserver des conséquences d'un drame disproportionné. Le militaire révoqué lui manifestait une tendresse bourrue, entre deux accès de mélancolie qui auraient pu se conclure par une tuerie. Les années passant, Élisabeth évitait de croître en taille et en maturité. Elle ne manquait certes pas de vivacité et les mots fusaient de sa bouche comme des serpentins d'insinuations perfides et de sous-entendus. À l'école, bonne élève, elle se faisait remarquer par une placidité d'automate. Mais le chemin du retour la voyait virevoltante, vrai papillon allant au but par suprême distraction. Entre sentes et jardins, elle ramenait des collections d'escargots, de feuilles mortes ou de capsules de bière. Elle tirait un bout de langue sur ses devoirs avant de s'endormir avec un sérieux de petite morte. Souvent, je la portais à son lit, depuis la table de la cuisine ou un fauteuil du salon, sous l'œil éteint de la gouvernante occupée à son tricot. J'avais pour l'enfant un amour inquiet, toujours sur le qui-vive. De son côté, elle manifestait à mon égard un certain enjouement grave fait de séduction et de dérobade. En présence de l'ombrageux retraité, son comportement changeait du tout au tout : Élisabeth redevenait la poupée de son, avec son petit visage de laque et de gomme.

Tandis que chacun s'efforçait de faire durer le *statu quo* familial, l'homme désœuvré sombrait dans une monomanie de fossoyeur : naguère amateur de jardinage, il s'était mis à retourner la terre du jardin sans souci des plantations. Le gazon fut méthodiquement saccagé ; rosiers et baliveaux disparurent à leur tour. Il bêchait la terre sans motif, ouvrant une fosse après l'autre, avec une énergie butée. Selon les semaines, le jardin ressemblait à un étroit labour ou au dernier carré d'un cimetière avec ses tombes fraîches. À cette époque, je me tenais à distance du pavillon des bords de Marne. La sœur aînée de l'ami Jean m'hébergeait plus ou moins au grand dam de son frère et à l'insu de parents cacochymes. À Paris où j'émigrais en vague ethnologue de la faune nocturne, il y avait toujours moyen d'attraper des poux ou le mal de Sainte-Marie. Je savais tout de l'art de la fugue. À cet âge, on se moque bien de survivance et tous les poisons font provende. Je mordais aux drogues comme hier aux seins d'Else, avec l'illusion apéritive des paradis de caniveau. Il n'empêche que je ne perdais rien des sciences et presciences dispensées par la rue. Devenu bachelier en candidat libertaire, je pus agioter à la foire aux bourses d'études et m'envoler aux antipodes, les ailes dans les poches. Le plus dur fut d'abandonner Élisa au gendarme. Du haut de ses huit ans, elle me fit des adieux de fine mouche. « Reviens quand tu seras assez grand pour être mon papa », dit-elle en essuyant ses larmes. Je cachai les miennes au fond de la gorge et tournai les talons vers l'Orient avec une espèce de rage.

« À l'état de veille, il y a huit effets. Dans le rêve, il y a six présages », prétend Lie-Tseu. Ces huit effets se déterminent dans le monde des corps et peuvent s'appeler : l'intuition, l'initiative, le bénéfice, la privation, l'affliction, l'allégresse et bien sûr la naissance et la mort. Quant aux six présages que l'esprit nous délivre, on les nomme : le vrai songe, le rêve augural, le rêve lourd d'évocations, l'hallucination, le bon rêve, le cauchemar.

Il y aurait même à l'extrême sud-ouest, une contrée où les habitants tiennent pour réel ce qu'ils rêvent. C'est le royaume de Kou-Mang dont nul n'a pu établir les frontières.

Des musaraignes se promènent dans ma bibliothèque. J'ai dû m'en plaindre au jardinier qui revient me voir avec un chaton offert par le maire de Meurtouldu, propriétaire de la porcherie la plus polluante de la région. L'animal aux yeux lilas me mordille les doigts ou s'accroche aux rideaux. Le jardinier est reparti avec une pile de romans policiers et un conseil : faire suivre sa femme par un médecin compétent. Le pauvre homme est débordé par la folie d'Agnès, comme Lusignan découvrant la vraie nature de Mélusine. Mais il n'est pas comte et toutes les fleurs de ses serres ne sauraient cacher son tourment.

Depuis ma visite à Lavinia, *le Chasseur continental* m'affecte d'une sorte de commotion lente. Le tableau du Maître de Lassis a grippé l'engrenage bien huilé des états mentaux ordinaires. Il déforme d'une perspective inédite le sentiment que j'ai du temps. Cette effraction de l'invisible (une œuvre d'art n'est rien d'autre), bouleverse ce que je savais de moi, ou plutôt l'amoncellement cotonneux d'habitudes et d'inattentions qui font de la vie un profond sommeil. En le contemplant de front, dans la chambre à coucher de la bibliothécaire, il m'a semblé être devant le miroir inversé de ma vie, un miroir où tous les visages, tous les instants seraient diffractés dans une figure instable, en trompe-l'œil, faussant la vigilance.

Au plus criant de l'hiver, quand la tempête fait rage, arrachant des spectres des congères et brisant dans les branches la vaisselle de cristal des stalactites, une suavité trompeuse s'insinue autour de l'âtre. Le cœur malade, trahi par la mémoire, j'ai le sentiment d'une grâce avant l'apocalypse. Les flammes s'agitent comme des mains de marionnettiste et les ombres animées tournoient lentement avec les murs. Contre les vitres ruisselantes d'embruns, le souffle convoque toutes les paroles tues en un hurlement continu : quelque chose d'indicible va se proférer. Elles sont toutes là, les Dahud et les Marie-Morgane. La pointe d'Ar-Grill a sombré sous les rideaux d'écume. Que devenir dans la terrible nuit intérieure ?

Ma bibliothèque est un amoncellement de fragments de mémoire où le désordre tient lieu de fiction par toutes les découvertes qu'il suscite. Après une phrase du *Don Juan* de Byron – « (…) plus d'un habitant des îles, en contant l'histoire de son père, abrège la longueur des nuits » –, j'ai relu avec une drôle d'émotion ce haïku d'Amaya (griffonné de sa main en dédicace à la *Bonzesse au jardin nu,* un recueil de Chiyo-Ni) :

Un tas de cendres
sur le balcon –
Chagrin d'amour

C'était un cadeau d'adieu, quelques semaines avant mon départ précipité de Kyoto. La famille d'Amaya avait décidé de me décourager. J'échappai plus d'une fois à ses hommes de main, *tsujigiri* qui s'amusaient à tester leurs couteaux dans les ruelles obscures. Embusqué dans le hall de son immeuble, le frère d'Amaya m'avait mis en garde alors que nous revenions d'Arashiyama où nous avions arpenté le chemin de la Philosophie : j'allais devenir une cible d'entraînement. On ne cessait plus de me suivre et de me provoquer. Un soir, blessé au bras après m'être longtemps cru invulnérable, je me dérobai à d'autres coups et courus insolemment chez Amaya plutôt qu'à la pharmacie. Le sang avait suinté le long de l'escalier et des filles intervinrent tandis que je titubais devant une porte close. « Pas de grabuge ici ! déclara à peu près une solide maquerelle à la guêpière serrée sous les tétons. Notre travail exige le calme et la respectabilité. »

Amaya finit par m'ouvrir. Elle me prit en charge après mille excuses, effrayée de voir tout ce sang. Au bord de l'évanouissement, je la laissai me laver et me panser, dans le fond consolé par son empressement. Amaya ne voulait plus me voir, elle avait décidé de rompre pour protéger ma vie et accessoirement la sienne. Son père et son frère ne reculeraient devant aucune exaction pour m'éloigner d'elle. Ils venaient de le démontrer. Amaya suivit d'un doigt le dessin de mes côtes sternales, comme si elle calculait les jours sur un boulier.

— Ce n'est qu'un avertissement. Ils te tueront la prochaine fois.

Je remarquai ses collants fantaisie sous une jupe courte d'écolière. Elle portait les cheveux en chignon et n'était pas maquillée, ce qui soulignait l'extraordinaire translucidité de son épiderme et la luisance anthracite de ses prunelles. Les Japonaises se fardent, croirait-on, pour atténuer leur éclat.

— Je ne t'ai jamais avoué le pire, dit-elle en me relevant le visage d'une main brusque. Avant qu'elle meure, ma mère m'a expliqué comment le fils du yakusa l'a kidnappée. Comment il est tombé amoureux d'elle. À l'époque, c'était au moment du procès de Khabarovsk, il était suspecté d'avoir appartenu à l'Unité 731 de l'armée impériale qui pratiquait la vivisection à grande échelle, testait les pires armes chimiques et bactériologiques sur les prisonniers chinois, coréens ou russes, sur les populations civiles aussi, des enfants et des femmes amputés, autopsiés vivants !

Amaya s'interrompit dans un sanglot. Je n'osais pas lui dire qu'elle m'avait déjà raconté l'épisode, mais en mettant ces exactions sur le compte d'un de ses oncles.

Elle poursuivit d'une voix plus détachée :

— En échange des résultats des expériences, les officiers de l'Unité 731 et leur chef Shiro Ishii ont été oubliés par les Américains, sans aucun jugement, sans même comparaître. Ils prospèrent aujourd'hui au Japon. Certains chirurgiens de l'Unité 731 dirigent des cliniques. Les subalternes comme mon père se réjouissent avec eux dans les banquets d'anciens combattants...

Le ressassement et l'écholalie répondront des années encore au silence des tourmenteurs, hyènes rieuses inspirées par Muta, la déesse à la langue coupée – du moins est-ce ce qu'on ressentait à entendre la complainte des fils et des filles. Amaya s'était tue et je m'agenouillai entre ses cuisses pour mieux suivre des yeux le sillage des larmes sur ses joues. Elle soupira et se mordit le coin des lèvres. La blessure à mon bras battait comme le cœur d'un autre. Mon amie se dégagea avec une grâce d'oiseau pour apporter une théière en fonte et de fines tasses de porcelaine d'une transparence d'aurore.

— C'est l'héritage de maman, dit-elle. Elle les a ramenées de Nagasaki dans un baluchon, malgré l'interdiction : tout est irradié pour un siècle au moins.

Le thé bouillant parfumait d'une senteur de jasmin les cheveux défaits d'Amaya. J'avais envie d'elle, fiévreusement. Une saignée, dit-on, provoque de tels effets. Amaya me repoussa vingt fois puis, lassée, éteignit les lampes derrière un paravent de papier huilé. Des réclames de néon projetaient des phosphorescences dans la chambre. Sa jupe ôtée, Amaya s'enfouit en frissonnant sous les draps. Elle acheva de se déshabiller à l'abri de mes regards.

— Bientôt nous ne nous verrons plus, dit-elle.

— À cause du yakusa ? Pars avec moi, allons vivre à Tokyo...

— On n'échappe pas au clan. Et puis il s'agit de ta vie.

Elle s'était blottie tout contre moi, les cuisses soulevées, les seins écrasés sur ma poitrine. L'amour est comme un rêve de la nuit. Confits dans une même chaleur, nous chuchotions notre désarroi entre deux mots de ferveur dont la dernière syllabe était un baiser. Sans plus un geste, les cheveux mélangés, nous restâmes enlacés tempe contre tempe. Les bruits de l'immeuble et du fleuve se mêlaient étrangement, appels de sirène et gémissements langoureux, explosion de rires et musiques de guinguettes flottantes. Avec, assourdie, cette rumeur d'aérodrome des mégapoles. Nous nous endormîmes enfin au milieu de la nuit. J'avais prévenu Amaya qu'il me fallait partir avant l'aube pour regagner le campus. « Tu glisseras du lit sans me réveiller, murmura-t-elle, et sans allumer s'il te plaît. » Hypnos nous sépara d'un battement d'aileron.

Dans le demi-jour pantelant des enseignes, je me faufilai vers la salle de bains. C'est au moment de partir, une main sur la poignée de la porte, que je découvris l'extravagance : Amaya s'était dénudée à son insu. En m'approchant tout près, les doigts sur sa peau, je pus constater que les mi-bas brodés, dragons noirs et fleurs carnivores, montaient désormais au-dessus du pubis. Le tatouage exécuté de main de maître recouvrait ses cuisses et ses fesses. On eût dit l'ouvrage d'araignées inventives. Une dentelle d'encre semblait la vêtir juste sous l'épiderme, laissant la vulve et l'aine apparentes. Amaya sursauta et bondit sur le drap. Elle se mit à crier :

— Je t'avais demandé de me laisser ! Tu t'es bien rincé l'œil ? Va t'en, maintenant !

Je la suppliai de se calmer. Je baisai ses pieds et la caressai doucement, indistinctement, depuis ses fines cuisses armoriées jusqu'aux petits seins indemnes. Amaya se laissait faire, les yeux sur mes mains.

— J'appartiens à mon tatoueur, dit-elle enfin. Je ne peux plus lui échapper. C'est ma punition…

— Qui est-il ?

— Yumo, mon frère. Il sait où me trouver.

Je me souviens : c'était la veillée des âmes ; le

lendemain viendrait le soir de l'Anou dédié aux spectres, à tous les ancêtres en peine ainsi qu'aux jeunes morts de l'année – et des torches fumaient au fil des eaux. De Kyoto à la pointe d'Ar-Grill, de l'Anou à l'Ankou, une simple lettre incline la mémoire. Le tatouage d'Amaya m'effrayait comme une maladie évolutive, une sorte de nécrose, sombre voile de signes sur l'élasticité des muscles qui roulaient sous mes doigts. Cette peau d'une finesse miraculeuse m'obnubila des heures entières : je nageai dans un paysage, je m'enfonçai en lui sans me lasser, comme si le combat d'amour affrontait les dragons enlacés des longues jambes, du ventre et des fesses dans une forêt d'entrelacs et de ligatures. Amaya s'assoupit, sans plus me repousser. Nous attendîmes ainsi le point du jour.

Mêlé aux senteurs fluviales, le parfum des eucalyptus et des sycomores s'enfiévrait sous la rosée de juillet. Amaya avait ouvert tiroirs et penderies. Aux premières lueurs, c'est joyeusement qu'elle ficela deux vieilles valises et trois couffins. Le chauffeur du taxi s'amusa beaucoup de voir un jeune couple déménager d'un bordel aux aurores. Je l'avais convaincue entre deux étreintes, après une nuit de sanglots et de rires.

Nous étions retournés secrètement dans le pavillon du lac. La solitude convient aux amants traqués. Là, tout ressemblait au rêve d'hier. C'était l'été. La nature embaumait. D'un crépuscule à l'autre, le même pêcheur passait entre les deux bords. Sans autre projet que d'oublier le monde, nous nous abandonnâmes au ciel étoilé, aux arbres, à la profondeur moirée qui bruissait.

Une présence s'imposa. Les fantômes se mêlent à l'air qu'on respire, à la poussière, aux pensées les plus fortuites. Ici même était morte la mère d'Amaya dans son kimono de cérémonie aux longues manches fleuries, juste dans la chambre que nous occupions, entre les fenêtres basses et les portes coulissantes ornées de feuilles de nacre.

— La maladie était avancée quand maman s'est réfugiée dans la maison du lac Ihara. Ici nous n'avions plus à craindre le yakusa et son fils l'abricot.

— Tu veux dire ton frère Yumo.

— Ce n'est pas mon frère. On n'est parent que d'un même ventre. C'est le fils du yakusa. Il me hait comme déjà enfant il haïssait ma mère. Il y a longtemps que j'ai tout subi de lui, dans l'indifférence des siens. Maintenant, pour me punir de lui échapper, il use de son art comme d'une arme. Je suis devenue son œuvre, sa martingale. Il s'amuse à faire de ma peau une sorte d'almanach à l'usage des yakusas. S'il continuait, il faudra me cacher, ou bien m'arracher l'épiderme pour en faire un livre secret.

Avec les jours, Amaya parut s'apaiser. Le lac resplendissait au soleil et les nuits parfumées bruissaient d'une vie dérobée. Elle ne cessait d'évoquer sa mère. La nuit du 7, elle eut une crise de convulsions. Ses yeux étaient fixes. Sa pâleur et la raucité de sa voix laissaient craindre une syncope. Nous n'avions que des bicyclettes à disposition. Et quel secours trouver dans la nuit ? Elle m'interdit de la laisser. La lune s'était levée sur les collines et Amaya, étrangement nue dans les fausses broderies et guipures qui la vêtaient jusqu'aux hanches, m'enjoignit de l'accompagner au bord du lac.

— Elle vient, chuchota-t-elle du fond de la gorge en désignant une brume irisée sur les eaux.

Et je la vis ou crus la voir, si blanche dans sa robe flottante et sous une vaste capuche d'où s'échappaient des mèches folles. Elle marchait ou plutôt glissait sur l'imperceptible remous. C'était la nuit des *yurei*, des âmes errantes captives de leur mémoire. Amaya voulut rejoindre le spectre. Je dus la retenir, l'empêcher de courir à la noyade. Happés jusqu'à mi-cuisse, nous pataugeâmes ensemble dans la glaise détrempée et ce fut un combat élémentaire entre elle et moi, elle qui voulait m'échapper comme une créature des eaux, carpe ou sirène. Je m'agrippai à ses hanches engluées, à ses épaules, Amaya se débattait à coups de reins, le corps tout empoissé d'argile. Je parvins à la hisser sur l'herbe et, n'y tenant plus, la peau brûlante d'écorchures, à la pénétrer, à la baiser comme jamais au milieu des coassements et des frôlements de chauve-souris. Nous nous endormîmes sur place, je crois, assommés par cette folie. Et les spectres s'engouffrèrent dans nos songes. Quelques heures plus tard, mes paupières se fendillèrent au soleil levant. La boue avait séché. Je tenais dans mes bras une idole de terre, moi-même figé comme une statue Dogu.

Je sais bien que la vie n'est pas un roman, qu'il manque aux jours une solide inclination dramatique et cette *Bedeutungsperspektive,* cette perspective distribuant les rôles selon leur importance. L'existence manque aussi de sujet, d'*histoire* – ou alors elle en déborde : vrai balai de brindilles narratives qu'on chevauche sans décoller jusqu'à la tombe. Notre vie se déplie sous le fer de la nécessité et se déchiquette aux griffes du hasard. Reste la chronique des songes, fleuve caché dont on ne distingue jamais que de brèves résurgences – geysers ou fontaines. On attend toujours l'intrépide spéléologue du cerveau qui inversera les préséances et explorera cette dimension du sommeil dans sa continuité dynamique et sensible, car il ne fait guère de doute que nous dormons en permanence à des degrés divers et que le rêve ne cesse pas – plus ou moins enfoui sous les convulsions de somnambule de ce qu'on appelle *la vie réelle* – et qu'à ces profondeurs, une autre réalité infiniment plus intense compose notre imparable roman intime et figure à notre insu quelque destinée cosmique.

Un sommeil divinatoire, comme l'interprétait Artémidore d'Éphèse, ne serait autre qu'une révélation de la *nature profonde du terrain :* un phénomène géologique avant-coureur.

Et si les longues veilles harassées dissimulaient l'océan au galérien insomniaque qui ne jure que sur ses rames ? L'obscurité apparente des rêves ne procède que d'une rationalité obtuse tout embarrassée de réprobations et d'effroi. Jung prétendait que l'originelle naïveté des productions oniriques « ne saurait illusionner ni mentir ». Le grand serpent noir n'est pas toujours un méchant petit phallus, même s'il donne des ambitions et provoque des cauchemars. Le rêveur, comme le pendu, ne bande pas par palaisir, mais par intime violence.

Et puis le cosmos n'est pas un bonnet d'astrologue.

À l'heure où les rêves agitent confusément l'esprit, quand une torpeur envahit les humains..., l'univers prend la forme particulière d'une conscience, la mienne ou celle d'aucun. À part Moïse auquel il s'adresse « face à face, dans l'évidence et sans énigmes », Dieu *parle en songe* aux prophètes qui naviguent dans tous les temps comme sur une mer.

À Kyoto, le temple de Kiyomizudera est consacré aux rêves d'incubation qui consistent à célébrer l'union charnelle avec les divinités durant le sommeil. Mais chacun est devin dans sa hutte, sans trop le savoir. Chacun passe ses nuits à incuber l'univers, cette bible trop maniée qui s'ouvre par le milieu.

J'ai monté des oranges et quelques roses d'hiver chez Emily (était-ce hier ou ce matin ?). Il faisait très froid là-haut, si froid que des fleurs de givre ornaient les carreaux des fenêtres. Dans mon trouble, j'ai dû oublier mes lunettes de brouillard.

A Charm invests a face
Imperfectly beheld –
The Lady dare not lift her Veil
For fear it be dispelled –

Nulle Dame aux yeux profonds ne relèvera jamais la voilette du temps, face de squelette sous sa toile d'araignée ! Je l'ai pourtant vue sourire. Son visage sans éclat (dont le charme confine à l'effacement) se penche sur les miroirs ternis. Comment expliquerais-je ma fausse présence en ces lieux ? Un sommeil bâclé me jette en somnambule dans les corridors et les escaliers. Et me revoilà surgissant sous ces combles, un bouquet de roses ou de fleurs de givre à la main.

Pluie infinie sur les calvaires de granite, les parapets et les menhirs. J'ai cheminé sur la lande jusqu'aux ruines de Fortbrune investies par les ombres franches du lierre et les genêts toujours à demi florissants. L'affleurement d'or et de craie des lichens y recouvre désormais toute empreinte d'incendie. Je me suis longtemps arrêté face au ciel, le souffle court, une main sur le cœur. Vite rassurés par ma fixité d'épouvantail, les oiseaux ont croisé tout près leur vol. Un couple de lièvres a sautillé dans la luzerne. Visible à cette hauteur, la ronde des météores évoluait à l'œil nu, du plein soleil coiffé d'arc-en-ciel aux averses charbonneuses ponctuant çà et là les horizons. C'est alors que les touristes allemands sont apparus : ils contournaient les ruines d'un pas alerte de randonneurs. Le vieillard s'aidait de bâtons de marche télescopiques tandis que le jeune homme en pantalon de golf fumait la pipe un peu en retrait. Portée par le vent, l'odeur de tabac anglais vint piquer mes narines. Une fois de plus, je me suis laissé surprendre par les confusions de la mémoire : c'était Ludwig, mon héros de papier, qui déambulait sur la lande !

Un pied dans les ruines, le vieil homme m'a salué en soulevant ses bâtons.

— Beau paysage ! s'est-il exclamé. *Schöne keltische Natur !*

Je soufflais sur les braises quand la cloche du portail a tinté et je me suis alors souvenu, comme d'une épreuve physique, de l'imminente visite de ma lectrice cannibale, la quatrième en date. Blandine Feuillure de La Gourancière (de son vrai nom, Blanche Feuillé-Gouran) est survenue à sa manière, invasive et affable. Vidée comme un os à moelle par la proximité de Paris, la bourgeoisie de province secrète encore des archétypes saugrenus déclinés de la République coloniale, voire de la Restauration. Avec ses airs de paonne travestie, Blandine affiche un prosaïsme faussement aristocratique. Mais elle ne manque pas de suite dans les idées. C'est dans une hâte procédurière que les questions succédèrent aux questions.

— J'en ai presque fini avec votre généalogie. En tout cas, je sais à peu près tout des années d'enfance et de jeunesse. Il me faudrait cependant quelques détails…

Elle a croisé bien haut ses longues jambes avant de se figer, grande volaille appliquée, dans une posture équivoque bien faite pour me déstabiliser. Je me disais en l'observant que la critique universitaire est l'exercice le plus ingrat d'appropriation et de subordination de la liberté humaine. Nous écrivons des romans pour échapper aux aliénistes du langage comme à toute forme de réduction savante. Plutôt que de célébrer grimaciers et pasticheurs, les clercs devraient se remettre en question avec patience et méthode, avant tout préalable, car les chefs-d'œuvre adviennent prophétiquement, sans préséance aucune, au faîte même de l'intelligence la plus farouche. Et qui oserait prétendre que le roman ne pense pas ?

— Excusez-moi de revenir sur un point essentiel, dit Blandine, la gomme d'un crayon à mine au coin des lèvres. C'est en octobre 1972 que la cour d'assises de Créteil vous a condamné à cinq ans de prison ferme pour parricide. Trois ans exactement après votre retour du Japon…

— Que racontez-vous là ? ai-je bredouillé, sans doute au bord de la syncope. C'était un accident, je n'ai tué personne !

— Les attendus du procès sont pourtant clairs, même s'il n'y a plus d'incrimination spécifique du parricide depuis Louis-Philippe. Autrefois, on vous aurait tranché le poing avant de vous décapiter…

Je n'avais nulle envie de remuer le couteau. Ma visiteuse dut craindre un péril imminent. Elle déguerpit sans demander son reste avec des froufrous de casoar. Frappé de plein fouet par ce coup de pied de l'âne, ou plutôt de l'autruche, je suis demeuré longtemps hagard devant ma bouteille de whisky. Cette histoire avait brisé ma vie ; je suis devenu écrivain comme un braconnier qui perd la vue devient chanteur de rue. Ignorait-elle donc, cette contrôleuse certifiée des chimères, que le meurtre d'un ascendant légitime ou naturel est sanctionné par la réclusion criminelle à perpétuité ? On m'avait condamné à cinq ans, non pour parricide, mais pour homicide involontaire, certes aggravé. Le droit pénal français ne laisse aucune ambiguïté : constitue un homicide en l'espèce « le fait de provoquer la mort d'autrui dans les conditions et selon les distinctions prévues à l'article 121-3 : par maladresse, imprudence, inattention, négligence ou manquement à une obligation de sécurité ou de prudence imposée par la loi ou le règlement ». S'il ne s'était agi d'un ascendant légitime, je n'eusse écopé que de trois ans et peut-être même aurais-je bénéficié du sursis pour l'ultime année à purger. Mes deux années de préventive furent malheureusement suivies d'autant.

La mémoire est un écran de fumée que rabat une pluie de cendres. C'est plus qu'étrange : je me remémore avec exactitude la comédie de la reconstitution du drame, lequel s'est effacé derrière sa simulation judiciaire. C'était par un matin gris d'automne. On avait bouclé les abords du quai. Pêcheurs à la ligne ou voisins rameutés, les badauds s'amassèrent derrière le cordon de sécurité. Des inspecteurs en civil et l'instruction flanquée d'experts de la police scientifique envahirent devant moi le pavillon des bords de Marne. Un avocat commis d'office m'accompagnait, un certain Norbois, bellâtre à tignasse grisonnante qui bâillait ostensiblement. Ilan Trobul, le juge d'instruction, m'encourageait, par fausse bonhomie. Il me tutoyait presque et poussait l'avocat à sortir de sa torpeur. « Faut aider les jeunes qui montent sur les planches ! », lança-t-il, goguenard, juste avant le lever de rideau. Comme je manquai défaillir en contournant une silhouette dessinée à la craie au pied de l'escalier intérieur, maître Norbois fila joyeusement la métaphore : « Y a plus de bons tragédiens, de nos jours, ils flanchent tous avant la générale ! » On m'avait ôté les menottes. Avant de monter à l'étage, une costumière portant képi vérifia mes lacets et mon nœud de cravate. Rien de plus odieux qu'un endroit chargé de souvenirs où vous prend à la gorge l'odeur caractéristique que laissent après eux les services de désinfection. Deux fonctionnaires hilares hissèrent un mannequin articulé à masque d'homme en haut de l'escalier. Parvenu à l'endroit du drame, entre la salle de bains ouverte et les portes des chambres, sur le palier où nous nous tenions « le jour fatidique », le gendarme retraité et moi-même, tandis qu'Élisabeth réfugiée dans sa mansarde écoutait la dispute, on m'enjoignit de patienter : chacun prit place comme sur un plateau de cinéma. Le juge Trobul dirigeait les opérations en scénariste accompli. À cette minute, hébété par l'effort d'exactitude déployé par ces inconnus, je n'avais à l'esprit que le sort de l'adolescente. À treize ans, elle allait être placée dans une institution pour orphelins de la gendarmerie.

— Bon ! dit le juge. Vous vous êtes mis à vous alpaguer au moment où votre jeune sœur, quittant sa chambre, vous a demandé, à vous et à votre père, de la laisser partir rejoindre sa mère en Allemagne…

— Élisabeth a seulement dit qu'elle partait. Qu'elle en avait assez de nos différends.

Le juge me reprit d'une voix lourde de sous-entendus :

— Je croyais que vous n'étiez que de passage ?

— Oui, pour quelques jours. Je cherchais un logement…

— Depuis trois bons mois, si j'en crois votre sœur. Et les altercations avec votre père prenaient des proportions inquiétantes. Même des voisins en témoignent…

On me somma alors de mimer la grande scène de la dispute tandis qu'un instrumentiste maintenait le mannequin revêtu d'un pyjama… Le gendarme retraité m'avait rejoint devant la rampe. Il sortait de la salle de bains, de la mousse à raser dans le cou et les oreilles. Il était furieux d'entendre parler de son ex-épouse et m'imputa aussitôt la révélation des informations que semblait détenir Élisabeth. Le ton monta vite entre nous : c'était toujours ainsi à la moindre répartie. Le retraité me traita de graine de manouche. Dans sa fureur, il fit soudain un aveu extraordinaire : sa première femme était morte en accouchant d'un bâtard. L'invective qui ne pouvait être comprise d'Élisabeth m'alla droit au cœur : je n'étais pas son fils ! Une joie abominable m'emplit alors. Un soulagement que je ne sus extérioriser que par un grand éclat de rire. C'est à ce moment qu'il tenta de me frapper avec une violence contenue par l'étroitesse du palier. Sa face de vieux exprimait toute la rancune d'une vie. J'eus presque pitié de sa bouffonnerie sans mesurer combien de pitres égrotants peuplent le monde en fin de parcours. Esquivant le coup de poing, je vis le gendarme toupiller et ne me contins plus de rire : nous étions aux prises comme Guignol et Flageolet devant une gamine consternée. Le moindre heurt propulse à distance la toupie en action : rebondissant contre les encoignures des marches et de la rambarde, l'homme fut vite en bas, les membres brisés, du sang plein la tête. Son râle s'étrangla avant même que j'eusse pris conscience du drame.

Curieusement, ni Élisabeth ni moi ne nous précipitâmes. Les cheveux en flammes, ses grands yeux d'éclaircie après l'orage, elle courut vers moi. Qu'avait-elle vu ou imaginé ?

Les quelques mots qu'elle proféra me saisissent d'effroi aujourd'hui encore :

– Je ne dirai rien si tu me prends avec toi.

On avait épargné à Élisabeth la reconstitution. Mineure et dans un état psychologique proche de la dépression, elle venait d'être placée dans un centre d'orientation et d'accueil de la préfecture. Pour la remplacer, le juge d'instruction affecta une jeune femme, lieutenant de police stagiaire, laquelle se crut obligée de prendre des airs de rosière effarouchée.

À maintes reprises, sur les suggestions du juge, des experts ou de mon avocat, le mannequin articulé dégringola l'escalier. Au bout de la dixième chute, dans mon exaspération, ce n'est plus une chiquenaude que je lui prodiguai.

— Et vous prétendez l'avoir à peine effleuré ! s'écria au bluff le juge, dans l'espoir d'un aveu.

— Qui donc ? interrompit mon avocat. La soi-disant victime ou ce malheureux pantin !

L'expert en mécanique des milieux continus marmonna ses conclusions, à partir des données de l'autopsie :

— Le corps a réalisé une descente ponctuée par cinq chocs initiaux causant des dommages non létaux, avec renversement contre le mur de face à mi-étage, pour finir en position trois quarts horizontale, puis il a rebondi une première fois au sol avec la partie inférieure du bassin, cause avérée de la rupture du tibia et du fémur gauches ainsi que de l'humérus droit. Le corps s'est alors replié violemment en arrière, projetant le crâne sur le carrelage, ce qui provoqua des lésions postérieures et moyennes avec diffusion de matière cervicale…

Selon son avis, seule une force de poussée préalable qu'il évaluait à deux cents kilos avait pu entraîner de tels dommages.

— Qu'en pensez-vous ? susurra le juge en clignant de l'œil à l'attention de maître Norbois.

— J'en dis que rien ne vaut une contre-expertise !

Cette comédie macabre m'impliquait à peine. J'avais blêmi devant les simagrées de la figurante dans le rôle d'Élisa. Bien que personne ne lui eût rien demandé de tel, elle avançait et reculait d'un air d'épouvante entre la chambre ouverte et le palier de l'étage. Pourquoi m'étais-je dit brusquement à la voir ainsi gesticuler qu'Élisabeth *savait*. À cette même place, quelques semaines plus tôt, lors du drame inimitable, elle n'avait pas bronché. D'ailleurs, elle n'accourut qu'au moment de la culbute et ne regarda que moi, sans ciller, avant de déclarer ce que j'ai tu aux policiers comme au juge : « Je ne dirai rien si tu me gardes avec toi. » Sa brusque pâleur m'impressionna moins que le sourire immatériel qu'elle esquissa tandis qu'un sang noir se répandait dans le vestibule. J'ignorais ce qu'elle avait pu endurer pendant mes années d'absence, seule avec l'officier déchu. La rancune est une manière toute domestique de se cramponner à qui vous échappe. Le retraité gisant au pied de l'escalier n'avait guère d'autre lien de consanguinité avec elle que sa rancune.

En prison, les années passant, je finirai par admettre quel enfer de proximité avait dû être le sien en découvrant que ni l'un ni l'autre de ses prétendus enfants ne lui était apparenté. Son aptitude à la trahison aura été convenablement réhabilitée, je crois, par l'injustice qui me désagrégeait au fond d'une geôle puante.

Mes ancêtres ont trop voyagé. Les miroirs ne me reconnaissent pas. Ma vie bousculée ne ressemble à aucune et j'écris des histoires qui parlent d'un autre monde. Esseulé dans cette baraque de plein vent, face à la nuit des temps, je rêve d'être un jour aimé pour mes faiblesses et mes manques, tout ce qui fait de moi un imposteur sans artifices, un étranger universel que personne ne voudrait accepter à demeure, serait-ce dans un manuel de littérature indigène.

Visite désolée de mon voisin l'horticulteur. Le col défait, une barbe de trois jours creusant davantage sa figure amaigrie, il m'apprend l'internement de sa femme. Je réagis avec une vivacité intempestive, exigeant qu'il s'explique. Le pauvre homme perd ses moyens, il bredouille des inepties. Agnès se met en danger à courir la côte par tous les temps et sans prendre garde aux marées. Elle dérange les riverains du cimetière avec son jardinage continuel. Et puis sa conduite offusque le maire de Meurtouldu qui s'en est plaint au nom de ses concitoyens lors du dernier conseil municipal. Aussi l'horticulteur a-t-il contresigné la demande d'hospitalisation émise par cet éleveur de cochons. L'image est trop belle : à quand la réclusion des roses en porcherie ! Le médecin psychiatre de Brest dont j'avais donné l'adresse aura fourni incontinent les certificats médicaux. Me voilà en partie responsable de l'incurie ordinaire. Elle ne dérangeait personne, la belle Agnès, elle évoluait de la lande aux rochers comme l'une de ces fées aux habits sans coutures qui hantent les falaises, anges à moitié déchus de n'avoir pris ni le parti de Dieu, ni celui des créatures ailées de l'aurore si désireuses de procréer et qui chutèrent plus bas que terre (selon l'arrière-grand-père de Noé et ses aïeux bretons). Il fallait laisser Agnès errer parmi les calvaires et les croix, comme un ange au purgatoire. Mais allez parler d'Enoch et des saintes myriades à ces aliénistes de clocher qui mériteraient en priorité la camisole pour manque cruel d'imagination !

J'ai ouvert grand les fenêtres ce matin. Le vent du large a dispersé la poussière et les toiles d'araignée. Quelle belle inhumanité qu'un océan pour renaître ! Peu à peu les rêves de la nuit me sont revenus, vomissures d'images indigestes. C'est ainsi qu'on s'en délivre. La houle chargée d'embruns submerge les visages. Celui de Fedora surnage, mais quand m'a-t-elle visité ? C'est à sa guise, comme autrefois, qu'elle surgit et disparaît. Si longtemps l'aurai-je cherchée après minuit, dans les villes inconnues et d'indistincts faubourgs, dans les contrées les plus reculées, au bout d'un pont ou d'un train, sous l'aile encore vibrante d'un avion, si éperdument que l'ombre de la folie à la fin m'a précédé. La cantatrice avait des comptes à régler avec sa légende. Jamais n'aurai-je pu m'expliquer quelle aberration funeste la pourchassait ni quelle chimère elle-même traquait.

Fedora me revenait de loin en loin, identique à elle-même – c'est-à-dire en proie à toutes les métamorphoses de la passion amoureuse –, certains matins à la pigmentation instable, quand la lumière naissante semble contrariée par la sourde réfraction des songes. En son absence, désagrégé par l'angoisse, les éventualités les plus fantasques me traversaient l'esprit. À peine la scène quittée, fugitive, elle voyageait *en grand secret*, Mélusine de la mémoire qui voulait mettre tout l'espace de la nuit entre elle et sa gloire houleuse de diva. À force d'enquêtes et de questions, certains après-midi où nous demeurions étendus dans un lit ou l'autre – place du Retour avec en mire le ciel des toits et des grues, ou rue d'Odessa, sous l'épée de Judith –, Fedora m'avait assez clairement renseigné sur les emblèmes de perdition qui bornaient sa conscience et signalaient l'abîme. Une fois la supercherie de Kessy découverte, la figure du père absent, plus que jamais, devint sa hantise. Par un contraste lié au télescopage d'une image déchue, en tout point ignoble, avec celle longtemps idéalisée pendant la petite enfance et un début d'adolescence solitaire, dans le logis de Long Street, l'espérance de Fedora dessillée renaquit et s'accrut en même temps qu'une sorte d'effondrement émotionnel : dans l'instant même où Kessy vint à perdre tout statut maternel à ses yeux, un père était à nouveau concevable. Depuis lors, tourmentée par les vains chantages de l'une, elle s'était mise en quête ardente de l'autre, inversant d'aventure les signes du désir. Ses parents ne s'étaient pas mariés et Fedora qui, persuadée d'une malversation, portait jusque-là le patronyme de sa mère, s'employa à recouvrer une identité plus conforme. Elle changea plusieurs fois de nom avant de se découvrir artiste et d'accepter par la force des choses une appellation arrêtée : celle de sa première apparition sur une scène lyrique. Un célèbre baryton l'avait sortie du bastringue de Soho où elle avait ressassé en chansonnière sa déchéance de fille de proxénète. Elle s'était remise à la musique, celle qui élève la voix et le cœur. Elle allait triompher des tortures compliquées du jeune âge conçues par les « achète-petits », les *comprachicos* dont parle l'auteur de *L'Homme qui rit* et qui, foin de Gypsies, ne sont autres que nos propres ascendants : « Et que faisaient-ils de ces enfants ? Des monstres. Pourquoi des monstres ? Pour rire. » On ne survit aux manipulations des bossus qu'en faisant le dos rond. Fedora s'en était tirée avec une assuétude à l'échappée belle, à la fugue, à l'évasion. Elle n'était heureuse qu'en situation de fuite et je sais aujourd'hui que la scène des opéras du monde n'était autre pour elle qu'une proue de vaisseau fantôme, et ma chambre vénérienne de l'hôtel du Retour un lieu privilégié de disparition, comme le sont les celliers et les caveaux.

Sa mère qui, pour la dégoûter d'un père introuvable, l'avait adressée encore adolescente à un chinchard en chemise exhumé de son ancienne vie de souffleuse de comptoir, aura su la faire chanter à sa façon : nul besoin de tiers, nos enfants sont déjà sous haute pression, acculés à la faute d'être né. Le chantage affectif est le plus vieux fonds de commerce du monde. Et Scarpia-Méphisto, autre père putatif, n'arrangea rien aux tourments de Fedora. C'est lui qui organisait ses déroutes. C'est encore lui qui pourvoyait à ses paniques de femme traquée, ainsi assuré – à défaut d'être aimé – d'une emprise de manager occulte. Démons de substitution, l'un comme l'autre tenaient son ombre en otage, seulement son ombre – mais Fedora hors de la scène n'était que ténèbres. J'étais impuissant à la libérer d'une prison vaste comme la nuit. Quand elle recherchait ma compagnie, voire mon amour, c'était toujours en compensation d'une solitude prédestinée. Elle jouait avec moi à l'émancipée, le corps et l'esprit à disposition des fantasmes les plus ingénus. Nous riions beaucoup, la gorge nouée. Nous nous battions même, à coups de caresses. Des parenthèses de lumière nous gardaient des cloportes. Mais une femme qui la nuit vous échappe restera toujours une étrangère. Ma connaissance de Fedora s'étendait au plus intime d'elle, au plus tendre, à son secret de femelle incandescente, à ses cris déconcertés, et jusqu'aux révélations dangereuses de son sommeil, quand elle appelait la destruction avec un halètement de bacchante. Pourtant j'étais exclu de sa vie, puisqu'elle ne m'accordait que des jours épars, sans vraiment s'annoncer, en astre erratique.

Nous nous étions retrouvés à Londres en septembre. Elle m'avait permis de la suivre incognito, sinon de l'accompagner, surprenante innovation dans nos rapports dont je ne parvenais pas vraiment à me réjouir. J'avais pris une chambre d'hôtel à Whitechapel, quartier aux prix alors raisonnables, et m'étais réjoui de mon isolement relatif pour écrire. Fedora allait interpréter *Zaïde* à la Royal Opera House. Elle avait été engagée pour cinq semaines à compter de la répétition à l'italienne, les précédentes n'exigeant d'elle qu'une présence épisodique. Une jeune interprète irlandaise devait la remplacer lors des répétitions musicales et de mise en scène, en ces heures où chœur, orchestre et solistes travaillent séparément. Fedora se targuait de pouvoir rattraper le spectacle à la pré-générale, sans autre préparation, en grande professionnelle amoureuse du rôle. Œuvre inachevée, plutôt courte et constituée pour l'essentiel d'un enchaînement d'arias, l'opéra de Mozart ne demandait pas un grand investissement scénique. Pour satisfaire la production, elle dut faire néanmoins trois ou quatre allers-retours pendant les deux semaines de répétition initiales avant de prendre résidence à Covent Garden l'ultime semaine précédant la grande première. Je me souviens de ses visites en coup de vent dans mon galetas de Whitechapel, simplement pour me tenir la main quelques minutes, avant de reprendre son taxi pour Westminster. Fedora semblait vouloir se faire pardonner ma mise au ban par des surprises évanescentes, des présents d'un sou, de petits legs de tendresse inédite. Elle ne me disait jamais rien de son travail et refusait de chanter serait-ce un accord en dehors des séances de reprise. De moi, elle n'espérait qu'une qualité de silence. Par superstition, j'avais décidé d'éviter la générale et d'attendre même que le spectacle fût bien rôdé. Accaparée par cette création et sans doute plus encore par son retour dans les parages hantés du souvenir, Fedora ne m'accordait que des copeaux de son temps. Pourtant, il n'était jamais advenu que je ressente cette exigence : elle revenait à moi comme ces pêcheuses de conques de l'île de Mara qui remontent happer l'air entre deux plongées. Je me satisfaisais de ces respirations comme des cieux changeants de cette fin d'été dans la plus mélancolique des villes, du moins pour l'exilé périphérique que je ne cessai d'être. Le jour, ne quittant guère mon hôtel de Whitechapel par crainte de la manquer, je m'attachais à des leurres de personnages, entre l'évocation alternée d'un mangeur d'opium et d'un éventreur. L'écriture d'un roman me permettait de faire un usage tout subjectif de la durée (et de supporter en conséquence ma relégation). Pour acclimater ma propre impéritie, je m'étais lancé dans une histoire impossible : celle d'une femme voyageant la nuit *en grand secret*. La rédaction en était incroyablement aisée et l'encre coulait sans discontinuer, comme si j'ouvrais les veines de mon poignet droit. L'ouvrage avançait si bien, avec une telle justesse de ton, que j'en fredonnais d'allégresse. Fa do ré : *Juliet says hey it's Romeo.* Et Fedora survenait par une magie supérieure habiter en chair et en os ma rêverie concentrée à la pointe du stylo plume. Mais cette idylle ménagée dans notre amour ne pouvait durer que le temps d'un opéra.

Entre pavillon Baltard et Parthénon, la façade fraîchement rénovée de la Royal Opera House recevait la lumière variée d'un ciel d'orage. J'avais tenu à payer ma place, l'une des deux mille deux cent soixante-huit que contient cette splendide salle à l'italienne : dans une loge latérale pour être sûr de ne pas croiser son regard. C'est elle-même qui me l'avait réclamé à l'époque de Tosca : « J'ai peur de me réveiller brutalement si je te vois. » Elle se défendit de ma perplexité par l'invocation d'un mystérieux syndrome d'Elpénor. Ce dernier, compagnon d'Ulysse délivré du sortilège qui l'avait changé en pourceau, s'endormit enivré et, tout juste sorti du sommeil, chuta mortellement par-dessus la rambarde du palais de Circé, au grand désespoir du roi d'Ithaque. (« Un phénomène de désorientation survenu au cours d'un réveil incomplet », dira un spécialiste après la culbute par-dessus la fenêtre d'un train de nuit du président Deschanel.) Chanter dans l'intensité folle d'une scène d'opéra provoquait chez Fedora un état de stupeur qui devait s'éployer jusqu'au final, sans rappel au monde, au risque d'une catastrophe qui eût pu compromettre sa santé. Dans l'ombre de la loge, une fois de plus, je pus contempler sa métamorphose en divinité du chant. Était-elle Carmenta, la nymphe prophétesse, ou le masque aveugle de Melpomène ? Après le chœur des esclaves et le mélodrame, je l'entendis entonner l'admirable *« Ruhe sanft, mein holdes Leben »* dans un état second. Amoureuse d'un des siens, l'esclave chrétienne de Soliman doit fuir son courroux, mais rattrapée par le sultan et condamnée à mort, elle ne peut espérer qu'une grâce… Le sort de Zaïde m'importait exclusivement, à vrai dire, et ses arias seuls m'envoûtaient : *« Tiger ! Wetze nur die Klauen. »* La brièveté du spectacle me prit au dépourvu – comment clore un tel prodige musical en pleine émotion ? J'étais ivre de la voix de Fedora, blessé, sans autre avenir que ses lèvres et sa gorge. Au dernier air, celui du quatuor suspendu au bon vouloir du sultan, une surtension liée à l'orage jeta sur les visages de l'orchestre un flash de lumière blanche. Une demi-seconde, tandis que le rideau s'abaissait et que le public se préparait à l'ovation, il me sembla deviner un dessein funeste dans cette multitude. Déjà le rideau se relevait ; main dans la main, les esclaves et les princes saluaient avec une modestie feinte le public londonien. Au septième rappel, Fedora cessa de sourire. Elle ne répondit pas au huitième et les applaudissements se tarirent d'un coup devant la scène vide.

Je ne cherchai pas cette fois à la rejoindre dans sa loge ni même à épier sa disparition. Une claire appréhension me dictait la retenue : Fedora avait besoin de répit. Elle avait accepté de venir chanter à Londres par défi, sinon par affront, et devait endurer la violence du passé. Ce n'est pas la mémoire vagabonde qui est à redouter, mais l'immobile présent. Fedora m'avait manifesté un tel attachement lors de nos trop brèves rencontres que je voulais m'en satisfaire, le cœur serré de la voir prise d'effroi au moindre reproche, les mains tremblantes, si pâlie sous son fard. Quand j'y songe – et sans même y penser elle ne cesse de paraître comme un portrait sur les murs, une sculpture intérieure, l'actrice d'une scène envahissante –, cette image d'elle me rattrape douloureusement et je n'ai pour recours que l'effervescence du large, le temps de comprendre qu'il me faudra plus d'une vie pour espérer l'apaisement de l'oubli.

La tempête annoncée brouille l'horizon de mouvantes marbrures fuligineuses. Des jaillissements d'écume aveuglent le phare de l'Ankou et les îles proches. J'ai posé le front sur le carreau pour sentir la pression grelottante du vent. Des bourrasques secouent les arbres du parc, lesquels se cabrent d'un grand mouvement d'encolures. On entrevoit, blafarde dans ce remous d'ombres, la nudité de Coré-Perséphone. Il y a longtemps qu'elle aurait dû rejoindre le royaume stérile des Enfers. Est-ce la béatitude des trépassés, cette solitude livrée aux météores ? Une voix psalmodie des soupirs dans les déchirures. Il faudrait régler sa respiration sur celle des nuages et n'être plus que buée, formation de gouttelettes ou de cristaux au-dessus du grand visage des mers et des landes. Le sommeil me dicte ces mots et la vitre s'est muée en drap puis en fine membrane de rêve.

J'ai fait rentrer vingt stères de rondins bien secs pour la cheminée : hêtre et bouleau. Une caisse de whisky et deux cartouches de Gitanes en réserve, me voilà paré pour l'an neuf. À la radio, les vœux du président semblent annoncer la fin du monde. J'ai changé d'onde :

Tutti accusan le donne, ed io le scuso
Se mille volte al dì cangiano amore.

Mozart est le dernier enchanteur. La vacuité des libretti de Lorenzo da Ponte laisse toute sa place à l'harmonie et au jeu instrumental, mais je préfèrerai toujours sa musique de chambre. D'ailleurs, je n'écoute plus d'opéras, Wagner et Verdi m'assomment. Même *Cosi fan tutte* me fatigue avec ses confabulations de bergerie. Toutefois les mélodies chantées se détachent merveilleusement, toujours neuves à l'oreille, comme des improvisations d'archange. La perfection en art a soif de hasards, c'est le sens de l'inspiration, tout se répète et tout change, comme la mer et le ciel de Bretagne, au gré d'harmonies convergentes. Les fantaisies chromatiques de Bach ont-elles été écrites après coup ? La composition qui précède l'écriture n'est au fond qu'une manière concentrée et tâcheronne d'improviser, dans la complicité souvent muette des instruments. Par miracle, l'empreinte de cette inspiration spontanée demeure intacte chez les plus grands, Bach bien sûr, et Mozart. « Le vrai génie sans cœur est un non-sens », disait cet amoureux irrévocable. J'écoute en boucle les préludes et les fugues, les sonates ou les quatuors, trios et quintettes pour pianos et cordes, avec le sentiment d'un renoncement joyeux à toute surcharge flatteuse – frénésie et déréliction ! Serait-ce vieillir que vénérer Mozart *andante gracioso* ?

Visites successives des éboueurs en mal d'étrennes, d'un gitan vannier tout encapuchonné de hottes et de paniers qui prétend bien me connaître, et, plus surprenant, du vieil Allemand aperçu sur la lande et à l'église. Comme je traversais la grande allée depuis le petit bois, de retour du promontoire, j'ai pu le voir descendre d'une Chevrolet conduite par ce jeune homme qui m'évoque tant Ludwig, lequel a poursuivi sa route. Le vieillard a longtemps secoué la chaîne de l'ancienne cloche, bien en vain. Les éboueurs et le gitan n'avaient guère pris la peine de s'annoncer. Je vins à lui, poussé par le souffle du large.

— Entrez donc ! bougonnai-je. La sonnette ne fonctionne plus depuis la dernière guerre.

— *Erfreut ! Erfreut !* Enchanté… ! s'exclama mon visiteur, poussant le poing sur sa canne, la tête en arrière, comme pour prendre le recul nécessaire à la contemplation d'un caractère pittoresque.

— Vous, être l'habitant ? ajouta-t-il en redressant sa haute taille.

Je dus arquer des sourcils soupçonneux car il se récria :

— *Nicht, nicht !* Je ne voudrais pas acheter votre bâtiment. En passant dans *Kraftfahrzeug*, la voiture n'est-ce pas ? J'ai dit à petit-fils de me laisser devant *ihre Tür*, la porte vôtre. Pour souvenir… Vous bien vouloir ?

C'est ainsi que j'ai accueilli à Ker-Lann l'ex-capitaine Jürgen. Le valeureux octogénaire ne pouvait clore son pèlerinage en pays breton, principalement dans ce coin de Finistère, sans visiter le siège de l'ancienne Kommandantur. Voilà bien un solide vieillard, la peau rissolée par les années mais d'un bel ambre, les cheveux abondants et drus comme des ailes ébouriffées de goéland.

— J'aimais cet emplacement, a-t-il déclaré, les mains tendues vers l'âtre. Même dans la guerre, il y a petites joies, *kleine Fraulein*, vous me comprenez ?

À mon habitude, je n'ai pas réagi, incapable de mesurer les implications de cette intrusion. L'hôte n'a-t-il pas pour devoir d'ouvrir une bouteille et de commenter le dernier bulletin météorologique ? À cette heure de l'après-midi, la tempête annoncée pour la nuit n'était encore qu'une bourrasque soutenue (il y eut l'an passé sur ces côtes huit jours ininterrompus d'ouragan, à en perdre la raison). Herr Jürgen, qui finira la guerre colonel, ne m'aura rien épargné au sujet de l'occupation de Ker-Lann. Lui-même logea dans le manoir dès 1941, avec ses collègues officiers et l'unité de garnison affectée à leur protection. La tour servait alors d'observatoire et de réserve d'obus ; un poste télégraphique y était également installé. On interrogeait les suspects dans les caves.

Un volet se mit à claquer contre le mur à ce moment. Herr Jürgen, distrait, but à petites lampées le whisky que je venais de lui offrir.

— *Gut !* a-t-il dit avec délectation. *Es ist gut !* Surtout que cela être interdit *für mich !*

Son œil bleu fixé sur la batterie de vieilles casseroles suspendues le long d'une poutre murale s'est alors démesurément agrandi. Entre deux manches de fonte se balançait un bout de ferraille à l'éclat terne.

— *Eisernes Kreuz !* s'étonna en confidence le vieillard

comme s'il retrouvait l'indice d'un trésor perdu.

Je ne me souvenais plus de la croix de fer de deuxième classe d'un Waffen-SS alsacien oubliée par le père Adamar. C'est avec l'idée de la rendre que je l'avais distraitement remisée parmi les casseroles. Le vieil Allemand me jeta un coup d'œil circonspect. Il devait s'imaginer que je m'étais appliqué à la fourbir en fin connaisseur après l'avoir trouvée par hasard, dans les combles ou les réserves. Dès lors, son attention parut s'affiner comme si d'autres surprises l'attendaient.

À sa demande, j'ai ouvert quelques portes. Derrière chacune, il a hoché la tête en jetant un regard circulaire. Jamais n'ai-je vu l'effet de la reconnaissance agir à tel point sur un individu de cet âge. Des larmes lui sont venues, captives de ses paupières épaissies. Je l'ai laissé fureter ici et là comme font les spectres ou les mourants. Au deuxième étage du grand bâtiment, il a voulu s'asseoir, un peu essoufflé.

—Ici *mein Zimmer*, a-t-il murmuré, face *das Meer*...

Une voix soudain est partie à chanter, à peine audible. Était-ce la fille du vent, là-haut, sous les combles ?

C'est à Lauterbach où l'on danse sans cesse
Que mon fin soulier s'est perdu

Le vieillard a tendu l'oreille d'un côté et de l'autre, puis il a regardé le plafond avec une sorte de ravissement douloureux.

—Moi jeune *in dieser Zeit*, dit-il. Moi, pas *verantwortlich*, vous comprenez ?

Un râle dans les bronches, la face tout empourprée, il s'est peu à peu affaissé sur lui-même, comme envahi par une torpeur mortelle. Dehors, les sifflements du vent prirent un tour mélodique. Puis un klaxon de voiture est parti à tonitruer. L'Allemand a tressailli par à-coups avant de se rétablir. J'ai cru voir une statue en ruine se reconstituer pour un garde-à-vous règlementaire.

— Petit-fils venir prendre *den alten Soldat !*

Après l'avoir raccompagné jusqu'à la grande allée avec un sentiment accusé de gêne, je suis revenu à la cuisine décrocher la croix de fer pour la jeter dans une de ces vieilles caisses à outils pleines de têtes de marteaux, de tenailles coincées et d'araignées mortes qui traversent les époques au fond des placards.

En y réfléchissant, il y a deux ou trois jours, avant cette petite perquisition pour le moins décalée, j'avais éprouvé un pincement de jalousie à surprendre en pleine conversation Lavinia et le jeune Allemand sur le seuil de la bibliothèque. L'harmonie flagrante de ce couple à la blondeur jumelle évoquait sans mal les mythes germaniques, Tristan et Iseult, toute cette beauté exclusive qui vous défie. J'allais poursuivre mon chemin quand Lavinia m'apostropha. Le chevalier Ludwig s'était retiré à l'instant même, un livre sous le bras.

— Êtes-vous fâché ? me demanda-t-elle. Vous passiez sans un salut…

C'est une expérience intraduisible que la vision d'un monde dans un simple regard échangé. *Le Chasseur continental* était notre incessible communauté – est-ce assez justement dit ? Lavinia avait tellement contemplé le chef-d'œuvre sauvé du Maître de Lassis qu'elle en était devenue le reflet, *l'autre côté* même, et sa seule présence m'en restituait tout le mystère comme par irisation.

—N'êtes-vous pas fâché ?

—Aucunement, dis-je. Ce jeune homme a belle allure...

—C'est un touriste. Il cherchait un guide de Bretagne des années trente pour son grand-père.

Elle rosit en disant ces mots. Était-ce le vent vif ou la honte d'être devinée ? J'allais m'éclipser après un serrement de mains pour ne pas l'embarrasser davantage, quand ses paupières clignèrent.

—À bientôt... chuchota-t-elle.

Je ne pourrais certes en jurer mais il m'a semblé discerner sur ses lèvres les trois ou quatre voyelles qui bouleversent une vie. Tout chaviré en m'en retournant, je gardais dans la paume la tiédeur et la fragilité d'oiseau de sa main. Moi aussi, j'aime Lavinia, dans l'énigme insolvable du jour. Il me semble avoir soudain assisté à une inversion de réalités. Le monde, certes, est réversible comme une étoile de mer. Nous sommes elle et moi captifs d'un tableau plus intense que le sentiment de l'existence.

L'Océan s'est démonté comme jamais. À l'aube encore, la pointe d'Ar-Grill était submergée par des falaises liquides. Cette nuit fut pour moi une épreuve assez terrifiante. Pris entre le souffle du large et les flambées d'images qui me clouaient au lit, j'ai bien cru mon heure venue une demi-douzaine de fois. Aux fracas du ressac, un orage ajouta ses cataractes et ses éclairs. Dans ma paralysie cauchemardesque, l'impression de dédoublement finit par rendre la prédominance du monde extérieur aléatoire, et tout ce barouf prit vite un petit air de supercherie. Défiant la foudre, Salmonée, le fils d'Éole, avait lancé son char aux roues de métal sur une route toute pavée de bronze, traînant après lui des chaînes et lançant des torches.

Au sortir d'un accès de paralysie du sommeil, quand les confusions de l'éveil vous désarticulent et vous déboîtent de toute réalité, je ne serais pas loin d'admettre que l'invention du temps romanesque est directement inspirée de ce type d'expérience. Toutes les montres molles de Dalí ne suffiraient à faire coïncider mes états de conscience dans cette mer où chaque vague a son orbe propre. Mais le seul tempo est l'amour. Avec en main tous les fils de toutes les Ariane imaginables, j'avance dans une infinité de labyrinthes, porté par l'idée fixe de retrouvailles absolues, dans la vie ou la mort, indifféremment. Le Virgile des *Géorgiques* me revient en écho : « Mais file le temps, le temps qu'on ne peut recréer, tandis que nous tournons autour des mille images de l'amour. »

To wait an Hour – is long –
If Love be just beyond –
To wait Eternity – is short –
If Love reward the end –

Dans l'incapacité de traduire correctement ce quatrain d'Emily, j'ai vite admis que son extrême simplicité l'interdisait autant que son unité sonore, le tout synthétisé dans la toute présence du poème. Pourquoi transformer une rose en rose ?

Sur un banc de jardin de quelque temple, au pied de la montagne dite de la Tempête ou le long de la rivière Hozugawa, Amaya et moi aimions nous distraire à traduire des koans et des haïkus en français. C'était ma première incursion dans l'écriture, un peu naïve, viscéralement associée à la proximité d'un être cher. Un cœur de femme aura toujours battu sous mes pattes de mouche. Mais c'était bien avant les persécutions du vieux yakusa et de sa digne progéniture, l'abricot tatoueur. Il me reste dans mes papiers ces petites merveilles sans postérité qui, je l'avoue, doivent presque tout à la jeune étudiante de Kyoto :

Gravé dans le marbre du soir
le cri de l'oie cendrée –
sur le lac sans bord

Lune pâle –
L'enfant à la jambe de bois
ramasse les fleurs tombées

Chaleur du jour –
l'éventail étouffe les mots
sous l'éclair

Descendre le fleuve avec la lune,
Triste déesse !
Nos larmes au fond de l'eau mêlées

Portes oisives –
Ni dedans, ni dehors
la corne de la lune

Un vieillard pêche –
Chant solennel
au bord de la rivière Errance

Bien d'autres resurgissent au fil de la plume, *à l'ombre des fleurs* ou *dans le vent d'automne*. Mais ce monde de rosée ne vaut pour moi que par le sourire perdu d'Amaya. À Kyoto, je m'étais désintéressé de mes études, le théâtre nô et l'élégance tranquille n'avaient plus d'emprise sur le drame quotidien. Sans argent bientôt et rendu anxieux par la solitude, il avait bien fallu quitter le pavillon du lac. Le yakusa nous avait repérés depuis longtemps et attendait son heure.

De retour à Kyoto, Amaya retrouva ses habitudes. Elle réemménagea dans l'immeuble d'angle au bord du fleuve Kamo et décida de reprendre ses cours de grammaire française à l'université. Sa motocyclette réapparut devant la porte du bordel. Dans la foulée, je fus renvoyé à mon campus : Amaya me jura qu'il s'agissait de donner le change, de faire comme si nous étions séparés. Elle prétendit vouloir sauver ma vie et notre amour. J'acceptai à contrecœur à condition qu'elle m'octroyât ses dimanches. Malgré ses réticences, elle finit par céder sans m'avouer son pressentiment. Nous étions observés et suivis en tous lieux. Les mouches du yakusa bourdonnaient partout, jusqu'aux abords de la chambre d'hôtel à bon marché où j'entraînais Amaya. La plupart du temps, nous vaguions au cœur de la ville, entre une gargote et une salle de cinéma. Associé à l'usage récursif des panneaux de bois, des carreaux translucides et des cannes de jonc, le décor envahissant des rues et des intérieurs avait sur moi une influence lénifiante, comme si je déambulais entre veille et songe dans un tableau de Mondrian décliné à l'infini. Amaya semblait amusée par la régression de notre histoire à l'étape juvénile des baisers volés. Je ne remarquais pas l'effroi qui s'était infiltré en elle. Sans doute s'arrangeait-elle pour n'en rien trahir le seul jour où nous tentions de réinventer d'un regard et du bout des doigts la vive intimité du pavillon du lac d'Ihara. Sa pâleur dans la vieille ville était voilée par la poussière d'or des lanternes. Et rien dans sa voix alanguie ne trahissait son découragement. Des signes auraient dû m'alerter dès le premier dimanche, ses petits cris de douleur quand je la serrais trop fort par exemple, ou les médicaments qu'elle ne cessait de prendre pour soigner quelque allergie, ou encore son refus d'ôter son chemisier et ses bas noirs à l'hôtel. Amaya autrement me promettait l'éternité avec des mots d'enfant.

Je commençais à mal supporter cette nouvelle vie. Ma soif d'elle était trop âpre. Il fallait que je m'abreuve chaque nuit à sa chair, que je m'enivre de son haleine de jeune fille endormie. « Plus tard, quand je pourrai… », répondait Amaya, évasive et rieuse, à mon désir de vivre ensemble. Nous devions, selon elle, réussir nos examens, nous montrer exemplaires afin de surmonter les embarras familiaux – comme si la mafia de Kyoto attendait de nous un certificat de bonne conduite ! Cette propension lénifiante à la litote avait de quoi m'exaspérer mais je n'en montrais rien par peur qu'elle ne cédât aux requêtes des siens.

Je l'attendais donc chaque dimanche assez tôt et elle m'arrivait les bras chargés d'offrandes, fleurs de saison, confiture de yuzu, gâteaux mochi à la farine de riz saupoudrés de cannelle. À sa demande, par précaution, nous ne nous attardions guère au campus ou dans la chambre d'hôtel de Shimogyôku, à proximité de la gare ferroviaire, et partions errer à travers les quartiers centraux de Gion à l'est de la rivière Kamo, de Pontochô et de Nakagyôku, autour du palais impérial. Les toits pointus d'une multitude de temples guidaient nos dérives à Takagamine ou sur les versants montagneux du nord-est, loin des buildings du centre. Amaya aimait plus que tout nos conversations en français, des heures entières, dans les maisons de thé. Elle m'apprit un jour que ses professeurs avaient remarqué l'excellence toute parisienne de sa diction, et crut devoir l'attribuer à nos conversations. Ça l'émouvait que la forme de ma voix pût résonner dans son larynx. Je me suis souvenu d'un propos similaire d'Élisabeth s'écoutant pour la première fois dans un magnétophone : elle avait l'impression de m'entendre, transposé dans les aigus. Le mimétisme sous ses multiples aspects m'a toujours un peu effrayé, sachant son empire sur les esprits et les corps. Gabriel de Tarde disait voilà plus d'un siècle qu'il n'existe que des flux imitatifs dans l'histoire humaine, que des reflets infinis de modèles admirés, dépassés et détruits, avec pour seul vrai moteur le désir, dans le jeu de miroirs tourbillonnaire des cultures et des civilisations. Et même les différences les plus criantes entre deux individus ou deux groupes qui se jaugent et s'affrontent seraient une manière spéculaire, au fond narcissique, de tenter d'échapper à l'unanime ressemblance, toujours renouvelée par ces rivalités et ces conflits, mais finalement triomphante...

Ô digression ! Des bords de Marne aux rives du Kamo, du plus proche au plus lointain, les mêmes mécanismes nous bercent dans un demi-sommeil qui rend les souvenirs pareils à d'anciens délires à force d'imprécision. Amaya était fidèle à nos rendez-vous dominicaux ; cependant l'inquiétude m'envahissait dès la veille sans motif clair. Pendant tout ce temps, semaine après semaine, elle luttait en secret pour son indépendance. L'hiver passa après l'automne. Par aveuglement, heureux de sa simple présence, je voulais tout oublier de ses cachotteries, gardant mes doutes pour les heures de solitude, quand la rêverie subconsciente change en menaces les plus subtiles suggestions de l'état vigile. Tout cela pour dire qu'Amaya ne vint pas un dimanche. Je n'avais aucun moyen de la joindre. C'était une époque où chacun habitait pli sur pli son isolement, sans téléphone mobile ni messagerie instantanée. Elle ne vint pas non plus les dimanches suivants. J'attendis des mois, les ongles rongés au sang, voulant me convaincre de la pérennité de notre lien. Le premier dimanche de mai, je me précipitai à son domicile après des heures d'imploration muette.

Kyoto était ivre de lumière et de fleurs. Les cerisiers pleureurs aux écroulements de corolles pourpres et roses embaumaient autour des temples et des villas, le long du canal de Takasewaga, dans les jardins privés et les parcs. Je m'élançai en boitillant de l'autre côté du fleuve depuis la gare où, sautant du train en marche, j'avais manqué me rompre le cou. Anesthésié de toute autre douleur, je volais vers celle qui me poignait au cœur. Une prostituée m'éconduisit dans l'escalier de son immeuble : Amaya n'habitait plus l'endroit, on ne l'avait guère aperçue depuis des semaines. La tête vide, obnubilé par la mouvante proximité des physionomies féminines, je déambulais dans les ruelles du vieux Kyoto quand le hasard plaça devant moi un visage connu mais insituable. C'était Ado, la fille à la natte tranchée, tellement amaigrie qu'elle en devenait belle.

— Laisse-moi tranquille ! dit-elle quand je lui manifestai ma surprise.

Elle voulut tourner les talons mais je la saisis par les épaules, l'implorant de me dire ce qu'elle savait. Ma détermination dut lui paraître assez persuasive pour qu'elle acceptât de me suivre dans un pavillon de thé. Ado était devenue une jeune fille grave, sans les travers ingrats de son âge. Au début, elle assura n'avoir pas grand-chose à me raconter.

— L'avant-dernière fois que je l'ai vue, il y a un mois de cela, Amaya était horriblement malade à cause du traitement que lui avait fait subir son frère. Je l'ai suppliée de porter plainte, elle m'a dit que c'était impossible, qu'il la tuerait, que lui ou son père la feraient assassiner si elle trahissait leur clan…

Ado s'était tue pour boire son thé. Ses cils papillonnaient au-dessus de la tasse. Chaque gorgée semblait un sanglot ravalé. Mais je la harcelai sans égards :

— L'avant-dernière fois, dis-tu ? Et qu'en est-il de la dernière ?

Lassée, ses petits poignets serrés entre mes mains, elle me fit promettre de ne rien tenter. Amaya ne voulait plus me voir. Elle ne voulait plus voir quiconque. La punition de Yumo était accomplie.

— C'est affreux, souffla Ado, mais peut-être finira-t-elle par trouver la sérénité.

Nous nous séparâmes sur ces mots. Je me perdis des heures dans les rues sans nom. Toutes les fleurs du printemps de Kyoto n'eussent suffi à cacher mon désarroi. La première séparation est sûrement la plus éprouvante : par le divorce d'avec soi-même. L'illusion d'un lien total se déchire sans recours et vous n'êtes plus rien que délaissement et silence. Le fils du yakusa avait séquestré Amaya. Depuis toujours, elle se débattait dans une lutte désespérée contre son influence. Yumo avait toute latitude pour briser ses velléités d'indépendance. Sans que je puisse l'imaginer autrement que par d'obscures inspirations que la conscience ignore, nous étions tous deux pris dans les rets du clan, et nos vies ne valaient pas un caprice de tueur. Le bordel où logeait mon amie, je l'appris de la bouche d'Ado, était sous le contrôle du yakusa. Et son fils, maître de l'iruzemi, avait été chargé du supplice infamant.

J'ai rêvé si souvent des faits depuis les révélations d'Ado qu'avec le temps ceux-là ont pris la consistance de souvenirs vécus. Combien de nuits ai-je souffert les tourments d'Amaya, soumise au chantage suprême de son frère. Le tatouage, il l'avait conçu comme une lente noyade à l'encre de charbon, étape par étape, un enlisement de deuil sans consolation. La rébellion de la jeune femme, son refus de céder, se traduisit par une montée progressive du dermographe le long de son corps. Jadis institué en remplacement des peines d'amputation, le tatouage pénal était devenu un patrimoine du crime. Au Japon comme ailleurs, tous les codes d'honneur ne sont jamais que des cryptogrammes de l'inconscient.

Le fils du yakusa avait mission d'habiller sa sœur d'une seconde peau de prostituée, de la violenter à l'aiguille inlassablement jusqu'aux kanji faciaux qui l'excluraient sans retour de toute communauté. Les serpents noirs, les enroulements de dragons, les carpes sur trapèzes, les pivoines et les tigres avaient enveloppé d'un feu noir les jambes, le bassin et tout le tronc, enflammant son vagin et ses seins, puis les épaules s'étaient assombries à leur tour. Quand Yumo menaça de s'attaquer au cou, au-dessus des clavicules, elle sut que c'était la fin. Amaya ne serait bientôt plus qu'une estampe vivante. Le tatoueur couvrit son visage de graffitis et de légendes. Parvenu aux arcades sourcilières, il rasa son crâne pour parachever l'iruzemi. De la plante des pieds au pavillon des oreilles, la peau d'Amaya n'était plus qu'une saga illustrée de la prostitution. Exposer même son visage eût été se dénoncer. Dans les années soixante-dix, au Japon, la jeune fille à marier – fût-elle *enjo kôsai* afin de se payer des études – était encore la clé d'or des conciliations domestiques. Amaya valait moins désormais qu'une femme de réconfort en temps de guerre. Le comble de l'ostracisme fut pour elle un affranchissement et une renaissance, une fois la métamorphose consommée. Elle se réfugia dans le monastère Sohei Ji, près de Nagano, où sa trace disparaît dans la réalité éternelle. Le silence est intérieur, sans doute. Je quittai le Japon quelques jours plus tard avec les mots d'Ado comme viatique. Ils résument aujourd'hui tout mon souvenir.

Il est bien tard pour rompre le sortilège. Mes yeux se ferment et je m'enfonce entre les tombes de mon enfance. Elle marche dans la lumière, celle qui m'avait donné sa jeunesse, elle avance au-dessus des ossements, si pâle que je comprends soudain le sens du mot deuil. L'éternité est chômée pour ceux qui se souviennent.

La tête débordant de fables, je ne saurais échapper à la barbarie du réel. C'est un déluge de sujets en tous genres qui aura annihilé en moi la possibilité même du roman. Pris dans cette profusion déréalisante, comment accorderais-je crédit aux atermoiements de la narration comme à cette « suspension volontaire d'incrédulité » qu'on attend du lecteur ? Dès qu'un visage se présente ou qu'une parole résonne, une folle machinerie les emporte dans un cosmos d'analogies et ils n'en reviennent que parés de toutes les moirures d'illusion tissant notre relation au banal aujourd'hui. En ce sens, mes contemporains les moins préparés aux facéties de l'imaginaire, comme le buraliste de Meurtouldu ou l'ex-capitaine Jürgen, sont de pures fictions animales. Mieux vaut apprendre à rêver si l'on souhaite échapper un jour au cauchemar universel. N'empêche que je n'ai plus la force d'adhérer à l'ultime fiction, qui est de croire. Le moindre mot est conviction puisqu'il alloue un symbole, une identité à un flux transitoire de particules. Nous sommes des bêtes de foi et de sommeil.

Victime d'un sursaut amoureux dont j'imaginais mon idiosyncrasie définitivement exempte, je m'éveille chaque nuit avec une douceur perdue aux lèvres. Et je sais bien quel nouveau leurre a réveillé la suave meurtrissure du fond de l'âme et des entrailles. À bien l'analyser, je ne peux méconnaître le palimpseste d'émois anciens qui se déroule avec la spontanéité des instants vrais. C'est que je crains d'aimer et que cette crainte m'embrase. À cause d'une nostalgie violente qui est à l'état amoureux ce que le deuil est à la mort.

C'est la nuit de l'Ankou. Il gèle, et tous les vents de l'enfer hurlent dans ces vieilles murailles, mais la chouette hulotte est revenue chasser un fantôme de musaraigne. Je me suis retourné cent fois dans mon lit, fouaillé par le remords, obscure expiation de l'inaccompli ! J'aurais certes pu échapper à tous les cataclysmes de la passion en me terrant une fois pour toutes dans un bunker de solitude. Postuler par exemple encore jeune au parricide avec la plus salubre des préméditations. La perpétuité m'aurait ainsi épargné les récidives de l'espérance. En prison, sans la moindre aspiration, je me serais enfoncé dans l'ignominieuse renonciation qui vous rend pareil au suint des murs. Au bout de trois ans d'incarcération en centrale, j'avais pourtant lâché tout le lest de l'existence – désirs, aspirations et autres convoitises. Et j'avais davantage le sentiment de payer pour l'abandon d'Amaya dans son cloître de bonzesses que pour la mort du gendarme. La misère carcérale atteint son optimum quand cette fade odeur de chair malade mélangée d'ammoniac et de chlore vous imprègne de l'intérieur et que le bain d'urine de l'éclairage finit par tout noyer. Et plus asphyxiant que ce relent de morgue, le bruit continu, gargouillement de la promiscuité, heurt des portes et cliquètement des serrures, nuits hurlantes, geignements de damnés au fond des geôles. Manquent au tableau les rats et les cafards, la vermine des matelas, les rages de dents nocturnes, le supplice des toilettes et autres humiliations, la grande pitié des parloirs, les pieds gonflés de mycose, la surveillance haineuse entre couloirs et rotonde, l'abandon progressif du monde extérieur, vraie malédiction dans un temps arrêté qui vous laisse expirant par tous les pores de la peau.

Je n'aurai tenté qu'une seule fois de mettre fin à mes jours, au moyen d'un bout de fer-blanc. La manière de se détruire importe peu, mais tous les modes d'emploi occultent forcément une contre-indication capitale : l'instant de la mort équivaut à cent mille agonies par l'effarante connaissance qu'il induit. On dit que la vie se déroule en un éclair dans le crâne accidenté. À demi vidé de mon sang, je me suis souvenu avec une similarité stupéfiante, et par-delà un brouillard d'années, des instants absolus traversés lors d'une perte de conscience dans le garage de la villa des bords de Marne : exactement comme si la foudre était mon séjour et que le temps et l'espace vécus n'avaient fait qu'inventer de sommeilleuses épiphanies. De l'hôpital au mitard, cave de béton aux ténèbres couineuses, j'eus le temps d'oublier l'éternité.

Le jour où je réintégrai ma cellule, renouant par des invectives et des railleries avec la triste compagnie de mes codétenus, on m'annonça une visite au parloir, la première jamais reçue. C'est avec la plus grande perplexité que je traversai les passerelles de ciment et les escaliers de ferraille d'un sas à l'autre, dans un fracas de portes refermées, à l'écoute effarée de la sonnaille des trousseaux de clefs, ces instruments de torture morale. Derrière les barreaux d'une espèce de guichet, la jeune fille assise me considérait avec l'acuité d'un agent physionomiste. Plutôt jolie, d'une blondeur éclatante, elle me rappelait vaguement quelqu'un de très proche. Ma mémoire nourrie aux neuroleptiques et au blanc de poisson regimbait devant l'évidence. C'est en observant ses mains, délivré de l'épreuve de son regard, que je la reconnus enfin.

— Élisabeth ! m'écriai-je. Comme tu as changé…

Muette, elle ne cessait de me dévisager sans bienveillance. C'est d'une traite, quelques minutes avant la fin de la visite, qu'elle déballa tout ce qu'elle avait sur le cœur avec un accent allemand prononcé. Après mon arrestation, elle avait rejoint la famille de sa mère. Toujours active, Else Grauthausen travaillait dans un hôpital de Berlin-Est depuis son expulsion du territoire français. Élisabeth, qui avait atteint sa majorité légale depuis moins d'un an, venait de recevoir sa part de la succession paternelle. De passage à Paris à l'occasion des procédures notariales, elle s'était décidée à faire un petit détour dévastateur par la prison. Sa mère avait fini par tout lui avouer de nos brefs rapports avant sa naissance. Elle était venue m'octroyer rien moins que sa malédiction. Que son grand frère soit responsable de la mort d'un père haï, ne l'eût pas outre mesure affectée. Mais je n'étais pas son frère. Elle ne supportait pas la substitution des rôles et nous vouait tous aux gémonies, moi, Else et la mémoire du gendarme, pour l'avoir spoliée de l'ordre commun des liens familiaux autour d'un père indubitable. Je retournai dans ma cellule les yeux humides, au fond presque rassuré d'exister encore pour quelqu'un. Les jours qui suivirent, je m'appliquai à rédiger une lettre à l'intention de ma fille : il fallait qu'elle comprenne. C'était vital pour moi. Je n'étais coupable de rien. Mais incapable de trouver la bonne formulation, encore moins cette justesse de ton qui suscite l'empathie, je déchirai tous mes courriers les uns après les autres. Mon écot de détenu fondit en ramettes de papier et, curieusement, sans plus m'adresser à ma visiteuse, les pages succédaient aux pages cette fois allègrement, au fil des digressions les plus fantasques. C'est lors de parenthèses où le nom d'Élisabeth revint sous ma plume que je découvris, dans un brusque accès de fièvre, que ce monceau de feuillets griffonnés ne la concernait plus que de fort loin, que j'étais *stricto sensu* en train d'écrire mon premier roman sans le savoir. Comme une sorte de monsieur Jourdain.

Si j'étais fou, je dirais que j'héberge un spectre. Plus vraisemblable est l'inverse, toutefois. Le volet dégondé n'a cessé de rythmer les bourrasques dans la cheminée. J'ai rêvé d'un labyrinthe d'abandons et de retrouvailles plein d'impasses obtuses comme des faces de jeteurs de sort. À chaque éveil, les coups de canon du ressac me rappellent aux ténèbres. Une lueur à la fin éclaire mes fenêtres. J'y cours avec une hâte de rescapé. Dans une déchirure des cieux, la pleine lune fait resplendir l'immense statuaire de givre. Ce n'est pas l'aube encore. L'ombre elle-même scintille autour de Coré. Debout dans cette nuit hantée, deux phares plantés en banderilles : l'Océan est le dernier minotaure.

Si le cœur lâchait, quel serait mon bilan, outre un wagon de paperasses destinées aux archives dormantes d'une bibliothèque de province et le reliquat d'un succès de librairie encombrant une ou deux décennies encore les caisses à un euro des bouquinistes ? La curiosité indécise des quelques inconnus épars qui constituent un lectorat, ce gynécée de l'illusoire postérité, peut-être. Quel auteur n'a pas rêvé d'un rendez-vous posthume avec l'amour de toutes ses existences imaginables, dans vingt ou cent ans, quand le dépouillement des vanités ne laissera à nu qu'une connivence singulière – simple regard répondant à l'attente si juste des mots – comme l'intuition d'une rencontre manquée ?

J'ai tenté assez vainement de me glisser sous les ailerons de Morphée, mais la pression minérale des vents marins traverse les murs les plus épais et taraude le cortex. Entre deux accès de tétanie, dans une de ces fausses plages de lucidité où l'on s'imagine alerte, je me suis retrouvé errant dans les rues de Londres. Combien de fois par nuit dois-je ainsi errer entre Soho, Wesminster et Whitechapel ! On dirait que la mémoire des songes travaille inlassablement à raccommoder les failles de la réalité. Comme la sensation d'un membre fantôme, le passé envoie ses influx douloureux. Les terminaisons nerveuses du castrat ou du manchot enregistrent autant d'érections que de bras d'honneur. Tout comme l'image du corps, l'image de la vie ne cesse de se reconstituer sur ses lacunes : amputé de Fedora au plus vif, je n'en finis pas d'en surprendre *l'absence*. Un franc sommeil sans paradoxe est une bénédiction pour l'insomniaque, sentinelle de soi-même courant les chemins de ronde. J'y sombre au chant du coq avec délectation. L'Ankou a passé dans un fracas d'enfer après une belle chevauchée autour de la chambre de veille. Il a trouvé ailleurs sa proie, sur mer ou sur terre, mais loin des murailles de Ker-Lann où, quelque part sous les combles, plus mélodieuse que toutes les *Nuits d'été*, chante une voix amie :

Il est midi – ma petite servante –
Hélas – Et tu dors encore ?

Un drame épouvantable s'est abattu cette nuit sur Meurtouldu. Je viens à peine de garer l'Alfa Romeo dans la grange sans savoir que faire. Quel froid à l'intérieur ! Même couvertes de petit bois, les braises refusent de se raviver. Les enquêteurs ne tarderont probablement pas à me rendre visite. Pendant la guerre, il devait être déconseillé de tenir son journal. En aucun cas je n'aurais pu seulement imaginer un pareil dénouement. La fiction, elle, a besoin de vraisemblance, c'est bien sa seule moralité.

La cheminée boucane maintenant comme une locomotive. Impossible de rester ici plus longtemps à me requinquer au whisky, pendant que la pauvre Lavinia… Mais c'est trop bête !

Il pleut depuis des jours sur les pelouses toutes bosselées de taupinières. Les genêts et les jonquilles mettent un peu de soleil dans la flore autrement décolorée du parc. Coré-Perséphone reviendra bientôt délacer un par un les bourgeons, les bulbes et autres germes. On peut s'étonner de la quiète persévérance du renouveau. Le printemps ne porte pas le deuil des passions humaines. C'est plus vieux d'un long hiver que je reprends la plume ce matin. Un rêve de la nuit m'a invité à rouvrir ces pages sous un point d'exclamation : comment laisser s'enfuir sans tenter le diable la sensation absolue, celle que tout artiste traque incorrigiblement ? Je m'étais rendu sur le plateau par la route ordinaire. Un silence de pierre s'était ajusté sur les choses. La lumière du jour était tout intérieure. Les maisons, les arbres dispensaient la leur comme par phosphorescence. Je me suis retrouvé sans transition dans la chambre de Lavinia, face au *Chasseur continental*. Le sentiment de paix qui m'inonda alors doit être celui du mourant délivré des affres. L'infini sans visage m'ouvrait sa main d'ange. Comment un tableau peut-il convertir toutes les affections humaines, l'ensemble des souvenirs ? Le plus étrange fut pour moi la fraîcheur d'impressions devant l'œuvre rescapée du Maître de Lassis. Les polyèdres bleus entrecroisés tournoyaient sur eux-mêmes avec une fausse lenteur et tout l'arrière-plan s'éclairait dans ce mouvement stellaire de scènes réalistes d'une précision folle : c'est ma vie entière qui surgissait par limpides efflorescences de ces profondeurs. Le moindre clignement d'œil valait un univers, ou l'aile vive d'un papillon. Et je reconnaissais déjà le pont qui traverse la lune près des montagnes de Kyoto ou bien les berges de la Marne, les poupées d'Elzaïde ou la Buick rutilante du gitan…

La part du mensonge est infime dans le journal intime : elle touche seulement les événements réels. Que faire de ces pages maintenant ? Les oublier dans un tiroir comme le cœur de la mouette, les transposer dans un roman, excellente façon d'en rendre le contenu vraisemblable, ou bien plutôt les donner à lire une fois pour toutes aux flammes ?

Le père Adamar est mort d'un infarctus à la maison d'arrêt de Brest. À son grand âge, c'est ce qui pouvait lui arriver de mieux. Sa disparition clôt à jamais l'affaire du château de Fortbrune, comme disent les journalistes. Privée d'un procès sulfureux qui eût empoisonné longtemps la vie locale, la presse profite de l'événement pour revenir sur le drame de Meurtouldu. Par acquit de conscience, je préfère recopier tel quel le compte rendu du *Nouvel Armoricain :*

« La mort de Jean Adamar, inculpé dans le meurtre d'Hermann Jürgen, un touriste allemand en villégiature dans le Finistère, a pour conséquence de refermer un volet judiciaire encore brûlant. Comment et pourquoi ce vieil ecclésiastique à la retraite, cet homme de Dieu, a pu abattre de sang-froid un respectable citoyen de Mayence, nous ne le saurons sans doute jamais… »

Mais c'est idiot ! Tout a été dit ou presque. L'ex-capitaine Jürgen a poursuivi son pèlerinage avec une idée bien arrêtée : remonter le temps et retrouver la trace d'Aurore, la fille du Maître de Lassis. Ramenée à la Kommandantur par deux soldats ivres après la destruction du château de Fortbrune et de ses habitants, elle était devenue sa protégée aux dépens de ses violeurs et avant même que les ruines eurent cessé de brûler. Sa détention dura des années sans éveiller d'autres soupçons que ceux des subalternes à sa botte. Mais Aurore tomba enceinte et les mois passèrent ; un début de phtisie l'enfiévra moins que ses cauchemars. Comme une chatte en milieu hostile, elle trouva le moyen de s'enfuir et s'enquit d'un endroit sûr, à l'abri des tortionnaires. C'est ainsi que le prêtre prit en charge le destin de l'enfant d'Aurore et d'un officier de la Wehrmacht. La fillette vécut à Meurtouldu comme bien d'autres orphelins de cette guerre adoptés *de facto* par l'habitant, dans les campagnes et les villes aux archives d'état civil souvent détruites ou démantibulées. Le témoignage faisant alors office de preuve, selon l'article 46 du code civil, l'abbé ne manqua pas de restituer à l'enfant ses droits sur le domaine de Fortbrune devant les autorités compétentes. C'est lui encore qui récupéra le tableau du Maître de Lassis laissé en dépôt avant l'Occupation dans un musée de Quimper. Après le décès de la gouvernante, mère de Lavinia, celle-ci en hérita par succession directe.

Je me souviens de ce que me suggéra un jour la jeune fille dans la maison du plateau : le prêtre à l'origine de toute cette histoire d'adoption et de leg était probablement devenu l'amant de sa mère, dans les années quatre-vingt, lorsque celle-ci prit ses quartiers au presbytère. La manière de vivre de Lavinia, dans un retrait chaste et circonspect, me semblait empreint d'une certaine sacralité : elle se savait au ban des communautés grégaires et vouée à l'opprobre feutré des familles, comme jadis les filles de fossoyeur ou de bourreau.

De son côté, poussé par les doléances de l'âge, l'ex-capitaine Jürgen était venu légitimer sa nostalgie et des droits parentaux fondés sur le butin de guerre. Rien ne prouvait que ce dernier ne fût pas l'un des incendiaires de Fortbrune, qu'il n'eût pas rejeté toute la faute sur deux ou trois subalternes. Le père Adamar avait toujours dans les yeux le massacre et la destruction. C'est pour cela qu'il s'était emparé de l'arme à feu obligeamment confisquée à Ker-Lann, un vieux pistolet allemand muet depuis des décennies, afin d'éventrer les épaisseurs de couenne de la réconciliation.

Lavinia saurait-telle jamais les vrais motifs du meurtre ? Elle avait rencontré un compagnon de son âge qui ressemblait à mon héros, au Ludwig de *Tallboy*. Elle n'imaginait pas que le passé fût si rancunier. Le petit-fils de la victime, son cousin germain ignoré, n'était pas davantage informé des lubies du grand-père. Tout cela était une histoire de vieux, une tragédie de la mémoire. Mais l'instruction est bien close ; l'affaire sera classée sans suite.

Seul à Ker-Lann, les loisirs de l'interprétation m'occupent autant que la contemplation du ressac d'Ar-Grill et des îles de la Fée. La lumière du printemps breton est comme un chant de soprano vibrant contre le plus beau vitrail. De retour de Meurtouldu où la mort du père Adamar semble déjà oubliée, j'ai poussé le volant jusqu'au plateau, par égarement mélancolique. Cette fois, ce n'était pas en songe. La brise agitait les crocus et les roses blanches, devant la jolie maison tout enclose de Lavinia. Assuré de n'être pas vu par l'ex-gardien de phare, le plus discrètement possible, je me suis précipité à sa porte pour arracher les scellés de justice. Elle reviendra, Lavinia rentrera un jour au bercail. Le meurtre sous ses yeux de l'ex-capitaine Jürgen, pendant cette terrible nuit de l'Ankou, aura sûrement provoqué sa panique. Une jeune fille ne disparaît pas comme la rosée matinale ! Se peut-il qu'elle se soit enfuie dans son tableau ? Lavinia doit savoir que la voie est libre de l'autre côté du *Chasseur continental.* On peut aller et venir d'un monde à l'autre sans s'inquiéter de la mort violente et de la folie.

Autres sujets pour continuer à vivre (les sujets qu'on abandonne sont des pistes du destin).

Une vocation d'écrivain orientaliste. Ce qu'il ignore : il est la réincarnation d'un auteur des antipodes et ne fait que transcrire son œuvre sans le savoir.

Un traducteur génial qui élèverait au chef-d'œuvre un récit mineur traduit d'une langue que personne d'autre que lui ne connaît vraiment.

Le cinéaste atteint d'un mal incurable dans une époque des plus troublées et qui écrit son dernier scénario, sachant qu'il ne pourra jamais le mettre en scène.

Calé dans l'antique fauteuil de la chambre de veille, face aux fenêtres traversées de lueurs, j'ai calculé mes chances de trouver le sommeil à la position des étoiles. La rumeur des flots et les murmures du vent pénétré de senteurs d'algue, de terre et de fleurs suffiront-ils à la conversation ? Car on n'est jamais seul avec sa mémoire. Au choix cruel proposé au condamné : quel événement de ta vie voudrais-tu revivre avant d'en finir avec ce monde ? – je dirais sans hésiter : une certaine nuit à Londres, et cela malgré le leurre et le désenchantement. Mais je sais bien qu'il aurait plutôt fallu réclamer un événement à venir. *Le temps qui passe* est notre seule aventure et les plus belles heures sont celles qui nous donnent l'espoir d'un retour. L'événement dont je parle fut aussi un épilogue pour moi, une fin en soi. Je n'étais pas sorti de mon hôtel de Whitechapel depuis la veille, décidé à pallier l'absence de Fedora par l'écriture de courtes nouvelles, la plupart reliées à sa personne, à l'art lyrique, aux noirs emblèmes de la passion. Tout ce qui nous arrive, à commencer par la sexualité qui ouvre à la mort et à la connaissance, serait dû à une déficience trophique, selon l'hypothèse d'un botaniste du siècle dernier. Même si je ne connais rien aux systèmes de nutrition des tissus organiques, l'idée m'enchante d'une mutation à l'origine du philtre d'amour et de mort de Tristan et Iseult. *L'Hypothèse de Dangeard* était justement le titre de la nouvelle sur laquelle je travaillais quand un appel de la réception me prévint de la présence d'un visiteur qui demandait impérativement à me voir. Je ne connaissais pour ainsi dire personne à Londres, aussi étais-je persuadé qu'il s'agissait de Fedora. Ma joie fut de courte durée. Un individu entre deux âges m'attendait dans le vestibule. Vêtu d'un costume croisé anthracite à rayures, un chapeau feutre à la main, il évoquait davantage le docteur Watson que son célèbre compère. L'homme se désigna comme étant le détective du Great Westminster Hotel. La cantatrice ne s'était pas présentée, la veille, à la Royal Opera House. Comme je m'étonnais qu'on ne s'en inquiétât que le lendemain, le détective me dévisagea avec une intensité qui fit frémir ses moustaches.

— Elle n'était donc pas avec vous ? dit-il en considérant d'un œil affligé le papier peint à fleurs du vestibule. J'ai trouvé votre adresse bien en vue dans sa chambre, sur la table de nuit…

Lorsqu'il tira de sa poche un bristol noirci d'une belle écriture un peu tremblée, il m'apparut que l'homme avait pris l'initiative de cette visite par surcroît de zèle. La légère inquiétude qui ne me lâchait guère se mua en affolement quand il fut avéré que Fedora, pour la première fois de sa carrière, avait manqué le spectacle. Personne évidemment n'avait songé la veille à se tourner vers moi. On ignorait jusqu'à mon existence. Fedora me retrouvait en secret, c'était son caprice. Ses journées n'étaient pas un mystère. Elle me rejoignait ou non, selon son état nerveux, sans manquer aucune de ses obligations professionnelles. Les solistes étant tenus de se présenter trois ou quatre heures avant le spectacle, pour l'ajustage des costumes et le maquillage, on peut imaginer le branle-bas du petit monde de la production et de la technique à l'approche du lever de rideau. Mais il n'y eut pas d'annulation. Une jeune soprano irlandaise avait remplacé Fedora au pied levé. Pour l'heure, celle-ci avait bel et bien disparu. Le détective me demanda si j'avais quelque renseignement qui pût orienter les recherches. Aussitôt, me revinrent à l'esprit les confidences décousues de Fedora, son enfance malmenée, ses débuts sur une scène sordide de Soho. Un nom soudain en tête, je laissai en plan le détective pour aller courir dans les rues de Londres.

Quand l'espoir s'étrangle, une ville inconnue devient vite un faubourg de l'enfer. De Marylebone à Bloomsbury ou de Covent Garden à Soho, j'invoquais les divinités empiriques du hasard et toutes les variables aléatoires de la chance : qu'un visage me soit rendu dans la foule ! Mais la hâte du fuyard s'enroule aux cercles de la fatalité tandis qu'une marche funèbre retentit déjà à ses tympans. Dans les rues de Chinatown, je pris conscience de l'incohérence de ma conduite. Propulsé dans l'immensité de Londres comme on se jette à la mer, je n'avais fait que brûler en moi l'énergie folle de l'angoisse. De retour à Covent Garden en fin d'après-midi, c'est d'un pas décidé que je me rendis à la Royal Opera House. Fedora s'était peut-être manifestée. N'était-ce pas sa voix qui résonnait à travers les arcades du grand hall ? J'interpellai chacun dans les escaliers et les corridors. Non, Fedora n'était pas réapparue. Un régisseur atterré me somma de quitter les lieux.

— Mais je suis son ami ! m'exclamai-je. Je dois savoir...

— Nous sommes tous ses amis ! répliqua vivement l'individu. *But another this evening will sing !*

L'aria de Zaïde, *Ruhe sanft, mein holdes Leben*, résonna sous les hauts plafonds à ce moment. La soliste irlandaise répétait son rôle de doublure avec la ferveur de la convoitise. C'est en taxi que je regagnai mon hôtel. Peut-être était-elle venue s'y réfugier après ses frasques et patientait-elle dans ma chambre à son habitude. Mais ce n'était pas possible, il fallait l'admettre : nous étions à l'heure des costumières et des maquilleuses !

En travers du lit, épuisé par mon absurde errance, je dus m'endormir assez profondément pour revisiter en songe les rendez-vous passés, nos retrouvailles diurnes dans les chambres d'amour, et l'étrangeté de mes nuits solitaires. Mon cœur se mit à battre très fort. Il est vraisemblable que l'essentiel de nos agissements se préparent dans le profond sommeil, à travers ces intuitions et presciences que les rêves déguisent d'un manteau d'arlequin.

Je m'étais lavé et rasé sans lumière ni miroir. Il pouvait être minuit quand je quittai l'hôtel. C'est à pied que je m'enfonçai dans le quartier indien de Whitechapel. Les appels et les chants s'enlaçaient dans les cours. Chaque enseigne était à mes yeux un présage. Se perdre dans une ville, n'est-ce pas mourir ? Vingt fois, d'une chaussée l'autre, je crus voir surgir les travestis d'une danse macabre. Le plus sinistre d'entre eux, vieux beau maquillé d'une main d'os, m'indiqua un escalier au fond d'un terrain vague qu'encombraient des structures métalliques tout hérissées de broches et de pointes. Je me jetai sans précaution dans cette menaçante obscurité. C'est le bras gauche lacéré que j'atteignis la première marche. Un réverbère en contrebas éclairait les pavés de Long Street. Au numéro 27, devant le portail clos, je glissai un mouchoir sous ma chemise, entre le coude et l'épaule. J'entendis le déclic d'une minuterie et quelqu'un bientôt sortit, un vieillard obèse à la barbe roussie qui tressaillit devant ma silhouette en contre-jour. Malgré une grossière manœuvre de sa part pour me contenir, le temps que le groom pneumatique fasse son office, j'eus le temps de m'introduire dans le vestibule. Aucun Russe blanc aux moustaches de poisson-chat ne me fit par ailleurs barrage. Les escaliers à rampes des vieux immeubles sont des architectures mentales que l'on ne cessera plus de gravir en comptant les paliers. Au sixième étage, la lumière s'éteignit et je palpai les murs en quête de la minuterie. Au fond du couloir, à gauche, j'actionnai en vain une sonnette morte, mais avec assez de détermination pour que la porte s'écartât. Dans l'entrebâillure, une silhouette féminine s'inclina vers moi dans la pénombre.

— Qui êtes-vous ? murmura-t-elle de cette voix grave qui sort à peine du sommeil.

— Fedora ! m'écriai-je en m'avançant d'un pas.

Elle était nue et brûlante sous son peignoir. Serrer la femme de ses rêves dans l'obscurité de la nuit était pour moi le rêve absolu, la délectation suprême, à la limite de l'anéantissement. J'avais attendu des années cet instant.

Fedora allait se donner enfin sans réserves, d'ombre à ombre, avec cette audace décuplée par la magie nocturne, quand le sommeil et la mort s'agrègent alentour. Elle me l'avait promis. Nos lèvres muettes se joignirent et nous basculâmes sur des étoffes qui sentaient l'ambre et le musc. Fedora s'ouvrit tout entière à des profondeurs inconnues. Les vagues de sa chair tour à tour m'engloutissaient et me repoussaient. Lancinante, une musique de saxophone semblait s'exhaler d'un puits du temps. Je baisai ses seins et sa bouche des heures entières, dans les convulsions, une moitié du corps enlisée en elle. Je lui disais mon amour par tous les mots hoquetés du désir, criant *jamais, jamais* à son oreille. Je pleurais sur sa chevelure de vraies larmes d'enfant. Nous nous étions retrouvés à cet endroit de la courbe du temps où se referment tous les cercles de l'éternel retour.

Un sommeil de vif-argent nous déposséda après l'amour. Je rêvai d'une chute sans fin loin d'elle, loin de Fedora. Pourtant la nuit était à nous, et la promesse accomplie. Au réveil, dans le demi-jour de la chambre, je clignai longtemps les paupières sur une épaule nue qu'un reflet tatouait d'une figurine en forme de salamandre. Sur le visage voilé, je reconnus la puissante chevelure d'or brun. Mes doigts glissèrent contre l'épaule. Aucun reflet ne l'ombrait, bien plutôt une tache de naissance. Sous les cheveux repoussés d'un doigt, le beau visage incliné m'était trop étrangement familier. Un sourire d'une cruauté désolée clignotait sur ces lèvres et ces petites dents luisantes de salive.

Fedora m'avait prévenu : une nuit entière, une seule nuit, elle se donnerait à moi. Mais ce n'était pas Fedora.

Je n'ai manqué perdre la raison qu'une seule fois dans ma vie. Le soir de ce jour, revenu à Paris noyé d'alcool, je suis allé tromper dans un bar à filles le sentiment de perdition qui distillait son poison lent en moi. Non, je n'ai plus revu Fedora – ni le jour, ni la nuit. Et je ne saurais m'expliquer la véhémence de l'événement. Elle ne m'avait pas ouvert sa porte au 27 Long Street. Mais c'était assurément sa machination, *sa nuit promise*. Pour quelle condamnation ? Il est faux d'accorder au seul roman la force intempestive de la fatalité. Mais à la différence des héros de papier, nous mourons plusieurs fois sur cette terre. La vie est une succession de figures fractales qui s'ordonnent en destinée.

Les grands arbres du parc embaument après la pluie. Il y a comme des floraisons dans l'air. Partout les sourates des merles appellent les distances à courber l'échine. Le crépuscule à Ker-Lann rapproche l'Océan des étoiles. Dans cet apaisement religieux, je sais que tout pourrait finir : aucune survie ne me contente, et la postérité serait une insulte. On ne meurt que d'avoir aimé, je crois, dans un tombeau pareil au monde. Mais la nuit s'étend, des chauves-souris s'échappent des anfractuosités, on entend au loin la sirène d'un navire. Il est temps de regagner mon poste, là-haut, dans la chambre de veille. Qui se souviendra de moi ?

DU MÊME AUTEUR

ROMANS & RÉCITS

Un rêve de glace, Albin Michel, 1974 ; Zulma, 2006.

La Cène, Albin Michel, 1975 ; Zulma, 2005.

Les Grands Pays muets, Albin Michel, 1978.

Armelle ou l'Éternel retour, Puyraimond, 1979 ;
Le Castor Astral, 1989.

Les Derniers Jours d'un homme heureux, Albin Michel, 1980.

Les Effrois, Albin Michel, 1983.

La Ville sans miroir, Albin Michel, 1984.

Perdus dans un profond sommeil, Albin Michel, 1986.

Le Visiteur aux gants de soie, Albin Michel, 1988.

Oholiba des songes, La Table Ronde, 1989 ; Zulma, 2007.

L'Âme de Buridan, Zulma, 1992 ; Mille et une nuits, 2000.

Le Chevalier Alouette, Éditions de l'Aube, 1992 ;
Fayard, 2001.

Meurtre sur l'île des marins fidèles, Zulma, 1994.

Le Bleu du temps, Zulma, 1995.

La Condition magique, Zulma, 1997.
(Grand Prix du roman de la SGDL)

L'Univers, Zulma, 1999 et 2009.

La Vitesse de la lumière, Fayard, 2001.

La Vie ordinaire d'un amateur de tombeaux,
Éditions du Rocher, 2004.

Le Ventriloque amoureux, Zulma, 2003.

La Double Conversion d'Al-Mostancir, Fayard, 2003.

La culture de l'hystérie n'est pas une spécialité horticole,
Fayard, 2004.

Le Camp du bandit mauresque, Fayard, 2005.

Palestine, Zulma, 2007 ; Le Livre de Poche, 2009.
(Prix des cinq continents de la Francophonie 2008)

NOUVELLES

La Rose de Damoclès, Albin Michel, 1982.

Le Secret de l'immortalité, Critérion, 1991 ;
Mille et une nuits, 2003.
(Prix Maupassant)

L'Ami argentin, Dumerchez, 1994.

La Falaise de sable, Éditions du Rocher, 1997.

Les Indes de la mémoire, L'Étoile des limites, 1999.

Mirabilia, Fayard, 1999.
(Prix Renaissance de la nouvelle)

Quelque part dans la voie lactée, Fayard, 2002.

La Belle Rémoise, Dumerchez, 2001 ; Zulma, 2004.

ESSAIS

Michel Fardoulis-Lagrange et les évidences occultes, Présence, 1979.

Michel Haddad, 1943/1979, Le Point d'être, 1981.

Julien Gracq, la forme d'une vie, Le Castor Astral, 1986 ; Zulma, 2004.

Saintes-Beuveries, José Corti, 1991.

Gabriel García Márquez, Marval, 1993.

Les Danses photographiées, Armand Colin, 1994.

René Magritte, coll. Les Chefs-d'œuvre, Hazan, 1996.

Du visage et autres abîmes, Zulma, 1999.

Le Jardin des peintres, Hazan, 2000.

Les Scaphandriers de la rosée, Fayard, 2000.

Théorie de l'espoir (à propos des ateliers d'écriture), Dumerchez, 2001.

Le Cimetière des poètes, Éditions du Rocher, 2002.

Le Nouveau Magasin d'écriture, Zulma, 2006.

Le Nouveau Nouveau Magasin d'écriture, Zulma, 2007.

THÉÂTRE

Kronos et les marionnettes, Dumerchez, 1991.

Tout un printemps rempli de jacinthes, Dumerchez, 1993.

Le Rat et le Cygne, Dumerchez, 1995.

Visite au musée du temps, Dumerchez, 1996.

POÈMES

Le Charnier déductif, Debresse, 1968.

Retour d'Icare ailé d'abîme, Thot, 1983.

Clair venin du temps, Dumerchez, 1990.

Crânes et Jardins, Dumerchez, 1994.

Les Larmes d'Héraclite, Encrages, 1996.

Le Testament de Narcisse, Dumerchez, 1997.

Une rumeur d'immortalité, Dumerchez, 2000.

Le Regard et l'Obstacle, Rencontres, 2001.
(en regard du peintre Eugène van Lamswerde)

Petits Sortilèges des amants, Zulma, 2001.

Ombre limite, L'Inventaire, 2001.

Oxyde de réduction, Dumerchez, 2008.

LA COUVERTURE DE *Géométrie d'un rêve* A ÉTÉ CRÉÉE PAR DAVID PEARSON ET IMPRIMÉE SUR EDIT ME BRUT EXTRA BLANC PAR L'IMPRIMERIE FLOCH / J. LONDON À PARIS. LE TEXTE, COMPOSÉ EN MRS EAVES ET GARAMOND, A ÉTÉ MIS EN PAGE PAR LES ATELIERS GRAPHIQUES DE L'ARDOISIÈRE À BÈGLES. CET OUVRAGE A ÉTÉ REPRODUIT SUR LAC 2000 ET ACHEVÉ D'IMPRIMER EN FRANCE PAR L'IMPRIMERIE NORMANDIE ROTO À ALENÇON LE QUATORZE MAI DEUX MILLE NEUF POUR LE COMPTE DES ÉDITIONS ZULMA, HONFLEUR.

NUMÉRO
D'IMPRIMEUR
091781

IMPRIMÉ EN FRANCE